丑丁◎著

# 新闻人

作家出版社

**图书在版编目（CIP）数据**

新闻人/丑丁著. -北京:作家出版社，2011.1
ISBN 978-7-5063-5746-3

Ⅰ.①新… Ⅱ.①丑… Ⅲ.①长篇小说-中国-当代
Ⅳ.①I247.5

中国版本图书馆CIP数据核字（2010）第263713号

**新 闻 人**

**作者**：丑　丁
**责任编辑**：刘英武
**装帧设计**：李　平
**出版发行**：作家出版社
**社址**：北京农展馆南里10号　　**邮码**：100125
**电话传真**：86-10-65930756（出版发行部）
86-10-65004079（总编室）
86-10-65015116（邮购部）
**E-mail**：zuojia@zuojia.net.cn
**http**://www.zuojia.net.cn
**印刷**：北京谊兴印刷有限公司
**成品尺寸**：152×230
**字数**：350千
**印张**：20.25
**印数**：001-10000
**版次**：2011年1月第1版
**印次**：2011年1月第1次印刷
**ISBN** 978-7-5063-5746-3
**定价**：29.00元

# 1.

宋博是个不太老实的中年男人，要是实事求是地说，还是个腹中有些经纶的中年男人。

方晴雨把手从副总编宋博手里抽出来，嘴巴微微撅了撅，样子似乎有些生气。

“真不想干美编了？”副总编辑宋博，似乎毫不在意方晴雨的态度，刚刚攥过方晴雨两只手的手掌，随意而放松地摊在他面前的桌子上，神情轻松地问了句。

“你也知道啊，我没文凭没学历，和人家美院毕业的怎么一起干活吗？再说了，咱们的报纸，固定不变的版式，美编也就是划几个方块，哪算是个技术嘛。”方晴雨的嘴虽然一直撅着，但神情是撒着娇，好像有意模糊自己生气的真假。

“那你想去哪个部门？”宋博晃了晃身下的转椅，眯缝着眼睛，看着已经从他身边走开的方晴雨问。

听宋博这么问，假意生气的方晴雨，又来了精神，上眼皮一挑，说：“你看我能不能去当个记者啊？”

说出这话时，方晴雨心里是打着小鼓的。方晴雨想起刚才，她对宋博说想去当编辑，惹得宋博一通大笑，让她感到很难堪，方晴雨看出来了，宋博这么笑，分明是看不起她。看宋博那个态度，自己当编辑是没什么希望了，方晴雨不太甘心，当不成编辑当个记者总可以吧，那些刚毕业的大学生，不都是生瓜蛋子嘛。方晴雨觉得，自己总比那些刚进报社的人强，自己干美编也干了几年了，知道报纸是怎么回事。

"要不到财务部去吧，将来给我当心腹？"宋博嬉皮笑脸地说。

三十出头的方晴雨，身姿还像个少女一样曼妙。每次见到她，宋博心里都会有冲动。

自从两年前，宋博第一次从方晴雨身后，使劲揽了一把她的腰肢，宋博就再也没有放过任何一个动手动脚的机会。那一次，方晴雨的确是扭了扭身子，表示了挣脱的意思，但挣脱后却并没有急着走开，而是双手捂住胸口，紧张的大口喘着粗气，左一下右一下地转着身体，好像不知该往哪儿跑。方晴雨当时小兔乱撞的样子，让他一下子对这个女人心驰神往起来。



自那次以后，他对方晴雨的胆子大了起来。只要有机会单独相处，他都会伸出手摸一把方晴雨的肩膀，或者胳膊，哪怕是在楼梯上擦身而过，他都会以最快的速度，伸手捏一把方晴雨的身子。即使在人群里，宋博也会用眼睛抓住方晴雨，用眼神完成他的挑逗。宋博感觉得出来，方晴雨是心领神会的，从没有跟他真的气恼过。

四十三岁的宋博，在副总编辑的位子上已经干了六年了。当年升任副总编的时候，他还算年轻干部，没想到，再年轻也架不住不动窝，六年过去了，他在这个副总编的位子上，是越干越烦躁。

烦躁的宋博，就想补偿一下自己，在其他方面对自己好一点。

财务部？听到宋博的这个建议，方晴雨心里不由得又敲起了小鼓。

说实话，宋博的建议让方晴雨心潮有些起伏。财务部她何尝不想去。

一想到每次到财务部去报销，都要看人家的脸色，方晴雨心里，就涌上一股子恨恨的情绪。财务部那几个女人，就像是谁都欠着她们一屁股债似的，不是冷言冷语的不耐烦，就是干脆把你晾一边没人理睬。不想看脸色就得给人家说些好听的恭维话，比如"你的脸色真好啊"、

"你今天真漂亮"之类。说实话,财务部那几个女人,方晴雨打心眼里看不上,每次给她们说那些肉麻的好话,方晴雨心里就恨恨的。有时候,说好话人家也不待见,她就得当忍者,不管人家给她什么样的不耐脸色,她都得装作没看见,要不然,就可能跑断你的腿,遭遇跑几次腿你也拿不到钱的结果。尤其是发工资发奖金的时候,财务部的人就是你的衣食父母,多问几句人家就不耐烦了,好像那钱不是你挣的,不是你应得的,而是从人家兜里掏给你的似的。

真的能到财务部去?这倒是方晴雨没想到的地方。

一直以来,方晴雨只想着采编比较好学,自己能够够得着,不就是写稿子吗,读书的时候,自己的作文也不错。在她看来,那些新闻稿没什么难写的,另外,当个记者编辑,听上去也好听。财务毕竟是个不一样的专业,学起来不那么容易,方晴雨数学不好,一见数字就头疼。

再说,财务部一向是社长最关注的地方,财务部主任一直是社长跟前的红人,出纳会计都是些关系户,是报社的老人老手,她怎么进得去呢。要是真的能到财务部去,那倒是一件大好事了,岗位稳定,也体面,不求人,不看人脸色,钱还不少拿。

方晴雨心里有点憧憬了。

方晴雨十八岁从技校毕业,父母通过七找八找的关系找到报社,一面试,她顺利进入报社当了录入员。刚开始,她对自己的工作还很兴奋,环境好不说,工作也很单纯,听说收入很好,还会逐年增加,新闻单位说起来也好听,和那些在一家家公司无奈的跳来跳去的同学相比,她已经很满足了。

但是渐渐的,方晴雨心里就有些不是滋味了,因为总有人问她在报社干什么,甚至有一个相亲的男人,因为听说她在报社不是记者,而是一个录入人员,见了一面就跟介绍人说很遗憾了,还说,他以为她在报社工作,就是一个记者呢。

这话,着实把方晴雨给刺激着了。

从那以后,她就暗暗动了调整岗位的念头。其实在报社呆了几年,她也看明白了,在报社这样的单位,采编岗位才是最重要的,工资奖金人家也拿得多,社长大会小会说人家是一线,其他领导也总说什么复杂劳动和简单劳动，这摆明了，是说人家记者编辑们的工作才是正经劳动，全报社都靠人家的劳动养活着，报社干什么都要向人家一线岗位倾斜，别的岗位的人，都得围着人家编辑记者转。

方晴雨也想让别人围着自己转。围着别人转，总归不是一件长久的事情，自己虽然在报社工作，其实也就是个三等员工，记者甩你一篇稿子，你交活慢了人家就催命似的催你，也不管那稿子字迹有多乱，领导交办的文稿，更是一分钟都不敢耽搁，上班往电脑前一坐，身后就是一帮催促的声音，不到两眼昏黑不算完。出了报社，还得躲闪人家的追问，弄不好，人家还可能误会你冒充记者。一想到这些，方晴雨的自尊心就备受伤害。

再说，录入这活儿也不能干一辈子，一天到晚和电脑面对面，一坐就是一整天，颈椎和眼睛迟早都得出问题，将来怀孕，电脑更是避之不及，不就没法上班了，早点换一个岗位，还能早一点适应。



方晴雨一心想调离录入岗位。

几年前，宋博从部门主任升任报社的副总编，分管录入科。那时候，方晴雨已经是录入科的元老级人物了，除了科长，她就是录入科的二号人物，科长如果不在，录入科就她说了算。事实上，科长经常不在，因为是科长，有活都派给了录入员，科长自己就可以经常有事情不在岗了。

方晴雨喜欢科长经常有事。

反正科长就是在录入室也不干活，科长有什么事情她没兴趣，她只知道科长不在，她就是录入科的老大，录入科男男女女一帮小青年，就得听她指派。副总编宋博分管录入科，所以录入科的大小事情，自然就得宋博点头才行，这样一来，方晴雨就时不时地出入宋博的办公室。有机会跟领导接触，总不是一件坏事。方晴雨当时这么想。

至今，方晴雨还清楚地记得，那一次单独去宋博办公室，她和宋博之间的那次极其简短，但却叫她心弦波动的对话。

“你的手……”

“怎么啦……”

“放哪儿了……”

"我以为是我自己的膝盖……"

宋副总编坐得很近，方晴雨的腿靠着沙发边，根本没地方挪，宋副总编的手，似乎不经意地放在了她的腿上。那天，方晴雨想到了"男人不坏，女人不爱"这个词，宋博那句"我以为是我自己的膝盖"，尤其让她觉得坏，是调侃还是勾引，她都顾不上想，只觉得宋副总编很坏很幽默。

自那以后，宋博就时不时地往方晴雨的手机里，输送一些长长短短的信。刚开始，是一些转发的段子，没什么更多含义，没过多久，就变成了一些看上去含糊暧昧的词句。方晴雨看了，心里虽然有些紧张，也觉得不妥，但还是有些窃喜。自己居然会窃喜？这种感觉让她有些自责。

可是，方晴雨没有让自己自责太久，她选择了陷落。

方晴雨不想丢掉这样的机会。她心里很清楚，不是报社每个员工都会有这样的机会的，她相信，宋副总编不是给每个女职工暧昧的，她不能不给领导面子，更不能得罪领导，至少，她不能让领导难堪。这么一想，方晴雨也就释然了，每每宋博的暧昧发过来，她也就回复一些暧昧和含糊过去，有时候，甚至可能比宋博还要态度暧昧，还要积极一些。

这完全是一种私密的短信来往，这样一种私密的来往，叫宋博和方晴雨两个人都很兴奋。宋博兴奋的是，方晴雨这么回应他，是不是有可能进一步往下发展发展？再单独见面的话能不能……他越想越兴奋，甚至身体的某些部位，都出现了些许的反应。而方晴雨兴奋的，是一份来自报社上层对自己的青睐，是领导对自己的格外关爱，还有这种青睐和关爱，有可能带给自己的某些特权。

和宋博纯粹的兴奋不同，方晴雨除了兴奋，还多了一份担心，她担心自己这么陷进去，想拔的时候，拔不出来。

这么往来了一段时间，宋博期待中的发展，却并没有出现。他总结的原因是，他和方晴雨没有一次单独相处的机会，他甚至隐隐感觉，那方晴雨是有意不到他办公室来，有几次，本来在电话里说好是她来签字，可进门一看，来的是别人，还说方晴雨临时有事什么的。宋博不信。

宋博认为方晴雨这是故作姿态，或者是心里害怕和顾及什么，有了退缩的念头。不管是哪一种情况，方晴雨和他的距离，让宋博心里很不满足，甚至，让他心里越来越抓挠，方晴雨的态度越是不明朗，他心里反而越是想做点什么。

一想到方晴雨的态度不明不暗的，性急的宋博，心里就很烦躁，并且越发的欲火烧心。方晴雨一直摆出一副半推半就的样子，虽然她有意不单独到他办公室来，但从不耽误回复他的短信，人家不主动投怀送抱，但是也不跑远，他进一步，人家就退一步，他假装退一步，她倒跟上来一步，始终和他保持着一个距离，不远也不近。

宋博想尽快有进一步的发展，他可不想和方晴雨一直这么不远不近下去，直觉告诉他，只要给他机会，方晴雨必定手到擒来。脑子一转，宋博有了办法。

一天，方晴雨接到了宋博的电话，电话里宋副总编很生气，说她们录入科管理不严，录入质量下降，校对人员多次提意见云云，还不由分说地让方晴雨赶紧到他办公室去一趟。方晴雨信以为真。等方晴雨一路忐忑地到了宋副总编的门口，刚要敲门，却听见里面传出女人的笑声。



那一瞬间，方晴雨不知道自己怎么了，一下子起了胆量，没敲门就径直地闯了进去，她看到录入科刚来的一个小姑娘，闻声，迅速地从宋博身边闪开，宋博脸上挂着过于亲切的笑，神情坦然地在转椅上看着她。方晴雨也清楚地看到了，那小姑娘脸上的慌张表情，很显然，她来不及掩饰了。没事她慌张什么？方晴雨心里恼怒地问。那一刻，方晴雨头很晕，觉得大脑冲进了过多的血。

宋博的目的，很容易就达到了。

他在方晴雨面前，故意对别的女人亲热，方晴雨吃醋了。女人的心，宋博觉得自己有资格洞察，果然，事情开始向着他希望的方向发展。

再以后，方晴雨开始有事没事去他的办公室，并且单独。起初，宋博还做出一副爱理不理的脸来，宋博欣喜地看到，他的冷淡，使得方晴雨的腿脚越来越勤，来了还磨磨蹭蹭不想走。宋博觉得时机已经成熟了。很快，宋博就彻底放肆起来。宋博会突然把方晴雨的腰搂住，或者把她整个人抱在怀里，甚至把嘴凑过去在她脸上摩挲。如宋博所料，宋博做这些的时候，方晴雨都只是哼哼唧唧地扭捏着，没有什么恼怒的举动，有时候，还会有些许迎和。

宋博的目的达到了，或者说是向着他的目的进了一大步，方晴雨没有拒绝他。

既然方晴雨不想拒绝他，这足以说明，方晴雨想和他有点什么。渐渐地，只要是两个人单独在办公室，宋博就放心大胆地对方晴雨搂搂抱抱，有一次他还把方晴雨的那对丰满的乳房，死死地捏在了他的手掌，并顺势往方晴雨的下身移动，要不是方晴雨死活挣脱，那天，方晴雨就是他的女人了。

关于这一点，宋博当时很确定，这是迟早的事情。

## 2.

“刺激！太刺激了！”

正对着宋副总编办公室，樊进仁一下子瞪大了双眼，从社会部办公室敞开的门口，他清楚地看见，方晴雨一只手拽着衣服，一只手捂在胸口，满脸绯红，看似羞涩，却掩饰不住喜悦地从宋副总编门里出来。樊进仁认为自己也就瞥了一小眼，就把其中的端倪看明白了。他忍不住兴奋，顾不上身边有人，“太刺激”的口头语脱口而出。

樊进仁早就听说宋博和方晴雨关系不一般，可到底怎么个不一般，他只听人闪烁其词地议论过，从来没有亲眼所见，无论是在报社大楼里，还是在报社外面的什么地方，哪怕是在走廊里，他都没有看见过他们两个单独可疑的身影。这回，他认为自己看到了。

樊进仁看到的，其实不过是方晴雨有些异常的神情，但他看到的这个场面，足以给他提供广泛的想象空间。樊进仁把刚才看到的画面，又在脑子里转了几转，得出了一个结论：宋博和方晴雨，有染。

得出这个结论后，樊进仁异常兴奋。

自那以后，樊进仁有事没事，就踱到宋博办公室对面的社会部，搬把椅子，然后冲门一坐，手里举张报纸，余光瞄着宋副总编的门。

樊进仁，是《新华大时报》最自在的一个人。身为副刊部的一把手，尽管职务前面还挂了个副字，因为没有正主任，他就是实实在在的头儿，既然是个头儿，樊进仁一天到晚就很自在，甚至一跃就成为报社最自在的人。

副刊部的人，是报社最清闲的一群人，副刊部的头儿，就是报社最清闲的人。

《新华大时报》虽然是日报，可副刊是一周只出一刊，一刊也就一个版面，满打满算八千字容量，要是除却图片，也就七千多字，要是图片放得大一些，就成了六千多字了。一周只忙活一次不说，内容上也很单一，登一些散文随笔诗歌什么的，金融再危机，文学青年也是前赴后继，副刊部的稿源很充足。

有时候，编辑干劲不足了，干脆连来稿都懒得看，脚下的废纸篓子里面，就可能不堪重负的出现与日俱增的情形。那登载的文章后面，就可能出现一行"摘自某某"的字样。樊进仁是副主任，自然是不干多少具体活的，编辑把选好的稿子往他眼前一搁，他最后审一审，就那几篇随笔诗歌，审读也就几分钟的事情。然后，他就端着茶杯，到报社各处坐坐了。

所以，樊进仁有的是时间，坐在社会部的办公室看报纸，并且，时不时用眼睛瞟一眼宋副总编的房门。他坐在那里，基本上没有人打搅他，大家都习以为常，偶尔，可能有老资格的编辑记者打趣他，说又来视察工作什么的。悠闲自在的樊进仁，根本不在乎。

可是最近，樊进仁心情很糟糕。

老婆对他很冷淡，或者说是，更加变本加厉地冷淡。都说被老公冷淡的女人很可怜很难熬，其实，被老婆冷淡的男人，更可怜更难熬。樊进仁不幸成了那个更可怜更难熬的男人，直觉告诉他，老婆有了人。

都说女人三十如狼四十如虎，自己老婆不到四十岁，不正是如狼似虎的年龄吗？这个年龄的女人，对自己的男人不理不睬，显然不正常。这个年龄的女人，一定有强烈的生理需求，她要是不要自己的老公，难道还有其他的渠道？樊进仁经常是越想越难受。

难受没用，手里又没有什么证据，没有证据自己就没法理直气壮。为了找证据，他曾经突然出现在老婆单位，还曾经说要出差，结果迅速又返回家里，还偷偷查看过老婆的手机，想找些蛛丝马迹出来，但是统统没有收获，反而被老婆大骂了若干顿。

老婆一直嫌他没事业心，说他整天就知道混日子，白白可惜了一张名牌大学的学历。老婆总这么挖苦他，导致他一看见老婆那张昂着的脸，就不自觉地要驼背。老婆是大学老师，还有些傲人的科研成果，似乎很有理由在他面前昂着脸。

有一天看娱乐报纸，他看到一段话，说到老婆对丈夫最狠的三句话，第一句话是“我怎么嫁了你这么个男人”，第二句话是“你看人家谁谁的老公”，第三句话是“你没用”。报上说，第一句话虽然狠，还是以自我批评为前提，潜台词是自己有眼无珠。第二句话虽然更狠，直接拿两个男人比了，但基本上还算公道，拿你跟人比说明你还有可比的。第三句话最狠，彻底否定了一个男人。

放下报纸，樊进仁郁闷，老婆连逐渐升级都不玩，直接奔最狠的去了，彻底否定他。



心里窝着火，到报社就看谁都不顺眼，尤其是那些惹了他的人。

宋博就是那个惹了他的人，之一。

那是不久前，报社的一个小字辈记者周冠军，写了一篇三千多字的随评，是关于副刊改革的。那篇洋洋洒洒达三千多字的随评，居然发在二版的头条位置，这样的处理，在报社不太多见，可见此文得到了当时的值班总编辑的喜欢。后来樊进仁知道了，当时值班的终审总编辑，就是宋博。

樊进仁对宋博很不满，宋博的喜欢，让他心里很不痛快，觉得宋博这是有矛头的，矛头对着副刊部。

尽管如此，这篇文章，当时并没有在报社引起关注。樊进仁由此庆幸地以为，没人关心别人的事，只是自己心里不痛快，自己做副刊，所以自己才敏感。

樊进仁没想到，这篇文章有后果。

一个月后，在报社的一次全体人员参加的评报会上，社长兼总编辑乔华邦，手里抖搂着一张纸，面带笑意地说，我手里拿的是一份红头文件，给大家通报一件事情，我们报社的一篇随评文章，上级某部委专门发了文，对这篇文章给予了很高的评价，并要求我们关注思考。这篇文章是我们报社的青年记者周冠军写的，不简单啊！文章很有深度啊……

乔社长说这番话的时候，樊进仁也完全没有想到，一个年轻记者写的一篇文章，会和他产生什么关联，即使这篇文字受到了上面的肯定，那也是报社脸上多点光而已。

可是很快，他就知道，这篇文字和他很有关联。

那次评报会之后，社长乔华邦把他找了去，用樊进仁自己的话，就是提溜了过去。乔华邦对他说，让他好好看看那篇文章，还说文章把副刊的问题找得很准。乔华邦说这些话的时候，樊进仁的神情还在较为轻松的状态，可是社长接下来说的话，就让他有些如坐针毡了。乔华邦又说，文章中点到的那些问题，我们的副刊也存在，甚至还是顽症，如果我们的副刊照这么办下去，就真的变成了可有可无了……最后，乔华邦让他回去好好考虑考虑，尽快给社委会提交一份副刊的改版方案来。

改版？樊进仁当时头就大了。

从社长办公室一出来，樊进仁就一溜小跑地回到副刊部，翻箱倒柜地从旧报纸里，把那天的报纸找出来，翻到二版看头条，"副刊的尴尬"映入了眼帘。细细看了一遍，他是既佩服又恼火。樊进仁的确没想到，周冠军那小子，居然把副刊的事情琢磨出了这么多的名堂，还给副刊整出那么多的"尴尬"，什么"自己给自己养花养草，然后顾影自怜地黛玉葬花"，什么"满足于风花雪月，无病呻吟"，什么"广告的补丁"，这话也太刻薄了！简直是站着说话不腰疼！

后来他听说，周冠军的这篇文章，之所以在报社引发这么大的动静，直至招惹得乔社长找他谈话，完全是因为宋博。据说是宋博三番五次地跟社长汇报想法，说一定要整顿副刊，还说实在不见起色，就给副刊瘦身，压缩版面，减少刊期。樊进仁知道后，关起门来冲着墙壁大发雷霆，骂宋博不是东西。

说的是副刊不行，干脆直接说我这个副刊部的头头不行算了！说我不行，你们给我什么了？我还一肚子委屈呢，就是因为呆在副刊，我才一直没有扶正，明明副刊部没有主任，却让我一直"副"着，还不就是你们不重视副刊，人家正刊又是重奖选题，又是鼓励策划，我们副刊进不了大田，自然是供养不足，营养不良，现在倒数落起副刊的不是来，我的倒霉我找谁说去！

樊进仁坚定地认为，宋博这是整他。

这么想，樊进仁对宋博，就产生了极为不满的情绪。宋博是和他前后脚进的报社，能力学历都不相上下，凭什么他就在副总编辑的位置上坐着，还一坐就是五六年，我樊进仁就得和你差几个级别？樊进仁还进一步认为，要不是当年他们这些老同事，极力帮衬着他宋博往上拱，他宋博坐不到这个位置，宋博现在这么对他，不是忘恩负义过河拆桥，也是没良心。

因为对宋博很不满，他就对宋博和方晴雨的传言很留意，他想证实这个传言，或者让宋博知道，他樊进仁是很清楚这个传言的，清楚到亲眼所见了，如果宋博知道了这一点，还能在他樊进仁面前牛皮哄哄的？他相信宋博就是脸皮再厚，也一定会尴尬的。



一想到宋博会在他面前尴尬，樊进仁就兴奋不已。他迫不及待地想看到宋副总编的尴尬。

于是，在又一次看见方晴雨进了宋博办公室门时，他几乎是一个箭步地跨到宋博的门口，他在门口侧耳凝听了一小会儿，就胸有成竹地破门而入。

樊进仁如愿以偿，他看到宋博面对着方晴雨站着，距离近得几乎脸贴着脸。用樊进仁瞬间的判断，是宋博用身体把方晴雨抵在了墙上。这个场面足以有说头了，也就是说，这个场面足以让宋博尴尬了。樊进仁欣喜地认为。

可是，事实证明，宋博一点也没有尴尬。

“老樊呢，我正要找你呢，你是不是交副刊的改版方案来了？”

宋博表情轻松地从方晴雨身边走开，走开时，甚至拍了拍方晴雨的胳膊。他一边招呼着樊进仁，一边对方晴雨点点头，示意方晴雨先离开，就像一个男人和自己的老婆亲热被人撞见，不光不尴尬，甚至还有点夫妻恩爱的得意。

樊进仁有点被宋博弄晕乎了。

樊进仁以为，宋博会满脸尴尬地急着解释，平常的尖酸刻薄也不见了，很可能嘴里还会结结巴巴，甚至会满脸堆笑地讨好他……他都想好了宋博急着跟他解释的时候，他要跟宋博说的话。

可是人家宋博不尴尬，人家不光不尴尬，还以一种迅雷不及掩耳之速度，很快摆好了副总编辑的姿态，并且先开口招呼了他，说的居然还是那个叫他头疼的副刊改版话题。他在心里骂了句："他妈的！脸皮真够厚！"

从宋博办公室走出来，樊进仁用了一个语气词，表达了他此时的情绪："嘁！"

螳螂捕蝉，黄雀在后。樊进仁的语气词，被一个人听得真真切切。樊进仁以为，只有自己掌握了宋博的头条新闻，他不知道，他的窥探，也在另一个人的窥探中，这是一双比他更加直勾勾的窥探，目光如炬，并且瞪得溜圆。

樊进仁嘴里刚"嘁"完，就看见校对科的李春红，像一面山墙似的站在他眼前，直勾勾的眼神，居高临下地瞪着他。

身高一米七四的李春红，是报社校对科的老人了。当年她从一个排球队退役，正逢《新华大时报》刚刚创立，方方面面的人都需要。当时的领导一看她的身高就乐了，说她是特殊人才，说报社参加篮球比赛有希望了。于是，李春红很顺利地进入了报社。快三十岁的人了，学采编有点晚，再说，当了多年的运动员，文化课耽误了不少，想学也学不出来。文化底子薄，干不了记者编辑，就安排进了校对科，这一干，就干了十几年。

李春红的特殊才干，很快就显现出来，只是和篮球没什么关系。

李春红是报社的老人，也是报社的著名人物。李春红著名，是因为她的热心肠。

李春红是个看上去热情饱满的人，她非常关心人，并且是事无巨细地关心每一个人。谁家老人逝去了，谁家孩子病了，谁家闹离婚了，谁家有麻烦事了，谁在报社受到委屈了，她总是第一个跟人家问寒问暖。她还很愿意代表报社亲临职工的家，积极表示自己的一腔关切，或者该有的同情，有时候，也有可能是愤怒。

去的时候，李春红从来不空着手，有时候拎着一袋苹果和梨，有时候拎着一箱子酸奶饮料，当然，买的时候，发票一定是要开的，抬头是新华大时报工会。

因为特别喜欢上门送温暖，李春红知道报社很多人的家庭住址，成了报社的派出所长。也因为走家串户嘘寒问暖，她几乎知道报社每一个人不想人知的软肋。比如谁的孩子成绩不好，中考没能考上重点高中；谁和丈母娘住在一起，日子过得很憋屈；谁的老婆有点残疾，不轻易见人；谁喝了多年中药，身体有难言之隐之类。

李春红自称是报社的编外工会主席，别人也真真假假开玩笑，叫她主席，弄得报社领导，尤其是身兼工会主席的报社党委副书记，经常不得不面露惭愧，恭敬地夸她总是替工会分忧，玩笑着说她已经不是编外了，就是工会主席。每逢副书记这么说，李春红都会谦虚地说，她就是个劳碌命，别人不愿干的事情，她都愿意干等等。报社一些年轻人，一直以为她就是工会主席。

除了非常热心，李春红还非常尊重每一个人。李春红的尊重主要体现在称呼上，称呼领导，一定带官衔，并且肯定是完整无误，副总编辑就是副总编辑，副主任就是副主任，绝不随意省略。要是没官衔，必定是“某某姐姐某某妹妹”或者“某某兄弟”。大会小会发言，哪怕是几个人的党小组会，从来都是“尊敬的”开头。跟人说话，不管什么内容什么情况，就是一迭连声地你好谢谢对不起，文明用语用得别人想逃跑。

李春红有些极端的热心，让报社很多人有点怕她，也包括樊进仁。

李春红的眼神虽然莽撞，但是声音绝对温柔。

“哎呀，樊副主任呀，你这是跟谁生气呢？跟大姐说说，大姐给你宽慰宽慰。”

一出门碰见这女门神，樊进仁觉得郁闷，李春红热情地嘘问着，他又不能说自己跟宋博生气，突然周冠军从脑子里冒出来，就一下没留神，随口说：“还不是周冠军那小子。”

“我知道我知道，进仁啊，我都知道。”李春红左右看看没旁的人，体贴地安慰樊进仁，像是很明白樊进仁的心思，更像是很体恤樊进仁的心情。体贴完，她却又接了一句：“人家小周名字起得多好，冠军冠军，就是争第一的嘛，多能干的小伙子啊。”这句话，分明又往樊进仁的创口上撒了一小撮盐。

## 3.



和别人的揶揄一样，周冠军对自己的名字有些意见。

如今，满世界的“周冠军”，向着“月冠军”、“季冠军”、“年度总冠军”进军，而他，却只能止步在“周”冠军面前，这全仰仗于自己的父母。当年，父母只想着让儿子当冠军拿第一，忘了他必须姓周了，也可能或许没忘，完全属于始料未及，他们想不到，此“周”和彼“周”，会在二十多年后发生了关联，并且此关联叫他们的宝贝儿子，时不时地就被人拎出来说事。

有意见也是白有意见，就是有意见也没办法向父母发难，父母当年完全是一片好心，谁不希望自己的孩子多拿几个第一呢？谁叫生他的时候没有电视呢？没有电视，就意味着没见过电视娱乐节目，没有电视娱乐节目，就可能不知道有那么多的选秀，更进一步说，就是不知道有那么多的“周冠军”。周冠军不止一次地想，要是当年父母知道，若干年后这个“周冠军”是给别的冠军垫底的，估计就会对这个“冠军”表现冷静一些。

关于自己的名字，周冠军的师弟，报社记者关放，曾经跟他有过一段推心置腹。有一天，关放揪住他，态度诚恳地说，求求你千万别改名字。周冠军被关放说得发了愣，问谁说我要改名字了？关放完全不理睬他的问题，拉住他开始滔滔不绝。

关放说，我知道，你的心情我完全知道，头上顶着冠军，要当不了那个冠军，心情必定受折磨，不过我最近研究的成果显示，人的名字有暗示和牵引的作用，比如我发现，那些叫点点的人，不管他的父母身材多高大，他自己就是长不大个头，还有，那些名字里有雪啊冷啊霜啊的女孩，生活里愁事就多眼泪就多，你再看看那些国家领导人，名字绝对如雷贯耳，不如雷不贯耳的，也绝对有讲究，基本上暗合了个人的性格和命运。

关放不管周冠军继续发愣的神情，又说，他的研究成果还显示，五六十年代有几大俗名，什么抗生、永进、跃华、振华，六七十年代也有几大俗名，什么文革、卫革、红梅、学军、永红，七八十年代的俗是起个单名，什么刘波、王勇、李刚、张伟、李伟、刘伟……关放说他上学的时候，他们班就有一堆的大伟，有个学生姓杨，家长也犯迷糊跟风，结果，“杨伟”就被叫成“阳痿”。再往后，大家一起玩“吉祥”了，据说“馨月”这个名字是难得的大吉大利，很多家长明明知道这个名字重名率高，仍然固执而坚定地加入“馨月”大军。现在有人玩个性，弄出些个“孙CCTV”、“洋桥惠子”来，古里古怪，意义不详，其实更俗。

“这些名字俗不俗？简直就是大俗，这才乌泱乌泱涌现了一大批俗人。所以说，你这‘冠军’好，不算俗，如果忘掉你的姓，那‘周’冠军就和你没关系了，名字名字就讲究名字本身，实际上和姓氏没关系。你这辈子，要是改了名字，就算彻底得罪‘冠军’了，就再和‘冠军’没啥关系了，记住，千万别改名字……”

关放的一顿厥词，一时间弄得周冠军心里半信半疑的。虽然对自己名字有意见，可是周冠军并没打算兴师动众改什么名字，叫关放这么一说，对冠军这个名字，他还真有点不那么有意见了。最主要的，自从听了关放的研究成果，后来再听到别人拿自己名字打趣，周冠军已经没什么不自在了。

可是，自从自己的那篇文章被上级某部委点名表扬，名字又成了周冠军的烦恼。

上周评报，会议刚结束，还没等人群散去，副刊部的一个女编辑，就扯着嗓子冲他叫唤：“哎周冠军，这周的冠军没你事了？上周的冠军咋没坐稳呢?"

副刊部女编辑指的,是半个月前的那次评报。

一想起那天的场面,周冠军心里就直忽闪,一会上了巅峰,一会跌到谷底,一会儿喜不自禁,一会儿忧愁满腹。

那天,当他从社长乔华邦嘴里听到自己的名字,最开始的一瞬间,他以为自己的稿件出了什么问题,先出了一身冷汗,他不好意思问左右,就只好看前面台上乔社长的脸色,发现乔社长那张脸,居然带着喜色,他更糊涂了。

但是很快,他就不糊涂了,原来是自己的那篇东西弄出了动静。那篇东西虽然是他严肃思考的产物,经过了他仔细的打磨,但弄出这么大的动静,还是叫他很是始料未及。他一边心中暗喜,忍不住嘴角显露出想大笑的意思,一边努力控制面部表情,担心自己的表情出差错,还使劲嘱咐自己,务必低调。



周冠军明白,他必须低调。

以他的资历和年龄,以及职位,他还没到得意的时候。像这样的大会表扬,尤其是受到上面的肯定,一向是那些资深报人的待遇。他的文章能上报社的头条,他已经心中雀跃了,自己一天到晚瞪着眼睛拼命琢磨,吭哧吭哧使劲拼字,只想证明自己的实力,他并不敢奢望这样隆重的褒奖。

周冠军真心以为,自己得到的表扬,过于隆重。

可是,事情并不是以他的低调,就向着有利于他的方向转移。

因为写了篇关于副刊的文章,更因为此篇文章遭到了上级某部委指名道姓的好评,周冠军成了报社的名人,也成了一些人眼中那个钉子。周冠军心里知道,至少,自己算是把副刊部副主任樊进仁给得罪了,这是他提笔写那篇文字的时候,绝对没有预料到的,就像没有预料到被上级表扬一样。

"谁让你是苦命的七〇后呢?"他只好这么开解自己。

对自己,周冠军一直有一个清醒的认识,他觉得,他们七〇后人,几乎个个都处在吭哧吭哧的阶段,属于好事不敢多想,差事不想自来的人群。上有六〇后的前辈们挤压着使唤着,下有八〇后的孩儿们追赶着超越着，想当领导呢，还欠着时机和火候，当苦力吧，还不甘心掉尾巴，只好一天到晚，一边妄想着，一边吭哧着，妄想大了，被人看出来了，你得倒霉，吭哧地不够，也让人看出来了，你也得倒霉。

就比如写了这篇文章，上了头条他就满足了，说明自己有这个能力，是个努力吭哧的人，可受了这么大的表扬，就难免有点胆战，好想他有多大的狼子野心似的。

昨天，在走廊里遇见樊进仁，樊进仁一看见他就来了句："你果然冠军啊！处处争第一好啊！"说完，樊进仁站那不走，停顿了半晌，才又蹦出一句："至少超过一半人。"弄得周冠军不知道该怎么应答，因为他觉得樊进仁这话意思不详，就是说樊进仁的意思他没太听懂，如果立即应答，他怕自己理解错了。

一篇文章，给周冠军弄出了一大堆的意外。但让周冠军没想到的事情，居然还在继续。

副总编辑宋博和杨清阳，前后脚地召见他。

宋博把他叫去，除了说他给报社增光，金子终于发了光之类外，还问他有没有什么好点子，可以拿个方案出来等等，最后还拍着他的肩膀，说像你这样的年轻人，报社就是要给你们创造机会，给你们施展的机会，还说报社有他周冠军这样的人才，绝对应该重用，应该给他挑担子，有机会，他宋博一定会推荐他云云。

周冠军注意到，宋博除了夸赞的话，还装作不经意地问了问，乔社长找他没有，报社领导或中层还有谁找他谈了，尤其问到樊进仁什么态度等等。宋博虽然很不经意地发问，但周冠军还是听出了话外之音，至于宋博话外到底是个什么音，周冠军不愿意多想，他觉得这是领导的事情，和自己没关系，他也不太想为这事累自己的脑袋。

杨清阳的态度，只比他平日里的态度少了些严肃，除了鼓励了几句，主要是了解他对报社副刊的改进意见，进一步听听他的具体意见。

相比较宋博的封官许愿，杨清阳的态度更让周冠军心里舒服。

除了领导突然找他聊工作，没想到的状况还在接二连三。

周冠军还没想到，不光樊进仁，副刊部的几个老编辑，看见他鼻子不是鼻子，脸不是脸，好像他抢了他们的饭碗。就连同为七〇后的一个副刊女编辑，也冲着他瞪眼睛，说他见不得副刊舒服，还说她原来打算呆在副刊清闲，她正好生孩子，让他周冠军这么一搅和，舒坦日子眼看要没了，这孩子也不敢生了。女编辑的话，让周冠军心悸了一下，自己把人家生娃都耽误了，罪过太大了。

种种迹象，让周冠军在报社变得有点灰溜溜的。

心情灰溜溜的周冠军，多亏了女友周围围。

周围围的心情很舒畅。周围围主要觉得，这件事让她脸上很有光，男朋友显示的实力叫她很开心，报社上上下下，还没有哪个人被上级某部委点名表扬过呢，那些资深老记者老编辑，那些整天占据着头条的大记者们，有谁的名字上过某部位的红头文件？还专门？还单独？

一想起这件事情，周围围就忍不住想笑。看见周冠军整天提着心，生怕别人拿他那篇写副刊改革的文章说事，一副惊弓之鸟的样子，她忍不住打趣他。



“你那大男人的心灵，怎么还不如我这脆弱的小心灵呢？”

被周围围这么一揶揄，周冠军有些难为情了。他知道自己的那些担心和处境，对二十多岁，刚出大学校门不久的周围围来说，可能是难以理解的，他也不想让她为此影响心情，于是就自己打趣自己。

“我是心情过于激动所致。”

“就是嘛！你就是一颗金子要发光了！谁也拦不住了。不过，你不要光瞎激动，还应该心怀感激啊！你是不是该好好想想，都该向谁心怀感激呢？”周围围歪着脑袋问。

“那就乌泱了。”周冠军态度认真，还似乎极度认可地点头说，完全没有意识到周围围在讨表扬。

“没想起一个需要特别感激的人？”周围围的脑袋越来越歪。

“哦，想起来了，有一个……”周冠军忽然一激灵地说。

“谁？是谁？”周围围歪着的脑袋，一下子立正了，支楞着冲周冠军问。

“上级某部委里某一个老头……”

周冠军话音刚落，周围围的小拳头已经雨点般地捶过去。

“我没说错啊！某上级……肯定有一个老头，他说这篇文章好……在我那篇文章上画圈圈……要不然……”周冠军一边躲拳头，一边急急地解释。

周冠军说的绝对是心里话。

要不是上级某部委发文，他的那篇文字，就是登载了头条，在报社也听不着啥响动。就算报社个别领导肯定了这篇文章，也不过几天而已，很快他们就不会注意他了。《新华大时报》百十来号人，记者编辑一大堆，每天见报的文章大大小小几十篇，领导们注意不过来。更何况他一个无名小辈。所以他无比地感激某部委的“某老头”。

只是周冠军不知道，他说的这个某老头，居然和周围围有关系，并且日后，和他也有了关系。只不过，周围围和他一样，也是浑然不知。当然，那个某老头，自己也不知道。

周冠军是中国人民大学新闻系的高材生。拿到硕士学位后，就顺利地进入了这家大报。因为专业对口，又是名校，他当年的求职之路，顺利得让他不敢相信，不知道暗地里掐了多少回自己的大腿。

报社有招收应届毕业生的进京指标，所以他不光解决了工作，还解决了户口，拿到了很多毕业生梦寐以求的北京“绿卡”。他的同学们，有的虽然找到了单位，但户口问题解决不了。有的给解决户口，但单位很不理想，专业相去十万八千里。有的甚至还在北京漂着，满世界找工作，一切都没着没落的。

还有一件事情叫周冠军很是窃喜，那就是报社居然有宿舍。

这在北京的新闻单位可不多见。他的那些进了大大小小媒体的同学，都在租房子住。单位位置好的，在什么二环三环的，附近房子租价就贵得吓人，刚工作的小青年，兜里没多少人民币，没几个人舍得租。想租便宜一点的，不是地下室，就是四环五环以外，地下室阴暗潮湿，远的地方上班像打仗，不仅要在公交地铁里当贴饼子，还要一路狂奔。要么就得和人家合租，花了钱却买一个公共场所，基本上和学校住宿舍差不多了。

报社提供的宿舍，虽然不过是一张床位，房间的条件甚至还不如大学宿舍，但是周冠军挺满意。他很清楚，这叫他暂时免去了花钱租房的多余消费，还免去了奔波的劳顿，更叫他开心的是，整天上班下班都在报社大楼里，报社的电脑全天候，用起来实在方便，又让他省了一笔。

理想的工作，安定的未来，一切都叫他喜不自禁。

周冠军是个聪明人。

一到报社他就很低调，自己傲人的教育背景，自己得意的实习经历，自己曾经的头版头条，统统都闭口不谈。他知道，像这样老资格的大报，强龙实在太多，并且那龙那虎，个个都不屑于藏着，随便一个老编辑老记者，你一打听，都打听出一身惊悸来，出身各类名校的，家世背景很唬人的，得过范长江大奖的，出过一堆专著的，写过无数名人专访的，玩过重大题材报道的，和部以上高层领导可以打招呼的……

周冠军丝毫不敢轻慢，任何一个从他眼前走过的同事，更何况，人家带着高傲神情，给他的都是一副措置裕如的从容表情。他见人就赶紧叫老师，生怕人家觉得他不知深浅。好不容易写出来的稿子，被人家编辑大笔一挥，弄得七零八落，他心里疼得跟什么似的，却站一边使劲点头。

报社对每个记者，都有完成定额的硬性要求，按照职称高低而定。每个季度，他这个助理记者，要完成二万四千字的任务。周冠军不怕写，甚至是很能写，每个月八千字对他来说轻而易举。但是，可怕的就是这个“但是”，这个任务不是以你写了多少字而定，而是见报的字数。

当助理记者的时候，周冠军面临着一个巨大煎熬，这个煎熬就是，自己熬了几个通宵写完的一个几千字的大稿子，到了编辑手里，就可能变成千字左右，甚至几百字，也就是说，要想完成八千字的定额，他必须得写几个八千字，甚至更多。

更叫他煎熬的是，自己的辛苦劳动被缩水也就罢了，但可能瞬间就变成了零，自己的聪明智慧，也许一眨眼就被否定了，自己的好想法妙思路，弄不好一盆凉水过来，很快就给灭了。尤其让他无比难受的是，这一切，他还无处申诉。

周冠军是个有想法的人。他热爱自己的工作，喜欢当记者，他几乎是不分上下班地琢磨选题，他不满足于参加发布会，跑一些没什么分量的消息，他很想多做一些深度报道，写一些有重量的观察性的文章。

报社有两个人，叫周冠军很佩服，一个是要闻部主任魏晓东，一个是记者部主任冷妍。

周冠军没进报社之前，就看过魏子散布在各大媒体的杂文专栏，那些文字，精致深邃，引经据典，信手拈来，魏子的国学功底，让周冠军内心折服不已，他一直以为，魏子是个年过半百的人。到了报社，一次偶然的机会，他才知道，那个如雷贯耳的杂文家魏子，居然就在自己身边，并且很不老，尽管大家都叫他大师。这个人就是魏晓东。

注意冷妍，是通过那些总是占据头条位置的深度报道。他惊讶，一个个头矮小，看上去如此普通的女记者，内心却有着令人惊叹的思想力量。不光选题抓得准，观点立得稳，出手还非常狠。文笔精彩到位，并且足够犀利。他听很多年轻记者，私底下叫她大侠。

当然，这些佩服都是暗自的，周冠军从来没跟人说过，尤其没跟魏晓东和冷妍说过。

想上头条！要上头条！周冠军为此，觉都睡不踏实，做梦都梦见自己的文章上了头条。周冠军深以为，头条，那是一个高地，是一个好记者，必须努力占据的高地。

但是，他屡屡失败。开始，周冠军还以为是自己的策划的确不周全，自己的思路就是有问题，一些自认为不错的选题屡屡被枪毙，那可能就是自己自以为是了，就是自己缺乏经验。可是后来，他就慢慢看出了端倪。

自己的稿子被删减被枪毙，显然不单单是质量问题。一张报纸就那些容量，每天就八个版面，除掉广告，实际的字容量，也就剩五六万字，报社那么多记者编辑，每个人都有定额要完成，你一个小记者，给你几千字的版面，别人的稿子就得给你让地方，那别人不是别人，可都是老记者老编辑，可以说在报社，但凡是个记者，都比他周冠军有资格。

看出端倪的周冠军，很煎熬。

直到实习记者周围围，亭亭玉立地站在他面前，恭恭敬敬地冲他叫了声周老师，他的煎熬生活，才算是体味到了一丝丝香甜的滋味，尽管也就一丝丝。

五六年下来，周冠军终于也熬成了别人的老师了。那一瞬间，他心里一阵酸一阵甜，酸的是，几年间缩头缩脑当学生的不甘，现在终于找回了一些平衡，虽然不过是一个刚进报社大门，两眼一抹黑的小姑娘，但这也足以叫他心理平衡一下了。甜的是，这个叫周围围的小姑娘，长得实在甜美，圆圆的脸上，镶着一对大大的圆眼睛，一笑，两个圆圆的小酒窝。还和他五百年前是一家，都姓周。

周冠军认认真真地带着这个小姑娘。他从零开始地教她，怎么写消息，怎么找选题，怎么选角度，甚至连怎么填写稿费单子，电脑内部系统出了问题该找谁修，怎么和上下程序衔接等等，都耐心地一一指点，简直就是手把手。旁的实习生都很羡慕周围围，说她福气好得叫他们眼绿，遇到一个好师傅。

说实话，那时候，周冠军对周围围没什么私心，他这么手把手地教，完全是因为自己当初的境遇。

周冠军刚进报社的时候，人事处的人把他领到当时的记者部副主任王伦跟前，然后王伦又把他领到一张桌子跟前，就没有然后了。他至今仍清晰地记得那张桌子的模样，桌子上堆满了报纸杂志，和一摞摞乱七八糟的旧稿件，几乎把电脑淹没，电脑荧屏上污迹斑斑，桌子底下，也堆满了报纸稿件，坐在那张脏兮兮的椅子上，他的脚左突右挤，才算在地上落稳当了。

当时他想找块抹布收拾一下桌子，环顾四周，办公室里七八个人，没有一个人理睬他，哪怕过来问问他姓什么，怎么称呼。满屋子的人，似乎都在全神贯注，全神贯注得叫他害怕，叫他心里发冷。他当时还善良地以为，可能是工作太忙太紧张，大家都必须全神贯注，后来他知道了，报社的人，对新人从来如此，用全神贯注视而不见。

没有人带他，更没有人手把手，他是跌跌撞撞开始当记者的，不知道眼睁睁走了多少弯路。那段时间，他嘴上起了有史以来的第一个大燎泡。

周冠军是不忍心，看着一个小姑娘受那种煎熬。

后来，他隐约听说了周围围的情况，知道人家小姑娘很有来路，人家管上级某部委一个局长叫舅舅，据说还是亲舅舅。自那以后，他就有意识地疏远了人家，他不想被人说闲话，背上一个巴结的嫌疑。周冠军没想到，周围围却并不想和他疏远。据周围围后来自己说，他入了她的法眼。

## 4.

樊进仁万万没有想到，周冠军居然真的拿出了一个副刊的改版方案，这叫他措手不及。

樊进仁明白，单凭他周冠军，是不敢这么狂妄自大的，他既不是副刊的人，又不是报社老资格的记者编辑，如果没有人授意，这么有针对性有目的的事情，他凭什么做？

樊进仁认为，这件事一定是有目的的，目的就是让他这个副刊部负责人，脸上难堪。他觉得，一个小小的周冠军，还没有什么充足的理由，要和他樊进仁过不去，非要让他樊进仁难堪，这一定有人背后操纵。

樊进仁决定奋起抵制。

樊进仁抵制的目的也很明确，他的目的之一，就是让周冠军背后的人跳出来。他认为只要他一抵制，凭他周冠军只有无奈的份，周冠军无奈了，这出戏就唱不下去了，而要想把这个方案往下实施，就得有一个报社高层出来支持，樊进仁坚决认为，这个出来支持的人，一定是周冠军背后的那个人，绝对无疑。

樊进仁先召集副刊部全体人员开会。他拿出周冠军的那个方案，这个方案是乔社长给他的，说是让副刊部讨论讨论。樊进仁逐条提出自己的意见，实际上是逐条进行了批驳。

樊进仁是这么说的："让我们向名家大家约稿？还说应该给他们开

办专栏？简直就是一句废话加空话！谁不知道这样能给副刊增加分量？还用得着他说吗？可这容易吗？名家大家的文章那么好约吗？还给人家开专栏，人家看得上我们这张报纸吗？再说了，现在的名家专栏成灾了，大都是潦草应付，有什么可看的。你们说，你们谁愿意干这糟心的事儿？你们谁愿意干我就安排给你……

还让我们增加娱乐内容。难道要靠这个吸引读者？简直就是低级趣味！谁去跑这个东西？我们有人手吗？就这几杆抢？再说让我们这些文化人，去挖人家明星的事儿，你们想干我还不忍心叫你们干呢。丢人啊……

说什么培养自己的专栏作者，说得容易！你培养谁不培养谁？我们副刊的人谁没文采啊？连载时尚小说？什么是时尚小说？不就是那些网络流传的小说嘛，难道我们堂堂大报，登那些异想天开的东西，登一些青春文学？"

樊进仁说得唾液四溅，副刊部的编辑们频频点头。

樊进仁的批驳，得到了副刊部全体编辑们的一致赞同。这一点他早已料到。樊进仁之所以这么大张旗鼓地批驳，就是想把话传到那个"背后"人的耳朵里。他坚信很快就会传过去。

但是让樊进仁意外的是，周冠军背后的那个人，居然不是刻薄尖酸，总喜欢挑他毛病的副总编辑宋博，而是另一个人，这个人以公道正派著称，他是副总编辑杨清阳。樊进仁糊涂了。

糊涂的樊进仁认为，这其中一定有玄机。

可是，以樊进仁的思路，一时半会儿，又很难搞明白这中间的玄妙。因为樊进仁无论如何不会料到，宋博让周冠军搞副刊的改版方案，杨清阳也让周冠军搞一个方案。他更不可能料到的是，宋博让搞方案，还摆出那么高的姿态来，其实不过就是个姿态而已。宋博的真正意图其实是：我是领导，我必须要表现一个领导的重视，既然说重视，那就让你周冠军搞个方案，但是让你搞方案，那是我这个做领导的看得上你，也是做领导会抓热点，你还当真了？

就是说，其实宋博没当真。

宋博的心思，樊进仁没法洞察。这样的事情，宋博是不会落在别人后面的。周冠军受到上级表扬，宋博知道乔社长很在乎，那他就必须得在乎，因为上级表扬周冠军的同时，也间接表扬了报社，宋博还知道，乔社长不光在乎受表扬的人，更在乎上级表扬周冠军的理由，这个理由就是“副刊改革”。

宋博要表现他的重视，所以宋博把周冠军叫去，鼓励关心一番，鼓励的时候，就说出了搞一个方案的话，至于是不是真的搞，到底该怎么搞，宋博没有具体意见，更没有坚决态度，就是顺嘴那么一说。

宋博做了个姿态，然后就洗洗睡了，可杨清阳当真了。用樊进仁的思路思考，杨清阳才是周冠军的所谓后台。

杨清阳支持副刊改版，樊进仁没什么脾气了。

杨清阳在樊进仁眼里，是个让人没脾气的人，有才华，不整男人，不搞女人，樊进仁对领导的最高评价，就是这个标准。具备这个标准的杨清阳，是报社最叫樊进仁服气的一个上层。所以他一听说杨清阳非常支持周冠军，他就泄了气，原本装填好了子弹，并且已经伸出去的枪筒子，现在只好对着天了。

但是想来想去，想得脑仁疼，樊进仁还是不太确定，杨清阳居然是周冠军背后的那个人。他自信的认为，杨清阳不会做针对他樊进仁的事情，我没得罪过他啊！樊进仁委屈的在心里叫嚷。而周冠军的那个方案，句句都是针对他樊进仁的，要不然，怎么看得叫他有针刺的感觉？他甚至觉得，全报社都知道了那个方案，全报社的人都知道，改革改的就是他樊进仁，那办刊失误，就是说他樊进仁啊。

一想到这些，樊进仁就觉得，报社人人都在背后指点他，说他不行，说他能力差没水平。樊进仁很明白，作为一个老报人，没有什么比这个评价更叫人没脸面的了。

樊进仁总觉得周冠军背后那个人，应该是一个对他樊进仁不怀好意的人，而杨清阳为什么要对他不怀好意，他暂时还找不到理由。

可是，周冠军的后面，除了那个透明的杨清阳，他什么也看不见。这叫他很不甘心，也很不愉快。

樊进仁的不愉快，被无情地持续了下去。

樊进仁被乔社长召唤了去。

当樊进仁拉开乔社长办公室门的时候，他和宋博几乎迎头相撞。宋博正要出来，樊进仁看到了宋博脸上一种怪异的表情，他甚至观察到，宋博用一种似笑非笑的眼神，重重地看了他一眼。那一瞬间，樊进仁有种不好的预感，尽管他知道，周冠军的副刊整改方案，是杨清阳一手督促的，但他就是觉得宋博可疑，觉得这个人在这件事情上，没起好作用。他来不及回敬宋博那似笑非笑的眼神，先进了乔社长的办公室。

这次谈话，乔社长说了几层意思。

乔社长说，副刊一定要改革，至于怎么改，要他们副刊吸纳多方意见，尤其是周冠军的改革方案，以及那篇文章，想法成熟了就尽快在版面上体现出来。乔社长的这层意思，基本上没有太出乎樊进仁事前的预料，只不过是给了副刊一个期限。让樊进仁感到意外的，是乔社长的另一层意思。

因为乔社长随后还说，如果副刊这次的改革不见成效，那就面临版面被取消。

版面取消？樊进仁的脑袋不光嗡嗡作响，还有点膨胀了。

樊进仁的脑袋，只需简单转一转就能想清楚，如果版面被取消，那副刊部就没有存在的可能了，副刊部如果不存在了，他这个副刊部的副主任，就可能要站一边凉快了，别说他梦寐以求的扶正，就是现在的这个副主任能不能保住，都将是个问题。

除了职位，樊进仁心里还有个小九九。

报社哪个版面有副刊部舒服？他们整天琢磨选题，整天到处跑，就那么一亩三分地，几十号记者编辑轮番争抢，好不容易选题通过，辛辛苦苦写了几千字回来，编辑就给你一个豆腐块的地盘，把你的心血删得七零八落。而副刊部从来都不担心这些问题，他们的阵地别人是很难插足的，他们的地盘，完全归他们自己享用，副刊部的人，从来都不担心自己的定额完不成。

樊进仁心里大声叫苦：好日子到头了！

樊进仁这边心里叫着苦，他的耳朵又听到了另一个声音，当然，那还是乔社长的。乔社长最后又说，报社正在考虑办一张小报，走时尚休闲的都市报路子，属于周末期刊，实行自负盈亏。这张周刊，将彻底推向市场，探索《新华大时报》改革的路子，寻求报社新的经济增长点……副刊的改革如果始终不到位，实在不行的话，副刊就合并到小报里，也许更能够发挥出副刊原来没有发挥出来的潜力……

一时间，樊进仁连叫苦的劲头都没了。

后面，乔社长都说了些什么，他几乎不再留意了。反正社长的意思他已经听明白了，副刊部要没了，他没舒服的地方呆了，他樊进仁还有可能离开大报，到那个有今天没明天的小报去。什么新的经济增长点，那都是异想天开，自负盈亏？那就是说，没饭吃了就没人管了。难道他樊进仁在报社混了十几年，就落得个这样的结果？

从乔社长办公室出来的时候，樊进仁在走廊里碰见了方晴雨。方晴雨步态跳跃着从樊进仁身边走过，两个人的身子错过时，方晴雨还向他微笑了一下。那一刻，方晴雨似乎让樊进仁的愤怒，一下子找到了一个出口，至少，让他想到了一个特别解气的词。于是，他把一腔恼怒，一下子喷到了方晴雨身上。



“婊子，就是婊子，都是些婊子！”

方晴雨听见了，但她以为樊进仁嘴里骂的是别人。

# 5.

这些日子，方晴雨也不愉快。

宋博忽冷忽热的态度，含糊不清的暧昧，让方晴雨无法确定自己的一个方向。有时候，她真不知道宋博心里对她是怎么想的，明明知道她不想干美编了，想调换工作，他就是只说不动，嘴上说得热闹，一直不见有什么动静。

方晴雨心里的急躁只有使劲地忍着，心里不满意，还不能太明显地表现出来，因为只要她一有表现，人家宋博就把她晾几天，面对面走过都像是没看见，弄得方晴雨很担心，以为他们之间就此打住了。可是几天后，宋博又会突然给她电话，每次接到他语气平静的电话，方晴雨忍不住要恨自己，干吗那么眼巴巴的。恨归恨，她脚底下却是一刻也不想迟缓，每次再一见面，宋博那不由分说的强拥强吻，都让方晴雨失去所有的抵抗欲望，那一刻，方晴雨甚至会涌起了些许的感激和如释重负，心潮也跟着澎湃起来。

宋博这个样子，方晴雨是进也不甘，退也不甘，心里愤愤不平的时候，就在心里说些狠话，发誓再也不让宋博动手动脚地占便宜了。

其实，方晴雨对宋博，感觉一直是模糊不清的，无论是做下属，还是做情人。

方晴雨觉得，宋博那人，能力强，有才华，报社上下都知道，平时看他总一本正经，要不是他和自己这样，还真看不出他是这样一个人。这样一个什么人呢？方晴雨问了问自己，她不太想把宋博看成一个好色的男人，她宁愿认为宋博真的喜欢她。

一想到自己眼前这个行当，她心里又泛起了不快。

当美编不是她的理想职业。她想在报社受人尊重，可目前美编这个岗位，不过比过去干录入好一点而已，她好像没有获得更多的自豪感，荣誉感更谈不上了，在别人眼里，这也是个谁都能去干的活，用宋博的话说，就是一个简单劳动。

方晴雨承认，和宋博的关系，让她暗自获得了优越感，尽管这种优越感不可告人，她还是感到很优越。只是，她一边享受着优越感，一边也在担心，她现在担心的是，看情形，自己迟早会成为宋博的女人，一旦自己对宋博付出了全部，宋博就不会那么在意她了。



男人就是这样。她想起了自己的老公，当年死乞白赖地追她，一天到晚，恨不得像 BB 机似的把她挂腰上，可得到她后，就没那么黏糊她了，甚至越来越不耐烦她，除非他生理出现急需，否则，想让他抱一抱亲一亲，比登珠穆朗玛还难。

方晴雨不知道自己是从什么时候开始，有点喜欢上了宋博。她确信，最初的时候，她只是不讨厌他而已，和他打情骂俏，除了碍于他是自己的上司，内心隐约地有些功利想法，也是被他的幽默和才气吸引，在方晴雨眼里，身为报社副总编辑的宋博，就是成功男人的代表。

有时候，方晴雨很自卑，她从来不敢想，自己有一天，会被一个成功男人追逐。宋博的暧昧，让她的虚荣得到了极大的满足，宋博是一个成功男人，宋博对她的暧昧，多少可以说明，自己是一个有魅力的女人，魅力到让一个成功男人折腰的地步。但是后来她发现，自己不仅仅是满足于这些感觉，渐渐地，她心里有些依赖宋博了，无论是从情感上精神上，还是工作上事业上，她越来越希望，自己能从宋博那里获得更多的支撑。这种希望，像喷发的火山，完全不能遏制。

就在方晴雨为自己和宋博的关系纠结时，有一点她没有想到，她和宋博的关系，已经被两双眼睛死死盯住，除了樊进仁，另一双是李春红。

李春红盯着方晴雨，除了她一直想从校对岗位调换到行政岗位未果，而方晴雨却离开了录入岗位，当上了美编，这叫她心里愤愤之外，还有一个缘由，李春红的丈夫是宋博的司机，她比旁人多了一些便利，丈夫一些无心的闲聊，都让李春红大开眼界。李春红最擅长的，就是发现和琢磨蛛丝马迹了，更何况方晴雨和宋博的蛛丝马迹，在她眼里已经上升到了遍地熊迹的程度。

由于樊进仁和李春红这两双眼睛的关注，很快，就有了很多双眼睛，围绕在了方晴雨和宋博的周围。他们的暧昧关系，其实已经成了报社公开的秘闻。

毫无知觉的方晴雨，依然时不时地，脸上红晕密布地从宋博办公室出来，当然，每次手里都拿着一份文件夹。

一天，当方晴雨又一次不由自主地走进宋博办公室的时候，她看到宋博满脸放光。那一瞬间，她的感觉有些膨胀，以为宋博的满脸放光，是看见了她的缘故，她心中暗自腾起了一股子激动，感觉自己的血直往上涌，头有些晕乎乎的。

那一刻，方晴雨不自觉地脚步有些轻佻，难得地表现了一回主动的姿态，微微扭动着身子贴向了宋博。

宋博那天的确满脸放光，的确踌躇满志。看见方晴雨进来，他觉得终于有人和他分享了，就高兴地起身迎过去，像以往一样，把方晴雨挤贴到墙上。宋博很喜欢那种感觉，对方背后紧贴着墙，完全无处躲避，让他有一种进攻和占领的胜利。

“你来得真是时候，今天是个好日子……”宋博嘴角露着一丝坏笑，故意咬着牙根，从牙缝里挤出一句话。

“有什么好事啊？”方晴雨身子扭了扭，悻悻地问。

方晴雨以为宋博看见自己突然出现高兴，结果是另有喜事，心里不免失望。她下意识地认为，宋博的喜事，和自己没什么直接关系，进门时涌上头的热血，瞬间降了温度。

“我听到一个消息，乔社长到年龄要退休，上面的意思，我有可能是接替他的人选之一……”

方晴雨没想到听到的是这样一件喜事，她脑子里的血似乎又升了温度。乔社长要退了？那么宋博要升总编辑了？要当社长？这意味着什么？方晴雨脑子里迅速转着意味着什么这件事，她首先想到宋博要换办公室了，社长的办公室多大啊，那是个套间，里面是卧室……想到这，她身上激动了一下。她还想到了以后报社开大会，坐中间的就是宋博了，这么一想，她不由得又自豪起来。最后，她想到了自己的岗位。

宋博放开方晴雨，在房间里走来走去，嘴里兴奋地说着，手臂也左一下右一下地挥舞着。他说了自己多年的忍耐，说了自己几乎放弃的念头，说了当一把手后要干的几件事情，说了有可能和他竞争的几个人选，还说了不知道乔社长会不会极力推荐他……宋博说得天马行空，说得毫不连贯，说得无所顾忌。

宋博太兴奋了，他需要一个渠道让自己流露快意，一个既通畅又安全的渠道，而此时的方晴雨，是唯一合适的渠道。



一个男人的这种心情和状态，他没办法和任何另一个男人交流，哪怕是自己的哥们儿。男人之间的竞争较量，从来都是很微妙的，这种事情，有可能会坏在哥们儿手里，现在事情才刚有个苗头，他不能掉以轻心。他也不能和自己老婆透露，毕竟事情还只是个苗头，万一没结果，就在老婆嘴里留下了笑柄。此时此刻，只有在一个女人面前，尤其是一个喜欢自己的女人面前，一个了解自己处境的女人，他可以畅快淋漓地表达自己的快意。

那天，方晴雨终于放弃了自己在宋博面前，纠结和坚持了很久的那个底线，她半推半就地依了宋博的有力进攻。方晴雨认为，他们的关系从此上了一个台阶，因为这个台阶，她心里埋藏着的那个想法，浮出了水面。

女人一旦放下身段，自己跟自己说想开点，那后面的事情就不可收拾。

方晴雨也不例外。自那天和宋博的关系，有了一个实质性的进展，她就有些不可遏止的情绪，她竟然连续几天不请自来，一到午休时间，她就钻进了宋博的办公室，宋博自然是喜不自禁，他表现得来者不拒。有几次，他们甚至在晚上下班后，又相约回到报社，一直呆在宋博的办公室，缠绵到了半夜。

密集的接触，疯狂的激情，在一次次不能自已的幽会中，方晴雨确信，她和宋博的感情也在升温，她确信，她和宋博之间，除了男女之间的吸引，除了办公室暧昧，还有了爱情。可方晴雨不知道宋博是怎么想的，关于这个问题，宋博从来不和她讨论，每每方晴雨撒娇，问他爱不爱她，宋博都是用更加猛烈的热吻回答，弄得方晴雨几乎要窒息，思想也跟着喘不过气来。因而她觉得，宋博应该也是这样想的。

于是，在又一次缠绵之后，方晴雨温柔地把头埋在宋博的臂弯，说她想离开美编岗位。说出这个想法时，方晴雨还不能确定宋博会有什么样的反应，她心里还非常忐忑，担心宋博一口拒绝了。但是，宋博的反应叫她喜出望外。

宋博使劲搂了搂方晴雨，说他早已经有想法了，准备把她安排到财务部去，他叫她不要着急，说原本进财务部还有些困难，但现在有个好机会，报社准备筹办一个周刊，届时肯定会下派一个财务人员去，到时候，财务部就空出一个岗位了，这比硬塞进去要好得多，这么进去顺理成章，将来她在财务部也好工作。

宋博的话，招来方晴雨的一阵狂吻。

其实，方晴雨向宋博提出的，不过是自己的一个梦想，她以为，这个梦想也许就停留在梦想上了，恐怕没有可能实现，但是她没想到，这个梦想到了宋博嘴里，竟然成了这么轻而易举的事情，更叫她开心的是，这件事情，显然宋博早就有考虑了。

那一刻，方晴雨对宋博，心里装满了浓密的感激。

## 6.

副刊终于变脸。

可是,却变成了一张大花脸。这是大家说的。

改版后的第一期一出来,樊进仁就听到了很多难听话。什么“不伦不类”,什么“东施效颦”,什么“越描越丑”,什么“糟糕得不能看”……这些难听话,一句都不是当着他面说的,哪怕是以开玩笑的方式。不管谁跟他说,都说是“有人说”,让樊进仁对此完全无计可施,想辩驳都找不到对手。要命的是,樊进仁听不见谁指着他鼻子说那些难听话,可他却快被唾沫给淹死了。

樊进仁觉得自己有一肚子的委屈,于是就到处找人倾诉。

他说他为了改版,熬夜吸掉了几条烟,嘴里都是苦的,吃饭都没滋味。说他查阅了无数的副刊样板,调研了无数同行媒体,打了无数通电话,请名人求名人,都快成孙子了。说他就是完全按照领导的意图,以及领导喜欢的人,就是周冠军的那个方案做的,怎么就会糟得不能看了呢?说他照搬,他是有选择地借鉴,领导不是让他借鉴吗?根本不存在照搬嘛!说他为了丰富内容,脑壳都想疼了,怎么就成了不伦不类了?

最后,他还说了句话,这句话不太好,这句话他不该说,但他还是没管住自己的嘴。他说,分明就是有人和他过不去,分明就是欲加之罪何患无辞，简直就是鸡蛋里面挑骨头，原来的副刊根本没那么多毛病，别的报纸也这么办，别人怎么活得好好的，怎么就不让他好好活？

于是，别人就劝他。

别人说，我们的副刊一直都不错嘛，谁说不能看了？谁说不伦不类？谁说很糟糕？我们每期都看嘛，再说，你们就那么几个人，已经很不容易了，副刊可都是才子才女，报社的才子才女都在你们副刊呢，说你们没眼光，那报社谁有眼光啊……

这个别人包括李春红。

李春红跟樊进仁眼对着眼，目光依然如炬，并且满怀真诚，就差拉着樊进仁的手，她说她一直是报社副刊的忠实读者，她最佩服文化水平高的人，而报社副刊部的人，是最有文化的人。“哎哟哎哟哎哟哟哟……那些散文，写得多美啊！可惜以后看不见了啊！可怜啊！”不知道李春红可怜的是副刊部，还是副刊部的人，或者是那些散文，李春红自己没有说明白这个问题。但李春红很由衷地在樊进仁眼前怀着旧，脸上布满极其真诚的愁情。

李春红的缅怀，让樊进仁更加泄气，尤其是李春红的“哎哟哟……”，弄得樊进仁头很疼。他不需要人可怜，尤其不需要李春红的可怜，他从来都看不起李春红。

在樊进仁眼里，李春红是个奇怪的人，还是个肆无忌惮的人，她奇怪并肆无忌惮地关注着可能关注的一切，奇怪并肆无忌惮地插手着可能插手的一切。

据樊进仁所知，李春红不光叫他头疼，还是个叫其他同事头疼的人。

在报社，谁有了什么心事，都逃不过李春红的眼睛，她会把你叫到一个隐秘处，拉着你的手，她并不着急问你怎么了，而是滔滔不绝地跟你说她自己多么不容易，一般是从自己十一二岁早出晚归训练排球说起，然后会说到自己怀孕生孩子公婆不管，直到把你说得心酸并且眼眶发红，情不自禁地把自己的心事和盘托出。再然后，她会在适当的时候，以一个知情人和工会工作人员的双重身份，跟一些局外的同事们，恳切谈谈这个深刻教训，或者干脆跟领导请示汇报。

有一件事情樊进仁印象深刻。有一天，报社前厅贴出了一张通告，说是报社一对小夫妻家里遭了火灾，请大家献出爱心踊跃捐款。很快，大家就看到，李春红拿着一个小本本挨门收取捐款，还说会用大字报公布大家捐款的数目。就在李春红张罗张贴捐款红榜的时候，那对小夫妻急急地跑来对她说，家里并没有什么大火灾，只烧坏了一只锅，他们死活不要那些捐款。当时，眼看着一场轰轰烈烈的捐款，就要变得尴尬起来。

但是李春红一点也不尴尬，她照样用大红纸公布了每个人的捐款数目，并拿着小本本给领导仔仔细细汇报了自己组织这次爱心活动的始末。至于所捐款项，有人说小夫妻拿走了，有人说挪入工会活动经费里了，也有人说要退还给大家。于是，就有人等着拿退款，一直等一直等，结果也没有等到。那次捐款，叫大家有些头疼，更叫那对小夫妻头疼了好些日子。因为李春红追着樊进仁屁股后头要五十元捐款，樊进仁也头疼了一回。



李春红除了叫同事头疼，她更叫领导头疼。

有一个临时招聘的女孩子把报社给告了，说报社违反劳动法，没有给她上三险，劳动保障部门三番五次地上门调查，调解结果，报社给那个女孩子赔付了几万元。事情前前后后折腾了几个月，乔社长差点为此罢了人事处长的职。后来传出消息，说那个告状的女孩受了报社一高人指点，才得以直戳报社一个软肋，导致一举状告成功。那个高人，传说中的目标直指李春红。

有人说这是撺掇，成心要报社难堪。也有人说这是指点，帮助职工维护合法权益。当时樊进仁坚信，这就是撺掇，而且把撺掇变成了指点，此举非李春红莫属。

李春红对此传说表现得不置可否，对领导和同事的头疼也似乎毫不察觉，而樊进仁更相信她是有察觉的，一切都是故意的。并且樊进仁还确定，李春红的不置可否，就是要让领导们明白一个事实，她李春红可以像狗一样认人，也可以像狼一样不认人，认人不认人，一切在于她的心情。

表面上看，李春红说话办事都很严肃很认真，说话，用的都是标准的文革语言，办事，使得都是标准的文革做派，有时候让人误以为她不太正常，好像不是生活在现代社会。可是私底下，她的表现似乎又符合正常，热乎起人来绝对一丝不苟，背着人，就是那种天知地知你知我知的时候，招呼人都是贴心贴肺的。比如私底下她见了樊进仁，从来都是“进仁进仁”地招呼，弄得樊进仁想起鸡皮疙瘩。

她骂起人来，更是一丝不苟，不喜欢的女人，统统都是骚货，厌恶的男人，则一概是流氓，听上去都和性行为有关。

樊进仁认为，李春红一定和丈夫的那个生活不太和谐，所以和这事有仇。

樊进仁讨厌这么奇怪，并且肆无忌惮的女人。

现在，连李春红这样的人，都居然对过去的副刊表示缅怀，让樊进仁心里哭笑不得。她的缅怀对樊进仁的意义，只意味着过去副刊的曲低，还意味着他千辛万苦改版后的副刊，彻底的失宠，这让他感觉无比的沮丧。他觉得副刊的末日真到了。

别人的话虽然让樊进仁沮丧，但别人的话都很客气。可是杨清阳没跟他客气。

“你是个老报人了，怎么没有自己的想法，还怪别人的建议呢？小周的方案是个副刊总体的改革意见，报社也没让你照葫芦画瓢啊？你得根据我们这张报纸的特点改啊？”

杨清阳这么生气是有理由的。

有一次，正值杨清阳是值班总编辑，副刊送来了终审版面，杨清阳看了几秒钟，眉头就皱成了一团。他看到了几条消息，不伦不类地夹在文化简讯里。一条消息报道的是一个电影明星生了个龙凤胎，另一条是某歌手被传是某名人的私生子。杨清阳大笔一挥画了几个圈圈，把那几篇文字给删掉了。值班的副刊编辑，被杨清阳拉长的脸吓得不轻，哆哆嗦嗦拿回样版，撅着嘴搁在樊进仁面前。

眼看着版面要开天窗，樊进仁灵机一动，就赶紧让手下找了一张国画的山水图片填了上去。当时排版的人说了句，这图片太大了，放上去版面不好看了，排版的人还嘟囔让他们最好赶紧找一篇几百字的文字来，填一篇小文，图片就可以缩小一些。

排版都要找我的茬了！樊进仁觉得，自己已经倒霉到喝凉水都塞牙的份上了。

那天，杨清阳让副刊换了几次稿件，最后勉勉强强地签了字。那天就因为副刊，报纸出片的时间一直往后推，到晚上九点才下班，校对、排版、美编一堆人跟着嘟嘟囔囔地加了班，很让樊进仁脸上挂不住。

尽管杨清阳很让樊进仁脸上挂不住，但樊进仁心里却不太恨他，虽然他有充分的理由痛恨杨清阳，因为是杨清阳一次一次地找副刊的麻烦，但他最痛恨的人是宋博。



自从副刊正式被要求改版，宋博就不言语了，以樊进仁的理解，就是站一边看起了笑话。原本一个使劲批评副刊的人，一个使劲鼓动改版的人，真到了改版的时候，他却眯缝着眼，站远远的瞅着了，这是什么居心？完全是隔岸观火，就是不怀好心。

更叫樊进仁愤怒的是，他的手下听到了一个版本的坏话，说什么“本来想露脸，结果把屁股给露出来了，还放了个屁，弄得臭味散了几里地……”樊进仁一听，就知道出自宋博之口。

他和宋博共事十几年了，别人不知道，他樊进仁可是了如指掌。宋博年轻的时候，刻薄人一向是他的强项，这种损人的话，他一听就知道，完全是宋博的风格。只不过现在他当了领导，人变得圆滑了，轻易不好刻薄人了。这回，他樊进仁倒霉，把宋博的刻薄话都能勾出来了，可见他宋博心里是偷着乐的，是希望他樊进仁这回倒大霉的，甚至是巴不得他樊进仁连饭碗都砸得七零八落。

一想起宋博那似笑非笑的脸，樊进仁牙根使劲咬了咬，腮帮子鼓起两个硬包。咬牙的时候，樊进仁脑子里浮现出方晴雨的身影，随后，他的嘴角也似笑非笑地咧了咧。想到方晴雨，樊进仁有点心虚，暗自承认宋博这是借机整他。他哼了一声，非常不服这口气。

有一点他心里很清楚，没有了副刊，报社有很多人都很高兴。他们的高兴，不是要和他樊进仁作对，他们高兴的是，副刊没了，一整个的版面给他们腾出来了，对很多人来说，那就是甜头。

樊进仁回去，对手下们说了句意味深长的话，他说，有一种失败叫占领，有一种胜利叫撤退，仗有很多种打法。

# 7.



副刊改版以失败告终，这个结果，报社不少人早就已经心中笃定了。这些不少人，也包括要闻部主任魏晓东。

魏晓东是个勤恳的人，因为他当了七八年的要闻部主任。

要闻部主任是个辛苦的活，一年到头没工夫休假，公费旅游游山玩水的好事轮不着，加班加点是常有的事，版面一旦出现问题，板子第一个就打在要闻部主任的头上。因为要闻一旦出了问题，那就是大问题，别的版面即使出了问题，也弄不到挨板子的份上。

有一次，报纸出来后，第二天被人发现了一个错字。按道理说，一个版面上出个别错字，也是差错率允许的，再说了，出了错字也是校对的责任，终审是把大关的，不可能干校对该干的活。可是那一次，终审躲不过去了，因为错的那个字，是一个中央领导人的名字，这个名字在头版头条的副标题里，位置很重要，这么重要的人，这么重要的位置，怎么就从你终审的眼皮底下溜过去了？于是，魏晓东就大会小会地做检讨。

这么辛苦受累的活，一干能干七八年，没点勤勤恳恳的精神，是顶不下来的。魏晓东一直勤恳地顶着。

除了勤恳，魏晓东还是个认真的人，他不迟到、不早退、不旷班，外带不溜号。这么认真的人，干要闻部主任最合适不过了。显然，在报社，要闻部主任是个非常重要的位置，要有强烈的责任心，更要有相当的政策理论水平，政策关、文字关都要把好。担子重责任大，一般稍有懒散的人都不愿意干，而报社这样的文化单位，懒散的人占了大多数。其实就是懒散的人愿意干，领导们也不放心。所以，勤恳又认真的魏晓东，就是个宝，领导们对魏晓东很放心。

魏晓东在报社还有个外号，报社的人，尤其是年轻人，当面背后的都叫他“大师”。因为他整天张嘴闭嘴之乎者也，国学底子比一般人深厚许多。

被人叫大师，魏晓东起初心里挺不爽的。

身为媒体人，魏晓东深知“大师”之称，已经像糊了的瓜子一样，被过度地炒来炒去，已经坏了味道。人说你是大师，你根本搞不清此大师是不是彼大师，更何况他一区区中年报人，被人“大师”来“大师”去，揶揄的成分就出来了。所以他心里不太爽。喜欢国学钻研国学，完全是他的个人兴致所至，即使不小心露了峥嵘，也不是成心出风头。

虽说不是成心显摆，但不爱出风头的魏晓东，就算他想遮掩，也已经笔不由己了，满脑子都是那些先哲们的经典哲理，满心思装的都是古人的诗词歌赋，好像他一下笔，那些古人们就跑出来帮衬他了。

都是不留神的事，魏晓东挡不住。

魏晓东的国学功底，在《新华大时报》的主要显现，就是头版言论栏目那一亩三分地。他写的言论，基本上篇篇引经据典，形成了他自己独特的风格，报社没人比他肚子里存货更多，上下五千年，诸子百家，诗词歌赋，他就是专家，报社没人能和他叫这个板。他经常说的一句话就是，读古人，总能叫人茅塞顿开。听上去比较谦虚。

一向谦虚的魏晓东，还是个谨慎的人，他最怕人家当面夸他国学好，听上去总感觉有那么一点言不由衷。对此他很有自知之明，他知道现在的人，更喜欢那些所谓的网络经典语言，对古人的经典不屑一顾，所以遇着有人夸他国学好，就会觉得有挖苦之意。

魏晓东在报社最怕一个人夸，这个人是李春红。每当李春红非常虔诚地举着一张小纸片，跟在他屁股后面，或者左右，嘴里“哎哟哎呦哎哟哟哟”地，反复说自己多么多么喜欢他写的言论，喜欢得每次都要忍不住剪下来反复研读，如果适逢李春红不顾左右高声诵读几句，魏晓东就想找个地缝。魏晓东确信，李春红这时候没有恶意，但他就是受不了，如果当时是坐着的，就必定是如坐针毡。

可能是怕人对自己热爱国学说三道四，魏晓东在报社内部很有些克制，除了写言论忍不住要之乎者也，或者平日里不留神，会拿一些诸如“能为可用，不能使人必用之”、“腹有诗书气自华”、“志不强者智不达，言不信者行不果”之类的先人的话，教育教育狂躁的年轻人，一般情况下，他是呈现一种憋着的状态。有时候兴致高昂，嘴里都溜出来一半了，可能都会使劲再咽回去。

其实，魏晓东也不总憋着，他也有让自己酣畅淋漓的地方，那就是他自己的那些专栏，尤其是自己的博客。他在博客里是放松的，写的东西很自由自在，一些零零星星的思想，在那里随意地流露着，文字长长短短，有的也就几十个字。



就是写几十个字，有一点魏晓东丝毫也不含糊，那就是标题，这是他喜读七言五句的流露，也是做了十几年编辑养成的职业毛病，对标题很讲究，他一直把这叫毛病。在他的博客里，无论文章大小，哪怕就是几十个字，或者无关痛痒的流水账，标题全部都是七言。比如写晚上散步所见，标题就是“隔墙凝思读书处”，写自己被后生赞美，标题是“舌尖流蜜笔生花”，写左右邻居的事情，标题是“邻家柿子挂满枝”，写遇见坏天气，标题是“有好日子没好天”……报社有他的粉丝，把他博客文章的所有标题排列起来，发现居然就是一首七言绝句，对仗押韵，读起来叫人不由得会摇头晃脑那种。

大师不大师，都由不得魏晓东。尽管，起初听人叫自己大师很不爽，但慢慢听下来，魏晓东的听觉有些麻木了，他挡不住自己之乎者也，也挡不住旁人的尊崇。再往后，人家叫一声大师，他一点头一微笑，人家就认为那是默认了。

显得很大师，这的确怪不得魏晓东。

魏晓东和报社大多数人一样，不看好副刊的改版，只是让魏晓东没有想到的是，副刊改版的失败，最终会和他扯上了关系。

除了魏晓东，报社还有一个人，一直冷眼看着这一切。她就是记者部主任，冷妍。

对于自己服务的这张报纸，有一个版面冷妍是从来不看的，那就是副刊。

冷妍是北京大学中文系高材生，写得一手好文章，读书期间，就曾经拿过几次全国性的散文征文大奖，刚一毕业，就出版了自己的文集。当记者以后，她的文字越来越成熟老到，不仅流畅洒脱，诙谐犀利，还寓意深刻，颇具思想性。在报社，冷妍的文章经常占据各版面一二条位置，每月为数不多的 A 级稿件评定，她也总是名列前茅。因为文笔出众，所以冷妍对所谓的美文，一向有自己的眼光。

冷妍是个身上有太多的不相称，但却能给人舒服感觉的女人。

魏晓东对此就深有感触。明明觉得她清高自负，但却在她的爽朗大笑声当中，让你不知不觉地心悦诚服。明明眼见她貌不惊人，却忍不住要惊叹她着装得体，气质不凡。明明感到了她咄咄逼人的气势，却在她的一身侠气中，没法跟她记仇。明明知道她是个女人，却让人像依赖一个厚实的肩膀一样，被她的一腔义气感动，甚至不知不觉把她当男人。

冷妍只有一米五三的身高，魏晓东曾经忍不住调侃她，说她如果不穿高跟鞋的话，搁人群里就没了顶。冷妍自己说，要不是只有一米五三，她当年就当了兵。魏晓东说的是实话，冷妍不仅走到人群里，会没了顶，冷妍的五官也过于平常，平常到一眼扫过后，基本上不会引人再看第二眼，如果非要看第二眼，那一定是发现她哪里有问题，需要多看一眼证实一下而已。这是非正常情况下。正常情况下，人们的好奇心，可能会在她身上停留许久。

因为冷妍是个自信的女人。

冷妍的自信，不是来自于她的文章，尽管她的文章都出手不凡，观点犀利，视角独特。冷妍的自信似乎与生俱来，在人群里，只要她一开口，她就是中心，嬉笑怒骂诙谐逗趣，周遭笑声一片。除了能够谈笑风声，冷妍还是个衣着讲究的女人，甚至有点超凡脱俗的摩登，大冬天，一个披肩下面，就是一件吊带露背的羊毛裙，皮裙下就是一双薄丝袜，这样一个摩登的女人，却神情淡定，走过人前，必定留人眼球。

如此聪慧豪气，却又时尚妩媚的一个女人，自然免不了受到男人们的刻意专注，比如一些喜好情色的男人，一些喜好权势的男人，一些喜好整事的男人，对这些男人来说，女人的豪气和妩媚，都是他们需要的。冷妍，就经常遭受这些男人的拉拢，他们会想办法引起她的注意，尽可能地拉她成为一个圈子里的人。

可是冷妍，更是个烈性子的女人，眼里揉不得丁点沙子，对那些心怀不轨的男人，或者一些喜欢拉帮结派的人，面对他们的示好和拉拢，她一点面子也不会给，就是偶尔伙同，也是一副同流而不合污的样子。因此有人送她“大侠”的称号，她一般也来者不拒。

副刊的事情闹得沸沸扬扬的时候，冷妍一直在外地采访，其间短期回报社，跟魏晓东沟通采访稿的时候，魏晓东曾经跟她聊起过。当时冷妍的态度，在魏晓东看来，一扫她以往的冷静，表现得相当冲动和激进。冷妍说，副刊的改革，不应该是修修补补，应该换血，如果照现在这个思路做下去，换血是迟早的事情。



果然，事情没有出冷妍所料。

终于，在试改版了几期之后，存在了十几年的副刊，正式被《新华大时报》取消。

# 8.

《新华大时报》要办一张周刊，叫《假日》。一时间，报社上下就像炸了锅。

和别人不相干的叽叽喳喳相比，魏晓东心里就是个劈里啪啦的油锅，因为他临危受命，《假日》周刊的总编辑，咣当一声，砸在了他肩上。

有人替他抱不平，说他在正处的位置上干了七八年，不往报社上层走走也就罢了，倒往偏了走，成了一张小报的头头，说得好听是掌门人，其实待遇还是中层的待遇，还得多吃苦多受累。也有人替他捏了把汗，说那活更不好干，那分明就是创业，二十几号人，大报就这么给断了粮草，要自己养活自己，他魏晓东行吗？

当别人都替他魏晓东唧唧咕咕的时候，魏晓东自己给自己嘟囔了一句，"祸兮福之所倚，福兮祸之所伏"，然后，就拎着他那个磨毛了边的破包，上任去了。

跟着他一起拎着包包上任的，还有两个人，一个是樊进仁，一个是周冠军。樊进仁被任命为《假日》周刊的副总编辑，周冠军则坐上了主编的位置。

副刊没了，樊进仁这个副刊部副主任没事可干，各部门的正副主任的坑，都有萝卜占着，他没地方安排。本来他是死活不挪窝，领导跟他谈话，他就是一口咬定，要领导在大报范围内安排位置，他不相信堂堂

《新华大时报》，行政业务十几个部门，居然没有他这个元老级人物的立足之地。

但是现实就这么残酷。残酷的现实告诉他，他真的没地方可去，如果不去《假日》周刊，他就真的有可能，在报社某个部门当一个普通编辑，这是他万万不能接受的。万般无奈，樊进仁只好接受了当那个《假日》周刊副总编辑的安排。

老婆揶揄他，说他终于挂了"总"了。他自己在心里默念了几遍"副总编辑副总编辑"之后，也似乎找到了一丝安慰，尽管那个副字叫他很不舒服，但《假日》周刊麻雀虽小，也五脏俱全，手底下的人马显然要比副刊多几倍，吆喝起来自然更有权威感。于是就不再说什么了。

《假日》周刊的班子组建后，乔社长和杨清阳跟他们三个谈话，说人员可以从大报选，如果需要有经验的老编辑，他们可以点，大报方面保证给他们开绿灯。也可以根据周刊的特点，再招收一些有想法有活力的年轻人，充实记者队伍。乔社长为此还专门召开全社大会，鼓励大家抓住机会，说筹办《假日》周刊是报社的一项重大改革，未来的《假日》周刊，将成为报社一个新的经济增长点。



尽管乔社长如此这般的鼓动，但是几天过去了，报社依然没有一个人主动要求去《假日》周刊，除了报社派去的几个财务行政人员和广告发行人员，报纸需要的一线采编人员，一个都没有。

魏晓东倒想点将，可他怕自己话一出口，让别人为了难，跟他去了，他觉得对不住人家，百废待兴的，你让人家跟你白手起家，你就欠着人家了，人家拒绝他吧，又把人家置于不堪的境地。所以杨清阳几次要他点将，魏晓东都说报社看着给吧。

魏晓东不点将，杨清阳替他着急，尽管是筹备期间，但也不能就那几个人，就那几杆枪。杨清阳请示了乔社长后，告诉人事处，把今年刚从外单位调来的几个有经验的编辑，还有几个正在实习期的年轻记者，暂时调整到《假日》周刊去，他建议魏晓东，还是吸纳报社以外的优秀人才为主，可以一边筹备，一边招聘人。

报社的人都没想到，万籁俱寂，终于有人出响动了，有人主动提出去《假日》周刊。但这第一个有动静的人，居然是一个老病号。

记者关放一直在家里泡病号。

作为周冠军的同门师弟，关放和周冠军很不同，他一直是报社一个带有负面色彩的人物。

在人们眼里，关放是个工作积极性不高，甚至有些偷奸耍滑的人，馊主意太多，意见还大，有点桀骜不驯，好像报社没几个人能让他看在眼里。表面上看，他和大家打成一片，和这个开句玩笑，给那个当胸一拳，勾肩搭背很爱伙同，动不动就跟人说"赞一个"，好像挺知道欣赏，实际上，他心里谁都不太服气。这一点大家都看出来了，这家伙是傲气十足地混着日子。

混日子混得没滋没味，前两年，关放干脆拿来一张医院的慢性病诊断书，往人事处一放，就过起了三天打鱼两天晒网，神龙见首不见尾的日子。

关放找到周冠军，一见面就又捶又擂。

"你小子，这下熬出头了，是不是给咱也洒点阳光？照亮一下我灰暗的前程？"关放嬉皮笑脸地说。

"你说什么呢？我自己的生活，也只是萤火虫那么点光明，没办法假装太阳照亮你。"平日里一本正经的周冠军，见了这个嬉皮笑脸的同门师弟，也不由得言语放松了。

"我可听说，你被委以重任了？"关放盯着周冠军的脸问。

"你的听说不幸已经成为了事实。"周冠军脸上带着笑，眼睛也盯着关放说。

"哎，我说，你把我招安了吧。"说这句话的时候，关放的嬉笑神情，透出了些许正经。

"你这活蹦乱跳的，早就应该回来好好上班了，你看你，红光满面，像个病人吗？"周冠军没有正面回答关放的问话，关放的话多少让他有些意外，一时间有点摸不着虚实。

"我活蹦乱跳？即使我看上去活蹦乱跳，你可以理解为，我努力把最好的一面展现给别人，也可以理解为，我努力和病魔作斗争，还可以理解为，我努力面对残酷的现实……你怎么能怀疑我呢？简直太寒心了！我不晕倒都对不起折磨我的病魔。”关放半认真半调笑地说。

“那你不回家和你的病魔作斗争，跑我这来捣什么乱啊，你还嫌我不够乱啊？”周冠军一边收拾办公桌上新装的电脑，一边头也顾不上抬地说。

“我要是没这病魔，我还没机会投奔你呢。病魔好，病魔好啊。”关放又嬉皮笑脸起来。

“我怎么感觉你闲得没事跑来耍无聊了呢？”周冠军抬起头来，冲着关放说了句自认为非常狠的狠话。

“哎哎，你这感觉严重有误啊！”果然，关放开始抗议，“你怎么没有一点同情心呢。”

稍稍顿了顿，周冠军停下手里的事情，脸上也显出一副既正经又玩笑的表情：“我还真不同情你，不过如果你答应我一个条件，我就可能努力克服克服这种感觉。”



周冠军话锋一转，关放一时间没弄明白周冠军的意思，他正正神色，顺着周冠军的话说：“虽然你伤害了我，但你的条件我很感兴趣，说来听听吧。”

“与其同情一个不能更改的过去，不如和你共创未来。你要是病真好了，那就要像个好人一样，拿出你的真功夫来，好好地干活。我这儿可养不起闲人。”

“你的意思是收留我了？”关放一听，拉过一把椅子，一屁股坐在了周冠军的面前。

“我的条件你听清楚了没有啊？”说这话的时候，周冠军的表情很严肃。又嘱咐说：“你记住啊，到了《假日》周刊，你可别尽玩‘标题党’那一套。”

“不就真功夫吗！老兄，你放心，保证玩货真价实的。你终于做了一个正确的决定啊，我祝贺你。我保证你不会后悔你的决定，明天我可来上班了，到时候，你别被我的见面礼整得太兴奋啊。”

话音一落，关放已经旋风似的，转身急急走出了门外。

周冠军被正式任命《假日》周刊的主编。消息一传开，第一个冲进他办公室的就是周围围。

周围围一进门，就冲着周冠军嚷嚷起来。

“周冠军！你什么意思啊，这个大的事情，别人早都知道了，我还一直蒙在鼓里呢，到底怎么回事啊？我还啥都不明白呢？”周围围几乎脸贴着脸地站在周冠军跟前，故意使劲瞪着眼睛，额头要往周冠军鼻子上撞。周冠军无处躲避，赶紧爱抚地伸手一把揽住周围围，也是拦住周围围，免得自己鼻子被挤到。

“这就是传说中的灯下黑。”周冠军心情不错地跟周围围开起了玩笑。

“你敢让我灯下黑，我让你眼前黑。”周围围撒娇地举了举小拳头，气哼哼地说。

“我不是想等事情圆满了，再给你个惊喜嘛。”周冠军把周围围推到一把椅子上坐定，笑吟吟地说。

周围围歪着脑袋一想，觉得这就是周冠军的性格，不癫狂不嚣张，老成持重，做事稳稳当当，沉得住气，她喜欢的就是他这样子。于是就不再生气。转而又问：

“哎，你这算不算事业有成了啊？”

“算不算呢？应该算起步吧。”周冠军没听出周围围话里的话，直接掉入了周围围给挖的坑里。

“这可是你说的？既然你老人家事业终于有成，是不是该向本小姐求婚了？”周围围故意颔下首，身子微微一扭，两眼斜视着周冠军，口形夸张地说。

“我说你们这些八〇后的孩子们，怎么这么不知道羞涩呢？”听周围围大大咧咧说求婚，周冠军不由得泛起了爱意。他知道周围围对他的苦心，他们曾经讨论过结婚的事情，周冠军说过，他要给周围围一个家，一旦自己事业有成，就好好地把周围围娶回家。

这会儿，看着眼前娇嗔的周围围，周冠军心里充满了感激，他嘴上充大挖苦着周围围，眼里的情爱，早已经哗哗地溢了出来。

“你敢跟我玩代沟？”周围围又举起了小拳头。周冠军伸出手抓住周围围的小拳头，原本想揽过她亲一口，最后用余光看了一眼办公室的门，还是忍住了。

周围围决定公开他们的恋爱关系，这又把周冠军惊了一下，尽管自己总是被周围围给惊着，多少已经有些习惯，但是这回，周围围的决定，还是让他又惊又喜。

当初自己怜香惜玉，给周围围当了几天老师，心无旁骛的周冠军，无论如何没有想到，一场师傅带徒弟，会给他带来一个女朋友，并且这个女朋友，还是一个既漂亮大方，又出身显贵的北京女孩儿。

怎么就和周围围成了男女朋友关系，每每想来，周冠军都有点不知不觉的懵懂。

不是周冠军要作纯情状，否认自己的成熟，因为他的的确确没有奢望过，他一个小地方出来的人，不光没事业没地位，还没房子没人民币，怎么会得到周围围那样女孩子的青睐？周冠军一直以为，周围围对自己的好，是一个小女孩对大哥哥的好，是一个徒弟对师傅的好，是一个初出茅庐的小记者对一个资深老记者的好，而不是一个女人对一个男人的好。周冠军明白，自己不是一般女孩子眼中的理想男友。



可周围围不是一般的女孩子。

周围围虽然不是一眼就看中了周冠军，但周冠军的个性和才华，在短短的时间内，的的确确塞满了她的脑子，也在短短的时间内，周围围做出了追求周冠军的决定。

周围围的追求决定，也许是应了一句老话，“女孩子要富养”。因为父母都是领导干部，自幼生活无忧的周围围，权力和地位这两个东西，从来没让她感觉有什么神奇和了不起，金钱和物质这两个东西，也激荡不起她心里的涟漪。对一个女孩子来说，所谓的“富”养，其实就是在她生活经历中，某些东西不曾缺失过，或许是金钱物质，或许是权力地位，更或许是外表相貌，因为见得多了，所以在她长大后的生活里，她就不会刻意追求。

不像一些女孩子，为了掩饰自己的虚荣，嘴上永远会说，她只在乎人。周围围是的的确确只在乎人，她果断地给了周冠军一份干净纯洁的爱情。

听周围围说要公开他们的关系，周冠军心里涌满了感激。之前，他们的亲密接触，一直是私密的，或许是因为同在一个单位，会许是因为还在了解阶段，关于这个问题，他们从来没有谈论过，似乎心照不宣，他们悄悄地约会，悄悄地在人前传递眼神，悄悄地相互帮助，一切都是悄悄的。周冠军不提，是有点没有信心，怕自己一开口，让周围围为难，也是想把主动权交给围围，让她决定他们关系的走向。

现在，他离开了大报，周围围这么迫不及待要公开关系，他体会到了周围围的善解人意，他知道，周围围一直在为他着想，以她的个性，可能早就想公开了。周围围的决定，同时也意味着，她已经把他当归宿了，已经准备把自己珍贵的一生，交给了他。虽然一直没有公开他们的恋爱关系，也没有正式谈婚论嫁，但在周冠军心里，可爱的周围围，早已经是他的准媳妇了。

周冠军开始招兵买马。

他招来的第一个兵，就是关放。周冠军给了关放一个头衔，首席记者。

# 9.



《假日》周刊的试刊号，在大报出现了争相传阅的情景。看惯了机关报正统面孔的报社的人，都一个个掩饰不住的兴奋。

按道理说，《新华大时报》的人对这种周刊见得多了，别说售报亭里琳琅满目，他们自己也是报人，从形式到内容都不应该陌生，更不应该如此大惊小怪。事情的关键在于，现在他们手中的这份周刊，是他们自己人办的，一些他们熟悉的人名，赫然出现在周刊的版权页上，什么首席记者，首席编辑，资深主笔，资深记者，资深编辑等，这些头衔，一直离他们很远，少有人会把这些头衔和自己联系在一起。他们知道，那些头衔，代表的是一种超前，一种时尚，一种变革，还有一种引领。

如今，这些时尚的东西，和他们有了关系，尽管这种关系有些间接，因为这漂亮的活计是别人干的，这些别人曾经是坐在他们对面的同仁。

拿着这张模样惊艳的周刊，大家心里的感觉很复杂。

心情复杂，但丝毫也不妨碍他们为此兴奋。当《顶级新闻》《本周关注》《深度追踪》《主角人物》《名人说话》等等抓人眼球的栏目，豁然跃然眼前的时候，很多人还是忍不住要悄悄竖一下大拇指。大十六开的版本，共有三十二页，从头翻到尾的彩页，几乎每一页都有看点，从重大事件的内幕披露，热点新闻的跟踪报道，到语言诙谐的高人专栏，叫人咋舌的名人故事，再到吃喝玩乐的生活资讯，花钱理财的商业信息，全有了。

周刊派人送到大报的几十份《假日》周刊，一眨眼的工夫就被抢光了。

看到大报那些挑剔同行的反应，作为《假日》周刊总编辑的魏晓东，心里稍稍松了口气。脑子里不由得浮现出一个人来。

说实话，在紧锣密鼓筹备的这段时间，他是被周冠军推着走的。

在魏晓东还没有一个很成熟的办刊思路的时候，周冠军给他拿来了一个方案。当时，看着那厚厚一沓 A4 纸，魏晓东心里有些热，那一刻他就预感到，周冠军将会成为自己的一个好帮手。

尽管周冠军因为写了一篇副刊改革的文章，受到了上级的点名肯定，但是，《假日》周刊的整体策划方案，杨清阳之前并没有安排给周冠军。不是他和杨清阳质疑周冠军的策划能力，只是魏晓东觉得事关重大，《假日》周刊的整体方案需要集思广益，需要群策群力，他自己正在广泛征求意见，什么老前辈，老同行，老同学，能想到的人，他都一一和人家讨论过。他还仔细研究了同类周刊，希望找出一条有自己特点的路子来。魏晓东不求一炮打多响，只希望有个像样的开始。

他没想到，周冠军做到了他的前头。

周冠军递给魏晓东的，是一份非常详细的策划文案。从读者定位，栏目设置，到版式设计，甚至版权页怎么设计，目录怎么做，每个栏目的具体采编人员，都有了详尽的思路和安排。最后，周冠军告诉他，这份方案是关放的原创，他在关放原方案的基础上，做了一些补充修改。

那份方案，魏晓东是一口气看完的，可以说写得是洋洋洒洒，有的地方语言尽显诙谐，看上去不像个中规中矩的策划文案，倒像个很具个性化的发言稿。在那份方案里，有一段话让他记忆深刻，那段话说，赢得读者的眼球，一定要有醒目的标题，抓人眼球是都市报市场竞争的关键，另外，光有醒目的大标题还不够，秘诀是提供生动鲜明的细节，细节是什么呢？就是生活气息浓得不能再浓的细节，人证物证一个都不能少，比如：“某某大骂老公是劈腿猪”，“某某为暧昧短信给老婆下跪”……

那段话，把他看乐了。

尽管魏晓东不太赞同这种办法,但是这种思路,还是叫他感觉很需要,就是要抓住细节,不能搞假大空的东西。标题做得很瞩目,一下子把人吸引来了,结果一看没什么内容,时间一长,就失去了读者的阅读信任。虽然现在靠醒目唬人的标题吸引读者的报纸比比皆是,也算是一条生存之道,但是魏晓东知道,更多的读者,尤其是那些挑剔的读者,还是对此很是不屑的,他们追求的是真正有阅读价值的东西。《假日》周刊的阅读价值,就是给读者提供紧张工作之余,能够让人得到休闲娱乐的阅读,还有日常需要的生活指南。

最后出版的试刊,基本上是按照周冠军的那个方案实施的。魏晓东深知,那些想法的最后实现,一定是费尽了周折,身为主编的周冠军,自然是加班加点熬了不少灯油,那其中的难度,魏晓东签发每一篇稿件时,都能真切地感觉到。



魏晓东的这口气刚松下来,一盆冷水却迎面泼来,泼这盆冷水的是冷妍。

冷妍的那盆冷水,有点凉,表达了三层意思。

冷妍的三层意思说得很直接。她是用疑问句式完成的。冷妍的第一层意思是:即使选对了路子,后面的道路有多坎坷知道吗?第二层意思是:大报把你们当作经济增长点,你们一帮文人想怎么挣钱的事了吗,你们会经营吗?第三层意思是:社会招聘人员该怎么管理你们懂吗?

冷妍的三层意思是一气呵成,魏晓东听得头发里悄悄冒汗。

但他听明白了。

冷妍的话,他有的琢磨过,但琢磨得也不是很清晰,有的实话说,他还真没想到过。比如招聘来的人员,是不是该给人家上保险?这保险到底怎么上?工资待遇要不要和原有人员的职别级别挂钩?还有经营,他完全是个门外汉,脑子里一点想法都没有呢。在大报工作,他哪里操过这些心啊。做了十几年的记者编辑,做管理也是管理业务,从来没碰过经营的事情,人事财务的事情,他更是青蛙掉水里——扑通(不懂)。

一盆冷水激灵过后,让魏晓东感到欣慰的是,冷妍基本上是自问自答,就是说,她在提出问题的同时,不等魏晓东发问,也给魏晓东支了不少招数。

冷妍说,《假日》周刊还没有经过市场的检验,现在高兴为时太早,市场是变幻莫测的,即使选对了路子,但是未来的路上充满了竞争,要不断地求新求变才能站稳脚跟,别以为一条路走下去就不会见黑,别以为跟着有饭吃的人跑就能吃上饱饭,一定要走自己的特色才能长久。她还说,曾经名噪一时的著名刊物,现在销声匿迹的事情比比皆是。说到这,冷妍随口说出几本杂志的名字,魏晓东知道,都是些几年前很有名的刊物,现在几乎被挤出了市场,苟延残喘地活着。

冷妍列举的时候,魏晓东忽然想起来了,冷妍曾经写过一篇观察报道,说的就是一家曾经独霸一方的老牌杂志,如今异常艰难的求生之路。那篇文章被多家媒体转载。魏晓东相信,冷妍是深谙其道。

说完了办刊内容,冷妍话锋一转,开始说经营。

她说不能只指望发行,我们的发行人员都是过去事业单位的办事方法,坐在办公室打几个电话,送刊物上个门,渠道也都是传统渠道,根本就缺乏开辟新渠道的办法和积极性。要面向社会招收这方面的能人,这样的能人,一个就能顶现有人员几个。冷妍说你还得琢磨将来成立一个活动策划部门,专门搞一些活动,既能扩大《假日》周刊的影响,又能有经济收益。

说到人,冷妍顿了顿,端起魏晓东给她倒的一杯开水,咕嘟咕嘟地往嘴里灌了一通,又说。你这里的分配机制要灵活,不能像大报一样,收入要拉开差距,才能刺激积极性。你现在就是个企业,脑子里不能装着事业单位的条条框框。我听说你们还没有给新来的人员上保险?这个可不能怕麻烦,要不然人家到社保机构告你,麻烦更大。

……

看冷妍冷静准确的分析,还一副替他着急的样子,魏晓东心里除了感激,也暗暗生出了一丝佩服,觉得冷妍不光够精明,也很够意思,够哥们儿。一个和人家完全不相干的事情,人家却这么替你操心,实在难得。现在大报那边不少人在看热闹,谁会这么替他着想,更何况,就是有人想替他分忧,也得有那个能力和思想。魏晓东突然觉得,冷妍更适合坐在这个位子上。

冷妍起身要走的时候，魏晓东像忽然想起什么，说你在我这儿开个专栏吧，写什么都行，随你。冷妍一听，立即接了一句，我就算了吧。

少顷，冷妍又说，不过我倒有个朋友，一直写专栏，文笔诙谐辛辣，用时下的说法就是很潮很酷，我觉得很适合你们。你可以上网看看，她笔名叫“行走”，看看对不对你的胃口。

魏晓东一听，喜色顿时上了眉梢。说我正想加强专栏这一块呢，你看看，你这就雪中送炭了。

魏晓东这么一说，冷妍转过将要出门的身子，又转回身，一屁股坐在魏晓东那略显简易的沙发上。说你这么想就对了，我给你说，好的专栏，能够吸引和留住人，很多读者就是冲着一些好专栏买杂志的。这事你好好琢磨琢磨，不一定非得是名人，只要是真正的高手，现在写专栏的高手不少，文章很漂亮，最好别太老啊，像我就太老了，年轻人对时尚的东西敏感。另外，你可以培养你们自己的专栏作家嘛，这也是打造你们自己的品牌啊……一口气说完了这番话，冷妍才拎起提包起了身，说这回我真要走了，边说边已经伸手拉开了房门。



冷妍走了，魏晓东觉得脑仁“噌噌噌”地疼，一大堆亟待思考和解决的事情，呼啦一下蜂拥而至他的大脑。他走到窗前，一把推开窗户，刚要做个深呼吸，可是窗户一开，一阵噪声轰响着进了屋，川流的车流，在他的眼皮子底下呼啸着。魏晓东皱了皱眉头，赶紧关上了窗子。

《假日》周刊的编辑部，最终落脚在一个紧临三环路的老办公楼里。

魏晓东想起当初，他带着周冠军几个人，满北京到处找房子，看了不少家，可是只要他们稍感满意，价钱都远远超出了他的预算。他曾经看上了一处二环内带院子的平房，当时他脸上刚露出满意的笑容，一帮年轻人就叫唤上了，说交通不方便，最近的公交车站，也得走十多分钟，他就一下蔫了，暗暗怪自己居然忘了这茬。

后来他们好不容易看上了一处部队出租的营房，可是又有人发现，说这里吃饭不方便，周边没有饭馆，更不见午餐盒饭供应点，要是搬过来，将来午饭是个问题。

直到时间实在不等人了，他们匆忙定了这栋老办公楼的一整层，总共十几间房子。因为临街，正好有不少交通线路通过，车站就在楼下，所以交通很方便。虽然房子很旧，装修比较简单，价格也一点不客气，魏晓东还是咬了咬牙，把它租了下来。好在交通方便，这一点最能在众人嘴里引起共识。大家说行就行，魏晓东很在乎手下人的意见。

一想到不菲的租金，魏晓东原本就“噌噌”直疼的脑仁，好像更疼了。

# 10.



樊进仁的脑仁不疼，不光不疼，还觉得挺清爽。他嘴里嘀咕着“刺激！太刺激了”，独自在办公室里，兴奋地走来走去。

《假日》周刊在大报的反应，有点出乎樊进仁的预料。

当初周冠军拿出栏目方案的时候，他给的评语是“大杂烩”。他之所以想到“大杂烩”，是因为他一下子想起来，自己当初改副刊的时候，人家就是这么说他的，他就顺嘴把它还给周冠军了。另外，他也觉得，什么哪里有什么好玩的，有什么好吃的，怎么盘算钱生钱等等，根本不应该登上《假日》周刊的大雅之堂。

在他那里碰了钉子，樊进仁知道周冠军去找了魏晓东。要是搁在过去，周冠军去搬魏晓东当救兵，他是很生气的，他要是很生气，对周冠军来说，后果会很严重的。但这回他没计较。

樊进仁不计较周冠军搬救兵，不是他突然之间改了性情，是因为他看出来了，这周冠军有两下子。平心而论，办这样一个周刊，他心里是没什么谱的。照着别人学吧，会给人把柄让人笑话，他可不想再让大报那些人看笑话。自己创新吧，他脑子里还真没什么高招妙招，即使把别人用过的高招妙招搬过来用用，但有些招数具体执行起来，绝对不是那么简单。

看了周冠军的方案，他心里悄悄叫好。这套方案有借鉴，更有创新，有些想法，甚至把他多年不见的热情，都给刺激出来了。虽说实现起来有很大难度，但是一旦做到了，必定会产生影响。他也看到了，方案里面对一些栏目的实施，也有了具体的办法，要是照着这个思路办下去，没准《假日》周刊真会立足市场，在市场上占据一块地盘。

叫好归叫好，樊进仁可不想让周冠军太得意，更不想显得自己黔驴技穷，我是《假日》周刊的副总编辑，这又是《假日》周刊第一次露脸，怎么能没有他这个《假日》领导人的智慧领导呢！可是他确实没找出什么致命的问题来，实在想不出什么反对意见或者新的建议，他就用一句贬模褒糊的“大杂烩”，把周冠军打发到魏晓东那里去了。

樊进仁知道魏晓东会来找他商量，他准备让魏晓东在他这里好好磨磨嘴皮子，到时候再做出一副顾全大局的妥协姿态来，魏晓东必定会感激他的理解和配合。另外，让那周冠军也明白明白，他这个副总编辑，是不可以糊弄的，更不可以漠视的，现在不给周冠军这个主编立个规矩，将来他这个副总编辑不就成了摆设了吗。

简直就是一石三鸟。樊进仁心情很好。

让樊进仁心情很好，还是因为《假日》周刊给他长了脸。《假日》周刊得到大报好评的消息，一传到他耳朵里，他一刻没耽误地就跑到大报，从领导到普通记者编辑，挨个部门和办公室征求意见。他征求意见的时候，背着手，挺着胸脯子，脸上带着发自内心的微笑，语言也是格外的亲切动人，不管别人说什么，他都一概地说好好好，让人家多提意见。他还态度极好地表态，说以后你们就是我们《假日》周刊的第一读者，就是我们《假日》周刊的监督保障，以后我们每期都送来，免费啊。

樊进仁深深感觉到了，《假日》周刊让他的人气，在报社有了明显的上涨，尤其是在一大批年轻人当中，他们看他的眼神都充满了敬佩，好像他就是《假日》周刊的最大权威，最大功臣，甚至有年轻记者，悄悄跟他说，樊总编，把我调你那去吧。说这话的人，眼睛里带有明显的巴结眼神，樊进仁是绝对不会，也不忍心落下这种恭维的，一般来说，对这些东西，他都会心情愉悦地笑纳。

樊进仁之所以喜欢往大报跑，除了炫耀《假日》周刊的光荣存在，让别人记住他，提醒别人他现在是樊副总编辑，还有一个原因，那就是樊进仁的一种归属感。

樊进仁从来都认为自己是大报的人,尽管《假日》周刊的人员管理,实行的老人老办法,新人新办法,他这个“老人”的各种待遇都没有变化,最主要的是,他的档案关系都还在《新华大时报》,在大报人事处的柜子里安安稳稳地躺着,这叫他多多少少感到安稳。

尽管如此,他心里还是不踏实,他必须经常去一去大报,好坚定自己的那种归属感。

说实话,那种被人巴结的眼神,对樊进仁来说,真是久违了。自从他到了副刊部,就开始感受孤寂,报社没有人求他上稿件,没有人需要他的指点,更没有人多看他几眼,别看他是一个副主任,别看那些小青年们喊着他“老师”,其实,他还不如人家要闻部的一个小编辑吃香。算一算,这种日子快十年了。

现在真好啊!我是总编辑了,我也吃香了!心情愉悦着,樊进仁假装忘记了那个“副”字。

可是,一个不速之客的到来,却给他的好心情,抹上了一丝阴霾。

宋博推开樊进仁办公室门的时候,真让樊进仁吃了一惊。

可能是有点做贼心虚,自己一直和宋博对着干,虽说是暗地里较劲,但樊进仁相信宋博不会一点没感觉,因为他有时候也是故意让他有感觉的。另外,一向在他面前牛皮哄哄的宋博,怎么会主动上门?事先还一点招呼也不打,为什么给他搞突然袭击?突然看见宋博光临,樊进仁有点不争气地心跳加速。他暗骂自己没出息。

樊进仁料定宋博是个黄鼠狼,自己就是正在过年的那鸡。看宋博脸上的笑意,他想疼了脑袋也想不出来,宋博能有什么好事情找到他。再看,就看出宋博的笑脸有点过于热情,他更觉得可疑。

樊进仁边给宋博倒水,边心里恨恨地嘀咕,我惹不起你,还不让人躲了咋的!

宋博笑容可掬,说自己路过,就上来看看他。宋博好像是知道樊进仁心里的嘀咕似的,嘴上一个劲地说“没事没事”。樊进仁不想宋博看出自己心里的嘀咕来,再说,这冷不丁的和宋博这么单独坐在一起,他也不知道什么该说，什么不该说，于是就假装忙忙乎乎地带宋博到《假日》各屋走走看看，说些领导来看望大家，我们的办公条件很艰苦之类的话。

热热闹闹地走走看看一圈，宋博到底也没有说他干什么来了。

这叫樊进仁既轻松，又有点不踏实。但宋博在告别的时候，假装不经意说的一句话，樊进仁却听得真真切切，宋博说，是他极力推荐樊进仁到《假日》周刊任职的。

宋博的言外之意樊进仁很明白，那就是，要不是我推荐，你现在就是个樊编辑，而不是樊副总编辑，这两个身份，简直就是天上地下的区别。

宋博的话，樊进仁不相信。

可这倒是提醒了他，到底是谁推举他到《假日》周刊来的呢？他当初只听乔社长说是社委会的决定，当时一高兴，根本顾不上细想了。现在想想，社委会决定？总会有个人首先提出来吧？那这个人是谁呢？乔社长？乔社长一点也没说啊？这不像他的脾气啊。乔社长一向是有啥说啥的。那么是杨清阳？副刊改版一直是杨清阳主抓，最后弄成这个样子，杨清阳对他是最恼火的，绝对不可能再推荐他担任这么重要的职务。社委会其他成员，都是些点头说好的人，跟他又没有什么交情，谁会替他这个失意的人，说这种不讨好的好话？不会真是宋博吧？

樊进仁心里一下子纠结起来。

宋博给樊进仁撂下那句话后，自己偷偷地乐了一下。“我推荐你？美得你！”乐完毕，宋博又忍不住心里愤愤的，“哼，还真美了你了。”

的确，宋博自己都没想到，自己真的会推荐樊进仁，不光给樊进仁当了回伯乐，还费尽心思替他罗列了一堆优点。

副刊被取消后，闲置的樊进仁，自知境况不太妙，他大小领导找了一圈，说自己很想到报社哪个哪个部门去，可大小领导们没有一个给他明确表态的。后来，他不得不一再降低要求，说去哪个部门都行，大小领导们还是没点头。社会部的主任王伦，是他的老同学，居然也支支吾吾地说什么一切听领导决定，切！我不知道得领导定啊？要紧的是你部门得提出要人啊！关键时刻老同学都不收留他，让樊进仁很窝火。最后，乔社长只说会安排的。

有件事天知地知，你知我知，那就是樊进仁一直没找宋博。

就在樊进仁闲置的日子，宋博听说了一个消息，说乔社长并没有打算放弃樊进仁，尽管樊进仁在副刊改版的事情上，让社委会不满意，尽管社委会对樊进仁还没有一个一致的安置办法，报社上上下下也都传言，这回樊进仁算完了。但乔社长的意思，是给樊进仁个机会。传话的人还告诉宋博，说乔社长流露出了一个想法，他想让樊进仁到新办的周刊《假日》去，给魏晓东当副手。

乔社长是个念旧的人，表面上对人严厉，其实很心软。樊进仁是他调到报社来的，那樊进仁不管对别人怎么横挑鼻子竖挑眼，但一直很听乔社长的话。别人都说樊进仁是个扶不起来的阿斗，要换了别的领导，早把他调换了，能让他一直占着茅坑不好好拉屎？可乔社长一直没放弃他。



就是这么个副处级的位子，樊进仁坐得是岌岌可危。为了这个岌岌可危的位子，每次岗位竞聘，樊进仁都要到乔社长那里苦一回脸，功劳苦劳地说一大堆，才算勉勉强强地过关。眼看着同年龄的人，或者同学，还有同时进报社的人，一个个都正处了，要么就高级职称，他还整天为一个副处级睡不好觉。

说实话，得知乔社长的想法，宋博心里不太爽，他没想到樊进仁那小子有这好运气，居然成功咸鱼翻身？虽说是平调，但待遇只会高不会低，《假日》周刊和一个副刊相比，显然也重要得多，对外毕竟是一个独立的单位，副主任和副总编辑？当然是副总编辑响亮得多。他和樊进仁，两个都是副总编辑，一个副处，一个副局，虽然整整相差两个级别，但却一样的称呼。如果乔社长的想法最终得以实现，樊进仁还不得把尾巴翘上天去。

宋博都能想象得到，樊进仁脸上的得意表情。

郁闷着的宋博，突然间灵机一动，他脑子里有了一个主意。

既然乔社长已有此意，那事情就成了定局，与其让乔社长开口提议，还不如我先推荐，反正早晚《假日》周刊副总编辑都是他樊进仁，让他欠下我这个人情，日后总会有用。就算他樊进仁是个小人，这么大的人情，我就不信你不得端着。

欲加之罪，何患无辞。理由还不好找？虽然不是给人加罪，道理还不都一样。这么一想，宋博开始绞尽脑汁，努力罗列起樊进仁当《假日》周刊副总编辑的理由——《假日》周刊就是个大副刊，樊进仁当了多年的副刊部负责人，在这方面毕竟比别人有经验，也算人尽其用”、“一个新的人际环境有利于樊进仁放下包袱更好地工作”、“目前大报各部门主任副主任都没有空缺，替换谁都不合适”、“如果让樊进仁当一个普通编辑，他个人没有积极性，别人也不好管理，更是人员的浪费”、“《假日》有魏晓东和周冠军，还有大报社委会的把关，即使使用不当，也不会造成大的损失”。

……这一路找下去，连宋博自己都觉得，《假日》周刊副总编辑这个职位，非樊进仁莫属，如果他樊进仁不当，简直就没有更合适的人选了。

假话说上一千遍，就变成了真理这个事实，让宋博起了一身鸡皮疙瘩。宋博揣摩着，估计乔社长安排樊进仁去《假日》周刊的理由，也超不过这几条了。

于是，宋博成了樊进仁的推荐人，成了樊进仁的伯乐，成了樊进仁的救命稻草。这事，报社人都知道了。

宋博临上车时，转过身跟樊进仁说：“我这辈子最大的缺点，就是太善良。”樊进仁眼珠子一下子瞪得滚圆，半天没有恢复原状。

# 11.



一场秋雨一场寒。

一场绵绵的秋雨之后，似乎是一夜之间，树上就挂满了落意。

才十月底，一场铺天盖地的大雪，突然降临了京城。漫天的大雪花，在五六级风的裹挟下，很不优雅地飞扬着，它们姿态慌乱地向下栽落，树上地上，满都是它们疲惫的覆盖。前一天还在枝头耍俏的，那些红的黄的绿的，那些恣意享受人们欣赏目光的叶子，现如今，都一副可怜兮兮的模样，垂挂在被积雪压得抬不起头的树枝上。原本叶子们可以从容地告别母体，可是现在，它们不得不被生拉硬拽地离开，一个个很不甘心地离去了。

又似乎是一夜之间，树枝突然变成枯枝，没有了叶子的装扮，树枝光秃秃地摇曳着。严寒就那么突兀地站在了人们面前。

转眼，又到了深秋。《假日》周刊创刊，已经整整一年。

樊进仁手里捧着冒着热气的茶杯，站在窗前，欣赏着前日留下的残雪。

樊进仁看见，就在树枝们集体呈现垂腰夆背的时候，一根树枝的腰杆，突然的，竟然迅速直了起来，那昂首挺胸的样子，在四周一片弯枝子陪衬下，显得格外显眼。樊进仁定睛一看，原来它处在一个风口上，是一阵突兀而来的狂风，陡然吹直了它的腰杆。可是，那棵树枝昂首挺胸的好姿态，并没有坚持多久，因为随即，枝上的残叶就纷纷下坠，虽然腰杆子挺得竖直，可看上去，那光秃的树枝，就像被褪了毛的绵羊，一下子瘦骨毕现。

光秃秃的树枝子，看得樊进仁有点扫兴，他回转身，仰面倒在靠背椅子上，想着叫他高兴的事情。

《假日》周刊的日子，过得是四平八稳，对这种平稳的日子，樊进仁很是满意，撑不着，也饿不死，累不着，也闲不死。周刊对他来说，上有魏晓东，下有周冠军，有了业绩他有一份功劳，出了问题，担责任的是魏晓东和周冠军，一个总编，一个主编，你们不担责任谁担责任？所以一年下来，他竟然有些喜欢上这种"副"的日子。

樊进仁好像没有理由不喜欢。

在《假日》周刊这个小世界里，他是一人之下，众人之上的。别人都忙得脚不沾地，采编们拿不出好的选题，就可能拿不到高等级的讲评，如果稿件等级不高，奖金跟着就会少。广告业务员拉不来广告，就没有提成拿。发行部门每天都担心着报纸的发行量，跑邮局跑报摊，一点也不敢让自己消停。

樊进仁也忙，但就忙着画圈、签字和偶尔过问。因为就他闲在，所以时不时地，他就跑到大报给领导汇报工作去了，汇报完了，再到各办公室溜达一圈，向同事们表示一下问候。那些不想看的脸，他可以视而不见，那些不想听的话，他可以不听，高兴了，他就自得地冲人家"嘿嘿"两声，不高兴了，就不屑地冲人家"哼哼"两声。

和樊进仁的悠闲相比，魏晓东的日子从没有自在过。

周刊所有人担心的事情，他都得担心，所有人高兴的事情，他却不敢太高兴。尤其是这些日子，他总觉得报纸少了点什么。

对秋天，魏晓东是喜欢又不喜欢。天倒是透亮，风更是清爽，可这秋风一吹，树叶哗哗地响，然后是簌簌地落，让人心里添了一种不安的情绪，这种情绪，加剧了他的愁绪。他正在为《假日》周刊的发行量发愁。

《假日》周刊自开办以来，发行量一直维持在一个不高不低的水平上，发行量不进不退一直难有突破，甚至出现了萎缩迹象，这叫魏晓东头很疼。报纸没有发行量，受众多广告商就不找你，不见广告商上门，广告量就上不去，广告上不去，报纸的效益就不会增加，缺了效益，员工的收入就只能维持现状。

魏晓东知道，时间长了，会有人骂娘的。

魏晓东觉得周冠军说的没错，他们缺少选题上自己的创意，有点跟着别人跑的意思，虽然尽可能地做深度报道，但毕竟新闻来源是现成的，他们的深度报道见报的时候，那些新闻点的相关言论，已经在网上铺天盖地了。有时候他也看出来了，他们的记者编辑挺偷懒，把其他媒体的相关报道做一个集结，然后再加上自己的一些观点，有些观点甚至就是提出问题而已，根本没有什么结论性的东西。业内明眼人一看，就知道不是《假日》周刊自己的东西。



魏晓东担心的是，这些做法，可能暂时糊弄得了一些读者，但绝对糊弄不了业内人士们，要想站稳脚跟，并且未来有长远的发展，他们得有自己的东西才行。

“要独家！没有独家也要新鲜创意。”魏晓东对周冠军说。

就在周冠军绞尽脑汁找新鲜的时候，关放来了。

看见关放，周冠军心情一下子见好。直觉告诉他，关放这小子，总会在他江郎才尽的时候，给他将要干枯的点子库里，倒几粒干货。他觉得，这回，关放一定也会有点什么要说。

“发愁呢吧？别愁了，你就是命好，看看，上天派我救你来了。”关放还是嬉皮笑脸地说。

“啊？有好点子了？快说说。”周冠军心想，果然啊，这小子真不叫人失望。

“看看吧，我的金秋之吻。”关放手腕一扬，一张纸飘到了周冠军面前。

飘到周冠军眼前的，是一份策划方案。周冠军凑过脑袋大致看了看，那份文案的文字措辞看上去似乎挺不经意，大致意思是，秋天容易让人心情郁闷，万物凋零让人的心态变得灰暗，还说很多自杀的人都选择了秋天，就是难以抵御秋天肃杀的窒息氛围。写到这里，看似不着边际的文字，出现了转折，又说，秋天虽然肃杀，但北京的秋天却最美，应该在这个肃杀的秋天，给人们郁闷的心情，带去体现人文和亲情的温暖和感动。每年在这个季节，北京的大小报纸，都会连篇累牍报道哪里红叶最红最美，几乎年年如此，没什么新鲜的视角，《假日》周刊应该另辟蹊径云云。

迅速地浏览到文后，周冠军终于看明白了，关放要用几个版面搞一个图片报道，图片的主题是吻，捕捉金秋时节生活中间发生的所有吻，包括结婚新人的吻，久别恋人重逢的吻，夕阳老人黄昏恋的吻，年轻母亲对婴儿的吻等等。每张图片可以配一些幕后故事，或者是图片中主人公的爱情故事，也或者是拍摄时发生的有趣花絮，时间、地点、人物，都力求真实。

周冠军看着，关放在一边添加了一句："你知道吗？专家把这叫做'季节性情感障碍'，所谓'悲秋'就是这么来的。我们的目的，就是化悲为喜，跟悲秋唱唱反调，绝对是这个秋天的一大亮点。"

周冠军觉得很有意思。

当天，周冠军就把关放的选题报告，信心满满地放在了魏晓东的办公桌上。他对魏晓东说，这回你放心，保证新鲜，没人做过的。

不出周冠军所料，魏晓东一边快速扫描了一眼那张纸，一边把想往外走的他叫住。看来魏总编真是着急了，甚至没打算让他出门，就在他面前很快把报告看完了。周冠军看得真真的，魏总编那阴沉了好几天的脸色，慢慢绽开了的，分明就是笑容。

其实魏晓东没想那么迫不及待的笑，刚看到那个创意的时候，他只是觉得，还真够新鲜的，无论是他的办报记忆，还是他的阅读记忆当中，好像还没有看到类似的选题。可是再往下看具体的做法，他就有点忍不住了。他一边觉得可行，一边想象着操作起来的有趣和尴尬，想着想着不觉就乐了。

从魏晓东办公室出来，周冠军直接奔了关放办公室。一进门，周冠军就迫不及待地对关放说，总编答应了他的创意。

关放眨巴了下眼睛，坐着没动弹。他不太相信。

以关放对魏晓东总编辑的了解，他觉得这个方案，在魏总编那里，不会太顺利，多多少少会有些阻力，要想通过，得费他周冠军一些口舌。魏晓东是机关报培养出来的老报人，一向谨慎得很，一点出格的报道都不会做。所以关放认为，在魏大师眼里，一张报纸印满了人们的亲吻，简直是不可思议的事情，魏晓东怎么就同意了呢？还这么痛快？

关放是《假日》周刊的首席记者，《假日》头条的特别关注栏目，几乎都是他的策划，一旦遇到他认为重要的或者特别感兴趣的选题，他都是亲自操刀。每次操刀的时候，关放的笔下，涌现的都是一种淋漓尽致的，甚至是肆意的快感，追求一吐为快的愉悦，可以说嬉笑怒骂皆有。他的这种行文风格或者习惯，也每每让他饱受批评，说他太追求个性化。

对此，魏晓东是既欣赏又无奈。



魏晓东知道，在《假日》周刊编辑部，不少人是关放的"粉丝"，有几个年轻记者，甚至特别崇拜关放。周冠军也说，关放平日里很乐意给他的"孩儿们"支招，不惜手把手地教，怎么做选题，怎么结构，怎么起标题，怎么做小标题等等，从不吝啬好点子，对带好新人很热心。用周冠军的话说，几个年轻人，被关放调教得很关放了。周冠军还告诉魏晓东，关放还有不少奇谈怪论，深受"孩儿们"追捧，什么"我写的不是字，是无聊"，还有什么"不要迷恋哥，哥只是个神话"，"人不吹牛，真能抑郁"等等，魏晓东当时听了就没忍住，憋着嘴乐了。

说心里话，魏晓东还是颇为欣赏关放特立独行的个性，觉得一张都市报的鲜活，需要这样的年轻人，除此之外，他更欣赏他犀利的文字，觉得他观点辛辣独特，每次都能找到一种与众不同的视角，使得文章看起来，总能撞击人们习以为常，或者麻木的心扉。但是，每次关放流露一些过于尖锐的观点，魏晓东在欣赏了之后，又不得不无情的修改甚至删掉，说关放惹事。

每每遭遇枪毙观点，关放都很郁闷，他觉得可惜了那些观点，写文章怎么可以没有观点？摆观点怎么可以不痛不痒？可是更叫他郁闷的，是整个的枪毙他的文章。

有一次，一个小剧场上演了一出先锋话剧，叫《独白》。这个剧在一定范围内引起了不小的轰动，还受到了一个国际性的实验戏剧节邀请，媒体也做了不少的评论报道。当时，关放的一个朋友参与了这个剧的筹划，借此便利，关放跟了人家剧组好几天，然后写了一篇“《独白》背后的几个女孩”的文章，乐颠颠地找魏晓东签发去了。可是文章却被魏晓东枪毙了，说非主流。

关放不服气，伸着脖子跟魏晓东争辩，结果，急得魏晓东连连摆手，嘴里一迭连声地“权知轻重，度知长短！权知轻重，度知长短啊！”说得关放一下子出现短时间的语塞，居然张口结舌。

其实，关放的那篇文章，写的不过就是几个八〇后戏剧人的梦想和追求，他没想到魏晓东这么激动。事后，周冠军对他说，其实就是那个话剧过多写了性，谁让你不注意呢。关放说我已经掌握好尺度了。周冠军说他笨，说你不适宜写这样的文章。关放很委屈。

经过那件事，关放对魏晓东在审稿方面，就有点提着心了。

“大师答应你了？你真认为这事有戏了？我琢磨……”关放不相信地问周冠军。

“你琢磨什么啊？君无戏言啊！我看你真应了一句话，民之难治，以其智多。像你这种想法多的人啊，好歹都难缠。”周冠军戏谑关放。

“你怎么这么傻呢！还君无戏言呢，你知道君无戏言这句话，在根本上就是扯淡，古代的皇帝也是人，编瞎话说大话，张嘴忽悠个人也很正常，更别说现如今的领导了。‘君’们说话也可以不算数的，只有白纸黑字的圣旨，才算有效。”

说完，关放斜着眼睛看着周冠军，想起周冠军居然说他“民之难治，以其智多”，于是又说：“我看你有点耳濡目染的意思了，被大师熏的味道不浅呢！”

“我还给你说，以前咱不了解，跟着大师这一年，我发现啊，咱大师爱国学，那绝对不是秀，是真感情。他老人家曾经对我说过，别看孔子那些道理很简单，但得来不容易，是用了一生的时间一点一滴体味出来的，寥寥数语，讲了很多道理。还有老子……”

“行了行了，你就饶了我吧，别企图熏染我了，选题通过我就OK了。”说完，关放又不放心地追问一句：“就是说……我真的可以开干了？”

周冠军知道，关放是担心事情完成了，领导又变想法，说选题不能用，让他白白辛苦。这家伙最痛恨自己的智慧遭到浪费。

“你就把心放到肚子里，难道还要总编给你按手印啊？”

听周冠军这么说，关放知道事情真的有戏了，说话也顿时恢复了往日的狂妄。“我怕过啥啊！从来都是明知山有虎，偏向虎山行。但是一般来说，上山找老虎玩的，只有两种人，一种是打猎的人，一种是特想死的人。”

“我看你就是那个特想死的打猎的人。别废话了，干活去！”心情不错的周冠军，跟关放笑着说。

# 12.

《假日》周刊的“金秋之吻”，使当期《假日》周刊销量，陡然增长了上千份。发行部门的人见了编辑部的人，也心情不错地开起了玩笑，说你们这回的新动作，赶上色情杂志了。

有一对老夫妇，金婚纪念的拥吻照片登上了报纸，家人一高兴，直接上周刊来，一开口就要二百份。一对年轻人，被记者在公园跟了几圈后，终于抓拍到了他们的亲吻，当记者大胆上前说明用意后，人家表现得很大方，还曝料说是他们的初吻。为了纪念，那对年轻人也抱走了一大捆报纸。

那几天，发行部前所未有地热闹。这一阵子以来，因为发行量不见增长，发行部的人进进出出，脚底下速度飞快，像溜边的老鼠，转眼就不见了影子，尤其是路过魏晓东和樊进仁的办公室。那些好些天不见笑脸的发行部的人，一下子都被这前所未有的热闹弄得心情聒噪，他们没想到，他们的心情会一直甜美地聒噪下去。

继“金秋之吻”之后，周冠军借势，又相继推出了“央企大楼的色情假象”、“毕业前的最后出格”、“控制不了的选秀结局”、“新旧地王的PK”等一系列新动作。这些热点和焦点问题的深入报道，绝大部分是独家报道，有的挖出了隐藏在表面背后的一些真相，有的另辟蹊径，角度刁钻，有的观点热辣，触及敏感。连续的重磅推出，使《假日》周刊的名声大震，一时间，《假日》周刊真有点洛阳纸贵的架势，连一些自以为是的业内人士们，也开始了对这份周刊的关注。

在一次总编辑参加的媒体研讨会上，一位知名周刊的总编辑，一向是受人追捧的主儿，却拉着魏晓东的手说，你要和我们抢饭吃啊！魏晓东当然知道人家那是客气话，那可是一份创下数千万资产的著名周刊，要说抢饭吃，《假日》周刊抢来的，也不过是人家碗里的一小勺饭。但是听人家这么说，魏晓东心里还是有些欣慰。《假日》周刊能叫人家同行紧张一下子，绝对不是坏事。

就在魏晓东为《假日》周刊一系列新创意，心情稍有欣慰的时候，大报那边传来消息，要开始岗位轮换了。

本来，这个消息和他没什么关系。他上任《假日》总编辑刚刚一年多，按理说，要轮岗也轮不到他这里。但是他心里却有些不舒服，因为他还听说，《新华大时报》有人惦记上了《假日》总编辑这个岗位，不少人开始活动，说想下来锻炼锻炼。



这让魏晓东想起了一句话，下山摘桃子。

《假日》周刊组建的时候，派谁谁摇头，都不愿意触碰创业这个难题，人人都知道不好干，干好了是大报指导有方，干不好是你总编辑无能。当时他临危受命时，就有人对他说，你跟工商局打过交道吗？你跟邮局跟报摊打过交道吗？你懂财务懂避税吗？你知道怎么管理各类人吗？你知道拉广告是怎么回事吗？你会融资吗？

魏晓东是耳朵里听着这一大堆问题，硬着头皮上了任。

现在，《假日》周刊慢慢摸出了门道，渐渐踏上了轨道，甚至可以说是渐入佳境了，却一下子冒出些积极要求锻炼的人来。他知道，想来锻炼的人，有的不仅仅嘴上说说，很可能已经开始活动了，并且已经活动到乔社长，甚至是上级主管那里。难道乔社长真的会把他调回大报去？这么一想，魏晓东的心情，的确没法好。

魏晓东的担忧，渐渐被一些事情给佐证。

大报社会部主任王伦，突然来找魏晓东。

王伦见了魏晓东虽然没说什么，只是嘻嘻哈哈地说了些大报那边无关紧要的事情，但是，他的举动却很奇怪。王伦先仔细观看了一番魏晓东的办公室，拍拍沙发，敲敲茶几，晃晃书柜，摸摸桌子，然后说魏晓东太艰苦朴素了，说《假日》周刊名声在外，身为堂堂《假日》周刊的总编辑，门面很重要云云。

踅摸完了办公室，王伦又沿着走廊挨着个办公室走了一遍，到每个办公室都像老朋友一样，跟人家热情地打招呼，问长问短，什么上下班的时间、午餐到哪解决、交通是否方便等等，弄得有些不认识王伦的新人直发愣，不知道这是何方神仙。就是那些从大报过来的老人，也被王伦关怀得支支吾吾，一副犯晕的样子。

王伦似乎根本就不是来找他魏晓东的。他到底来做什么呢？魏晓东想不明白，但有一点魏晓东很肯定，王伦绝对不是无缘无故地跑一趟。

王伦的确是无事不登三宝殿。

王伦心里一直有一个对手，就是魏晓东。当然，这是王伦一厢情愿，因为魏晓东一直浑然不觉，或者说有耳闻，有疑惑，但一直不太相信。

几年前，王伦是魏晓东的副手，也就是说，王伦曾经是《新华大时报》要闻部的副主任。王伦当上要闻部副主任，是魏晓东从社长乔华邦那里点名要来了。

要闻部一直是报社的重要部门，自从魏晓东当了要闻部主任，他就想物色一个能干的副主任，一是给自己减轻负担，二来以备将来顺利接任。

魏晓东知道自己不会一辈子在要闻部主任的岗位上，离开是迟早的事情，他不是奢望能再进一步，当上副总编辑，或者总编辑助理，只是觉得一旦自己离开这个岗位，能有一个称职的人接替自己。选来选去，魏晓东选中了王伦。

别人说王伦爱耍小聪明，他倒觉得聪明就好，他喜欢聪明的人。别人说王伦人很阴，人前人后两张皮，他却认为，要闻部需要一个头脑灵活的人，可以补他之短。别人说王伦有剽窃的毛病，他不以为然，说懂得借鉴没什么不好，说明他爱学习，知道他人之长。别人说王伦吃不了苦，做事爱讲条件，他说要闻部的人都吃苦耐劳，会影响他的。

别人只好无语。

王伦是从记者部副主任的位子上，平调到要闻部的。虽然是平调，但报社人都知道，两个副主任的分量不一样，重视程度也不一样，报社对要闻部主任和副主任这两个职位，一向是慎之又慎，除了能力的要求，还要有极强的责任心，有吃苦受累，无怨无悔为人作嫁的奉献精神。当然，谁都知道，提拔副总编辑和总编辑助理，也会首先考虑要闻部主任，而要闻部副主任，扶正的时候，也比其他部门的副主任，有着优先的不成文规定。

王伦从记者部调到要闻部，是魏晓东力排众议的结果，魏晓东对王伦也算是有了知遇之恩了。按理说，王伦应该心怀感激才对，如果没有魏晓东这个人，没有在报社一向好人缘、好人品的魏大师鼎力推荐，要闻部副主任这一职位，对王伦，就只能是晚上做做梦的事了。



再按理说，王伦和魏晓东不光差着级别，更差着年龄和资历，两个人就不在一个水平线上，不是一个重量级别的人，原本不该成为对手。

可是，这样常理之外的事情，却在王伦心里酝酿并发酵了。

与其说王伦把魏晓东当对手，不如说他看上了魏晓东在报社的重要位置。

王伦成了积极要求下《假日》周刊锻炼的人之一，这令魏晓东万万没有想到。记者部主任冷妍说他，你除了对新闻有敏感性，对其他事物都很迟钝。

我迟钝吗？魏晓东很郁闷地问自己。

他不由得想起了当初，王伦从要闻部副主任位子上，提拔到社会部当主任，自己是最后一个知道的。要闻部自己的副主任要扶正，对魏晓东来说是一件好事情，他理应高兴，可是，当大会宣布的时候，他惊异的表情，让杨清阳看出了端倪。

会后杨清阳赶紧问他，你怎么了？怎么这副反应？魏晓东像是得了口吃症："这、这、这是、什么时候的事情？"

"你不知道？社委会议定前，乔社长让宋博跟你通气了啊？"杨清阳解释完，看见魏晓东依然发愣的表情，随即也叹了口气。他判断宋博没有跟魏晓东通这个气，所以魏晓东才一副完全不知情的模样。

魏晓东当时最强烈的感觉是伤心。

魏晓东不明白，王伦想离开要闻部，想解决正处级，为什么一点口风都不跟他透露，难道怕我挡他的路吗？我对他的心思难道他王伦不知道吗？你想扶正我完全理解啊？等不及在要闻部解决，我也能理解啊？我会向社委会积极推荐的啊！为什么要瞒着我呢？

被王伦弄了个措手不及，魏晓东过了很长时间，才慢慢缓过那股别扭劲儿来。

说起来令人难以相信，魏晓东心里那股子别扭劲，还是王伦给他缓过来的。

王伦顺利升任社会部主任，调至正处级。到社会部以后，隔三差五地到魏晓东办公室来闲聊，时不时地拉着魏晓东去吃一顿喝一杯，推杯换盏之间，有事没事都貌似谦虚地跟魏晓东请教，王伦嘴里叫着大师、大哥，跟魏晓东掏了不少心窝子话。慢慢地，魏晓东有点冰凉的心，就给暖和过来了。

冷妍说魏晓东最大的优点是太仁义，最大的缺点也是太仁义，还嘲笑魏晓东的心是属豆腐的，太软。说王伦这么跟他近乎，是做给别人看的，他可不想别人说他忘恩负义，弄得好，还整一顶知恩图报的帽子给自己戴戴。再说，他更不想得罪要闻部的人，尤其是你这个要闻部主任，要不然，他社会部的稿子，还想不想顺利过你要闻部的关口啊？

魏晓东嘴上不服气，说我是个图谋回报的人？我还能拿工作整人？你把我当什么人了！我们要闻部从来是认稿子不认人的。

冷妍说，你是君子，可你还挡得住人家把你君子之腹当小人之心度一度？然后她说魏晓东就是迟钝。

这次，听说了王伦的新动作，冷妍给魏晓东打电话，先是说了些宽慰的话，分析了魏晓东离开《假日》周刊回大报的利弊，最后，冷妍还是忍不住，说魏晓东就是迟钝。魏晓东没有给自己辩解，但他还是坚持一个观点，王伦和他没有个人恩怨。冷妍无奈，说就算是你们没有个人恩怨，但一个人的每一次升迁，都和你的境遇有关，算不算你一次次被这个人算计啊？算不算你迟钝啊？魏晓东被冷妍说得没了言语。

不管怎么样，魏晓东还是不愿意相信，王伦觊觎《假日》周刊的总编辑位子，不相信王伦能运作这样一件不小的事情，他更不愿相信，乔社长在这么短的时间，就会调整《假日》周刊的总编辑。但是不久，《假日》周刊发生了一件事情，直接间接地促成了《假日》周刊总编辑的调换，让魏晓东心里的一丝侥幸，彻底化为一缕尘烟。

《新华大时报》的上级主管接到举报，说有一个自称是《假日》周刊的记者，到京郊一个著名的度假村采访，说是发现了这家度假村的一些见不得人的色情服务猫腻，这个记者找到人家负责人，开口就要人家五万，还说否则就曝光。

乔社长把魏晓东找了去，给魏晓东通报了举报情况，说这涉嫌敲诈，如果警方介入，麻烦就大了，他让魏晓东赶紧回去查查。魏晓东当时就申辩，说肯定不是我们《假日》周刊的记者，这举动也太没脑子了，《假日》周刊的记者没有这样的人，一定是假冒的。乔社长说我更希望不是你们的人啊，是不是你也得查清楚啊。



魏晓东前脚刚离开大报，大报就已经沸沸扬扬，说《假日》周刊一个记者到度假村嫖娼，还假借采访敲诈别人，被警察抓起来了，还说魏晓东管理不善，被上级主管点名批评，要追究魏晓东的领导责任……一心赶回去验明正身的魏晓东，浑然不知。

魏晓东回到《假日》周刊，赶紧让周冠军拿着举报信，到那家度假村跑一趟。周冠军回来告诉魏晓东，人家说那个记者有记者证，叫张海涛，周冠军说当时一听脑子就大了，《假日》编辑部还真有张海涛这个人，他当时想赶紧回来查问张海涛，在转身的一刹那，他脑子一激灵，又回身赶紧问人家，那记者长什么样。

听了人家的描述，周冠军的脑袋才算恢复正常大小，《假日》周刊的张海涛是个小眼睛小个头的小胖子，人家描述的那个张海涛是个大个头猛男。人家强调说，看了记者证上的照片，和本人就是一个人。

猛男张海涛，居然有《假日》周刊小胖子张海涛的记者证？周冠军马不停蹄地找到张海涛，一问，终于明白了，张海涛把记者证丢了！

周冠军气的，直想挥起拳头给张海涛一下子。你小子丢了记者证？

这么大的事情居然不吭一声？你给报社惹了多大麻烦？周冠军又拉着真张海涛，一路狂奔到了那家度假村，当面向人家澄清事实，并再三央求人家给写了份书面证明，证明举报的那个记者是个冒牌货。

真相大白！魏晓东赶紧到大报给乔社长汇报。乔社长让他写一个书面报告，需要报到上级主管，这事就算过去了。

事情终于说清楚了，魏晓东如释重负地从乔社长办公室出来，却清楚地听见，从一间办公室里传出议论："快看，魏晓东肯定是交检查来了。""肯定要处理他了！""这下他在周刊呆不下去了吧！"

走到楼梯口，魏晓东遇到了一个报社的老人，他向那人点头示意，那人却突然表情有些尴尬，抢着伸出手来跟他握，嘴里说了一句莫名其妙的话："大家真都想你了。"

魏晓东没法不郁闷了。

回去的路上，郁闷中的魏晓东，接到了樊进仁的电话。樊进仁喋喋不休地说了一大通，乌烟瘴气的，全是从大报耳闻的消息，转述完毕，樊进仁才像是突然想起，急急地问魏晓东，是不是真的。魏晓东也急了，说什么真的假的，啥事也没有，《假日》没事我也没事，这乌烟瘴气的全是人闹腾的。樊进仁那边一听，好像是松了一口气，一下子发起了感慨："这就是我们文化人的悲哀啊！总想超脱凡尘，结果是滚滚红尘。"

魏晓东突然觉得冷，一阵寒意泛上心头。人言！舆论！难道一二句想当然的人言，一些无中生有的舆论，真能颠倒黑白，真能影响事件的发展，真的能推着事情走？真相明明摆在那里，为什么人们看不见？难道是故意看不见？为什么呢？他产生了一个不好的预感，这个误会的有偿新闻事件，可能真的会影响自己的未来。

我冤不冤呢！魏晓东心里喊。

# 13.



报社出了个头条新闻。

《新华大时报》进行岗位轮换的竞聘，没有参加竞聘的周围围，居然被任命为《新华大时报》活动策划部的负责人。

活动策划部是一个新的部门，实际上是从原来的广告经营部分离出来的一个部门，也是个经营部门，靠搞活动挣钱。

身为当事人的周围围，和旁人一样的惊讶，心情不是一般的忐忑。

要说突然，对别人可能突然，对她其实不能说突然。主管经营的乔社长，在此之前，已经找她谈过话了。此次谈话的诱因，和一次活动有关系。

报社广告经营部前段时间搞过一次活动，因为活动涉及面很大，经营部的人忙不过来，经营部负责人请示了社领导，抽调了几个年轻记者临时帮忙，周围围就是其中之一。

那是一个全国范围内的评选活动，跑有关部委要批件，向相关单位发通告，联系赞助，一系列的事情周围围都参与了，有几个难缠的批件，还是周围围跑上级某部委，跑主管上级给办下来的。活动那几天，报社请来了不少相关部委的司局长们，可谓嘉宾云集。周围围一直跑前跑后，既沉着冷静，又活泼大方，她不卑不亢地穿梭在各界人士中间，不时地和各位领导们打着招呼。听见她管几个领导叫叔叔，把经营部的头头着实吓了一跳。

经营部的头头不傻，他很快就判断出周围围的那几声叔叔含义深长，他不相信机灵的周围围，会不小心把一个不认识不熟悉的领导叫叔叔。活动结束时，经营部的头头跟周围围说，你当记者屈才了，到我们部门来吧，给你个主任助理。当时周围围一通大笑，说这个玩笑开大了。

自那以后，经营部再有什么活动，经营部头头就时不时地跟周围围通气，商量的语气弄得周围围很不好意思，再有需要报上级呈批的批件，就理由充分地麻烦周围围跑一趟了。

乔社长和周围围谈话的内容其实很简单，只是说要成立一个新部门，专门策划一些活动，就是说把策划活动的任务，从经营部分离出来，经营部以后就负责广告发行。这个活动策划部的人员，由原经营部部分人组成，周围围担任临时负责人。

当然，乔社长还特意说到了周围围的活动策划能力，说她有活力，有能力，有潜力。

听到周围围的描述，周冠军跟她打趣："这么说，你成了三有新人了？恭喜啊！"

"我这心情，现在就像被爆炒的瓜子，上下左右地乱翻腾，我哪会当官啊？"周围围哭丧着脸说。

"瓜子真是太不容易了，我以后要好好嗑它们。"周冠军像是没看见周围围哭丧的脸，依然嬉笑着说。

"你能不能认真点啊？"周围围有点急了。

"好好好，我认真地跟你说。"周冠军正正神色说，"不就是让你负责活动策划部吗？算什么官啊？你别把它当官做啊！你就当个事情来做啊！这对你来说是人尽其才嘛！搞活动你又不是没做过，我看领导们真是太有眼光了，能把你从茫茫人群里提溜出来。"说到后来，周冠军又是一副嬉笑的表情。

"你这话到底是啥意思啊？是说我行还是不行啊？人家在火里，你却在水里。"周围围真急了，说话间，眼睛就红了。

周冠军见状，赶紧换了腔调，伸出手摸了摸周围围的脑袋，认真地说:“说实话,我觉得真行!你确实既有活力,也有能力,更有潜力。你别怕啊,干吧!你能当好一个记者,也能干好别的,我想头头们一定是看上了你的资源。”

“资源?”

“你想啊,搞活动最需要的就是人脉资源了,你舅舅……”

“哦——”周围围很聪明,她从来就属于一点就通的那种女孩子。

除了周围围成了报社的头条新闻,魏晓东也成了头条人物。魏晓东终于被轮岗,他又回到了《新华大时报》要闻部主任的岗位上了。

不得不离开《假日》周刊,魏晓东心情复杂。

他不能抱怨什么,也不想抱怨什么,乔社长跟他谈话的时候,一再肯定他在《假日》周刊的成绩,说他是功臣,可他心里却没有多少喜悦。



告别会上,自认为都是魏大师死党的周冠军关放一干人,一个个耷拉着脑袋不吱声。他们的确不想说话,也不知道说什么。跟着魏晓东创业,他们一起经历了不少折磨,也一起体验了不少欢乐,他们对《假日》周刊这个和谐的小环境,心怀一种依赖。可是现在,这个小环境的灵魂人物就要离开,他们心里都有一种莫名的担忧。因为这个小环境,是魏晓东给他们创造的,魏晓东走了,他们还能这么和谐下去吗?

耷拉着脑袋,他们的思维却没有耷拉。在一起工作时没觉得,现在要分别了,都想起魏晓东的种种好来。

周冠军想的是,魏总编辑虽然处事谨慎,但对他的工作,从来都是非常信任全力支持,跟着魏晓东干活,他一点也不想偷懒省力气,一向信奉工作只能使七分力的他,干活从来没有这么全力以赴过。王伦能这样对他吗?周冠军心里没底。他是周刊的主编,如果总编辑不信任他不支持他,他未来的工作将举步维艰。这么一想,周冠军坐那哭的心都有。

周冠军想哭,关放的心情也很糟。关放想的是,魏大师尽管有些胆小,总提醒他别惹事,弄得他耳朵要起老茧,恨不得躲他远远的,但是魏大师关键时刻,却是个护犊子的上司,这样的上司,关放知道,他这辈子很难再遇到了。想到王伦,关放心里陡然一沉,像压了块石头。

广告部的人，心里也是沉甸甸的。魏总编不光给他们下任务，还陪着他们一起发愁，有一次甚至也当了回三陪，陪着客户吃饭，还喝了不少酒，那次客户觉得很有面子，当场就签了单。

发行部的人也在想，他们觉得自己挺幸运，魏总编是个厚道人，从来不给人脸色看，他们看了太多领导的脸色，领导天天跟他们说发行量，发行量就像他们头上的一个紧箍咒，领导一念叨，他们就头疼，想看领导一张好脸色，他们得拼命干活，直到吐血。

……大家伙都低头想着心事，有个小姑娘支支吾吾想发言，可刚一开口，声音就哽上了，弄得大家的脑袋更加耷拉，连坐在一边一直看报纸的樊进仁，也放下了手中的报纸，翻眼看起了天花板。

气氛沉闷，魏晓东也忍不住泛起了一丝伤感。他何尝不知道自己身处的这个小环境，是多么难得的和谐，他又何尝不留恋。

在《假日》周刊，没有勾心斗角，少见争争吵吵，从一开始他就要求自己，大家都是摸着石头过河，凡事要和大家商商量量地来，出了问题由他这个总编辑担。他也看到了，大家伙儿很支持他，理解他的一些苦衷，大家心往一处想，劲儿也往一处使。这一年，他有了一个一心干事业的团队，有了一群愿意跟他干事业的人，甚至有了一些可以肝胆相照，荣辱与共的朋友。

魏晓东不想回大报，不仅仅是舍不得离开他创下的《假日》周刊，他想起了樊进仁说的那句“滚滚红尘”。在魏晓东眼里，《假日》是一块净土，再度落入红尘，他不甘愿。他已经听说，大报那边风不平，浪更不静。

乔社长眼看着到了退休的年龄，小道消息飘满了大报的各个角落，有关无关的人，都乐于津津乐道一下。有人说，杨清阳要当社长，宋博当总编辑，这是一种不出意外的猜测。还有人说，上级主管要派一个社长下来，总编辑是杨清阳，没宋博什么事。也有人说，乔社长根本就不走，上级挽留他了，所以他会继续留任。

最后这条消息，多多少少让一些人失望，那些想看热闹的人，有点失望，那些等待空缺的人，则更加失望。

每个消息都没有人站出来认领，可每个消息的来源，都笼罩着一层神秘，让人摸不着真假和深浅。

有一件事，让魏晓东有点匪夷所思。

《新华大时报》的每周例会，魏晓东都要列席，所以他每周至少要去大报一次，耳朵里就灌了不少消息，几乎每条消息都和一个人有关系，这个人是宋博。这些消息，主要是魏晓东的司机告诉他的。

魏晓东的司机跟着他经常去大报，魏晓东开会办事的时候，司机就在总务处等他。总务处的几个司机，整天跟着几个报社领导，领导们坐车上接电话打电话，他们左一耳朵，右一耳朵，时间长了，就听出了一些端倪来，平时闲得没事，或者打牌聊天聊地兴致大了，就忍不住拿出来分析分析。

有一位司机，最近总是兴致大，于是就总忍不住分析分析。他是宋博的司机。

宋博的司机和魏晓东的司机是老乡，魏晓东的耳朵里，最近灌了不少宋博的事情。比如白天总不在报社呆着，有事没事总要往上级跑，说是到上级那里汇报工作，晚上则天天跑司局长家，走家串户，摸牌喝茶，礼也没少送。



本来，宋博的司机还是个守规矩的人，给领导当司机一般嘴还严，为了饭碗，轻易不会犯自由主义。但宋博的司机一下子变得嘴不严实，还忍不住发了牢骚，更忍不住透露领导的私密行踪，和方晴雨有关。

自从方晴雨调到财务部，就和司机们打交道多了。以前做美编，报社的那几辆小车是轮不到她坐的，现在是会计了，跑银行跑税务的事情多了，就经常跟总务处要车。有时候领导都要用车，或者司机们偷懒，找借口不想出车，总务处派不动车了，她就直接找宋博，宋博就让自己的司机跟她跑一趟。

方晴雨显然尝到了甜头。有事情要用车，人家也不找总务处了，干脆直接找宋博的司机，动不动就要宋博派车。方晴雨出车，除了跑银行跑上级主管司局，顺带干了不少私事，什么逛超市买东西，接送亲戚，跑机场跑车站之类的事情，一点都不跟司机客气。有一次，方晴雨竟然让司机等在小学门口半个多小时，就为了接她孩子回家。这让宋博司机非常恼火。

宋博司机爱干净，别人开玩笑，说他把车里收拾得像总统套。那司机最烦躁方晴雨那个调皮的儿子，一上车就不老实，每次载了他，前座背后就会留下一些脏脚印子。

宋博司机一恼火，就积极抵抗了几回，结果，方晴雨就向宋博告了状，搞得宋博跟他没好气，说他怎么像个女人，事情多毛病多。

宋博司机对魏晓东司机说，宋副总编辑这是在运作，魏晓东司机对魏晓东则直接说，宋副总编辑这就是跑官。

魏晓东有些想不明白，宋博想干什么呢？难道他真的如传言所说，想当社长？他觉得宋博当社长有点不可思议，就是当总编辑，他都觉得不合适。还有那个方晴雨，一个不懂财务的人，居然进了财务处，还很快就提了副处长，这真的和宋博有关？

魏晓东听说，大报财务处副处长派到《假日》周刊后，是宋博极力推荐方晴雨顶替的，理由是财务部门很重要，尽量不要招收外人，方晴雨是报社老人，一向工作认真，本分老实，又是个党员，行政部门人员都一个萝卜一个坑了，调配谁都会影响原部门工作，只有从采编部门派人合适，而采编部门也只有美编岗位宽松一些，云云。理由找得一点都不牵强，甚至听上去都很靠谱。

乔社长是个念旧的人，还是个特别关照报社老人的领导，那些在报社工作十几年的人，无论在什么岗位工作，不管是老司机，还是老校对，更或是老记者，都可以跟乔社长大声打招呼，端上碗凑到他单间的桌子上吃饭。一些工作能力不是很强的人，因为是报社的老人，因为从年轻时就在报社工作，因此，无论他们有没有工作业绩，他们都能在一些中层领导岗位上，稳稳当当地坐着，甚至，如果不出大事故，坐上去就不会下来。

报社的人私下里说，这是乔社长的软肋。宋博推荐方晴雨时，一再强调方晴雨的老人身份，完全是瞅准了乔社长的这个软肋。

再说副总编辑杨清阳，虽说排在宋博前面，但杨清阳一直主抓业务，本人也一向对人事的事情不太关心，只要不是太离谱，基本上是有人推荐，他就点头了。更何况是宋博推荐。

"难道宋博和方晴雨……"

魏晓东在人际关系上迟钝，在男女关系上更加迟钝。这会儿，他脑子里能冒出一男一女的名字，完全是因为李春红。

这段时间，李春红张罗大报的乒乓球比赛，因为租的场地在《假日》周刊附近，她就连续几天搭魏晓东的车，有时候是上班搭，有时候是下班搭。这李春红一上车嘴就不停，说着说着，就总能拐到报社的男女上，谁和谁好，谁和谁孬。

这几天，出现在李春红嘴里最多的男人和女人的名字，就是宋博和方晴雨了。李春红从来不说宋博和方晴雨关系有什么不正常，她只说一些宋博和方晴雨来往的事例，诸如，方晴雨陪宋副总编吃饭，对领导很关心，自己顾不上吃一口，尽给宋副总编夹菜。或者，有天自家男人回来很晚，说是去火车站接方晴雨的亲戚云云。李春红喜欢让听的人自己去想。



李春红的话，给人留下了足够广泛的想象空间，尽管魏晓东的想象力，在男女关系上相对匮乏，他也被李春红的不断指引，弄得开始宽泛，并且不自觉地把宋博和方晴雨两个名字，搁在一块想象。这让他对自己很恼火。

魏晓东晃了晃脑袋，想把这些事情从脑子里赶走。一想起这些乌七八糟的事情，一想到将要置身于那些乌七八糟，魏晓东就很舍不得《假日》周刊，舍不得《假日》周刊这个纯粹的团队，舍不得《假日》周刊这个干净的小环境。

“好啦好啦，别弄得像生离死别啊！”

魏晓东嘴里勉强调侃着，心里有些感动。他忽而又想起冷妍的话，冷妍说回大报也好，你就不是个会争抢的人，有人要去，你就得腾地方，好在要闻部那地方，还没人敢和你争。魏晓东对自己说，那就腾吧，到哪儿不是干活啊。

# 14.

王伦踌躇满志，脸上布满钦差大臣的表情，再一次来到《假日》周刊。这一次，他是来和魏晓东办交接的。

来《假日》周刊报到之前，王伦想起了一个人，他觉得需要跟这个人见个面，这个人他从来就不敢小觑，甚至内心还充满了畏惧。王伦之所以要见这个人，他冥冥之中有一种预感，这个人现在虽然身居《假日》之外，但却对《假日》产生着影响，也许还将继续影响下去。见这个人，既是一种联系，也算是一个为了相会的告别。

王伦脑子里的这个人，就是记者部主任冷妍。

王伦一直有点怵冷妍。这回也不例外。知道自己终于要到《假日》周刊当总编辑了，王伦心情不错，就在他心情不错的时候，冷妍给他来了一句："你啊，能怎么去的，能再怎么回来就不错了。"这句话说得王伦直起鸡皮疙瘩。

王伦怕冷妍，不仅仅因为自己曾在记者部当过副主任，冷妍曾经是自己的直接领导，在他眼里，冷妍是个藏得很深，并且神通广大的人物。

王伦暗地里无数次地观察和琢磨过冷妍。他发现，冷妍是一个很"叱咤"的人。她上能和上级主管的司局长们称兄道弟，下能和各地区各行业的头脸人物呼朋唤友，左右能在同行媒体人里左右逢源。这一点，从她采写的题材所涉猎的广泛领域，以及她在各种场合的应付自如,就可以窥斑见豹。

很"叱咤"的冷妍,是记者部的老主任了。这一点,也是一直叫王伦看不懂的地方。冷妍一直不挪窝,是真的不想挪动,还是在雪藏自己?王伦不止一次地问自己。

说起来,记者部在报社是个尴尬的部门。别的部门都有自己的版面,就是说有自己的领地,时政要闻有要闻部的要闻版,财经报道有财经部的财经版,社会热点有社会部聚焦版,记者部没有自己的固定版面,记者部记者跑来的新闻,需要人家各部门给你版面,给你地方,你的东西才能见报。

但是换一个角度看,记者部又是个宽泛的地方,采写内容不受限制,涉猎范围广。你要闻部的只能天天和政策、会议、领导人纠结,你财经部的只能写股市、房市、车市,你社会部的只能和案件、世相百态打交道,而记者部就自由得多,什么时政的,财经的,文化的,社会的,都可以出击,题材选择自然比其他部门的记者宽泛,如果是个好记者,那就很容易出好活,很容易出成绩。



冷妍就是个好记者。这一点,王伦很承认。

冷妍曾经写过一篇深度报道,王伦至今还记得那篇文章的标题,是"拿什么拯救明星企业"。文章内容涉及的,是一家对当地财政做过巨大贡献的民营企业,而这家有着巨大贡献的民营企业,却面临了贷款安全危机。这家企业背负了几十亿的贷款,这些涉及各间银行的巨额贷款,其中相当一部分是由当地政府提供担保获得的,现在企业自身运营出现了问题,不仅各个银行的神经就此绷紧,提供担保的政府的神经,更是不轻松。

文章最后提出一个问题,明星企业和地方政府之间的这种复杂纠葛,不得不让人注意到一个现实:当企业庞大到足以对地方财政构成巨大影响时,政府似乎正陷入"被动拯救"的角色宿命。

这篇上了财经版头条的报道,王伦至今记忆犹新。

王伦自认为自己有个本事,那就是透过现象看本质。这篇报道之所以让他记忆犹新,是因为他透过这个现象,看到了其他的本质。

王伦调动了自己的想象力,想象了一下冷妍写这篇报道的过程:你得深入企业吧，你得深入政府内部吧，既然企业是明星企业，即使陷入困境，那也是瘦死的骆驼比马大，一定是好吃好喝招待着，然后就成了朋友。既然是一方政府，那更不会怠慢你京城大记者，又一顿好吃好喝招待着，然后又成了朋友。报道一见报，影响有了，虽说视角独特，观点犀利，但无伤双方大雅，并没有给双方带来负面的东西，不过是替他们叫了声苦，招来的除了关注更有同情，没有不感谢的道理，然后彼此更成了朋友。

局面就是这么打开的！工作人生两不耽误啊！王伦有点羡慕嫉妒恨。

喜欢琢磨冷妍，王伦把这叫学习。可是，他想琢磨学习的这个人，却经常是神龙见首不见尾，让他的琢磨断了线索。每次记者部的几个记者，凑在一起唉声叹气找选题的时候，王伦就会忍不住问一句，我们老大最近踅摸什么呢知道吗？大家伙儿就反问他一句，你是老大的副主任，你都不知道，我们到哪知道去？说得王伦汗颜。

说实话，有冷妍当记者部的主任，记者部的记者们日子挺好过。冷妍的稿子经常上各版面的头条，由她冲在前面，记者部其他记者的稿件，在各部门也轻易不会遭冷眼。冷妍也不是只顾自己上头条，时不时地，她也给大家抛扔几个好选题，还帮着联络关系，打通关节。跟着这样的头儿，王伦承认，自己这个副主任，当年干得挺省心。

不过王伦并不想太省心，甚至，他还很想从冷妍那里，获取一些他认为的真金。可是在记者部的时候，王伦的确经常看不见冷妍，她在干些什么没人知道，她要写些什么也没人知道，往往是人来了，一转身就不见了。如果看见冷妍呆在办公室，那么，她除了审阅别人的选题或者稿件，一般情况下，她都一动不动地端坐在自己那台旧电脑前，要么手指飞快地敲击着键盘，要么目不转睛地盯着屏幕。手边一杯咖啡，满屋飘着香。让你只闻见香。

人家部门主任想写什么，没必要跟下属汇报选题，这一点，王伦有自知之明，也想得通。不过，时不时地就能在各版面的头条位置，看到冷妍的名字在那晃人眼睛，这叫王伦很想不通，不明白这个女人的体内，到底蓄积了多少能量。

有一次，冷妍写了一篇某市刮起打黑风暴的连续报道。文章说打黑风暴，犹如撕开了一道社会伤口，让我们看到了黑社会问题的严峻性，与官僚阶层、经济部门交叉感染的复杂性，其盘根错节，已触及到地方行政资源、经济资源的重组……

那篇文章，着实把王伦惊着了，他没想到，冷妍的笔触，还能伸到公检法那么深。文章罗列了一大批落马的公安局长、副局长，还提出了两个尖锐的问题，一是打黑能走多远？二是黑社会保护伞将打到那个层级？这样的问题，实在太刺耳了。

看完那篇文章，王伦说了一句话："真深！"别人以为他说文章有深度，或者文章披露的事件够深刻，只有他自己明白，他说的是冷妍这个人。

王伦确实喜欢透过现象看本质。

他曾经听冷妍在酒桌上聊天讲笑话，并由此得出了一个结论。有一次，冷妍说起三个圈子里的男人打电话的特征，她说一种人打电话就是给人办事，给人孩子办上学，给人老婆办工作，给人引荐高官巨贾，给人摆平违法违章，张三李四地到处张罗饭局。第二种人打电话就是求人办事，求银行信贷赏脸吃饭，求大小官吏行个方便，求上级主管手下留情，追着赶着给人买单送钱。第三种人在电话里发牢骚骂娘，谁谁怎么那么有钱，谁谁怎么又买房子了，谁谁莫名其妙就高升了，就是恭维别人时，也是在显摆着自己，嘴里总是酸里吧唧地抨击着时弊。

谁都听明白了，第一种人是官员，第二种人是商人，第三种人是文化人。

王伦不止一次地揣摩，冷妍如此深知这三种人，可见她三个圈子里都有自己人，官员，商人，文人，可能不一定是位置很高的人，但绝对不是一般小喽啰，属于手里有权，说话算数的那一类人。有如此传神的总结，显然不是一般的耳濡目染，说明很熟络，熟络当然好办事。

透过这个现象，王伦又认为，自己洞察到了冷妍众多的交际圈子。

这样的高人，王伦时时提醒自己，必须怕着些。

冷妍有个绰号就是王伦给起的，记者部的记者们，喜欢叫冷妍"老大"，这个绰号的来历，就是因为王伦经常挂在嘴边的一句"我们老大"。

这是王伦的真心推崇。

冷妍这个记者部主任位子,一坐就是七八年,别人怎么看王伦不知道,至少他认为,在别人这是没机会,而在冷妍,这就是一种蛰伏。

冷妍蛰伏到什么时候王伦不知道,但自己这回,终于结束了在《新华大时报》的蛰伏,身份职位由此都将发生巨变,却是真真切切的。王伦认为,自己有了和冷妍平等对话的资格,尽管他在社会部主任的位子上也坐了两年了,按道理说和冷妍都属于一个正处级层了,可他一直都觉得自己还缺一种东西,那就是底气。现在,《假日》周刊总编辑的身份,似乎终于让他有了些许的底气,这种底气他等待已久。

踌躇满志的王伦没想到,当他蓄足了信心,觉得自己已经足够分量了,然后端坐在冷妍面前时,冷妍却四两拨千斤,一句“你啊,能怎么去的,能再怎么回来就不错了”,让他瞬间又回到了原来的状态。

王伦心里翻腾:这个女人,难道我只能永远矮她半截?翻腾完了,无奈的王伦,给自己找了个舒服的理由,他的理由,最后落在了冷妍比他多吃几年盐上。

## 15.



王伦上任干的第一件事情，就是把关放从首席记者的席位上撤换下来。

让关放下课，王伦是有理由的。

王伦不喜欢主编周冠军。他觉得周冠军没什么能力，就是运气好，伸手接了个天上掉下来的馅饼。他更不喜欢周冠军对关放的重用。

关放是什么人？在王伦眼里，关放就是个混混。以前，在大报就三天打鱼两天晒网，自己的本职工作不好好干，整天在外面揽私活，听说在一家报纸的足球栏目当主持人，还一度弄得足球场上的球迷们，看球的时候都喊他的名字。王伦还听说，关放写了本足球的书，签售的时候现场到了上千人，书店人说，赵忠祥来签售，才不过几百人。

报社人说，这是墙内开花墙外红了，王伦当时就在心里"呸"了一声。

后来，王伦发现关放回到报社，走路摇头晃脑的，人说，他又成了电视台的座上客。王伦一留意，果然时不时地在电视上看到关放那张脸，他发现，关放果然人模狗样地坐在嘉宾席上。再后来，人又说关放臭了，说关放得罪了另一个当红足球节目主持人，各自的粉丝在球场外打起来了，事情闹得太大，他被兼职的报社炒了，电视台碍于那个著名足球主持人，也不再请他当嘉宾了……

因为关放很不安分，到处兼职，并且兼职的门类有点多，还有点杂，动不动还跟同行打口水战，别人都说关放成了个媒体混混，顶着记者的身份，干着媒体的活，却不务自己的正业。

怎么能让一个头顶着"媒体混混"的人，当堂堂《假日》周刊的首席记者呢？难道《假日》周刊没人了？王伦对此很不愤。

上任后的第一次编前会，关放的一通发言，就叫王伦很不舒服。

那天，也不知道是关放习惯了大放厥词，还是关放就没把新总编放在眼里，总之那天，关放操着沙哑的嗓音，用他一贯的轻松嬉皮风格，说，现在的人看报纸，不是用眼睛，而是用耳朵，听谁的名气大关注谁，读者追逐名人，我们办报纸也得追逐名人，就要盯着那些政坛红人，学界名人，演艺大腕。那个《万象周刊》为什么卖得火爆？人家的发行量几年来一直占据前列，你们发现没有，人家的头版就两篇文章，头条，政坛红人，二条，一定是演艺名人，有时候，甚至就用一条大标题做头条，标题里一定有一个名字，不是如雷贯耳，也是耳熟能详。你们再看看那些著名的网站，不管时政还是娱乐，甚至是军事栏目，哪个版块的头条不是名人开道？你再看看那些开道的头条文章，论观点，有的不过是大众观点，没什么新意，论文字，更是谈不上漂亮，大白话一篇，有的甚至毫无文法，写得不如一些中学生，就是因为主角是名人，名人才可以保证吸引力……

用耳朵看报？王伦心里骂了一句："简直是扯淡！"关放的说法，实事求是地说，或许有一定道理，也是现实，但王伦就是觉得句句刺耳，关放沙哑的嗓音，也叫王伦不舒服。

新官上任的王伦，很想烧几把红彤彤的火，把自己照亮在全报社人的眼前。办报纸要烧火，一般都在版面上，可是眼下，要想在版面上烧把火，不是那么容易。虽然改版是报社的家常便饭，是老生常谈，是报纸竞争的主要手段，但即便他是个总编辑，也不能轻易在版面上点火，弄不好，也有可能烧着他自己。火小了，没温度，火大了，会烫人。

王伦不怕火大了，他一心想烧把火，有了第一把火，才会有以后的红红火火，他这么想。

到《假日》周刊没几天，王伦却有点搓火，他看明白了，这儿的人挺抱团儿。他一说要改版，呼啦啦一团反对声，包括那个只说不干的樊进仁，都暴着青筋跟他说不行。

王伦一向看不起樊进仁，樊进仁虽然是《假日》周刊的副总编辑，但是，樊进仁的声音在王伦耳朵里，被归类到"叫嚣"一类。更何况，王伦认为，樊进仁对改版犯怵，完全是他个人的原因，他不就是因为改版改掉了职位吗？他这完全是一朝被蛇咬的心态。樊进仁的叫嚣王伦是不屑一听的，按理说，一张休闲类都市报的改版，毕竟不是党报机关报的改版，可能牵一发就动了全身，不过就是让明星做的封面，变成官员或者企业家，或者把吃喝玩乐的关注，转移到政策国策民生上来，想想也不过如此。因此王伦认为，给《假日》周刊变变脸，不至于造成多大的后果，他只不过是很想体现一下，他给《假日》周刊带来的不同。



可是，他没想到，他的还没有成熟的想法，还不过就是一个提议，竟然遭到了编辑部，甚至活动部、广告部、发行部人员的一致反对。编辑部人说，目前的办刊思路比较成熟稳定，已经有了相对固定的读者群，暂时不易变脸，还说收到很多读者来信，大都表示肯定，我们不能随便就变脸，那会伤了读者的心。

编辑部拿读者来信说事也就罢了，活动部拿策划难度说事，发行部拿发行量说事，广告部拿客户说事，一个个，都直接和效益挂了钩，好像他王伦不想让大家多拿奖金似的。这叫他很沮丧。

思前想后，王伦非常肯定地认为，这已经不是什么办报思路的问题，简直就是人的问题，干脆说，就是拥护谁的问题。这个认为，显然让王伦自己吃惊不小。大家这是在排斥我？竟敢排斥我！

周冠军在《假日》周刊有些威信，王伦能感觉到，周冠军毕竟是主编，是个领导者，他说话有人听，旁人都看他的脸色行事，这也算正常。让王伦感觉不正常，并且非常不愉悦的是，关放在编辑部的鼓动能力，乃至在整个《假日》周刊的煽动性，叫王伦很不自在。

他关放算什么呢？居然也被人"老师""师傅"地叫着，他还大言不惭地应着，到处指手画脚，俨然一副老大的姿态，他还真把自己当老大了！他凭什么呢？难道就是因为他能写几句哗众取宠的文字？

一想到关放，王伦脑子里立即就浮现“哗众取宠”这四个字。他想起那天让他发火的那几个选题，一个选秀节目也能上头条？一个演员结不结婚也能成关注事件？怎么除了明星还是明星？他把关放提溜来，劈头盖脸先一顿质问。

让他更加生气的是，关放那小子似乎早有预料，那天，他居然摆开架势，不慌不忙地解释起来，说什么明星事件不仅仅是明星个人隐私，而是透视出现实生活的百态，和老百姓不无关联，我们的报道不是局限于隐私本身，而是发掘了更深层面的东西。还说《假日》周刊的宗旨是服务休闲，给读者轻松的阅读和生活的指南，如果非要搞教化那一套，那也是在娱乐中完成教化，云云。听得王伦满肚子嗤之以鼻。更叫他无法容忍的是，说到最后，关放居然问他，王总你没好好看文章吧？

除了头条的特别关注栏目，《假日》周刊的专栏王伦也不满意，据说也是关放的创意，由关放请来的专栏作家执笔。其中有一个专栏是什么“奢华人生”，另一个是什么“权利世界”，前一个专注于富人的生活和文化，后一个专门评点官员以及子女的官场百态。什么“奢华人生”？奢华是该宣传的吗？还有什么“权利世界”？评点古代外国的也就罢了，说说卸任的也罢了，竟然连当下现任官员也指指点点，这简直就是玩火嘛！王伦真的非常生气。

他跟关放说要调整专栏内容。结果，关放又是一顿表情平静的长篇解释。王伦被关放表情平静的解释，弄得有点气急败坏，他完全丧失了耐心，挥挥手大声说：“以后少整这些哗众取宠的东西。”说完，王伦惊讶地看到，关放的脸上，居然出现了笑容。那一刻，他几乎要拍桌子了，忍不住要丧失风度，他气急败坏追问了一句：“你……你，笑什么笑？”哪知，关放脑袋一歪，咧开嘴，几乎把原来的笑容又放大了一倍，然后就那么笑着，来了个故作潇洒的转身，走了。

一向不动声色的王伦，脸色一下子变得铁青，心里恨恨地说了句：“找死！”

后来，王伦听说，关放说他不负责任乱批评，根本就不仔细审阅文章，只看标题或者简单内容就说“NO”。这话是樊进仁悄悄告诉他的，当时就把他心里的火给撮起来了，当然，王伦没让樊进仁看出来，他很好地忍住了。但是从此，王伦对关放那张脸，产生了极度的厌恶，并且他还发现，自己的每一次生气，多多少少都和关放有关系，几乎是刚生过这一拨的气，又转而继续生另一拨气。

王伦快被关放气疯了。

王伦让关放下课的理由，不是都能说得出口的，但他还是这么做了，让关放下课。

失去了自己一亩三分地，失去了自己的地盘，关放一蹶不振，又开始三天打鱼两天晒网。



周冠军问他，说你是不是挺恨我的，把你弄来，现在又扔下不管。关放却嬉皮笑脸地跟他说，恨一个人很辛苦的，我这么懒。周冠军说，你得改改你的脾气，别总玩你的桀骜不驯，要学会隐忍，不过你别怕，你迟早会出山，会东山再起。关放问东山在哪？把周冠军问住了。关放却继续面露嬉皮地说，东山嘛，自然是在东边。

关放跟周冠军说，我现在失业、失恋、失眠，我怕谁呢！我现在都悲惨到，跑超市吃“霸王餐”的地步了，我怕啥呢！“霸王餐？”周冠军没听懂，就问，关放一下乐了，说你们七〇后完了，连“霸王餐”都不知道，就是在超市吃免费品尝食品，香肠、面包、饮料，可以连吃带喝。

周冠军一听，完全笑不出来，还差点被一口唾沫噎住。他红着眼圈跟关放说对不起，关放反而嬉皮笑脸地说，我一大记者，现在被逼成一个宅男，算不算国家的损失啊！关放还一本正经地跟周冠军说，你看看你，你的智商大幅下降，你也担心一下你自己吧，现在脑子进水的人挺多，我建议你没事练练倒立，我就天天练，有助于把脑子里的水控出来。

关放继续着桀骜不驯。周冠军经常是几天不见关放的人影，问旁人，结果人家告诉他，说关放说了，他听海哭的声音去了，弄得周冠军哭笑不得。

周冠军其实笑不出来，哭的心倒有。他知道关放心情不好，自己找安慰去了，他明白王伦的决定对关放打击很大，以关放的个性，他的工作积极性，这回，一定是受到了严重挫伤，一时半会很难说服他。可是没有关放的周刊，让周冠军明显感到力量不足，为了保证一些重头栏目的质量，他不得不亲自参与选题策划，甚至亲自操刀撰写文章，这让他有点焦头烂额。

周冠军很着急。

# 16.

魏晓东走了，王伦来了。按理说，不管谁当《假日》周刊的总编辑，周冠军这个主编，该干啥干啥。可是，想该干啥干啥的周冠军，觉得自己啥也干不成了。

一天，周冠军拿着一摞记者们报上来的选题，兴冲冲地进了王伦的办公室。周冠军之所以兴冲冲，完全是因为，周刊在没有关放这个首席记者的情况下，特别关注几个大栏目，居然拿出了不少夺人眼球的东西来，让他的焦头烂额状，得到了暂时的缓解，那颗一直提着的心，总算是落了地。

周冠军的心刚落地，他的耳朵，就被一个没好气的声音给填满了。

“这都什么乱七八糟的！”王伦迅速翻阅了一下眼前的那一摞纸，就像是等不及了似的，嘴里急急地冒出了一句话。

王伦把周冠军送审的选题，全都打了回来。

选题不通过不算大事，周冠军想得通，没有通过可以再琢磨新选题，可王伦总编辑那句“乱七八糟”的话，却叫他陡然间有一种天要塌下来的感觉。

王伦在版面上，一直和编辑部别别扭扭，每次报上去的选题，都让王伦批得体无完肤，大家都有一种无所适从的感觉。周冠军心里更是煎熬。王伦总是不满意，却从没有提出过具体明确的指示，你不知道他到底要什么,这种上司,周冠军最头疼,可这种令他头疼的上司,偏偏让他碰上了。

我们的选题,真的有那么糟糕?乱七八糟?还全都乱七八糟,这不是全面否定吗?这活儿以后可怎么干呢?《假日》周刊一直都这么做的啊?怎么变成了乱七八糟的东西了?到底怎么乱七八糟了?怎么才算不乱七八糟呢?难道大报对《假日》周刊的办刊思路有调整?为什么没人告诉我呢?

王伦说完"乱七八糟"后,就没有了下文,周冠军担心的事情发生了。王伦总编辑只说不行,还是没有给他明确的指向,这是周冠军最担心的事情。他不怕领导批评,最怕领导只批评,却不说怎么整改,或者说,领导自己压根就没想好怎么整改。遇到这样的领导,你还不好多问,问多了,人家领导自己还没想好,你让领导为难,你这就是往枪口上撞,就是故意为难领导。不问,自己揣摩着干,出了问题领导还会批评你,说你没理解领导意图,瞎干……有一次,周冠军终于硬着头皮跟王伦说,王总,这期特别关注的选题再不定下来,就要开天窗了,要不,你给我们指引个方向?哪知,王伦把脸一沉,说我出选题?总编辑给你们出选题,你们干什么的?

周冠军头大了,觉得脑袋不是自己的。

无所适从的周冠军,终于给魏晓东打了个电话。魏晓东在电话里语气很无奈,周冠军听出来了,魏晓东是不好给他出主意。周冠军拍了拍自己的脑袋,怪自己病急乱投医,让一个前任,站出来跟自己的继任说三道四,这不是难为人家大师嘛。

苦思冥想了半天,周冠军的脑子里,突然出现了一个人。他想到了冷妍。

其实,周冠军跟冷妍没什么私底下的交情,他也不知道自己怎么会突然想起冷妍来,并且念头一起,心里竟然有些曙光升起的感觉,甚至有点迫不及待。他不能确定冷妍会不会帮他,不能想象冷妍会用什么方式帮他,但一种直觉,让他觉得找冷妍解决《假日》周刊目前的窘境,或者说解决他周冠军目前的窘境,是一件最靠谱的事情。

就在周冠军跟冷妍诉苦后的第四天,冷妍给王伦打了个电话,电话内容是，要给王伦介绍一个广告客户，约王伦一起和那个大客户见面，似乎是不经意的，冷妍又加了一句，说把周冠军叫上，让周冠军作陪，说那小子能喝几杯，还说很久没见这个老部下了。王伦当然知道，周冠军刚到报社时，曾经在记者部实习过，也算是冷妍的老部下。

这顿饭，每个人吃的心情都不一样，吃出来的滋味就更不一样了。

周冠军吃得是心情舒畅，窃喜的汗珠子，一直亮晶晶地挂在前额上。王伦吃得有些尴尬，他也流了不少汗，但大都是紧张的冷汗，扑簌簌的顺着后背往下流。冷妍吃得很从容，浅浅的微笑，从头至尾在嘴角露着，不紧不慢的点着头，时不时举起手中的酒杯，在自己眼前向各位示意一下，然后自己小抿一口。

王伦的紧张和不自在，和那位大客户有关。

那位大客户一落座，就开始口若悬河，他先是大赞《假日》周刊曾经的一些大动作，说非常吸引人，又说他们公司的员工几乎都看《假日》周刊，尤其是一到周末，你争我抢的。他说一本刊物要是众口能调，那是很不容易的，可《假日》周刊不简单，馋嘴的小青年爱看，说上面介绍的美食绝对价廉物美，多深的巷子都能被《假日》周刊挖出来。那些爱旅游的人也爱看，说是想出去玩，就在《假日》周刊上找，远的近的都有介绍，详尽到农家乐的拿手菜。就是个别文艺小青年，想找个先锋些的剧目过过瘾，《假日》周刊也给你解决了。居然连他这个没时间看报纸的人，也经常忍不住抽空看上几眼，他说他最爱看头条的特别关注，一些他只听了一耳朵的事件，如果看看《假日》周刊，或许就能看到相关的很多内幕，他用了“很过瘾”这个词。

大客户正说的兴起时，冷妍举起杯子和他碰了一下，他仰起脖子一口干了，突然口风一转，说最近《假日》周刊好像变了，不是变好了，是变得没看头了。到底怎么没看头他没细说，只说他虽然不懂办报纸，但知道什么东西有人看，什么内容人爱看，如果报纸没人看，谁会到你那里做广告，别说报纸没人看，就是看的人少，也没人愿意往里瞎扔钱。

说到这，那客户举起手中的酒杯，欠起身向对面的冷妍伸过去，一边碰了下酒杯，一边说，别看我和冷大记者是多年的朋友，要让我在《新华大时报》登广告，我掉头就走了，上了官员办公桌的报纸，不一定是老百姓喜欢的报纸，一张摆在官员办公桌上的报纸，远不如一张摆在老百姓餐桌上的报纸，更吸引我的钱包。

说完，他哈哈大笑，冲着王伦说，你们可别把《假日》周刊，弄成一张既上不了官员的办公桌，又上不了老百姓的餐桌，姥姥不疼舅舅不爱的玩意啊！

大客户口若悬河的时候，冷妍基本上是不语的。但是周冠军发现，冷妍也不是完全不开口，但是只要冷妍一开口，就是总结性的，用简单明了的词句，把那个客户罗列的种种现象，形象地一语点透。冷妍的点拨，虽然点拨的是那个大客户的话，但看上去，更似乎是说给王伦和他听的。

冷妍有一句话让周冠军有点振聋发聩，不光他自己觉得听着刺耳，他还以为，冷妍是有所指的。周冠军注意到，王伦听到那句话时，脸上稍显尴尬，身子不易察觉地动了动。冷妍说，要想上百姓的餐桌，真正占领市场，办报人要放下身段。

酒宴散了，宾主在亲切友好的气氛中，四下散去。周冠军独自走在灯火阑珊的三环辅路上，看着三环上快速穿梭的车流，一段时间来的煎熬，一下子得到了释放。他不由得感叹，冷妍这事，做得太漂亮。

周冠军心里，佩服得五体投地。

周冠军很清楚，冷妍听了他的诉苦，是想帮他一把，但他没想到，冷妍是这么帮他的，完全不露痕迹，让两个昔日老部下，现在《假日》周刊的两个负责人，还有一个意在《假日》周刊做广告的大客户，几个人坐在一起，完全合乎情理，看上去是介绍生意，实际上是融洽和拉近周冠军和王伦的个人关系，更主要的，是给王伦洗了脑子。

想着想着，周冠军"扑哧"一声笑出了声。

他想起了刚才酒桌上，王伦很谦虚地跟冷妍请教，说记者写文章，该不该"哗众取宠"。周冠军猜想，王伦这是在找支持，并且，王伦开口前已经确定，一定能得到老资格记者冷妍的支持，因为冷妍一向是不屑于媚俗的。让周冠军没想到的是，冷妍居然说，休闲类的报纸，做的就是哗众取宠的事啊！轻轻一句话，当时就把王伦给噎住了。

休闲类报纸，做的就是哗众取宠的事。这句话简直绝了！办报纸的要讨好读者，谁不知道啊。周冠军知道，王伦在《假日》周刊最常用的批评词，就是“哗众取宠”，尤其是对关放的文章，他甚至把“哗众取宠”上升为“已经成为《假日》周刊不良风气”的高度来批评了。

周冠军还觉得，冷妍还有一句话说得也绝，“放下身段”。他注意到，王伦听到那句话时，表情是若有所思的。

王总编的问题，就是放不下身段。《假日》周刊不是大报，怎么能按照日报的思路办呢。《假日》周刊的确上的是老百姓的餐桌，吃穿住行游山玩水，还有当下时政的现实关注，物质大餐和精神大餐，一个都不能少啊。民俗民俗，老百姓喜欢和需要的东西，就是大俗，大俗就是大雅，恶俗和通俗怎么能混为一谈呢，怎么能把国计以外的民生都归为俗，甚至是恶俗呢，照这个思路办下去，《假日》周刊刚刚开创出来的品牌，岂不就要被毁了……



冷妍的“放下身段”，算是点到了王伦的死穴。周冠军再一次心生佩服，这些问题也在自己脑子里盘旋过，就是没有人家冷妍一语中的。

当然，这些想法，当时统统都憋在周冠军心里，他很明白，那个场合，轮不到他多说，他也看出来了，说是冷妍帮他，其实根本不需要他多说。所以他一直装作埋头苦吃。

有一点，周冠军不了解，那就是王伦一直怵着冷妍。周冠军想不到，自己去求助冷妍，绝对是一件歪打正着的事。还有一点周冠军也不知道，在他找了冷妍之后，冷妍就去找了魏晓东，并且和魏晓东谈了很久。

# 17.

“头儿,头儿……”周冠军的电话里,终于传来关放兴奋的声音。自我放逐,自甘沉寂的关放,像是从地底下突然钻出来,让周冠军有一种久违的亲切。

“喂,喂喂,你小子一天到晚不着面,你跑哪去了?”睡眼蒙眬的周冠军,抬头使劲看了一眼墙上的表,发现已经深夜一点多。“喂喂……这么晚了你在哪儿呢?里面怎么乱哄哄的?”听着电话里声音异常,担心关放出了什么事,周冠军一下子从床上坐起来,对着话筒急急地问。

“头儿,我在一家俱乐部呢……你听我给你说,有几个明星在这儿聚会……我听说他们经常在一起弄……那个,我还听说,等一会还有明星来,是个大腕呢……”电话里依然乱哄哄的,关放的声音虽然断断续续,但有些关键词,还是清晰地传到周冠军的耳朵里。

“什么?俱乐部?你大声点!什么明星啊?他们干什么呢?”周冠军的担心,突然有点加剧,他掀开被子要下床。

“我明天回去再跟你细说,绝对头条!我今晚得在这边蹲守,一定能挖条大新闻。”这回,关放的声音清晰完整,周冠军听得很清楚,他原本想多问几句,但是随即就打消了这个念头。关放有了工作的热情,这是周冠军首先想到的,这显然是一个好苗头,再说,他很相信关放的新闻敏感,这时候不需要他多说什么。周冠军没有继续问下去,只是赶紧叮嘱了一句。

“哎,你注意安全……”

不等周冠军说完,关放那头已经把电话挂了。

几个小时后,周冠军再次被一阵急促的电话铃惊醒,是大报人事处处长,他让周冠军赶紧到报社去,一刻也不要耽误,说几位领导都在。放下电话,周冠军一下子有点糊涂,到报社去?是《假日》周刊社还是《新华大时报》报社?糊涂了一瞬间,周冠军就猛然清醒了,人事处长是大报的,还几位领导都在?一定是大报了。

周冠军看看窗外,天还没亮呢。电话突然,他心里很紧张,手脚有点颤抖。边穿衣服,他心里边嘀咕:发生什么事了?怎么叫我去?大半夜的?还几个领导都在?慌乱之中,他把两条腿伸进了一个裤腿里。

周冠军赶到报社,看到乔社长,杨清阳,宋博,王伦,还有人事处长,办公室主任,甚至魏晓东,全在乔社长的办公室站着。七八个人,个个表情严肃地站在地当间,显得屋里气氛凝重,又不堪拥挤。他一进门,顾不上给他详细解释,乔社长就对他说,你马上和人事处长去一趟北湖医院。

看屋里的情形,周冠军也不好细问,进门还没站定,就又转身跟人事处长往外走。将要出门的时候,听得身后魏晓东说了句,到那儿要冷静。周冠军没有回身,但他知道魏晓东那话是给他说的。

在北湖医院的停尸房,周冠军看到了关放。

昏黄的灯光下,周冠军依然看到关放的脸色,呈现出一种惨白,完全没有一丝血色,平日里总带着一些不羁的嘴角,流出了一缕液体,在昏暗光线的映照下,反射出一点点光亮来。那一缕液体,成为那张惨白的脸上,唯一吸引周冠军目光的地方。

周冠军使劲地挣扎着,想让自己的目光从那点光亮上移开,可是他的挣扎还是屡屡失败了。

这张脸他太熟悉了,鼻子,眼睛,嘴巴……可现在,那眼睛闭着,看不见他熟悉的那个眼神,那个总是透着机灵和狡黠的眼神,他只好看嘴巴,只有嘴角液体的那一点亮光,似乎还留存着一点交流的信息,让他不由得死死盯着，好像随时在等待那个嘴角重新再不羁起来。

周冠军听见人事处长的声音，人事处长在跟一个警察说话，是这个警察带他们来到这个地方。他们似乎是在确认死者的身份。他听见人事处长问人是怎么死的，那个警察说是腹部被捅了一刀，发现时人已经死了，失血过多。紧接着，周冠军感觉有人往他手里递了一个提兜，他下意识地接住，又听见人说，是死者身上的遗物。

回到报社，天已经大亮，人事处长直接奔了乔社长的办公室，周冠军迟疑了一下，也跟着进去。他觉得头脑发胀，胀得人快要晕倒，他急需让自己的脑袋平置在一个地方。他听见人事处长跟乔社长的声音，又听见急促的脚步声接连而至，人声一下子鼎沸起来。他晕晕乎乎地把手里的提兜，尽可能轻轻地放在乔社长办公室的茶几上，转身出了门。

关放的死讯，在几个小时内，很快就传遍了《新华大时报》和《假日》周刊的每一个角落。惊讶的，怀疑的，笃信的，难过的，感叹的，各种反应纷繁复杂。当天下午，北京电视台的一档法制栏目，就播出了这起发生在午夜的恶性事件，向全社会征集破案线索。当天的各大报纸，还登载了另一则消息，说是某著名演员在朝阳某俱乐部聚众吸毒，被警方拘捕。这两条消息，都上了各报的头条。

周冠军也看到了电视台的那则消息，他使劲回忆当晚关放和他的对话，却怎么也想不起来有关对话细节，但有一个感觉却非常真实，那就是他依稀记得，关放是在暗访一个娱乐场所，好像说是有重大发现。

周冠军努力让自己静下心来，他细细想了想，他发现了一个重要推断。

警方说关放的死亡时间，是凌晨三点多，报纸上报道，警方查捕吸毒演员是凌晨一点多，也就是说，关放出现在那个地方，原本想暗访出一篇独家报道，结果在暗访过程中，却目睹了这起查捕事件。以关放的个性，他一定会立即追踪警方的抓捕行动，他会跟到公安局或派出所，这么一来，关放就可能折腾到午夜两三点钟才可以回家。

一个单身男子，在午夜的大街上，如果不能及时拦到出租车，他可能遇见什么呢？抢劫？情仇？车祸？杀人狂？

只有抢劫！关放不可能在那个地方，那个时间，正好遇见一个仇人，让人家给他一刀。

周冠军把自己半夜和关放的通话，还有自己的推断，一五一十地跟魏晓东说了。魏晓东让他赶紧跟乔社长说，说现在大报这边闲话很多，有的说关放和人争风吃醋结了仇，还有人说关放生活无聊，半夜混夜店，甚至还有人说，关放嫖娼和人大打出手。魏晓东认为尽快说明这件事情，不仅仅是替关放证明，也是替《假日》周刊，替《新华大时报》证明。

于是他就赶紧去找乔社长，跟乔社长汇报之前，周冠军突然想起了一件事。他觉得，关放的手机里，一定会留下什么线索，如果关放的手机里有那些演员夜店聚众的图片，那就非常能说明问题了，说明关放跟周冠军电话里所说的蹲守，一定是和那起演员吸毒事件有关联，那他的推断就可以成立，那么就可以认定，关放是因公而死了。



想到这一点，周冠军的身子不禁打了个寒战，心底突然翻上一股子心疼，想起了关放的一言一笑，忍不住眼眶酸楚。他使劲忍了忍，把眼泪憋了回去，赶紧到大报找到人事处长，和人事处长一起，在关放的遗物里找到关放的手机。果然，一切如他所料。

乔社长说他反映的情况很重要，不仅对案件破获有帮助，更有助于对关放的死有个真实公正的评价，以及对关放家人有个明确的交代。

做完这件事情，周冠军一下子病倒了，浑身滚烫地在床上躺了整整三天。昏睡中，他一次次梦见关放的脸，还有关放的声音，梦见他们坐在一起，把酒论古今。

一个月后，北京警方在东北抓住了那个持刀抢劫者。他对那晚杀死关放供认不讳。

那一个月，关放几次上了某些报纸的头条。

事件发生的当天，几乎各报纸都做了报道。在追踪罪犯的过程中，有些媒体也做了相关追踪报道。后来，罪犯落网，关放的名字又被再一次提起。每次关放的名字见诸报端，《假日》周刊都无一例外地相伴左右，一个知名媒体，外加一个知名记者，其中的新闻由头，任何一家媒体都不愿意放过，甚至有几家媒体，直接提到了《假日》周刊的主管单位，

《新华大时报》。

这下子，可捅了大报一些人一直以来对《假日》的妒忌神经，他们说大报受了《假日》周刊的牵连，还说《假日》周刊是给人娱乐的，倒把自己弄成了别人的娱乐，上了人家的娱乐头条。

魏晓东很无语，他有点百口莫辩的无奈。他想替关放申辩，替《假日》周刊申辩，可他知道，大报没人愿意相信。人们宁愿相信关放是个无良记者，《假日》周刊在搞低俗报道，也没有人有耐心听他的真相。

关放死后周冠军才知道，关放在被王伦下课期间，曾经给乔社长写了一封万字的信。按照关放的个性，信写得算是肉麻。

信里，关放毫不掩饰地流露了自己对新闻的热爱，对未来的信心，还有对自己一些错误的认识。关放的万言信里，没有提出任何任职的要求，只是洋洋洒洒地谈新闻的职业操守。据说，乔社长看了挺感慨，说要重视人才，更要爱护人才。据此，也有人断言，很可能关放有了重回首席记者的机会。

可惜，一切都晚了。

关放就这么离开了周冠军的左右，周冠军心里的怅然若失，没人能真正体会。

他想起了《假日》周刊创刊初期，关放和他一起啃着方便面挑灯夜战，和他没完没了地唇枪舌剑，为了一个选题，甚至为了一句表述，和他梗脖子红脸。自他认识关放以来，他从没有见过关放这么玩命的干活，那段时间，他对关放充满了感激。关放自己说，他这是回报周冠军的知遇之恩，是在偿还人情债。可周冠军很清楚，像关放这样脑袋瓜子极其聪明，文笔极其出彩，又肯为《假日》周刊冲锋陷阵，舍得下死力气的人，他难以遇到了。

周冠军心里倏的有了一种感觉，感觉自己失去的不是一个同事，好像失去了一个兄弟。

突然，周冠军脑子里泛出了一句话，这句话是关放说的。他记得，那是关放刚到《假日》周刊的那一天。那天，听说周冠军要收留他，关放显然有些激动，但一向狂放的关放，没有让自己太过表现激动，只是故作轻松，用几分调侃的语气对周冠军说："从今天开始，你，就是我知己，死而无憾!”

想到这,周冠军的眼睛一下子湿了。

报社给关放开了追悼会,乔社长说了一句话,算是对关放盖棺定论,乔社长说,关放不是英雄,但他是个热爱新闻事业的新闻人。

# 18.

周冠军心里难过，可有人心里不难过，非但不难过，甚至还有些得意。

宋博很得意。

关放出事了，看上去这是一个个人事件，实际上，谁都明白，这就是报社的一个事故。报社出了这么大的一个事故，造成了这么大的影响，虽说不是多么恶劣的影响，但绝对不是好影响。他听说主管上级有一位领导，专门针对此事说了一句话，领导说，我们有些人对新闻的理解出偏差了，以人的名气为标准，而不是新闻本身。宋博认为，这就是一记重重的板子，打在《新华大时报》所有领导身上的板子，说明上级对报社对《假日》周刊的监管很不满意，对报社主要领导很不满意。

宋博认为，这是个机会，对他来说，是一个难逢的好机会。

宋博得意得有些忘形。

宋博忘形的第一件事情，就是突然加紧了跑上级的节奏。他除了步履频繁地到上级领导那里汇报思想汇报工作，还缺乏克制地一次次旁敲侧击，见缝插针地打探消息。除此之外，他也加紧了和主管上级有关司局领导联络感情，公开和私下里，分别宴请了主管上级的几位重要人物，当然，礼物也送了不少。

宋博过于积极的行动，原本以为很私密，结果，却以一种另类的方式，一种比较少见的、已经遥远的，甚至是不可思议的方式，浮出了水面。

《新华大时报》出现了怪事，一张很小的小字报。

小字报在报社引起了动静，可以用轰动来形容。连续数天，嗡嗡的议论声，从一间办公室到另一间办公室。一张贴在报社大厅的 A4 纸，之所以如此轰动，是因为小字报的内容。

小字报用的是对话形式，并且是一男一女的对话。男人的身份，明明白白地注明是“某副总编”，女的身份，也明明白白注明，是“某副主任”。

女：“你又买什么了？这么贵？不会是给我的吧？又是给谁送礼了吧？”



男：“王司长真他妈难伺候，上回送的那东西退回来了，可能不对胃口。”

女：“你签字的发票最近可多了哦。”

男：“怎么了，不好处理了？”

女：“你的发票我还能不处理？”

男：“来来来宝贝，让我亲一下。”

女：“我不嘛。”

男：“别哼唧了，就当盖个戳。”

女：“你说要给我办的事啥时候办呢？”

男：“你想办啥事？我知道你想办啥事了，来来来，我现在就办。”

女：“讨厌死了你，我说的不是这个……”

……对话实在太过火爆！这样的对话，充满了那两张 A4 纸，在不断驻足的人们的扫射下，假公济私和暧昧调情的味道，顿时弥漫了整个报社前厅。

不等前来上班的人都一一目睹，随着杨清阳大步地走进大厅，那两张纸被揭了下来。

看上去，这不像一张揭秘的小字报，更像是一幕活报剧的剧本。看的人，有的发出一阵阵窃笑，有的皱着眉头问旁人啥意思，有的稀里糊涂的只说好玩。

发出窃笑的，是报社的明眼人，他们一向关注报社的“政治”，他们可能是某次职务变动的当事人，也可能是一个蠢蠢欲动的期待者。皱着眉头不明白的，一般是报社的老实人，一天到晚埋头干活，整天盯着工资奖金，除此之外都漠不关心。稀里糊涂说好玩的，是一些来报社一两年的年轻人，他们不谙世事，对报社的明争暗斗完全不明就里，就像一个外行给人号脉，点着的是人家手腕的背面，根本摸不着脉搏。

看明白了的明眼人，不满足于自己发出窃笑，就忍不住要热情地给那些皱眉的和糊涂的人讲解。经过他们耐心细致的解读，数小时后，全报社的人，就都看懂了，都明白了。

让报社领导们恼火的是，那几张 A4 纸，跟领导玩起了捉迷藏。

A4 纸居然连续贴了几天。你今天揭下来，它明天就再出现，连续几天，都是一大早就贴在大厅迎面的墙上，弄得那几天，报社的人都有了一些说不出口的期待来。

每天早晨，人们一踏进报社大厅，就会不约而同地往那面墙上看，当然，他们没有失望，他们看到了两张 A4 纸，两张 A4 纸就像如约而至，贴在一个醒目的位置上。关键是内容，和前一次的完全不一样，因为每次内容都不一样，就惹得人们格外地期待起来。

从第二张 A4 纸开始，始作俑者就不再“某”了，干脆直接点出了几个报社中高层领导的名字。大家伙儿开始还以为，这就是恶搞某一个人，只是拉领导们友情客串一把，可是没想到，在接下来的内容里，领导们开始轮番上场，大有你方唱罢我登场的架势，宋博，杨清阳，魏晓东，樊进仁，王伦，人事处长，财务主任等等，都一一被亮了相。一个个事件，被重新提溜出来，有涉及竞聘上岗的，有涉及改版的，有涉及薪酬改革的，有涉及民主评议的……那些似乎暗示揭短掀内幕的一段段对话，在 A4 纸上豁然醒目。

几张 A4 纸，把报社很多人推到了风口浪尖上。很多人对被人编派，成为了这几幕活报剧的主角，敢怒不敢言。解释多了，人家说你此地无银，是不打自招，于是他们只好选择咬紧牙关，就像事先约好了似的，都采取了一笑了之的态度。

也有人沉不住气，气哼哼地跟人解释，结果很不堪。心眼好的人跟他说，你别解释啦，解释就是把一团乱麻，变成一堆乱麻。心眼不太好的人说，解释就是掩饰，就是确有其事。弄得气哼哼的人，更加气哼哼。

A4 纸最后一次粉墨登场，把事情推到了极致。

那天，A4 纸上粘贴了两张照片，一张是宋博，一张是杨清阳，那两张照片显然是复印的，黑白分明的两张头像，乍一看像是通缉令。更夸张的是，那两张照片的脑门上，分别钉了一枚图钉，远远看去，两个人的脑门，发着刺眼的光亮。

虽然图钉让他们的印堂发了亮，可要说那是一种祈福，显然不靠谱，大家都明白，这是诅咒人的，和旧时代，把仇人缝成一个小布人，没事就在上面扎几针发泄私愤，基本上没什么区别。



A4 纸这最后的举动太过疯狂，招来了一致的指责。A4 纸从此消失。

A4 纸终于消失了，可余波却萦绕不断。小字报的所谓揭露，让很多人心里不平静，真假难辨，真相越发模糊。除了那些真相，人们云里雾里的，还有目的，大家看不出，这个始作俑者，到底是什么目的。

说是针对宋博吧，但又拉了不少垫背的，打击面似乎过于大了。说是不满杨清阳吧，仔细看看，除了脑门上被钉了图钉，也没说出杨清阳什么难堪事。说是伸张正义，不满一些人暗箱操作，争权夺利的行为吧，又看不出此举有什么正义感，对报社有什么积极影响。说谁想恶搞别人从中受益吧，还真看不出谁能因此获利，因为有可能获利的人，名字都在 A4 纸上。

也有人猜测，说不一定是一个人干的，可能是几个人干的，有些人看到别人编得热闹，就借机发泄一下自己的情绪，跟着凑个热闹，都是文化人，编几句对话还不是信手拈来的事。

不管是一个人干的，还是几个人干的，猜来猜去，只能断定，是有人闲得没事干了。

可真有人这么闲，到了闲得没事，要当一根搅屎棍子？也没人信。

事情到了这一步，真相一点也不重要了。尽管乔华邦清楚，报社领导班子面临的更新换代，必将带来一连串的连锁反应，但是他没想到，会有这样一种极端的反应。

乔社长很生气。他生气的不是谁对谁有意见，而是这种意见的表达方式。“都什么年代了，还来文革那一套？还来封建迷信？简直是乌烟瘴气，唯恐天下不乱！”乔华邦跟杨清阳说。杨清阳也很生气，说这是一种坏风气，一定要刹住。

这次事件，有一点表现得很蹊跷，那就是，自始至终，牵扯的报社高层领导，除了乔社长，其他都无一幸免，这容易让人产生一个错觉，整件事情似乎只有一个人受益，或者说只有一个人无恙，那就是乔社长。这也是让乔华邦生气的缘由之一，他深深地感觉到，这是一个要把水搅浑的人。

乔华邦召开了报社全体人员参加的大会，会上，只有乔华邦一个人做了发言，发言长达两个小时，乔华邦说得语重心长。

乔华邦说，最近报社发生了一些不正常的事情，我很痛心……大家都想一想，这几年，我们经历了和主管上级的脱钩，开始自收自支；经历了人事制度改革，竞聘上岗；经历了逐步加入社会保险的进程；经历了几次濒临发行数量逼近底线的艰难；经历了几次大幅度的扩版改版……我们从老娘热乎乎的怀抱里，从不愁吃不愁穿，到自己在市场里打拼，自己养活自己……最艰难的时期，大家都一起走过来了，怎么走过来的？你们在座的加了多少班，熬了多少夜，付出了多少心血，才有了今天的日子嘛……不怕大家笑话，我为了二十万的广告，也给人家当过三陪嘛，陪吃陪喝陪聊。这种事情恐怕魏晓东也干过吧，你也当过《假日》周刊的主官嘛……你们看现在，虽然我们的收入水平还不是很高，但是我们的很多同志开上了自己的小汽车，买了新房子，报社有今天的好局面，我们不容易啊……

……我已经快六十岁了，我还能干几天呢？报社这么大的家业，得你们守着，守好了你们的日子就好过，守不好，报社乱了，对大家有什么好处呢？

……

说到这里，乔华邦的声音低了。坐在前排的人后来说，乔社长的眼眶红了，并且眼眶里积满了水。

那几张小字报，被报社人称之为“A4门”。乔社长的动情，也被有些人称之为“眼积水”。

# 19.

“A4 门”之后，报社内部的议论，持续了相当长的一段时间。在人们议论纷纷的议题里，一时间，关于宋博和方晴雨的流言，成了持续最长的报社头条新闻。

宋博似乎不在乎别人对此的议论，也或者说，他顾不上在乎这些。宋博绞尽脑汁琢磨的是，这件事到底是谁干的！是 A4 纸上的那些当事人？还是一个躲在一边的旁观者？这个人想干什么呢？仅仅是为了恶搞好玩？或者是打击报复发泄私愤？还是想故意生事，好乘机谋自己的事？

他认为这是一场充满政治意味的争斗，尤其是在自己胜利在望的关键时刻，这个“A4 门”的出现，绝对不是偶然。不管是什么人什么意图，有一点迹象很明显，显然是有人要帮乔华邦的忙。帮乔华邦的忙，就是坏他宋博的事。

经过深入思考，宋博做了一个决定，他决定把坏事变成好事，他要扮演一个政治斗争的牺牲品。他开始以一个牺牲品的姿态，摩拳擦掌，振臂反抗。

“A4”门之后，宋博变得很爱找人谈心。

与从前不同的是，宋博找人谈心，不是把人叫到他的办公室，而是挪动以往很不愿意挪动的脚步，主动到各处转转，看到谁办公室正巧没旁人，就跟人家掏会儿心窝子。宋博这么频繁地跟人掏心窝子，很见成效，那些曾经很硬实的心肠，也扛不住被感动了一把。

最难得的是，宋博和别的“A4”门当事人不同，别人都尽可能回避，要是有人不小心提起了，还会发脾气起急。宋博不一样，宋博会主动曝料，或者态度大方地拿自己调侃，或者满脸委屈得红一阵眼眶，一点也没有避讳的意思。宋博这样子，让面对他的人，心情很放松，也不由得，稀里糊涂地心怀愧疚，好像那 A4 纸是自己贴的。

“A4 门”当事人的集体沉默，显然帮了宋博的忙。宋博极大地满足了人们的好奇心，在满足了好奇心之后，人们心情一放松，就对宋博流露出一些同情来。

是啊！人家宋博招谁惹谁了？人家当了几年的副总编辑，没有功劳也有苦劳，当领导的时间长了，谁没几个仇人？谁不得罪几个人？如果不小心得罪了小人，可不就得遭人这么陷害一把。说人家乱搞，人家老婆当年是校花，现在也是正处级领导，儿子刚考上了北京大学，人家的日子蒸蒸日上，人家犯不着！哪有桌子上摆着老婆照片还乱搞的男人？宋博结党？宋博给领导献殷勤？人家那是讲义气，重情义！难道爱交朋友是个错误？难道帮朋友忙是个错误？难道尊敬老领导，滴水之恩人家涌泉相报是个错误？



宋博的积极反抗，不管是否博得了真正的同情，但有一点却做到了，那就是，他成功地在人们心里种下了几个信息：宋博任现职已经很长了！宋博家庭很美满，有个才貌双全的老婆！宋博爱交朋友，重情义。

这几种信息同时也说明了几点问题：宋博该动动职位了。宋博犯不着和人胡搞。宋博可是上下左右都有人的。

说是反抗，可宋博的反抗，看上去动静一点也不大，一切都是在静悄悄地进行，别人的回避和宋博的坦诚，形成了强烈的对比。尤其是和那些不屑一顾的，略显傲慢的当事人，更加地区别巨大。不知不觉，在“A4 门”中被点名的当事人中间，对宋博同情的声音，成了“A4 门”唯一的最强音。

一方面感动着报社，另一方面，宋博一天也没有耽误跑上级机关。

他很清楚，上级绝不是聋子，风声已过万重山。当然，他做的是同样一件事情，调侃自己的被恶搞，诉说自己的委屈。

宋博精心挑选了几位重要的司长和上级领导，挨个汇报报社发生的怪事情，毫不掩饰自己也被点名诽谤的事实，甚至加大了笔墨，浓重地抹了一大笔。他态度恳切，语气急切，说到动情处，他还让自己眼眶发了红，说自己被恶搞没什么，只是报社现在如此动荡混乱，他深为报社的前途担忧，为报社百十号人的前途担忧。

倾诉的时候，宋博清楚地看到了，坐在他对面的上级领导们，听得都很认真，这一点，他在谦和的表述中，也没忘记注意观察。他注意到，他们有的眼神很专注，一直注视着自己；有的不断插话询问，显得非常关心；有的一边听，一边甚至在面前的纸上记着什么。宋博相信自己的努力不会没有一点结果，自己使这么大劲投进水里的石头，不会没有一点声响。

鉴于这样的自信考虑，"A4门"后，宋博表现得毫不理睬流言。他勤奋工作，善待下属。以往那个时不时会发牢骚，偶尔可能出言不逊，有时候懒得管你，有时候管得过头的宋副总编，现如今，完全变了。



但是，让宋博无法忍受的是，他不理睬流言，上级也一直不理睬他。

尽管把自己变成了重要受害者，尽管也博得了很多同情，尽管成功扭转了相当被动的局势，但是宋博依然很恼火，他没有得到任何振奋人心的信息，就是说，没有得到任何一位领导明里暗里的承诺，没有得到报社下一步的人事安排的任何有价值信息。他一边看上去努力工作，一边暗地里努力探寻，可是他的任何探寻，都好像遇到了棉花包，只由得他深深浅浅地探着，脚底下却得不到一点点呼应。

宋博的前途，依然是一片苍茫。

"宋副总编辑和改版一样，玩的是变脸，宋博惦记着总编辑呢！"樊进仁看不下去了。宋博的变脸，让他很不习惯，也很不舒服，他不相信宋博那么无辜，更不相信宋博改了脾性。他想起了宋博曾经说过的话，宋博跟他说，在权力场的角逐中，从来就没有虚伪和卑鄙，只有强弱和高下。由此樊进仁更加断定，宋博的脸，迟早会变回来。

憋不住，樊进仁也跟人掏了句实话。

“他还惦记着呢？”问话的人，显然想到了A4纸上那些令人难堪的对话，一个绯闻男主角，怎么有希望提拔呢。

“何止惦记着，简直是朝思暮想！”樊进仁对此相当肯定。

宋博的努力，也不是没有一点回应。

宋博还是打听到了一些边边角角的消息。尽管是来自于无关紧要人的边角消息，但是宋博还是从消息中判断出，上级，还真有让乔华邦继续留任的意思，并且，乔华邦虽然在上上下下各种场合，口口声声说想退休，但也从来没有明确拒绝继续留任。

很明显，如果乔华邦不走，他宋博就得在这个位置上继续干下去，一个眼睁睁盼望了几年的机会，就这么无声无息地没了。宋博实在不愿意在等待中继续煎熬，更何况，乔华邦还要留任几年还是个未知数，一年？还是两年三年？如果乔华邦多留几年，那几年之后，谁知道是个什么局面，到时候自己也没有年龄的优势了，又将丧失一个竞争的条件，如果上级到时候再搞一个横向交流，从其他单位调一个社长来，或者解决上级主管单位自己的干部任职问题，下派一个社长来，那自己就彻底没希望了。



这么一推想，宋博没法不恼火。

就在宋博恼火的时候，李春红推开了他办公室的门。

宋博一直对李春红有一种奇怪的感觉，一个除了身高，在任何方面都毫不起眼的女人，却让他经常感到不舒服。他蔑视这个女人，又有点警惕这个女人，当她反映问题的时候，他觉得她没有看上去那么正义，当她说好话的时候，他觉得她也没有看上去那么真诚。可看上去，李春红的确充满了正义感和真诚，至少，在表情、语言以及态度上，谁也挑不出她的毛病。

就是这种既蔑视又警惕的感觉，混合出一种惧怕的东西来，叫宋博浑身都很不舒服。觉得李春红一切言行的背后，都预示着麻烦。

李春红当然不这么认为，她是来给领导送温暖的。

一进门，李春红的眼圈就红了，她先是疾步上前，隔着桌子，伸直胳腩握住宋博的手，亲切地冲宋博说，宋副总编，你受委屈了！然后，她毫不在意宋副总编急速抽回的手，铿锵地痛斥开来，说有些人就是心术不正，这么做就是残害忠良，就是诬陷好人……痛斥了大概几分钟，李春红看宋博眉头皱了起来，她立即体贴地认为，这壶不开就不提了。她话音一转，开始历数宋博的功劳，在陈述的过程中，她还数次翻开了自己手中的一个小本子，以示自己的精心准备。

最后，李春红把身子凑向宋博，压低声音告诉宋副总编，说乔社长用人有严重问题。说完这话，李春红克制着自己的激动，强迫自己等待了一会，看宋博疑惑的眼神里，终于出现了一丝期待，她才继续说，比如乔社长的红人，那个冷妍，有一次她写的文章就出了一个要命的错误，是她校对的时候发现的，要不是她李春红，那就是重大政治问题……还有魏晓东，把自己当大师，那就是不尊重领导……还有那个周冠军，和实习生谈恋爱，半夜两个人在办公室亲嘴，简直就是流氓行为……

走出宋博的办公室，李春红的心情很好，一种一举三得的美好情绪，激荡着她的步态呈跳跃式前进，跳跃前进的时候，李春红就想:你宋副总编现在一定不顺心，这个时候，你最需要一个人给你说几句好话。你宋副总编现在还有点心虚，这个时候，你也最需要别人的信任。你宋副总编现在最恨乔社长，这个时候，你最需要乔社长出点事，哪怕是他的红人出点事。李春红欣慰地看到，就在她陈述的中途，宋副总编起身，给她倒了一杯水。

李春红自信地认为，宋副总编对她一定心怀感激，因为自己对宋博做了一件雪中送炭的事情，至少是在关键时刻，表现出了一种落井不下石的态度，宋副总编没有理由不感激她。更何况，自己的男人是宋副总编的司机，从某种意义上，宋博应该把她当自己人。她觉得，自己实在没有理由拒绝给领导当自己人。

李春红溅着唾沫星子，滔滔不绝地宽慰和鼓励，似乎让宋博更加恼火，而且他的恼火无处消减。

减轻恼火最有效、最快捷的方法，就是找一个人，和你一起恼火。他想到了一个人。

樊进仁接到宋博的电话,有点意外。

《新华大时报》出了小字报,这事他早就听说了,当他知道自己也上了A4纸时,还破天荒地笑出了声,冲着墙壁,他说了几遍“太刺激了!”他觉得大报的人还没忘记他,觉得自己在报社还算一个风云人物,这感觉很爽。他也断定,小字报是有所指的,他自己不过是个小配角,还可能,就是有人拿他故意混淆,或者,让他当个见证人的角色也不一定。

所以他一点也不恼。

樊进仁不认为自己在大报有什么仇人,他认为这是有人对社领导不满,有的目标是直指宋博。以他对宋博的了解,他断定,宋博一定不会甘休,死活也得翻找出这个人来。报社的人也都会猜测,到底是谁干的?

想到这个问题,樊进仁心跳突然加速,有些打鼓。



樊进仁担心的是,报社的人,大都知道他和宋博曾经关系紧张,要是大家把制造那几张A4纸的目标,锁定在他身上,或者说宋博把目标锁定在他身上,那他就是跳进黄河也难洗清自己了。

我当初有理由恨他,可如今我没理由啊!樊进仁不由得替自己辩解起来。

# 20.

在赴宋博的饭约时，樊进仁的心里，升腾起了奔赴鸿门宴的悲壮感觉。这感觉一直伴随他走进饭店，走进宋博定好的那个小包间。

服务员把他引往小包间的时候，他一直在想象小包间里的宋博，猜测宋博可能出现的反应，设计自己见了宋博后先做什么动作，是抢先握手？还是等他伸手？或者做矜持状，稳稳当当的，先递过去一个含蓄的笑脸？

服务小姐推开小包间的门，樊进仁准备好的表情，凝固在了脸上，满脑子的想象，也哗啦一下掉在了地上。小包间里空无一人，宋博还没到。

樊进仁到早了。

樊进仁心里不由地骂了一声：太没有诚意了！你请客的还不早到？骂完了，樊进仁刚刚稍事轻松的心情，又忽然紧张起来，他想，对啊！这请客的怎么迟到了？不合礼仪啊？是不是宋博故意要给他一个下马威？换了别人可能不会这么做，但这可是宋博，宋博太有可能这么做了！宋博这啥意思啊？樊进仁的心又悬挂起来。

宋博的脚步声，终于在门口出现。一照面，宋博嘴里就叫出了两个字，“兄弟”。一听这称呼，樊进仁那颗悬着的心，本来还就是那么悬着，只是有点坠得慌，但并不晃悠，这下好了，一声亲昵的“兄弟”，一声前所未有的“兄弟”，弄得那心开始上下晃悠，晃悠得樊进仁直想呕吐，顿时很不舒服。

宋博的热情一反常态，随着宋博一反常态的热络，樊进仁那颗悬挂着的，并且上下忽悠的心，居然慢慢落下了。因为樊进仁豁出去了。樊进仁心想，管他呢，不信他还能把我吃了？再说，他这副热情洋溢的样子，也不像要吃人的架势，就算是笑里藏着刀，他也还没拔出来呢。总之，我身正不怕影子歪，咱不怕！

接下来的事态，非常考验樊进仁对惊喜的承受力。樊进仁悬挂的心，不光不晃悠了，还踏踏实实地窝在胸口里，并且被宋博捂得挺暖和。他们很顺利地进入了推杯换盏的状态。

宋博显得很体贴，宋博的体贴主要表现在两个方面，一方面他狠狠地检讨自己，说以往对樊进仁关心不够，心里把樊进仁当兄弟，实际上自己做得很不好，甚至谴责自己很不够兄弟。另一方面，他狠狠地关心了一把樊进仁，除了问寒问暖，问工作问生活，还主动曝料自己的房中秘事，热心地给樊进仁的灰暗婚姻生活支招。

宋博的体贴，多多少少触碰了樊进仁渴望狐朋狗友兄弟情的软肋。多年来，他总觉得自己最缺少的就是哥们儿，那些老同学老同事，一到关键时刻就没了影，想听一句真话，或者想自己掏出一句真话，都找不到机会和人选。这冷不丁遭遇宋博的关心，让樊进仁很想敞开一下心扉。

起初，樊进仁还有一丝的警惕，话到嘴边先三思一番，主要是仔细聆听，通过宋博的表现来确定自己该怎么表现。可是很快，樊进仁就控制不住自己了，也许是宋博看上去太过真诚，也许是自己期待太久，或者干脆说，是他自觉自愿地进入了一种敞开心扉的状态。他开始滔滔不绝。

樊进仁说得很兴奋，几乎是唾沫四溅。

樊进仁的兴奋也是有理由的，他认为，在“A4门”事件中，宋博比自己更灰溜溜。A4纸上说他樊进仁的那些事情，都是大家之前知道的事情，无非是副刊改版失败，最后给改没了，不算什么见不得人的内幕，大不了就是自己的伤疤被晾出来了，再让人家看一次。而宋博就不同了，除了好色，宋博还有了结党之嫌，外加跑官要官，他宋博被点到的次数，远远多于他樊进仁。所以樊进仁坚定地认为，宋博应该比他更灰溜溜。

这种灰溜溜的滋味，他樊进仁尝过。一想起两年前自己的经历，他多少有些同情宋博。于是，樊进仁表现得很不计前嫌。

樊进仁这么不计前嫌，并不是忘记了自己倒霉的时候，宋博曾经如何地落井下石，甚至自己的倒霉，就和宋博不无关系；也不是樊进仁突然不喜欢幸灾乐祸，突然喜欢帮助别人。樊进仁的不计前嫌，完全是因为，樊进仁发现，面对一个灰溜溜正在倒霉的人，那感觉真的很受用，有那么一点居高临下，俯瞰芸芸受难众生的意思。

作为一种回报，在听了宋博的苦水之后，樊进仁也似乎打开了思路。他对宋博说了不少肉麻的话。他说自己在报社十几年，是眼看着身边的不少同事升职当官的，那些人一当官，见了人脖子就落枕了，梗梗的，不会正眼看人了，可宋副总编从来没有，宋副总编见了他，嘴角都是见笑的。樊进仁还说，自己以前对宋博有些误会，那完全是旁人的怂恿，自己也不识好人心，把宋副总编对自己的高标准严要求，当成了穿小鞋，以己之私心，度了宋副总编君子之仁心……

除此之外，樊进仁还故作神秘地告诉了宋博不少《假日》周刊的内幕。

饭桌上并没有旁人，樊进仁还是把自己的头，往宋博跟前凑了凑，说你知道《假日》周刊那些名人专栏是怎么回事吗？那个挺热火的"名人下厨"怎么弄的？其实就是编辑自己弄的，照菜谱写一个，再跟名人打个电话，打个招呼，从网上下载一张照片，就这么弄的！那些名人会做什么菜？就是会做，哪有工夫跟你细说，这种不费力气的好事，名人都愿意配合，谁不乐意表现一下自己贤惠能干？尤其是那些女明星。

这不是弄虚作假吗？宋博端起酒杯，递过来和樊进仁碰了一下，貌似总结的说。

可不就是弄虚作假吗！这都是周冠军他们干的。樊进仁端起杯子喝口水，滋润了一下自己的口舌，继续把头往宋博方向凑了凑，说，这还不算什么，还有那些所谓的房地产大亨、金融大亨，那些精英，《假日》周刊给的都是头版头条啊！给人家说了那么多好话，我就不信他们没拿好处。魏晓东还说这是编辑部有想法，要支持，这叫有想法？简直就是走钢丝。还有关放那小子，我早就有结论，说他迟早要出事，你看看，这不就是出事了吗？还出个大事，一下子把大报也牵连了。我早就跟魏晓东说过，关放不可重用，甚至不可用，可魏晓东说什么你知道吗？

说到这，樊进仁不说了，露出了卖关子的表情，嘴角歪斜着一撇，看上去有点猥琐。宋博看见了，心里生出了一丝厌恶，但他忍住了，并且，很快就在脸上挂出好奇的神情，给予积极地回应。

樊进仁说，魏晓东居然说，人不求全，求全则天下无可用之才，文不求同，求同则天下无可读之章。他拿这话堵我，还说不是他说的，是报业一个老前辈说的，居然拿老前辈堵我的嘴。

谁说的？宋博真的有些好奇，就问。



当时我也问了，问是谁说的？人家魏晓东给我卖关子，没告诉我。你看看，这不是卖弄吗？不知道是哪个死了几千年的人说的，跑到我跟前故弄玄虚。樊进仁又撇了撇嘴。

宋博终于很欣慰地看到，樊进仁也开始吐苦水，也就是说，樊进仁也很恼火。

看到樊进仁的恼火，宋博突然觉得，自己身子轻松了不少，心火也小了很多。他希望樊进仁的火气再旺一些，他真没想到，面对一个大动肝火的人，自己会感觉这么清凉。他决定顺手再给樊进仁添把柴火，他问樊进仁，你说的有偿新闻那些事，有什么证据吗？

一听证据，樊进仁好像噎了一口饭，使劲伸了伸脖子，然后一甩脑袋说，证据……证据还不多的是，我只是不想跟他们啰嗦而已……我这个人，运气一直不太好，总是一手烂牌。

看樊进仁支支吾吾的，宋博稍稍有些失望，但他又忍住了，继续鼓励樊进仁："起一手烂牌是运气，可把烂牌打好了就是志气。"

看樊进仁摇着脑袋，为自己的运气叹气，宋博又接了一句："你看着，早晚有他们难看的那一天。"他们？宋博这句有点咬牙切齿的话，樊进仁听了，禁不住打了个小寒噤，脑袋也不摇了，追问宋博，谁是"他们"。宋博却一甩胳膊端起酒杯，给自己灌了一大口，不再说话了。

这晚，樊进仁和宋博说了不少话，但是有一件事，他自始至终一个字也没提，那就是宋博和方晴雨的暧昧，尽管这个事情在A4纸上榜上有名，并且众所周知，但樊进仁，装作忘记了，就是只字没提。

樊进仁没提，是因为宋博也没提。

樊进仁虽然没提，但他心里还是很纳闷，宋博为什么也没提，因为宋博跟别人诉苦的时候，对这件事情表现得很是坦然，不仅主动提及，甚至还以此调侃自己，为什么单单跟他只字不提了呢？和宋博面对着面，樊进仁没时间细细琢磨，但是直觉告诉他，宋博不跟他提这件事，是有点心虚，他知道在他和方晴雨的事情上，樊进仁明明白白，真人面前，他实在不好意思说假话。

洞察了这一点，樊进仁的酒，喝得很愉快。他一边愉快着，一边心想，宋博这是在我这明人面前没法做暗事了，既然你心虚了，那我也得够意思，装个不知道，这还不容易。在樊进仁看来，这个世界上没有永远的敌人，也没有永远的朋友，只要需要，朋友和敌人，是可以相互转化的。所以，樊进仁欣然接受了宋博伸过来的橄榄枝。

两个人，你敬一杯，我敬一杯，完全是一派惺惺相惜的良好局面，饭桌上，弥漫着浓重的兄弟情义。事后，两个人都觉得，自己今天这顿酒喝的，挺值，获得了很多有价值的信息。

# 21.



有一点樊进仁没有想到，他是不可能成为宋副总编的兄弟的。

宋博的心思，从来都不在他樊进仁身上，也就是说，宋博心里根本没有想什么兄弟之情分，宋博心里惦记的，是年底那场全社瞩目的民主评议。

报社这些年，每年年底都要搞一次全社范围内的民主评议，让全体职工集中起来，坐在大会议室里，每人手里发一张纸，上面有很多名字，名字后面还有些空格，需要他们在空格里一一填画，或者钩，或者叉。

这是对报社处以上干部进行无记名评议。评议内容就三项，称职，基本称职，不称职。评议后当场计算结果，然后当场公布。不仅要计算出每个处以上干部的几项得票数，还要计算出每个人的称职率，然后按照称职率进行排名。称职率要是低于了百分之七十，就要被免职。

宋博一直对此耿耿于怀。

宋博认为，这其实就是乔华邦的一次自我满足。每次评议，结果一出来，乔华邦都是稳坐第一名，百分之百的称职率，遥遥领先的称职得票率，在乔华邦身上，还没有出现过一次弃权票，评议对他乔华邦，从来都是一件得意的事情。可是对别人就不一样了，其他人就没有这么得意的境遇了。每次评议，二十几个中层干部的排名都会有变化，今年你在我前面，明年我在你前面，这次你上来了，下次他下去了，弄得处以上干部人心惶惶，个个如坐针毡，看上去表情平静，面带微笑，其实内心早就翻江倒海地乱扑腾了。

宋博自己，就是翻江倒海乱扑腾人之一。

这算什么？为了满足你一个人的虚荣，拉这么多人给你垫背？就为了看别人现眼？就这一件事情，宋博对乔社长咬过不少次牙根子。

民主评议让宋博不舒服，不仅仅因为乔华邦年年位居榜首。乔华邦是一社之长，他当榜首，似乎天经地义，人家是元老，人家是资深，不出大差池，没有大冤仇，谁会和他过不去？一社之长的威望，决定了大家会不加思考地给乔华邦一个“称职”。这一点宋博不想多说。

宋博想说的，是魏晓东。魏晓东连续数年位列前三，这让宋博心里痛得不轻。

报社有四个副总编，当了几年副总编的宋博，早就排列第二，仅次于杨清阳。可是一到这个民主评议排名，他就掉到了前三之外，乔社长和杨清阳在他前面也就罢了，可魏晓东，年年名字端坐在他前面。这让宋博很不舒服，甚至一想起来，就胸口堵得慌。

起初，宋博只对这个排名不舒服，看到自己排在魏晓东后面，一个堂堂第二副总编辑，竟然排在一个部门主任的屁股后面，他实在没法舒服。继而，他开始对报社人不舒服，因为票是他们投的。宋博不舒服的是，平日里见了他，谁不笑脸相迎？他也自认为自己很会处理各种关系，和大家关系都不错，怎么一到了可以暗地里悄悄画押的时候，就说他不称职了呢？说你不称职，那得多大的仇，多大的恨呢！谁那么恨他呢？

一想到有人暗地里对自己怀恨在心，有可能还是一张见了他笑得最灿烂的脸，宋博就非常不舒服。

慢慢地，宋博对大家的不满意，就集中在了“魏晓东”这三个字上，尤其是一到年底，这三个字就变得格外刺眼。尽管魏晓东对他恭敬有加，和他从无纠葛，尽管魏晓东的得票是人家自己的事情。

前两天，宋博对魏晓东的不舒服，终于达到了顶点。

乔华邦在一次社委会上提了一个提议，说报社需要增设一个总编辑助理的职位，一是培养梯队，二是减轻几个副总编辑的工作压力，这个总编辑助理是正处级待遇，虽然是正处级，但职责等同于副总编辑，享受副总编辑待遇。乔华邦同时还提了几个人选，魏晓东是他第一个点到的名字。

那一刻，宋博心里陡然就蹿起一种紧迫感。他突然觉得，自己应该为自己做点什么，自己应该重新估计报社的形势，重新估计自己的人际形势了。

宋博要做的事情，是他以前不屑于做，后来想做而没有做，现在必须赶紧做的。这件事情的主要目的，基本可以归结为一句话：尽可能地降低对手的口碑，尽可能地提高自己的口碑。通过民主评议，宋博算是真正知道了，什么是"金杯银杯不如别人的口碑"这句话的含义和分量了。



至于怎么办到，他脑子里想到了几个人选。

在宋博眼里，樊进仁是一根理想的搅屎棍子。

尽管宋博可以确定，樊进仁不是"A4门"的那根搅屎棍，尽管从内容上看，似乎像是樊进仁所为，极尽制造和渲染之能事，可是从技术上看，不太符合樊进仁的心理，因为不够直接，樊进仁喜欢面对面地看人难堪，兜这么大一个圈子，显然不是樊进仁的风格。就是从结果上看，也不像是樊进仁的做派，他可不喜欢如此悬疑没有谜底的结果，出场了不少人，到后来，把谁也没咋的。

但是以宋博对樊进仁的了解，人品十分马虎的樊进仁，即使没参与"A4门"，也一点不妨碍成为一根好搅屎棍的可能。宋博看出来了，在"A4门"中，樊进仁一直在看戏，并且期待看一场好戏，可是这场戏，显然让他看得有点不过瘾，看得有些百无聊赖。身在《假日》周刊的樊进仁，对《新华大时报》的形势，从没有放松自己的关注，樊进仁的百无聊赖，被宋博及时地看出来了，于是，他就及时地递过去一根橄榄枝。宋博坚信，樊进仁会伸手接住的，果然不出他的所料，樊进仁欣然接住。

宋博不指望樊进仁说他的好话，但他需要樊进仁去说别人的坏话，他确信，别人被贬低的同时，就是自己被抬高的时候。

自那次小包间见面之后，宋博开始和樊进仁频频见面。每次见面，他都要给樊进仁透露很多内幕，内容包括每周社委会的议题，会上谁说谁的问题了，谁和谁发生了争执，谁让乔华邦点了名批评，谁在会上提出什么重要事项，报社将发生什么大的变动，报社财务出现了什么问题，奖金分配要做哪些调整，人事部门把谁的职称弄砸了……

宋博的意思，樊进仁心领神会。

很快，报社走廊里就出现了大声骂娘的声音。有人去找领导哭，有人去找人事部门闹，有人下班不着急走了，而是聚在一起愤愤不平，还有人跑到上级部委，诉说报社的种种不公。这些人都试图澄清和证实某些事情，并且都说得有鼻子有眼。

被推到风口上的是杨清阳。

一次社委会的内容，被绘声绘色地搬到了大家伙儿面前。那是一次涉及奖金标准的会议，会上，因为杨清阳的坚决反对，原本要向上调整的奖金额度，不仅没有上调，还有了不易察觉的下调。按照杨清阳的建议，奖金的分配做了变动，不仅降低了行政人员的奖金比例，还增加了采编人员奖金等级的升级难度。

报社 A 级稿的奖励金额一直不菲，如果拿不到 A 级稿，或者拿到的 A 级稿减少，那拿到的奖金总数就会大大减少。

新的奖金分配制度下来后，报社上下都掐着指头计算，计算的结果是，大家的奖金都将减少，要想保持原有水平，你就得比原来更加使劲地干，更加拼命地干。

这是无论如何不能接受的！

有一种惯常的理解，在人们心中根深蒂固，那就是，不管你单位的经营情况如何，人们都难以接受自己工资水平的降低，你可以不提高工资，但决不能降低工资，哪怕是降低一块钱，人们心里都会产生莫名的恐慌。

尽管是集体决定，但会上杨清阳的发言，几乎被一字不落地传扬出来，有些如“我们不要打肿脸充胖子”、“不能用奖金刺激干劲”、“奖金不能只上不下”等关键词语，格外刺激人们的神经。受刺激的人们，不断地联想，他们不光担心饭碗里的饭菜质量，更担心手里的饭碗会不会砸了，好像报社已经到了岌岌可危的边缘。

除此之外，魏晓东的形象也不光彩，因为魏晓东扮演了一个频频点头的支持者，他在会上的表现，被传神地用肢体语言传扬开来，人们完全不用怀疑，因为那些肢体语言，就是魏晓东习惯的动作。

与此同时，宋博副总编辑据理力争的话，也很铿锵地传扬着。

乔华邦终于火了。

在一次报社全体人员大会上，乔华邦站起来拍了桌子。乔华邦说报社有鬼，说社委会前一天晚上商议的事情，第二天全报社就知道了，细节都有，有些事情是还没有结论的事情，有些是正在商议中的事情，是我再三强调需要保密的事情，可是这些事情，却在报社员工中间传得沸沸扬扬，有的严重歪曲，完全走了样。这很不正常！这种行为，简直就是唯恐天下不乱，是别有用心。



乔华邦拍桌子的时候，社委会的成员们，面向全体员工，齐齐坐在他的左右。乔华邦说的那个鬼，就在他们中间，已经是个不争的事实，可是他们的脸上没有表情。

他们的脸上不敢有表情，他们生怕自己表错了情，让坐在他们对面的百十来号员工们，看出什么端倪。但他们的心里一刻也没有停止揣摩，是那种波涛汹涌的揣摩，他们都在暗暗咒骂，谁嘴这么快，这不害人吗？这下好了，乔社长对他们会挨个地怀疑，员工们对他们也会挨个地鄙视，这叫人怎么做人？还怎么工作？他们心里翻腾的，就是一片汪汪苦海。

宋博可能是唯一一个有表情的人，他眉头紧皱，像是在思索什么。这个表情，可以让人理解为痛心，也可以理解为忧心，总之，是个经得起下面百十来号人的揣摩，一种比较保险和安全的表情。

乔华邦为此专门开会，并且大动肝火的举动，着实让宋博很高兴。乔华邦的举动，可以说是给大家伙儿的不满情绪，提供了一个集中渲染的机会，这样一来，宋博原以为只能在私底下蔓延的一种情绪，乔华邦帮他搬到了桌面上，这样一来，人们更加的议论纷纷。“看你们怎么收场。”宋博忍不住高兴地想。

会后，樊进仁就钻进了宋博的办公室，喜不自禁地描述大家的种种猜测和反应，当然，他也没有忘记渲染自己添油加醋的泄露功劳。樊进仁自然很清楚，宋博希望他的泄露越露骨越好，他得让宋博知道，自己对此是不遗余力了。

描述到精彩处，樊进仁顾不上吞咽唾沫，嘴角的白沫子，随着嘴唇的闭合，一下一下地堆积着，看了叫人反胃，人也几乎要手舞足蹈，高兴地浑身乱颤。可能是太兴奋，他的声音几次跑了调，弄得宋博听觉不愉快，脸上一副哭笑不得的怪表情。

宋博不想反胃，也不想继续听觉不愉快，就努力打断他，几次插话，说他辛苦了。樊进仁完全没有听出宋博的真意来，反而像是得到了鼓励，有点忘形地跟宋博说：“相得益彰，咱相得益彰。”让宋博听了更加倒胃口，甚至后悔把樊进仁当成自己人。

终于觉得口干，樊进仁端起茶几上一个满水的水杯，也不知道是什么人喝剩下的，水杯里的茶迹，形态可疑地漂浮着。樊进仁不管不顾地咕嘟了一大口，随即转而问宋博：“你说，要是照这么下去，年底评议的时候，那些报社的大红人们，是不是有好戏看了？”

历年的民主评议，樊进仁的排名都岌岌可危，有一次，称职率几乎接近了那个百分之二十，弄得乔华邦三番五次找他，跟他语重心长一番。所以在樊进仁心里，这个民主评议，早已经是他心里的一块病灶。

樊进仁的问话，宋博好像没听见，低着头自己嘟嘟囔囔：“哼，民主评议民主评议，你们就好好评吧，就当给我搭戏台了。”

看宋博在那自说自话，樊进仁也自说自话起来：“我看呢，以往民主评议这件事，要用所谓积极的话说呢，是正义战胜了邪恶，找对了人，打对了架，碰巧了，用不太积极的话说，这是赌桌上的好运气，押对了宝，摸对了牌，也碰巧了。反正，不管积极还是不积极，我看报社的人都认为，杨清阳排名靠前，全靠好人品，魏晓东靠前，是靠好人缘，根本不是什么工作能力!"

宋博听樊进仁越说越不顺耳,居然说着说着,替人家抹上红了,他真不知道这樊进仁是脑子笨呢,还是故意拿话噎他。宋博忍不住打断他:"你简直是狗嘴里吐不出象牙,谁正义谁邪恶?他们好人品好人缘,那你在这儿干什么呢?"

"哎呀,我不是那个意思,我是说……"宋博忽然变脸,樊进仁一下回不过神来了。

"行了行了,再说更离谱了,你这人就是没原则。"宋博不耐烦地挥挥手。

"宋总啊,我可是跟你站在一条战壕里的,我虽然脑子笨,嘴也笨,但我们是有共同语言的嘛。"樊进仁可怜兮兮的,不惜自己贬自己。

"你跟你老婆都没有共同语言了,还能跟我共同了?"看樊进仁一副巴结样,再想想他这些日子挺卖力气,宋博就换了个语气,稍稍缓和一下樊进仁的情绪。



樊进仁被宋博数落得很没趣,一时不知道该怎么接宋博的话,看宋博突然又开起了玩笑,好像没那么生气了,就赶紧再换上一副巴结的脸色,问了一句:"你运筹帷幄,你能不能给我一句准确预测啊?今年这个评议会,结果会怎么样呢?"

"我又不是占卜大师,我要是未卜先知,我还坐这儿?我直接去拉斯维加斯了。"宋博抬起头来,有点没好气地嘟囔。

"拉斯维加斯?别逗了!我闻你身上没钱味,只有权味。"

说完这话,樊进仁很得意,他觉得自己这话说得比较准确,并且觉得,自己这是对宋博的夸赞,而且夸赞得很绝妙。说你没钱味,就说明你没铜臭味,那就是不爱钱,不爱钱的男人才胸怀大志,才能干大事,他相信,这层意思,宋博一定听出来了。这么一想,他就得意地晃了晃脑袋。

哪知,宋博却不领情,反而瞪了他一眼,寓意不详,并沉默了半晌,随后,宋博才又慢吞吞地说:"那句话怎么说的?要是天上不下刀子,人间没有冷箭,这事就成了。"说这话时,宋博显得胸有成竹。

听宋博这么说，樊进仁忍不住暗自窃笑起来，心里嘀咕了一下，冷箭？谁给谁冷箭啊？你这无辜者扮演得也忒逼真了。樊进仁心里这么想着，嘴上却佩服地说："太刺激了！简直是太刺激了！我真是深深地佩服你啊！"

"你说你哪天不受几次刺激？快回你的《假日》清闲去吧，我这都快累散架了。"樊进仁的恭维，没有让宋博喜悦多少，他一边翻开一摞文件摊在眼前，一边皱着眉头，冲樊进仁点点头，示意自己眼下有事要做。

# 22.



宋博翻开的是一摞新华社内参。最近，他听说了不少有关新闻出版领域改革的小道消息，他想看看内参上有没有更进一步的新消息。

摊开一本内参，宋博快速翻了翻，找到一篇相关文章，他停住了手。

宋博注意到了一段话："新闻出版产品进入市场它就是商品……没有市场何谈阵地？不应该过分夸大新闻出版的特殊性……功能决定性质、性质决定体制、体制决定机制……如果不发展企业，光强调事业，事业是发展不起来的……报业品牌、版号、书号、刊号是国家垄断资源，这些无形资产不转让……转企改制，要全面清产核资，防止国有资产流失……"这些话，来自于一位新闻出版领域的高官，这位高官，被誉为新闻出版行业的掌舵人。

这是些见解十分精辟，并且富有前瞻性的话，振聋发聩，字字句句就像一把重锤，使劲敲击着宋博的大脑。宋博有些莫名的紧张，还有点兴奋。紧张什么他不确定，他认为自己完全不需要紧张，改革改制再怎么改，也改不到他的头上。这几年，报社一直在摸索一条适合自己的最佳改革路线，以他宋博的眼光来看，他认为成效不大。别看乔华邦一天到晚摆他的成效，其实就是个勉强维持，如果没有主管上级明里暗里的支持，那些政策的支持和财力的支持，他乔华邦能维持到今天？宋博不相信。

兴奋什么呢？宋博也不太确定自己到底兴奋什么，是他可能拥有的话语权？还是乔华邦即将下滑的口碑？

宋博坚信，报社这么下去，乔华邦一定会遭人反对，他坚信乔华邦指手画脚的日子已经不多。乔华邦退休后，无论情况怎么样，他宋博都会上一个台阶，即使原地踏步，头上也少了一个婆婆，他也会拥有更多的话语权，一旦有了话语权，这改革改制的大事，他就得好好琢磨琢磨了。

"功能决定性质，性质决定体制……"看这意思，要把我们往深海里推？以前说是在海里，其实就在海边上游，大浪一来，一伸腿就触了底，根本不需要玩命扑腾，因为淹不着，还是没有危机感。如果把你扔到离海岸远的地方，别说大浪来了，就是风平浪静你也得使劲扒拉水啊。

宋博想到了"劈波斩浪"这个词，他还想到了《假日》周刊。

要说改革改制，《假日》周刊的出笼，以及其经营之路，绝对算得上《新华大时报》一项重大举措，也算是一个改制的方向。宋博从樊进仁的嘴里得知，王伦正在频繁接触一些投资人，想把手里的蛋糕做大。

合作？宋博想，这就是股份制改造了？

听了这么多年，说了这么多年，要说真正地去操作，他们这些靠政策、靠拨款、靠扶持的新闻媒体，没有几个人有实际的运作经验。新闻出版单位和主管单位脱钩后，事业单位企业化管理也说了这么多年了，又有几家新闻出版单位真正在海里游，又有几家真正实现了企业化管理？不是带着救生圈，就是身上还拴着根保险绳，套着救生圈的人，怎么可能学会游泳。

让别人掏腰包？宋博不自觉地晃了晃脑袋，他觉得这事很玄。你让别人投资，那不就违反了"保持国有资产的完整性"了吗？不就是国有资产的一种流失吗？人家掏钱给你，人家是要回报的，你给人家什么回报？百分之几十几十地把股份给别人，你的话语权就会少了，说是可以控股，可到时候股东们往那儿一坐，七嘴八舌的，你怎么干工作？媒体是导向，这导向的事情是可以七嘴八舌的吗？更何况是一帮外行股东……

深深浅浅，左左右右，宋博想了很多，越想越觉得玄。

正聚精会神地看着想着，一阵振动，手机在桌子上转圈，有信息进来。他伸手翻开手机，看见一条短信："方便吗？"

是方晴雨发的。宋博随手回复了一个："在开会"。

自从"A4门"之后，方晴雨的情绪就不太稳定，一会儿给宋博甩脸色，嘟嘟囔囔埋怨他让她背黑锅，一会又主动温存他，哼哼唧唧说只要他在乎她，她就什么都不在乎。看宋博一副稳坐钓鱼台的样子，又说他没心没肺，根本不在乎她，让她这么被人指指点点。

宋博调侃她，说她这是心虚。

宋博的心思，方晴雨很难弄个清楚，宋博从来不会和她认认真真谈论这件事，方晴雨要是问一句，我该怎么办啊？宋博就不耐烦地甩一句，什么该怎么办？你该干什么就干什么嘛。方晴雨要是说人家说什么难听话了，宋博就反问一句，人家指名道姓说你了吗？我就不信谁能当面说你，没人指名道姓骂你，你着什么急？你这一着急，不就是拣人骂了吗！



方晴雨觉得宋博说的没错，自己就是心虚。

她之所以跟宋博问三问四，不是她自己没有答案，而是很想获得宋博的安慰，更或者，安慰之后再获得一些承诺，并且让宋博知道，她方晴雨为了他是付出了。可是现在，看宋博一副没事人的样子，她倒看明白了，觉得宋博脸皮真是厚，也觉得宋博不关心她的感受，很不替她考虑。

宋博嘴上跟她说，我们是正常工作关系，完全不必刻意疏远，可是实际上，方晴雨明显感觉到，宋博已经在回避她，没有以前那么黏糊她了。宋博这样子，她心里反而越发放不下。

方晴雨不想断了宋博这根线，要是真断了，自己着实有点亏得慌。虽说宋博帮了她不少，已经给了她很多实实在在的好处，帮她离开录入岗位做了美编，现在又让她进了财务处，还提了副处，可是她却觉得，自己更希望他对自己真心一些，永远对自己这么关照，关照多少她不计较，她只要一个长久稳定的关照。

心里总是放不下，工作也没法安心，总盼着宋博来个短信，哪怕是几个字，问一句好不好，说一声注意身体也行。可是没有，一点问候都没有。有时候可能回复，有时候干脆没一点音信，回复的时候语气硬生生干巴巴，要么是“开会”，要么就“有事”，那些让人熨帖的语气词，什么“哦”“哪”“啊”的，那是绝对不会出现。方晴雨就想，你再忙再没时间，多写一个字能耽误多少时间呢？哪怕发个“开会呢”，或者“有事哦”，看着，也让人心里暖暖的，一个字都懒得多写啊？是懒得写呢还是根本就不想写？方晴雨总是这么在心里哀怨。

不方便往宋博办公室跑，也没机会问他一声为什么，方晴雨无心工作，坐立不安。坐在办公室，她忍不住就想给他发短信，说些诸如“干吗呢”、“吃什么了”之类没什么意思的话，对此，宋博从来不回复。

宋博没心情，宋博后院冒烟了。

宋博的老婆，一向对宋博不闻不问，像晚上饭局回来，追问跟谁吃饭，手机一有短信，就用怀疑的眼神盯着人看，或者趁人上厕所，偷偷查看手机之类的事情，以前从来都没有发生过。可是近来，却频频出现状况。

女人的直觉叫宋博毛骨悚然。

宋博自认为自己天衣无缝，在男女关系上，他一向认为，只要不是当床捉奸，就可以理直气壮，再残酷的逼供，都可以不认账。暧昧的短信？他的解释很理直气壮，他说自己是个领导，女下属主动献殷勤很正常，因为现在的女人活得很现实，跟领导发几个暧昧短信，是跟领导套近乎，那是为了既得利益，保饭碗保前程，最低也能保奖金保待遇，没什么大不了。人家献殷勤，我一个大男人，还能痛骂人家一个女人一顿？最严重也就是个逢场作戏，你要当真那是自找难受。

在此之前，他一直就是这么跟老婆解释的。可是这次不行了。老婆既没有翻看手机，也没有让他交代和谁怎么样，老婆什么都不问，并且宋博越解释，老婆的表情越冷漠，你越说没什么，人家越是不依不饶，还说要跟他离婚。

宋博判断，一定是老婆从报社方面听到了什么，如果是从报社听到了什么，那一定是有鼻子有眼的，就是说有名有姓的，有时间有地点的，如果这样，那就有些麻烦了。宋博不怕老婆听到什么，只要他死活不认账，只要他坚持表示永远爱老婆，一个巴掌她拍不响，他坚信，后院的这把火不会烧起来。他怕的是方晴雨。如果方晴雨得寸进尺，有意挑起他后院的火，那就是两个巴掌拍出的动静了。

宋博可不想在这个时候后院着火。

宋博也知道，老婆不是来真的，只是表达她真的怒气罢了，所以他对老婆采取了怀柔政策，在老婆耳朵边，说了好些日子的永远不会离开她之类的话，也顺便说了些对别的女人不屑的话。说这些话的时候，宋博脑子里出现了方晴雨，但是让他自己也奇怪，他没有想起方晴雨的温存和甜腻，反而想起了她一次次的欲望，岗位的，职位的，待遇的，这让他真的心生了不屑。

一个小小的录入员，现在成了堂堂《新华大时报》的财务副处长，得到了这么多，还嫌不够，看样子，还想要他这个人，要他的一心一意。都说男人总想占有女人，其实女人的占有欲更甚啊！宋博觉得方晴雨太贪心。



老婆有所察觉，宋博就觉得方晴雨的纠结有点碍事。既然在这个问题上，他们根本没法沟通，他就选择晾着她。

尽管方晴雨有点碍事，但方晴雨有一句话说得挺对。

那天，看见樊进仁又坐在宋博的办公室，方晴雨对宋博说，樊进仁这种德行，干事靠谱吗？当时宋博说，有行之士，未必能进取，进取之士，未必都有德行。还说这是曹操的用人之道，不择手段，不拘一格，这是权术上的宽容，重要的是能为己所用。

尽管拿曹操堵上了方晴雨的质疑，但是方晴雨这句话，戳到了宋博的软肋。的确，光靠樊进仁一个人搅腾，显然有点势单力薄，樊进仁的人品实在有限。再说，宋博一想起乔华邦的"眼积水"，就感到一种莫名的压力。

乔社长的眼睛这一积水，还真赢得了不少同情和支持，乔社长这番苦水倒的，不光巩固了他已有的地位，给他自己加了不少分，还顺带给他的死党魏晓东加了不少分。宋博清楚地记得，乔社长痛说革命家史的时候，时不时地把魏晓东带上，什么为了给报社拿到广告给客户当三陪了，什么几年没有休过一天假，什么头发全白了……好像跟他受苦受累的就魏晓东一个人。

宋博一直感到很孤单。

尤其是这几年,宋博更觉得自己处于姥姥不疼舅舅不爱的境地。在报社,乔华邦是个老资格报人,是上级部门和上级挂了名的人,所以乔华邦从来就不缺庇护。而杨清阳是从上级下来的,上面人头熟,所以多多少少也受着上级的庇护。那个魏晓东是报社的老人,并且一直是乔华邦的红人,就是乔华邦的一个死党,自然会受着乔华邦的庇护。只有自己,是一步步吭哧吭哧地从一个记者干上来的,还因为当年处级比别人提得快,这些年,一直被很多人的眼睛死死瞪着,瞪得他经常感到后背发凉。

前边不热乎,后边还发凉,宋博很不喜欢自己的这种处境。他要改变。

俗话说三人成虎,宋博不想孤独,他需要更多的人帮他搅和,或者帮他增加口碑。

这天,樊进仁给宋博抱了根人参来。也就铅笔粗细的小人参,他是抱在怀里进的门。一进门,樊进仁就把小盒子从怀里掏出来,伸手递给宋博,跟宋博说回去泡酒喝,好好补补。

宋博看是根参,随口说了句,你想让我流鼻血啊。哪知,樊进仁一听,嬉笑着脸接了句,咋的?是不是一直补着呢?怕补大发了?我这支援还晚了?看来你还是真需要啊!

宋博知道樊进仁又想扯床笫之事,就作出一脸无奈,说樊进仁狗嘴里吐不出象牙,三句不离本行。樊进仁不依不饶,说这哪是我的本行,即便曾经是,现在也已经生疏了,不能和你比啊,家里红旗不倒,身边彩旗飘飘。

一说到彩旗,不知怎么的,宋博脑子里浮现了一个女人。

宋博一直试图确认,冷妍是个彩旗,是什么人的呢?为此他给很多人排了队,可一直没有什么线索。尽管对此他完全没有线索,一直没有找到有力而确凿的证据,但是他就是抹不掉这个感觉。觉得冷妍有人支撑,要不然,她一个女人,怎么就能在报社这块人才济济的地方,如鱼得水般地顺畅呢?光凭有才?有才的人多了去了。

冷妍什么时候成了他的眼中一钉，宋博自己也不清楚。他就是不明白，一个不起眼的女人，什么时候变成了美女？成了报社男男女女眼里的人物？一个不起眼的记者，什么时候悄然崛起？成了报社记者大姐大？如果不是民主评议，使冷妍的名字紧紧跟在宋博的后面，冷妍可能根本不会进入他宋博的视线。

她怎么可以跟在我的屁股后面招摇？

一想起公布民主评议结果时，冷妍总是紧紧跟排在他的名字后面，再想起排在他前面的魏晓东，宋博就有一种前后夹击的不舒服。魏晓东排我前头，难道你冷妍也想挤到我前头？大家伙儿为什么这么肯定你？你冷妍凭什么有这样的口碑？难道真是因为所谓的才气？琢磨着，一股子火气，向宋博突然袭来。

宋博又开始恼火，这回，他是跟自己恼火，恼火自己居然因为一个女人恼火。

# 23.

冷妍的才气，宋博其实是无话可说的，但冷妍的口碑，却叫她的才气在宋博眼里成了一团雾气，遮挡着他的视线，让他视野模糊，并且呼吸不畅，却又总是挥之不去。

冷妍是他的下属，他是冷妍的上司，可冷妍对他不冷不热，一直刻意保持着一种距离，这让他在冷妍面前，有点找不着位置。无论是作为领导，还是作为同事，抑或是作为男人和女人，她都让他找不到合适的定位。而且宋博还能感觉到，冷妍身上隐含着一种攻击力，这种攻击力并不张扬，咋一看，甚至还是一种柔软，让人丝毫也不会提防，但那却是一种刚性十足的力量，让人不由得产生紧张。

宋博想到了一个词，排斥。

这个词有点刺激人，他不太甘心这么认定，但一见到冷妍，这个词就会跑到他的脑子里。这个词是冷妍带给他的。

宋博记得有一次，樊进仁、王伦几个人正在他办公室神侃，冷妍推门进来，一看见他们，就皱着眉头说他们乌烟瘴气。当时他们几个手里都擎着烟，满屋子都是烟气，冷妍说的没什么错，可是不知怎么的，宋博就感觉冷妍是话里有话。乌烟瘴气？恐怕不只是说屋子里乌烟瘴气，是说我们几个人的吧？想说沆瀣一气的吧。

看见冷妍进来，樊进仁显得很兴奋，嘻嘻哈哈说了句，来来来，欢迎美女加入,我们就缺你呢。可冷妍脸上嬉笑着,口气却硬生生地来了句:“最好别拉我入伙,本侠一来,你们就等着被乱箭穿心吧。”樊进仁不知趣,依然嘻嘻哈哈地接话,说我们就喜欢你这样的女侠,就喜欢被女侠乱箭穿心。

冷妍根本就没正眼看樊进仁,对着宋博,说支部下午有民主生活会,最好别请假。冷妍和宋博是一个支部的,冷妍是支部书记。冷妍说完就走了。

宋博看出来了,冷妍进门几分钟,屋里几个男人都来了些精神,可随着冷妍转身出门,屋里几个男人的眼神,忽然就都懈怠了。宋博却没什么心情,因为他从冷妍身上捕捉到的信息,一点也振奋不了一个男人的精神,因为冷妍嘴上嘻哈着,可嘴角和眼眸间,却流露着不屑,还有一丝警惕,真好像一个随时准备拔剑的女侠。

这就是冷妍。



想起冷妍那张总是一副不卑不亢神情的脸,宋博浑身的不舒服,不舒服冷妍身上带着的那个劲,那股子不屑和警惕。想着想着,宋博就问樊进仁,冷妍最近在干什么?

“啊?你惦记上她了?那块又臭又硬的肉?”看宋博心情不错,樊进仁说话有点放肆。

“你他妈的就是狗嘴里吐不出象牙来!”感觉到樊进仁的放肆,宋博有点没好气。樊进仁看宋博真急了,就赶紧收起一副嬉皮脸,煞有其事地说:“那女人?你可别招她。”

“招什么招?我招她?我这是搞不清她到底是谁的人,看整天把她能的。”

“谁的人?倒是听说了不少,据说了不少,还真不确定,看她整天和人称兄道弟,也没见和谁关系特别铁。我看这女人不简单,别看外边热热乎乎,跟人嬉笑怒骂的,其实心里一块冰,典型的内冷,谁都看不上,玩的是单打独斗。”樊进仁很自以为是,笃定地说。

“不能小看这种人,这种人要是发了力,那就是一个顶俩。”说这句话的时候,宋博往后仰了仰脸,转了转身下的转椅,语气里明显流露着遗憾和可惜。

“你想跟她玩统一战线？你这是要团结一切可以团结的力量？”听出了宋博的意思，樊进仁有点犯糊涂，不知道宋博的葫芦里到底要卖什么药。以他的判断，冷妍和魏晓东是一路人，或者有可能和王伦一个鼻孔出气，还有可能和杨清阳穿一条裤子，就是和宋博不是一个路数，和她套近乎？樊进仁觉得宋博相当不靠谱，基本属于非分之想。

可是，事态的发展，却出乎了樊进仁的判断，当然，多少也超出了宋博的预料。

工会发通知，要组织一场扑克牌比赛。

报社最有群众基础的一项活动，就是扑克牌了，几乎是自上而下，从社长、副总编辑到司机、保安，都被那五十四张牌给一网打尽。一到午休时间，大家的吃饭速度极快，饭后就急急奔赴各个战场，有的是固定搭档，有的是临时拉郎配，如果哪张桌子六缺一，喊谁，谁却见死不救，说他千古罪人的都有。要有急事找值班编辑，你就直接上牌桌上找。

玩的是最常见最简单的升级，三人一伙儿，六人一桌开战。因为中午时间短，要在短时间内，充分体验输赢高潮，一般从5升起，并且就打5、10、J、R、K、A，在这里，5、10和K是挣分，不好打，而J要是打输了，就一钩到了底。所以，都不好打，都是硬仗，一路都是高潮，升到A后一片叫好，然后桌椅一通乱响，众人才作鸟兽散。

比赛是在报社餐厅举行。那天是个周五的下午，报社几乎万人空巷，人都聚集在了餐厅，除了裁判员，几乎没有观众，全是参赛队员。

比赛那天，宋博踏进餐厅的时候，有的桌已经开始酣战。有的队性子急，不等宣布比赛开始，就已经擅自开始。樊进仁也是一个人来，也没队伍，正在那猴急猴急地凑人组队，看见宋博进门，就拉住他算他一个，可一个队伍是三个人，他们两个人还差一人，现场除了裁判再无闲人。看看不见再来人，宋博正跟樊进仁说，那我们当看客吧，冷妍进了门。

形势很明朗。冷妍当然知道，六缺一不救场，那就是千古罪人。她哈哈一乐，搓着手就不请自坐了。

于是,宋博,樊进仁,冷妍,组成了一个报社最不靠谱的队伍,当时就有人说了,这是一只由老弱病残组成的敢死队。说他们老,是因为他们里面没一个四十岁以下的人,说他们弱,因为他们三个人玩牌技术很差,即使他们有热情,也没人热情邀请他们,平时都有弱智的称号。说他们病残,因为那天樊进仁吃饭,不小心咬了自己的舌头,他大声抗议是菜里肉太少,惹得餐厅一片热闹,所以有人说他舌头被他自己整残了。

第一轮下来,他们三个人赢了。裁判说他们手气太好.起了一手傻子牌,就是说牌好的傻子都能赢。第二轮结束,他们又赢了。裁判说他们运气太好,关键时刻对手连连失误,生生把他们送上了胜利之路。

扑克比赛打到这份上,他们渐入佳境,三个人都觉得,有点意思了。

更让他们有意思的是,到了第三轮,总共胜出了三支队伍,实际上就是半决赛了。胜出的三支队伍,需要抽签抽出一支队伍轮空,这只轮空的队伍,和那两支队伍的胜出者决赛。也就是说,如果抽到轮空,就自然进入决赛,那最低也是亚军了。



结果,宋博、樊进仁、冷妍得组合,抽签轮空,弄了个不战而胜,直接进入决赛。

运气实在太好,好得把他们自己都吓了一大跳,一路过关斩将,杀得那些高手唉声叹气,还目瞪口呆。杀得他们自己也忍不住误以为自己很强,在牌桌上过了几十天趾高气扬的好日子。

比赛是利用每个周五的下午进行,几轮比赛下来,时间几乎用了一个月,工会又把决赛时间定在十一月八日的记者节,赛后还要颁奖,算是举社同庆。前前后后,这场扑克比赛延续了近两个月。

这两个月,报社午间更是比以往热闹,可谓洗牌声此起彼伏。身为运动员,宋博、樊进仁、冷妍三个人当然也不能置身事外,尤其是进入了决赛,他们更成了全报社的关注对象。败将们不服气,让他们见好就收,趁早乖乖主动退出比赛,要不决赛太难看,大家拒绝观看云云。决赛对手是《假日》周刊的几个小青年,他们更是嚣张,说跟老弱病残组合决赛太没劲,太没有悬念,还说不忍心看他们死得太难看,劝他们赶紧投降。

被形势所迫，三个人也凑一块切磋了几次。樊进仁雄心勃勃，说要拿冠军，还说这是誓死捍卫荣誉。冷妍却说，咱们就当娱乐吧，以我等水平，此成绩足可以笑傲江湖了。

一个临时组合，被称之为老弱病残敢死队，却一路狂赢，当了一匹杀出重围的黑马，他们当然地成了报社的娱乐头条。一时间，宋博和樊进仁、冷妍的名字，被放在一起，并被反复提起。这让宋博暗自欣喜，心想，看你冷妍再跟我玩冷傲不屑？在旁人眼里，你我现在就是一个战壕的战友，就是气味相投。樊进仁也很欣喜，颠颠地自称他们是“三剑客”，见人就说我们“三剑客”如何如何，对旁人说他们是“敢死队”置若罔闻。

因为“三剑客”的戏剧化诞生，樊进仁曾很兴奋地对宋博说，在这个世界上有很多可能发生的事情没有发生；有很多不可能发生的事情却发生了；有很多发生的事情其实不应该发生，有很多没有发生的事情其实应该发生……宋博说他绕口令有进步，可以去说相声了。其实樊进仁的意思宋博听明白了，樊进仁是说，他们和冷妍走到了一起，就是发生了一件不可能发生的事情。

一场扑克牌比赛，就这样不显山不露水，自自然然地把冷妍和他们拴在一起。

宋博跟樊进仁说，世界上最怕的是什么？是结盟！即使是三个不会打牌的人，一旦联合起来，就变得势不可挡啊！

宋博的话，说得胸怀大志，说得寓意深长，让樊进仁误以为，他们三个人，真的成了统一战线。

宋博跟冷妍蹲在了一个战壕里，成了“三剑客”战友，这让方晴雨很意外，也很不高兴，或者说，激起了她储蓄已久的醋意。她觉得冷妍对男人就像一盘大拌菜，颜色鲜亮，五彩缤纷，营养丰富，看着就有胃口，对女人，却像一碗酸汤，酸味大老远就冲你鼻子。

她想起宋博曾经打趣她，说她一直没解决温饱问题，所以才动不动就拿吃食说事，什么都拿吃的比喻。这会儿，一想起冷妍是酸汤，她嘴里果然冒出了一股子酸水，一张嘴，她毫不犹豫地一使劲把酸水吐在了地上，就像吐在了什么人身上。酸水落地，她听见财务处出纳小姑娘尖叫，哎呀方姐，你怎么吐地上啊……

夜里，窗外月光如水。窗帘没拉，月光就放肆地倾泻了一床。坐在窗前的床上，望着圆月，方晴雨突然想给宋博打个电话。

她本不想太主动，可是她却沮丧地发现，这正是宋博希望的，宋博巴不得她这会儿使劲矜持，希望她不劳他一点神，自觉地永远地隐身。方晴雨知道，如果她真的一直这么矜持下去，他们的关系真有可能断了。他们不能就这么断了，就像什么事都没发生过一样，虽然她对宋博不敢希冀什么，但一想到从此就像什么事都没发生过，从此就真的只是上下级关系，方晴雨心里顿时空落落的，有一种无依无靠的瘫软。

她拿起手边的手机，拨通了电话。

“你在躲我吗？我能问问为什么吗？是因为冷妍吗？你这是准备就躲一时，还是……”



原本想温柔地说些话，可是一开口，方晴雨自己也不知道怎么了，话题就硬邦邦的，并且一下子转到了冷妍身上。也许是宋博冷淡的口气，让她陡然间升起了一股子怨气，没留神就脱口而出了，就在说出的那一瞬间，她有些后悔，但是已经来不及了。

“你知道现在几点了？半夜三更的你干什么啊，有什么事明天到报社再说。”

宋博不等方晴雨有反应，不由分说地就把电话给挂了。方晴雨手里拿着手机，愣愣地发了会儿呆，感觉心脏抽搐了一下，一股苦涩涌了上来，眼眶立即开始发酸，她闭上眼睛做了个深呼吸，把眼泪给顶回去了。

她抬头看了一眼墙上的钟表，的确很晚了，可她真不知道已经这么晚了。老公出差，她看着孩子做完作业，把孩子安顿睡下，就一个人坐在沙发上想事情，电视在那忽闪忽闪的，播着什么，她完全没有注意，眼睛倒是盯着前面的电视，脑子里的思绪却在飞飞扬扬。自己也不知道坐了多长时间。

“真是太晚了。”心里恨恨的，却又在替宋博的恶劣态度找着理由。

一肚子话没有说出去，仿佛骨鲠在喉，方晴雨心潮激涌，翻腾得她无法入睡，她和宋博的前前后后，在她眼前过着电影。干脆坐起来，她翻开手机，拇指在上面艰难地挪动着。“我不敢想独自拥有你，也不愿意让另一个女人因为失去你而受伤害，更不忍心让你承受离婚的艰难，我只想在心里拥有你，不想一时一刻，而是一生一世一辈子，陪伴你守候你，我就知足了。”

……方晴雨被自己感动得泪流满面。

放下电话，宋博心里有点烦躁。

他对方晴雨，本来就没有更多的情感，你情我愿，谁也没有强迫谁，更何况“A4门”后情况特殊，他就更觉得没有什么不舍，为了大局，双方就应该少联系少碰面，犯不上在这个关键时刻，自己把自己亮出来让人指指戳戳。宋博觉得，方晴雨完全不懂游戏规则，或者说已经违反了游戏规则。你要的我都满足了你，甚至超出了你的能力和预想，你就不能得寸进尺了。

他觉得方晴雨的口气，完全是一个质问丈夫的妒妇，他心里很反感。

有一点，方晴雨的确无法弄清楚，宋博和冷妍成不了朋友，冷妍和宋博更不会有故事，而宋博其实也并不需要冷妍做什么，或者说不奢望。

宋博心里，曾经冒出过奢望的火苗，但是，那火苗很快就被他自己浇灭了。宋博心里很清楚，或者说很无奈，无论旁人怎么说“三剑客”，怎么把他们往一块捏，冷妍依然不冷不热，依然在宋博面前不卑不亢着，看见她，宋博依然会想到“排斥”两个字。

他不指望了。

宋博的确不指望冷妍从此和他并肩作战，他只要大家看到一个事实，那就是冷妍和他走得很近，宋博就是要制造一个“人以类聚”的现象出来，冷妍不是有好人缘吗，那认可冷妍的那些人，或者跟她做朋友的人，会下意识地把他归为冷妍一样的人，即使想反对他宋博，看在冷妍的面子上，也不忍心太反对。

貌似结盟，也是一种结盟。

宋博觉得自己很英明，他已经真切体会到了这种结盟的实际意义。他在报社很多人的眼里，已经看到了诸多的友善。曾经敬而远之的人，见面主动和他打招呼了，那些喜欢装作看不见他的人，也主动点头示意了，至于那些支持他的人，更加的恭敬有加，看见他进门，都会抬屁股站立起来。除了实习生，这情形在报社是很少见的。一帮自以为是的记者们，一般情况下，不会轻易为谁抬起自己沉甸甸尊贵的屁股的。

形势一片大好。

照此情形下去，两个月后，也就是春节前年终评议的时候，宋博有理由乐观地估计，自己可以有个理想的排名了。他心里想的是望二进三，超过魏晓东就是胜利，超过杨清阳，那就是大胜利，如果把乔华邦从第一的位子上拉下来，那就是大大大胜利了。

一想到乔华邦不是第一，宋博忍不住咧嘴乐了。

# 24.

形势一片大好，让宋博忽略了一个人。宋博万万没有料到，就在这关键的时候，方晴雨选择了背叛他。

那晚，方晴雨的一番深情表述，宋博没看完就点了删除，听老婆在身边不耐烦地翻了个身，他赶紧把手机电池卸了。

宋博的确没想到，自己对方晴雨，当初的怡然神往，梦里几回，都变成了当下的不耐和不屑。只是宋博更没想到，他的不耐和不屑是有后果的。

宋博浑然不觉，继续对方晴雨不耐和不屑，继续采取冷漠的态度，继续保持一种什么都没发生的状态，甚至哪怕方晴雨单独到了他的办公室，他也一副公事公办的样子，不说一句工作以外的话，脸上更是毫无表情，有时候眼皮都不抬一下，好像有多么重要的事情，需要他如此专注于眼前的某一张纸，如果方晴雨想多说话，他就像轰赶蚊子一样向她挥辉手……

方晴雨终于愤怒了。

这个宋博，太让方晴雨陌生了。你不是很会嬉皮笑脸吗？你不是很喜欢动手动脚吗？你不是很擅长说荤话挑逗人吗？现在怎么啦？成君子了？你装什么装啊！难道曾经的缠绵就没有一点点真情？难道你真的把我一个大活人当成了玩具?

方晴雨终于忍不住了,她觉得宋博太无情太无义,就算现在需要保持距离,完全可以和她好好商量好好沟通,也不必连个短信都不能发,连个电话都不能通吧?她方晴雨从来就不是一个不通情达理的人,也从来不想影响你的前程,不想破坏你的家庭,可是你这算什么?

方晴雨看出来了,宋博从来就没有试图理解过她内心的真正感受,就像红烧肉,从来不理解白菜炖豆腐一样,方晴雨这么比喻。

看着宋博那张不阴不阳不冷不热的脸,方晴雨不止一次地有了一种冲动,恨不得扑上去掐着宋博的细脖子,使劲把他的脑袋往某个硬物上撞。但是碍于胆量,她只能思想跑过去撒了个野。

愤怒的方晴雨不能动粗,也不想动粗,所以她选择了制裁。

方晴雨的背叛,让宋博有点措手不及,完全出乎了他的意料。他以为,方晴雨永远是他手心里的棋子,需要的时候就会任由他来搬动,不需要的时候绝对不会挪动一点,更不会自己跑到对手的队伍里,充当什么卒子。他没想到,这女人真敢跟他翻脸,并且翻脸翻得这么快,这么彻底,真的一点也不理他了,他有事找她,人家连电话都不接。



宋博倒不担心失去一个情人,也不担心以后没人跟他暧昧,他只是很遗憾,甚至是非常的遗憾,因为有件事情,他需要方晴雨去做,这件事情还非她莫属。

前段时间,宋博无意间听说,上级人教司对报社上报的工资总额表示怀疑,认为报社的工资总额太低,有些该进入工资总额的项目没有进入,他们怀疑报社有瞒报的情况,希望报社如实上报。可报社财务和人事部门却口径一致,坚持说工资就那些,没有隐瞒。

凭直觉,宋博认为其中必有玄机。他不认为上级的怀疑完全没有根据,如果真的有瞒报,那乔华邦就是绝对的授意者,财务人事部门的人,没那么大的胆子,敢擅自跟上级玩藏猫猫。

为什么要瞒报?宋博有些不明白了。按道理说,报社早已经和主管上级脱钩了,已经是财务自收自支了,上面没有行政拨款,报社也不需要上缴利润,报社有多少家底,如实上报也不会影响报社的收支?工资总额高,说明职工收入水平高,说明你经营状况良好,完全没有必要隐瞒啊?

宋博很想搞明白这件事,自己弄明白了,才知道该跟上级怎么说。经过一番了解,宋博算是知道了大概。报社果真有瞒报。表面上瞒报的理由是,上级对直属单位的工资总额有个控制,我们需要在这个控制数额之内。实际上,真实的瞒报的理由,是装穷,报社不仅不想让上级惦记报社的钱袋袋,还需要在适当的时候,获取上级的特别财政支持,报社不仅要装穷,并且要把装穷进行到底。

宋博恍然。怪不得!这些年,报社一直扮演一个囊中羞涩的可怜兮兮的孩子,一直向主管上级叫穷,并且这叫穷叫得很见成效。最显著的成效,莫过于长期免费使用一幢产权归上级单位的办公楼。

报社现在使用的办公楼是主管上级的资产,原本是租用,就是要给上级交租金的,可是报社年年赖着不交,上级拿报社也没办法,只好一直睁只眼闭只眼。另外,不光这租金稀里糊涂地不收了,上级时不时地还会给报社借些款项,给报社救些急,说是借,基本上有来无回,依然是赖着不还。

这都是叫穷的成果。

宋博琢磨,要是上面知道,报社其实没那么穷,除了工资,奖金还发了不少,那上级就不会再那么好脾气了。当然,这个火气,就会发到乔华邦身上,而且,只能发到乔华邦身上。

宋博想戳穿这件事,让乔华邦在上级主管那里不好看,乔华邦一直这么糊弄上级,上级能高兴?弄不好,上面就让他赶紧卷铺盖走人了。

宋博想得有点心花怒放。他准备先把有关情况摸清楚,再弄点证据,然后再去上面跑跑。这摸情况找证据就得找财务和人事部门的人,于是他很自然地拨通了方晴雨的电话,结果一听是他,方晴雨撂下了他的电话。前所未有。

方晴雨的态度,让宋博更加觉得女人真是麻烦,一个个那么快就变成了鸡肋,让人食之无味又弃之可惜。没法子,宋博实在是需要方晴雨的帮忙,脑子一转,只好给财务处长打了个电话,说让她拿着工资册,和方晴雨一起到他办公室来一趟。很快，他就听见了脚步声，紧接着就有人敲门，他清了清嗓子说进来。

财务处长进了门，后面跟着方晴雨。宋博就跟没看见方晴雨似的，眼睛只看着财务处长，问了一下广告款到账情况，另外还说，他想了解一下每个人的社保缴费情况。他听财务处长说了几句广告款的事后，就对财务处长说，看来社保缴费的事一句两句说不清楚，要不你去忙吧。

宋博话音还未落，方晴雨转身就要往外走，却听得身后又传来一句："把工资册留下，让小方在这跟我解释一下就行。"

方晴雨翻了一下眼皮子，使劲耷拉着脸，没有吱声，正准备往外走的脚步，无奈地停下来。听财务处长的脚步已经出门走远，宋博赶紧上前关上了门，一回身，不由分说，一把抱住方晴雨，把方晴雨抵在了墙上。



虽说是故伎重演，但方晴雨还是有点猝不及防。她没想到宋博冷淡了她这么久，还会像当年一样，这么貌似激情似火。就在她恍然之间，宋博那满是烟味的大嘴，已经死死堵在了她的嘴上。方晴雨皱着眉头，使劲挣扎了一下无果，心里叹了口气，就无奈地任由宋博热烈起来。

方晴雨的抵触，宋博感觉得清清楚楚，也是他预料当中的事情，但他依然装作没感觉，拥着方晴雨说了一大通想死你了之类的甜言。也就几分钟之后，宋博明显地感觉到了方晴雨的屈服，她紧绷的身体慢慢松软下来，使劲向外推搡着的双手，也转而抓住了他的衣服，抗拒的嘴唇渐渐张开。

不管方晴雨是情愿还是不情愿，屈服就是一种回头，宋博心里松了口气。这一松气，宋博想起了方晴雨的种种好来，怀里的方晴雨，身子依然那么饱满和柔软，再拥紧的时候，他臂膀的用力，就多了几分真诚来，甚至还抚摸了几下方晴雨的头发，并且用手捧着方晴雨的头，深深地亲吻了一阵子。

这个动作，显得深情款款，并且足够温情缠绵，在方晴雨和宋博关系密切的这几年，这个动作，粗鲁的宋博，从来没有做过。那一瞬间，方晴雨感到突然遭到了一股暖流的侵袭，身体一下子变得酥软，她心里的冰山，似乎就要倒塌，她心里的怨气，顷刻间要烟消云散。方晴雨百感交集，几乎要掉眼泪。

方晴雨终于坐在了宋博的面前。

看样子，方晴雨似乎回头了，宋博心里暗喜。可定下神来他又发现，回头的方晴雨，还是变了，和以前的方晴雨不一样了，从前那个怯生生，看着他脸色行事的女人不见了，那个听话的服从的女人不见了，那个柔情似水，笑靥如花的女人不见了。此时的方晴雨，尽管端坐在他面前，却完全是一副正襟危坐的样子。

听完宋博的想法，方晴雨板着脸，语气淡淡地说："你这是多余，上面怎么会不知道报社发奖金的事呢？报社的人谁在上面没几个熟人？就算不知道发多少奖金，但发奖金的事情怎么可能瞒着上面？再说，我们的奖金都是以稿费的形式发放的，稿费不是工资，当然可以不进入工资总额，这也不违规。"

"怎么不违规？只要是报社发给职工的钱，就应该算在工资总额里吧？再说，就算是当稿费发，记者按照稿费发也就罢了，那么多行政人员也拿稿费？明摆着不对嘛！"听见方晴雨那么说，宋博也板着脸说。

"那又怎样？这上面也不糊涂，人家也就那么一说，我们一个自收自支的单位，上级不会管那么多，即便是真查真管，还需要你递证据？"方晴雨有点寸步不让，明摆着不愿意配合，说完，又没好气地接了一句："你安什么心啊？不想让大家伙儿过好日子怎么的？这奖金要是不按稿费发，大家都得多扣税你知道不知道啊！"

"你是说报社还有偷税漏税的事情？"

"这你不懂，是合理避税，别大惊小怪的啊。"

"合理避税？"

"没听是'合理'嘛，就是不违法。"

方晴雨不光反对他的想法，还数落了他一通，说当领导的，得罪谁都别得罪职工，还说水能载舟也能覆舟。宋博被方晴雨说得一愣一愣的，心里不舒服，可嘴上又不便说，就在心里狠狠地想，你懂什么？现在还知道水能载舟覆舟了？敢跟我讲道理说大话了？这年月，应该是得罪谁也不能得罪领导！谁是水？那可不是职工，是我们头上的领导。

与其说方晴雨的话让宋博很不舒服，倒不如说是方晴雨的语气，让宋博很不习惯，再看方晴雨那张脸，似笑非笑，半冷不热，昔日总挂在脸上的娇嗔，现在没了一点踪影。宋博不由得在心里骂自己，当初怎么就对这张脸冲动了呢！

# 25.

王伦上任的时候，在《假日》周刊拍了胸脯，说要在一年之内，让大家的收入水平上升百分之三十。同时他也在乔华邦面前拍了胸脯，说要给大报多交钱，年终还要给大报每个人发红包。

眼看着一年过去，并且又已经过半，《假日》周刊的收益状况并不见好。这一年，他抓编校质量，抓发行量，抓广告，却是这边上去那边下来，他东补西救，也只是保住了原有水平，离他的承诺还差得很远。

除了自己拍胸脯的事未果，还让王伦焦躁的是，一方面《假日》周刊的品牌逐渐深入了读者的内心，被市场认可，一方面却因为资金短缺，阻碍了自身向更好的方向发展。这叫王伦焦躁不已。

王伦想扩大版面，想挖一些广告人才，还想换最新的纸张，他想变，他坚信，只有改变，才有新的利润生长空间，才可能实现自己的承诺。可是这都需要钱，如果没有新的资金注入，如果没有钱，这些想法，都只能是梦想。

王伦也曾经想过，实在不行就向大报张口，可念头一起，就被自己压了下去。《假日》周刊就像一个已经成家的孩子，大报就像一个不富裕的娘，你开口你就是"啃老"，这个口你没法张开，就是硬着头皮开了口，娘兜里没钱，也无法支援自己的孩子，弄不好人家会说，没让你孝敬就不错了。

王伦感到了前所未有的压力。

急于赚钱的王伦，做了一个决定。

半年前，王伦见过一个人。那个人叫曾有万，是个做煤炭生意的老板，来自山西。他们是在一个朋友召集的饭局上认识的。

那个山西煤老板，操着一口浓重的鼻腔音，说要把《假日》周刊买下来，王伦当时一听，忍不住大笑，说你口气真大，《假日》周刊的无形资产你买不起。

后来朋友对他说，你别小看人家，人家可是数亿身价，王伦依然很不屑，说这不是钱的事，一个煤老板办报纸，玩笑开得太大。

那时候，王伦觉得办报纸要论身价，不是论钱。《假日》周刊虽然需要钱，但不能接一个煤老板手里的钱，他总觉得那钱不是用来搞文化的，一张报纸，是一个文化窗口，怎么能和什么煤矿、皮鞋、小商品发生关联？即使需要人投资，怎么也得是一家从事文化产业的大企业吧。他把这叫门当户对。



半年过去了，形势越来越严峻，形势逼人，不容他端文化人的架子了。现如今，王伦觉得钱很重要，办报纸，还真不仅仅是身份的事，不管是谁，什么煤老板鞋老板，有钱便是娘。

王伦开始和曾有万正式谈判。

正式接触之前，王伦请示乔华邦，乔华邦跟他说，先谈合作，可以让对方的资金介入，暂时不谈股权，说一旦以股份制运作，还要对《假日》周刊进行全面的清产核资，评估无形资产，然后界定产权归属。乔华邦提醒王伦，对方是个私企，作为个体的曾有万要是持股，国有资产的完整性将得不到保证。上级有关领导反复强调过，新闻出版单位的股份制改造，国有资产不量化到个人，不允许个人持股，以保证国有资产的完整性。

在王伦跟曾有万接触的过程中，王伦跟乔社长汇报过几次，但他的汇报是有选择的，甚至刻意回避了让乔社长面见曾有万的可能。不让乔社长见曾有万，王伦有自己的担心，他担心一旦乔社长见过了曾有万，以乔社长的眼力，曾有万过不了这个目测关，一定会反对这个合作，如果乔华邦反对，那么即将到手的几百万，眼看着就可能飘走了。他不想让这样的事情发生。

谈判前，樊进仁找到他，积极请缨，要求出击。

开始王伦不放心。王伦不光怀疑樊进仁的谈判能力，也担心樊进仁这个人私心太重，会掺杂私心，可樊进仁一开口就告诉他，自己得到了冷妍冷大侠的点拨。王伦不相信，说你什么时候这么谦虚，还跑到冷妍那里找点拨去了。樊进仁故作诡秘地告诉王伦，说冷妍有一句话让他茅塞顿开，冷妍说，利益最大化从来都是不可能的，所谓利益最大化，只存在于理论之中。

自认为受到重大启发的樊进仁劝王伦，谈判的时候，别净想着获取最大化利益，只要双方可以接受，就是合适的，只有注意抓住时机，谈判才可能成功。

樊进仁知道王伦曾经给冷妍打下手，心里一直惧着冷妍，也知道冷妍一向对《假日》周刊颇为关注，并且出手相助过，他就拿出一副冷妍的亲信，并且受到冷妍亲自指派的样子来，不怕王伦不答应。果然，王伦虽然不明就里，但是看樊进仁这回说的的确靠谱，而且从来就没有这么靠谱过，不光信心满满，也占了几分道理。一向对工作晃晃荡荡的樊进仁，难得这么上心，他觉得不容易，何况还有冷妍的点拨。

只是王伦不理解，冷妍怎么会给樊进仁支招？

以他对冷妍的了解，冷妍是没工夫，也不愿意搭理樊进仁这类人的。冷妍在报社，能和收发员、保安、餐厅厨师打成一片，和人家称兄道弟，对人家笑脸相迎，态度爽朗而友好，但却不屑于樊进仁这样的文化人，有时候，这种不屑甚至延伸到社领导一层。他坚信冷妍这样的人，是有自己的交际标准和做人原则的。

可是看樊进仁的口气，又不像是随口胡说，并且那么深刻的话，的确不像是樊进仁说的，倒是很像从冷妍那样的大脑里产生的，口吻也像。犹豫间，王伦忽然想起，周刊一帮年轻人，曾经在扑克比赛中，打败了大报的“三剑客”，后来他知道，这个“三剑客”，居然是宋博、樊进仁和冷妍。这么一想，王伦就确信了冷妍给樊进仁支招的可能性。

稍加犹豫后，王伦答应了樊进仁。

谈判可以说进行得异常顺利。因为担心对方不懂政策乱提要求，王伦反复强调了上级部委以及有关领导的要求，同时也反复提到，《假日》周刊这个无形资产目前的社会价值和市场价值。王伦发现，对方听得似乎很认真，那个曾有万西装革履的扮相，也有了几分文化人的颜色。

尽管一开始，曾有万依然口气很大，一开口就说要把《假日》周刊买下来，但是经过几番沟通，曾有万居然很快就表现出对王伦的充分理解。最后，曾有万什么要求也不提了，痛快地答应出资二百万，用于《假日》周刊的改造和提升。王伦说可能不会那么快地见到效益，也许年内不会有很理想的分红，希望曾老板不要着急。曾有万也表示理解，并痛快地说，没关系，我有的是信心和耐心。

说到分红，王伦有些底气不足，他想说文化产业的发展不能太着急，一张报纸不会那么快见到效益，也许第一年只投入了还见不到产出……可是，不等他把自己的丑话说完，对方就先替他说了。



曾有万让他不要担心，说这些困难他都想到了，既然自己这么喜欢办报纸，《假日》周刊愿意圆了他的梦想，他就应该和《假日》周刊共荣辱共进退。曾有万还说，二百万不算什么，如果合作很愉快，明年他还会追加投入的。

曾有万表现的慷慨和理解令人感动。王伦甚至庆幸，幸亏是个煤老板，没那么多文化人的腻腻歪歪不说，财大气粗，出手也爽快。

樊进仁的表现，也让王伦有点满意。他没想到，樊进仁挺会现学现卖，居然把冷妍那套利益最大化的理论，用到了曾有万身上，并且看上去很见效，一开始狮子大开口的曾有万，被他说得直点脑袋。

谈判能够如此顺利，樊进仁不自觉地把自己当成了功臣。他掩饰不住自得的心情，跑到王伦办公室，延续着谈判时的高昂热情："二百万啊！人家啥要求没有，就给我二百万呢！"樊进仁显然得意的有些忘形，把"我们"说成了"我"，好像忘记了谈判时王伦在座，自觉地把功劳安顿在自己头上了。

王伦听见了，并且听得很清楚，但是他什么也没说，只是附和地笑了笑。

“我说咋的？不能太贪心吧，有利益就行了，要抱着虱子也是肉的心态。这不，你不贪心人家就大方，一下子整出这么大的利益，好家伙，二百万，可以发《假日》周刊几年的工资了。”樊进仁激动地搓着手，在地下走来走去。

听樊进仁这么说，王伦心里陡升反感，心里不屑着：就知道发工资，就知道算小账，就不是一个能干大事的人。

朝思暮想，钱终于进账了。

想扩的版面扩大了，想招的人才进来了，想换的纸张终于也升了档次。《假日》周刊终于变了。王伦心情好了不少，把曾有万当成了自家人。

# 26.



煤老板曾有万，真没把自己当外人。

人家的确也不是外人。

曾有万的大宝马，时不时地就停在了报社楼下，看得出来，他很想和《假日》周刊的人混熟络了，可是他又想不出比吃饭更快捷更有效的办法来，于是就请客吃饭，今天请编辑部的记者编辑吃饭，明天请广告发行部的业务员吃饭。王伦的办公室，更是他经常光顾的地方，曾有万跟王伦说，自己特别喜欢文化人，说王伦就是他见过的最像模像样的文化人，说王伦的每个动作，每个眼神，甚至每个毛孔，都透着那么一股子文化气息。

每每听曾有万这么说，王伦都有一种照照镜子的冲动，想仔细看看自己的模样，是不是真的每个毛孔都透着文化气息。曾有万的说法，让王伦挺受用，他不由得想起自己上初中的时候，为了使自己看上去更加文质彬彬，他对父母说自己看不清黑板，可能是近视眼，让父母给自己配了眼镜戴上。那个一百五十度的近视眼镜，还真把他的一双好眼睛给弄近视了，但是他却很高兴，从此一直戴着一副眼镜。

除了往死里夸王伦，为了证明自己很懂报纸，曾有万还喜欢在王伦面前，抖搂着《假日》周刊评头论足。他会指着周刊上登载的草原风光，说自己在草原长大，这个我熟得很，还指着美食栏目说，我天天吃饭店，这个我也明白得很，不就吃喝玩乐嘛，我可以给你们好好讲讲。曾有万这么说时，王伦一般微笑不语。

终于有一天，曾有万突然提出，要给自己一个名分。他说你们放心，我不要一分钱的工资。名分？王伦没听懂。事后樊进仁跟王伦解释，说就是在《假日》周刊，给曾有万一个职务，比如副总编辑，或者副社长。

这回王伦听懂了，并且认为此要求一点也不高，完全可以给他。不过是个虚职，人家给你二百万，就再没有提什么要求，你不能不给人家一点好处，《假日》周刊除了钱，还能有什么好处可以给人家的，也只有一个虚位了。

正想着答应了曾有万，王伦接到了大报人事处长的电话。人事处长找王伦，主要是通报一个情况，说是大报一些外地的特约记者出了些问题，虚假报道的事件不断发生，让报社很被动，人事处长让《假日》周刊在聘用人员时多加注意，对聘用人员加强管理。

放下人事处长的电话，王伦的眉头皱了起来。

王伦皱眉头，是因为曾有万。除了那二百万是真的，王伦对这个曾有万可以说是一无所知。曾有万说他有一个很大的公司，到底多大？他说他的公司实力雄厚，到底有多雄厚？他说自己是某大学的毕业生，到底是不是真的？他说他也热爱新闻事业，一心要做报纸，到底是不是真心？说到底，他就是一个煤贩子，为什么对《假日》周刊这么慷慨？难道真是钱多得没处花销了？如果不是，那他的真正目的又是什么呢？

真正目的！王伦猛然想到，一个虚职，要是到了别有用心的人那里，还真能把它给做成实的。产生质疑的同时，王伦也有点怕了。

可是再一想，王伦又嘀咕了，你再怎么质疑，现在的事实却是，是你占了人家的大便宜，你的所谓担心，都没有确凿的成立，你以什么理由不给人家一个名分呢？

王伦被曾有万的名分问题，弄得左右为难。

就在王伦思考犹豫间，曾有万的名片上，已经赫然印上了《假日》周刊副社长的头衔。当那张名片从樊进仁手里出现在王伦眼前时，王伦简直哭笑不得。《假日》周刊有社长吗你就副社长？《假日》周刊就没有社长一职,哪来的副社长?我王伦只是个总编辑,你就副社长了?

更叫王伦哭笑不得的是,那张名片上印满了《假日》周刊的所谓上级主管单位,除了《中华大时报》和上级单位,还有个中国记协。王伦讥笑着对樊进仁说,他还知道记协?真不简单呢!他以为这就成了文化人了?王伦看到上级部门居然也列在其中,他笑不出来了,忍不住发作,简直胡来!他怎么不把中组部印上?王伦说这要给人递出去,也太影响《假日》周刊的形象了。

说心里话,王伦可不希望一个满嘴金钱的煤老板,拿着那么一张滑稽的《假日》周刊副社长名片到处晃荡。樊进仁安慰他,说你不用担心,人家不就是《假日》周刊的人嘛,也没骗谁,人家印个副社长好像也没啥问题,曾有万是投资人,按道理说是《假日》周刊的经营者,当副社长也合适,况且,一看他也不是能干得了副总编辑的人,可不只有副社长最合适,再说,真就有一个骗子这么做,你也奈何不了不是?



王伦一听,反过来问了樊进仁一句,不会是你撺掇的吧?

想来想去,王伦觉得这件事情他得跟曾有万好好说说,告诉他这么印名片不行。可是曾有万却一直没露面。

他打电话过去,人家不是不接,就是不在服务区,好不容易打通电话,人家不容你说话,就大谈他对《假日》周刊的远大计划,说准备再给《假日》周刊几百万云云,让王伦不好意思数落名片的事情。结果,这名片的事情,就不了了之了。

名片事件之后,曾有万就没有露面,可曾有万虽然见不着面,却总有人替他露面。

一个自称是曾副社长选派的记者,大摇大摆地来到了《假日》周刊编辑部。那人进门就问王社长在哪,别人告诉他,这里没有王社长,这里只有个王总编,那人就说不管是王社长还是王总编,反正是这里的头头,一个姓王的。接待的人无奈,又看来人气势摆得不一般,一时也辨不清,就把那人领到王伦办公室。

那人一见王伦,就点头哈腰地上去点烟,王伦皱着眉头说自己不吸烟,那人也不尴尬,收起烟和打火机,摆出一副毕恭毕敬的样子来,不等王伦问话,就说自己是曾老板派来的记者,说完又像是意识到什么,赶紧补充了一句，说就是曾副社长。

记者？我们现在不招聘记者。王伦的厌恶条件反射地显露出来。

“哎哎，我们老板说，来了就能上班啊？”那人也有点条件反射，意外地腾一下站起身，冲着王伦嚷嚷开了。

“那你去找你们老板吧。”王伦挥挥手，示意那人走。那人见状有点发蒙，赶紧掏出手机拨号，一会儿，电话通了，那人对着手机又是一通点头哈腰，说哎哎老板，那个王总说不要记者让我走。王伦听得电话那头有人声嗡嗡地骂那人，那人就一个劲地冲着手机点头，好像骂他的人站在他面前，正用手指着他的鼻子。

那人听了半天的骂，王伦也跟着听了半天的哦哦哦，随后那人把手机递给了王伦，王伦知道一定是曾有万，就故意装作不知道地问，哪一位啊？电话那头传来曾有万的声音：“王总啊，我们不是有实习记者吗？这是我的人，那你就让他实习实习吧。”

你的人？你当《假日》周刊是你的私人地盘呢？你想让谁来，谁就能来？我们？你把我当成你一伙儿啊？王伦心里愤愤地想。

王伦没好气地跟曾有万说，人事事儿我说了不算，再说，招聘记者我们要考试，考试合格才能试用。

这事过去没几天，曾有万又给王伦打电话，问报纸上怎么没有自己的名字？王伦说报纸上都是记者编辑的名字，你的名字上去干什么。曾有万反问王伦一句，我是报社的副社长啊，我看人家报纸的社长都印在上头呢，再说，总编辑印在上头了，我这个副社长是不是也应该印在上头才对啊？

王伦给气得说不出话来。

樊进仁又劝他说，不就是个名字吗，印就印了吧，人家说的也合理。

“什么就合理了？谁给他任命副社长了？”王伦被气得不轻，破天荒地梗着脖子嚷嚷。

“你当初没有反对，人家也印了名片，你看了也没说啥，现在……现在不就成了糊涂账了。”

“我有那个权力吗？”王伦梗着的脖子软了下来。

“你有啊！《假日》周刊你可是法人啊，你当然有聘任副职地权力。”

王伦妥协了。于是，曾有万的名字，就赫然印在了《假日》周刊的版权页上。

副社长曾有万出现在《假日》周刊版权页上没几期，王伦就受到了乔华邦的批评，说《假日》周刊是总编辑负责制，就没有社长，凭空出来个副社长，简直是胡闹。乔华邦发了话，王伦赶紧又把曾有万的名字，从版权页上拿了下来。

曾有万似乎有点生气，给王伦打电话讨说法，还说要亲自去找乔社长谈谈，王伦说那你就去找吧。没几天，曾有万开着宝马来了。

曾有万一进门，一屁股先坐在了王伦的椅子上，他左右一扭身子，发现不转，就拍着大腿跟王伦说："这什么破椅子，太旧了，硬邦邦的坐着太不舒服了。"

"行了行了，这是报社，不是你家的席梦思，也不是你府上的太师椅。"



"一个堂堂报社，咋活得这么憋屈呢。"曾有万一副想不明白的样子。

"都像你，活得那么幸福，一天都吃三顿饭了。"王伦嘴角挂着坏笑说。

"吃三顿饭?"曾有万支楞起身子问王伦，看王伦在那儿只笑不答，转头又问樊进仁："啥意思？你们不是吃三顿饭?"

"哈哈，王总的意思，是说明你已经成功解决了温饱问题。"樊进仁听出了王伦的揶揄之意，没法子给曾有万照原意翻译，只好糊弄他。

"啥？温饱？我早他妈的就奔小康了。"曾有万有点急了，觉得自己被人小看了。

"是是是，你现在一天都吃五顿饭了。"看曾有万着急的样子，樊进仁也跟着王伦逗他。

"那是！一天净想着到哪吃饭了，跟跑场子一样，有时候五顿饭都不止。"曾有万还是没听出人家的画外音，跟着给自己起哄。王伦坐在一边，脸上的鄙视的笑容已经毕现无遗。

为了继续显示自己的优越，曾有万又说："不是我说啊，我发现你们这些文化单位，出去说起来好听得很，但是办公设备实在不咋样。"

“你不是副社吗？你给改善改善呗。”樊进仁趁机给曾有万扶了扶高帽子，想再让曾有万拔几根毛。

“明年！就明年！我给咱换办公桌椅。”兴头上的曾有万，哪知道樊进仁的用意，一不留神就掉进樊进仁的套里，使劲拍着座椅扶手说。

“你还想换什么？”王伦接了一句。

“还想换……再换几台好电脑。”一看王伦给他说的都来了情绪，曾有万不想往后缩，就又接了一句。

“你最好把这办公楼给换了。”王伦又接了一句，听上去完全不怀好意。曾有万好像听出点言外之意了，他不接茬了，边顾左右，边冒出一长串含糊不清的声音。

“这个这个……我说那个……哈哈……哈哈……”

听着曾有万的嘻哈，王伦陷入了思考。这个曾有万，神出鬼没，却时不时地要给他弄出点不痛快，这让王伦有一种不好的预感。他不由得又想到了曾有万的那个真正目的。他还是不相信，一个煤贩子真能如此热爱新闻事业？他本来想问曾有万，你不是来见乔社长的吗，什么时候去？他很想看看曾有万怎么露怯。可是转而他又想，恐怕曾有万也是瞎咋呼，名片的事情，难道他不知道，这根本就不是什么理直气壮的正经事情，见了乔社长他能说什么。不见也好，王伦想，免得乔社长说他选择失误。

# 27.

春节一过，上年度年终民主评议，终于开始。



开会前，樊进仁对宋博说，你现在简直是人猿泰山的兄弟了。宋博一时给弄糊涂了，问他什么意思，樊进仁故作幽默地说，人缘太好啊。

“人缘太好？”宋博没反应过来。

“哎呀呀，人猿泰山，人缘太好，明白了吗？”樊进仁显得很智慧的解释。

“这算什么啊，风马牛不相及！”多少有些为即将到来的评议忐忑的宋博，心里面五味杂陈什么都有，就是没有幽默。人缘？他现在连方晴雨都快丢了，还人缘呢。

刚才，想着快开会了，他倒是想到了人缘这个事，别的说什么都来不及了，但是应该得到的票数，的确需要巩固一下。他首先想到了方晴雨，觉得这一票应该不会出问题。于是，他就给方晴雨发了一个短信。

碍于前段时间对方晴雨的冷漠态度，这段时间他们之间还有些别扭，宋博一时间不知道该写些什么，就索性先转发一个段子，至少表示自己的一个态度。他大拇指在手机上按了几下，调出一些短信来，他的眼睛停在了一条上：“距离世界末日还有五分钟，一个男人对老婆说，我们做爱吧？这时，他老婆很严肃很认真地说，那剩下的四分钟我们做什么?”宋博咧了咧嘴,想笑但是没笑起来,他觉得这条算是有趣,方晴雨就是记恨他,看了也会一笑泯恩仇,至少此时此刻不那么恨他。他拇指一点,把这条短信给方晴雨发了出去。

等待的时间,宋博心烦意乱,觉得时间怎么这么长。宋博不满意自己居然盯着手机等了几分钟,他什么时候被一个女人弄乱了方寸?他断定方晴雨看见了,方晴雨曾经告诉他,为了及时看到他的短信,她把手机挂在胸前,寸步不离身。那时候,宋博和方晴雨的暧昧关系刚开始不久,宋博记得当时方晴雨说这事的时候,红着脸说她自己像个热恋中傻傻的小姑娘。

可是为什么不回复?在这个关键的时刻,宋博心里开始不踏实,十几分钟后,报社全体人员参加的大会就要召开,投票就要开始,难道方晴雨还在恨我?宋博没有别的办法,他现在不好给她打电话,打电话说什么呢?说投票的事情就太明显,就是说也不太好说。他只好接着转发短信,再找,他又看见一条他觉得有趣的:“一对年轻男女正在热恋,那男的在床上总喜欢喊我要弄死你。有一段时间男的很忙,他们几天没见面,那女的就找到男的单位,那男的当着同事问,有事吗?女的说,也没什么事,就是不想活了。”他赶紧又把这条短信段子给方晴雨发了出去。

又掉进了海里。

方晴雨还是没回复,宋博真想骂人。

从前,他经常给方晴雨发这样的段子,每次都惹得方晴雨跟他假惺惺地嗔怒一番,说他讨厌死了,坏死了。他知道,方晴雨喜欢看,一点也不拒绝,这曾经是他们之间的一种联系方式,即暧昧又没什么麻烦。尤其是宋博,一看到这样的短信进来,他就会直接给方晴雨转发过去。这也是宋博的一种手段,因为宋博并没有多少情话跟方晴雨说,就用这种短信表示他的暧昧。

开会了,宋博看见方晴雨在发票,她是计票组成员之一,计票的人是现场抽签选的。方晴雨给他发票的时候,他故意碰了碰方晴雨的手,眼睛死死盯着她,希望方晴雨看见他的眼神,并且明白他的暗示。可方晴雨根本没有看他，脸上没有任何表情。

一张纸片，排列了几十个名字，社长乔华邦的名字，依然在第一个。宋博的笔尖，放在乔华邦的名字旁，没有丝毫犹豫，在“不称职”下面画了一个钩。接着，宋博的动作依然是毫不犹豫，他依次在下面几个名字的不称职一栏打了钩，他甚至都没有仔细看那些名字，一路快速地钩了下去。

一般情况下，这么果断迅速不假思索的打钩方式，是那些对谁都没啥意见的人，或者说，对这种评议无所谓的人，他们给谁都钩个称职，所以他们就不需要斟酌，名字对他们不重要。

这是些与世无争的人，并且心地足够善良，做人也比较厚道，他们不会在人家名字下面仔细思考，想一想这个人是不是称职。他们会觉得大家都不容易，只要不犯大的错误，就都是称职的，更或者，就算是有些干部工作干劲不足，成绩不大，他们也不忍心说人家不称职。



当然，这样的人不太普及，尤其是面对职场的竞争，尤其是一群有些文化，又有些纠结的人，尤其是遭遇不记名投票的安全蛊惑。所以，更凸显了这是一类与人为善的老好人。

不知道的人，看到宋博不假思索的样子，并且按照一般情况的推理，都会把他归到这一类人里。

半个小时后，结果终于出来，宋博大失所望。乔华邦接着坐在排名的榜首。

会议一散，他没表情地回到办公室，樊进仁跟了进来，脸上却带着得意，并且不解地问他为什么不高兴，说这几个月的努力显然是有成果的。看宋博依然没表情，并且不说话，樊进仁又说，你没发现？乔华邦的称职率已经不是百分之百了，这说明什么？这就说明有人投他不称职票了，并且不止一票。宋博还是没表情。

按理说，宋博不该失望。

就像樊进仁说的，有人投了乔社长的不称职票，这也是一个信号，这个信号显然是有利的。另外，虽然乔华邦还站在榜首，但是杨清阳落后了，从去年的第二位掉到了第四位，魏晓东也落后了，从第三位掉到了第六位。自己虽然从第四位掉到了第五位，但总算是排到了魏晓东的前面。

事实的确证明，搅和是有成效的。

可是，算计来合计去，宋博还是高兴不起来，自己挤到了魏晓东的前面，但总排名却还是落后，反倒是那个广告经营部的主任，突飞猛进地高居了第二位，紧随乔华邦之后。

广告经营部主任的受追捧，让宋博明白了一点，看来大家都心明眼亮，大家还有饭吃，全都是人家经营部的功劳。经营部一天到晚跑腿陪酒，惦记着别人的腰包，那是为了什么？说到底，那就是惦记着把别人腰包里的钱掏出来，往报社腰包里装，报社腰包鼓了，大家的腰包才会鼓。而领导们呢，只惦记着员工们的腰包，生怕他们的小腰包，瓜分了报社的大腰包。这么一对比，天平就倾斜了，想到人家经营部承担了衣食父母的重任，员工们当然愿意给人家投一票。

宋博带着难以平衡的心情，分析着员工的心态。乔华邦心情也不太平静，可以说是忧心忡忡。

民主评议一结束，乔华邦就把杨清阳叫到他办公室。 

看着门大开，杨清阳没敲门就进去了，他看见乔华邦背对着门，站在落地大窗户前面，一动不动地向外注视。

看上去，乔社长的背影，比平日里略显疲惫。平时人们眼中的乔华邦，一向是挺胸抬头，宽阔的脊背，从来都挺得竖直，认识不认识的人见了都说，他一点都不像快六十岁的人。可是这会儿，乔华邦坚挺的后背，却像是扛着一个沉重的物件，挺得有些吃力，甚至现出了几份少见的弓驼。

乔华邦没有转过身来，杨清阳也没有招呼他，他径自走到沙发边，慢慢坐下，从衣兜里摸出一包烟，抽出一支点上，身子向后一靠，也望着天花板想起事来。

民主评议的结果，基本上不出杨清阳的料想，在别人眼里的一些意外，他其实都已经预见到了。这几年，报社的工资水平几乎没有明显增长，他知道，在员工心里，这没有增长就是减少。有几个人能够理解，在市场竞争如此惨烈的当下，一个近二百人的大报，需要自己养活自己有多么艰难。虽然是一张背靠部委的大报，但报纸的硬性征订早已经取消，就是行业内部的征订，也已经很难维持原有水平，发行量正在逐步萎缩，就是维持现有水平，也得年年看人家脸色，听人家唠叨几声报纸不好看，然后像施舍你一样，跟你签个单子。就像个要饭的。

别以为都是熟人了，事情就会好办了，人家即使给你脸色看，脸色也不会太难看。可实际上，跟在人家屁股后头求人家，再熟悉的人你也不好受，两个熟人之间的不平等关系，反而更叫人难受。更何况，有时候你的熟人调离了，人家单位换了领导，你还得赶紧重新建立关系，为续上这新的关系，你又得不知道费多少神。杨清阳就不止一次听乔华邦唠叨，说一到年底，他就得到处给熟人打电话，人家继续订报纸，继续和报社签广告单子，完全是看他个人的面子，他真担心自己离开了，人家立马儿变脸，不再搭理你《新华大时报》。



都说现在报纸不靠发行量吃饭了，都整版整版地挣广告钱了，其实没那么简单，没有发行量，人家就不给你广告。报社都对自己的发行量讳莫如深，可广告商一上来就会问你的发行量，人家最关心的就是你的发行量，关心自己的广告能有多少人看到，弄得广告部门的人都学会了打太极，或者张口就满嘴跑火车。

有一次，杨清阳听说《新华大时报》的发行量快接近邮发底线了，他知道，如果低于这个底线，人家邮局就不挣钱了，就是说不管你了。他随口问一个广告部的小姑娘，这期发行量怎么样了，那小姑娘立即就说十万份，杨清阳当时就哈哈大笑了，追问小姑娘，你说的是十万？小姑娘立即反应过来了，不好意思地说自己说习惯了，不是十万，是三万。

一个广告部的小负责人跟他吐苦水说，一个广告商嫌《新华大时报》发行量低，他就跟人家说，我们的报纸，每天都上中央领导人的办公桌，你还没睁眼呢，中央领导就看到我们的报纸了，你说重要不重要？结果，那个广告商说，中央领导看了又能咋样？他老人家是上超市呢，还是进百货大楼？我宁肯一百个老百姓看我的广告。

可是，这么举步维艰，你能要求员工理解你吗？你能要求所有人都站在一个高度想问题吗？你能天天给员工说，我们还要养着几十个退休职工，我们一开门就得支付水、电、煤、油一大堆费用吗？

《新华大时报》看似稳坐钓鱼台，实际上，每一年都举步维艰。在同行眼里，他们是背靠大树，多多少少都有阴凉可乘，你再叫唤自己困难，就是喊破了嗓子，人家也觉得你没那么难，只不过在扮演一个会哭的孩子而已。

乔华邦曾在大会上说，他为了几十万广告费给人家当三陪，当时大家一声哄笑，可那仅仅是个玩笑吗？有几个人笑过之后能产生几分紧迫感呢？报社为了压缩开支，提高了稿件评级标准，还限制了出租车报销额度，记者们有意见，说只让牛拉车不给牛吃草。可是真是这样吗？记者们参加发布会，回来拿着通稿三下五下地一删减，就算交差了，那发布会的红包，有的动辄上千的高额车马费，谁跟你要了？你让现在的年轻人不要总想着自己，要把报社当家，让他们贡献和奉献，他们就把你当恶婆婆。

想到员工的心态，杨清扬想起了“A4 门”之后，乔华邦和他的一次谈话。

“A4 门”之后，乔华邦曾让他暗地里做一些了解，看看到底是什么人，到底因为什么，作下如此居心不良蛊惑人心的事情，并特意再三叮嘱他，一定不要动静太大。结果，他调查了一圈下来，跟乔华邦说，这根本就是个无头案。他记得自己当时用了一团浓雾来形容，整个事情，既像是一个人所为，也像是几个人合伙，更像是一个群体事件，不约而同的，或者跟风起哄掀起波澜，然后看热闹。他对乔华邦说，几种可能性都存在，他记得，当时乔华邦听了他的话，沉默了许久。

当时，杨清阳给乔华邦一个建议，他认为此事的处理宜静不宜动，更不能清查，你太过关注，就像开足了鼓风机，原本快熄灭的火星星，有可能又被燃起来，一些原本看热闹的人，会被制造者趁机鼓动起来，制造新的事端。他说，过度反应只能促其成长，不理睬，也许是最好的办法。

乔华邦采纳了他的建议。

杨清阳不知道，当时的乔华邦，宁肯相信那个“A4门”事件是一个人所为。乔华邦担心的是，这股不正之风，甚至可以说是下三滥之作，如果是群体所为，那就太令人震惊和心痛了。别说是群体，就是有那么几个人想这么做，也是非常令人担忧的。俗话说得好，一粒老鼠屎害了一锅汤，还有害群之马，捣乱的人总是少数。乔华邦希望真的是少数，而且是极少数。显然，那个“A4门”事件，还有社委会保密议题屡屡泄露，说明班子内部有人组织纪律性严重缺乏，甚至有故意制造事端的可能。

“锅里有老鼠屎啊！”

乔华邦心里很忧虑。班子里不怕有不同意见，怕就怕有人心怀叵测，有意见不当面提出来，背过身去就做些小动作，使职工对社委会失去信任。这样的人你却防不胜防。



乔华邦不糊涂，这锅里的老鼠屎是谁，这样的人是谁，他心里有数，只是他还不能确定，对这样的人，是和他推心置腹讲团结呢，还是提高警惕讲原则？乔华邦之所以不确定，是因为他了解这样的人，你一旦和他推心置腹，他会把自己装扮成一个忠诚的人，一个无辜的人，表演得让你无懈可击，更或许，他还会透过你的推心置腹，抓住了你的软肋，然后再攻击你。和这样的人推心置腹，是要冒风险的。

那么提高警惕讲原则？针锋相对能解决问题吗？乔华邦又认为，排斥从来就不是解决问题的好办法。

乔华邦不担心自己的风险，他相信自己二十几年来建立的威信，坚信上级对自己的信任，要说担心，他担心的是，一旦引发别人对自己的攻击，会给整个报社带来混乱。

一想到这个问题，乔华邦就愁眉不展。

此时此刻，站在窗前的乔华邦，不知道自己在凝望什么，只是依然在担心。他不是担心自己的合格率有所下降，也不是担心他信任的几个人排名下降，他担心的是报社员工的整体心态，这是报社的魂，心散了，魂丢了，那可比丢了几十万广告费可怕得多。

在报社，乔华邦的确有自己欣赏和重视的骨干，可乔华邦也知道，报社需要的不是几个骨干，而是一批肯吃苦能担重任的骨干，他希望有新的管理人员受到大家支持，希望有更多的中层干部得到拥戴。可是，在这个排名变化的背后，他也隐隐感到了一股潜流，一股冒着酸臭气的潜流，在人们中间悄悄流淌。他担心这股散发着酸臭气的潜流，腐蚀和污染了报社的环境。

乔华邦的担心，仅仅是个开始。

# 28.



山西出现了一张《假日》周刊，但是那个《假日》周刊，除了内容和《新华大时报》的《假日》周刊完全不一样外，刊名、刊号，上级主管单位和主办单位，版权页上的所有人员名单，全都一模一样，总编辑王伦的名字，一字不差。

看到那张《假日》周刊，王伦快疯了。

那是一张看上去五彩缤纷的纸，花里胡哨，图片占据了很大的版面，并且都模糊不清。用王伦的眼光审视，就是颜色混乱，毫无色彩的美感，完全破坏了色彩应该的美化点缀，用一个略显专业的眼光看，可以说惨不忍睹。

王伦还看到一段文字，是某大牌明星和一个狗仔记者的对话。狗仔记者端着相机跟踪大明星，结果没有拍到想要的东西，于是就发狠，说一定要拍到床上。大明星被气着了，于是就大骂，说你比追戴安娜的狗仔还狂，还牛逼，英国狗仔队最多拍到人家一起游泳，你他妈的更壮志凌云。

王伦也大骂，这都什么乱七八糟的东西。

堂堂的《假日》周刊，生生被糟蹋成不良小报了。

据说，那张《假日》周刊已经存在半年多了。王伦掐指一算，正好是他和曾有万合作开始的时间，也就是说，那个曾有万，胸中早有了预谋，几乎是在同时，这边和他谈合作，那边已经开始操练了。

王伦没想到，曾有万的真正目的，还真是奔着做文化人去了，他还真是个热爱新闻事业的煤贩子，只不过玩了个借鸡生蛋。王伦气得想骂人。

王伦第一个想骂的就是樊进仁。他给樊进仁拨通了电话，樊进仁那边刚把电话拿起来，王伦就怒吼了一声："过来！"樊进仁给吓了一大跳，完全摸不清头脑，不知道王伦哪根筋搭错了，他还没听过王伦这么失态的吼叫。

扔下电话，樊进仁虽然不知道王伦为什么吼叫，不知道自己到底做错了什么事，虽然还是摸不着头脑，但丝毫不妨碍他的怒气油然而生，可以说樊进仁是非常生气。樊进仁也在心里吼叫，我虽然是你的副手，但我好歹比你年长几岁，比你早吃这碗饭几年，你一个小屁孩儿，竟然跟我这么吼叫，吃人啊你？我干了什么了你这么吼我？你个屁孩儿，没规矩！老子过桥的时候你还不知道在哪爬呢……

樊进仁一脸不快地走进王伦办公室，王伦不在。

心里骂着"你个屁孩儿"，樊进仁提溜过一把椅子，往王伦办公桌对面使劲一蹾，气呼呼地一屁股坐下。

顺着自己气哼哼的视线，樊进仁看见了一张报纸，那张报纸摊开在王伦的办公桌上，几乎覆盖了整个桌子。樊进仁看见了《假日》周刊几个字。第一眼，樊进仁觉得有些异样，觉得这个《假日》周刊样子有点陌生，是色彩？字体？还是版式？到底是什么地方陌生？一种奇怪的感觉慢慢出现，樊进仁稍加定睛，就断定这张《假日》的版式版面，的确跟过去很不同，可是什么时候改了版面？我怎么一点也不知道？

一瞬间的工夫，樊进仁还不能迅速判断，于是他就凑过眼去，仔细看了几眼，这一看，樊进仁看出了一身冷汗。

他很快看出来了，这张《假日》周刊不是他们的《假日》周刊。确定了之后，他再翻看，居然在版权页看到了自己的名字，副总编辑樊进仁，他坐不住了，呼啦一下从刚刚坐稳的椅子上起身。樊进仁立刻明白了王伦的怒气从何而来，于是他的怒气也迅速转换了方向。"这造假分子也太太太……猖狂了！竟然敢造一张报纸？一张……张……有着响当当上级主管的……的报纸?"樊进仁愤怒得语无伦次。

这是谁干的?

所有人都在想一个问题。可王伦不是所有人,所有人都在分析,他几乎不用分析。这份报纸来自山西,是《假日》周刊的一个热心读者发现的。他的直觉告诉他,有个人最可疑,他怀疑,不,是断定,就是这个人干的。

疑点全部集中在了曾有万身上。他来自山西,那是他的根据地,曾有万自己总这么说,山西是他的根据地。"对对对,曾有万,就是曾有万。"樊进仁一听,立刻附和。"你还好意思说!曾有万不是你领来的?"王伦一听来了气,恨恨地说。

王伦这么一说,樊进仁也明白了王伦为什么对自己吼叫了。他赶紧申辩说,曾有万怎么是我领来的啊?明明是你朋友……王伦一听更来气,干脆指着樊进仁说,你敢说他不是顺着你摸进《假日》来的?那次我朋友的饭局后,我连那个曾有万的名片都没拿,我丢在饭桌上没拿!后来他来周刊几次我也没见,不是你说你替我接待的吗?还说他实力雄厚诚心诚意?樊进仁一听也急了,说那后来也是你自己……

"够了!"王伦根本就不容樊进仁再申辩,气呼呼地打断了他。

王伦对假《假日》周刊的事情,第一反应是不能跟大报主动汇报,跟大报方面就装作不知道,他得先找到曾有万,把事情了解清楚,如果是他干的,赶紧和他私下里把事情解决,争取在大报知道之前,把事情悄悄解决掉。

可是王伦还是低估了事情的严重性,也低估了一个坏消息的传播速度。

很快,还没等他联系到曾有万,把事情弄个究竟,乔华邦的电话就已经到了。乔华邦让他立即到大报去,多一句话没说,乔华邦就把电话放下了。

很快,《新华大时报》会同《假日》周刊,迅速派出了联合追查小组,急赴山西进行调查。可是,十几天后,调查组灰溜溜地回来了。

他们根本找不到那个《假日》周刊,尽管满大街的报亭报摊都在卖那个《假日》周刊，可人家报纸上印的地址是北京，是你《假日》周刊的地址。翻开那个《假日》周刊，版权页哪一个内容不属实？主管单位、刊号、总编、副总编，名字都是真的，你要说这个假《假日》周刊违规违法，实际上就是在说你这个真《假日》周刊违规违法，理由很简单，因为是同一家报社，同一张报纸。

调查组也根本找不到那个曾有万。人家不是骗子，人家确有其人，但是人家就是不见你，人家说根本就不知道那个假《假日》周刊，人家还说我投了钱给你们，你们没给我什么回报，我不说你们骗我钱，你们还说我骗你们，人家反而很生气。你非说要见面，非要当面对质，人家干脆就"不在服务区"了。

更可怕的是，那个《假日》周刊并没有停止出版和销售。整个山西、陕西、内蒙、青海几个西部省份，卖的《假日》周刊都是那个假《假日》周刊。真正的《假日》周刊根本看不见。这些假的《假日》周刊从什么渠道来的，是什么人在办，你完全无从下手查找。一问，报亭摊主们都说，是有人送来的。再问，就什么也不知道了。

这个曾有万，胆子实在太大了，居然办假《假日》周刊，还玩了个自办发行。

王伦拍着桌子说要告，人家地方有关人员上网一查，说刊名刊号都是正规的，我们查什么？难道要我们一个报亭一个报摊地去查问？你说那是骗子，骗你们的刊名刊号，这事得新闻出版监管部门管。再说，一个人要是成心骗你，无影无踪地，让我们怎么查？你们都找不到人，我们到哪找去？就是找到了，没有证据证明就是人家办了这个《假日》周刊，人家推个干干净净，你能拿他怎么办？你知道现在找证据有多难吗？想查印人家的印制点，你得担着风险派卧底！弄不好还会伤了我们的人！制假分子有多猖狂你们知道吗？你不是说那个曾有万是你们的副社长吗？到时候人家说自己也是受害者，说我们诬陷，我们倒成被告了。

最后人家说，你这是家务事，你还是回家自己处理去吧。

《假日》周刊陷入了一种巨大的尴尬，对手就在眼前，可对手却像个鬼，你看不见摸不着，有力量也够不着，任这个鬼在你身边鬼哭狼嚎地惊扰你，旁人还以为是你在叫唤。

当初王伦看曾有万没有提出过分要求，虽然也纳闷曾有万的目的，但这个纳闷，终究被心里的那份庆幸赶走了。王伦小看了曾有万，人家跟他玩了个暗渡陈仓。

明明知道被曾有万玩弄了一把，王伦还是死活想不明白，既然你要骗，直接盗用《假日》周刊的刊号刊名就行了，干吗还要多花那二百万呢？如果不是这次被发现，按照约定，来年你还得投入二百万？这又何必呢？这么做值吗？

冷妍告诉他，人家花钱买了个真身份，你说值不值？在你《假日》周刊的版权页上，人家是货真价实的副社长，你能说印在《假日》周刊上的头衔是假的？这个身份，就足够他好好招摇一阵子了。

王伦彻底无语。



由于假的《假日》周刊占据了部分西部市场，导致《假日》周刊在部分省市的发行量大幅下降，尤其是零售的自办发行渠道，受到了很大的冲击，很多零售商不明就里，把假《假日》周刊当真的卖，还有的明明知道是假的，也装作不知道，就是因为假的《假日》周刊哗众取宠的低俗报道，的确吸引了一部分人的眼球。

不仅如此，那些日子，《假日》周刊编辑部，不断接到投诉电话，不明真相的读者说他们登的广告是虚假的，质问堂堂《假日》周刊怎么能登虚假广告。还有读者直接说《假日》越办越低俗，印刷质量也越来越低档，编校质量更是名不副实，错字很多，图片都是模糊的。

编辑部的人抱怨，说天天解释，说那是假的假的，不是我们办的，说得嘴皮子都疼了，简直烦不胜烦，都干不成正事了。有时候电话响，大家都不动窝，谁也不去接电话，惹得周冠军起急，冲编辑部的人说软话，说求求你们接电话吧，别耽误了正事啊。不接电话谁给我们《假日》正视听啊，人家真以为我们都畏罪潜逃了呢！

明眼人都看出来了，这一次，《假日》周刊的根本问题，实际上也就是最大的问题，不是被人误解，被人盗取利益，严重在于失去了对国有资产的控制，使《假日》周刊的无形资产，出现严重的失控，不仅没有使这个无形资产形成很好的控制力和影响力，还对现有的影响力，造成了难以挽回的负面影响，甚至牵连了形象良好的大报。

这是乔华邦的结论。

乔华邦跟王伦谈话时，还严肃地对王伦说，舆论控制，对一个媒体来说，一直是一个非常尖锐的话题。《假日》周刊被假冒，就意味着失去了舆论的话语权，意味着把一个媒体至关重要的舆论控制权，交给了市场中的利益分子。这个问题不仅是对转制为企业的新闻媒体，即使是事业体制下的媒体都是至关重要的。一份报纸，要想真正在市场上生存下去，一定要注重自身的公信力。试想，作为一个媒体，如果公信力丧失了，读者不再相信刊发的内容，他办的报纸还卖得出去吗？如果卖不出去怎么生存？你以为《假日》失去的仅仅是利益，失去的仅仅是面子吗！

乔华邦的话很重，这个结果也很严重，这个结果王伦无论如何没有想到。

身为一个资深媒体人，王伦何尝不知，由共产党控制舆论是媒体保持公信力的前提。一旦这个前提发生改变，舆论由某个利益团体所控制，他们首先满足的，是他们自己的经济利益的要求，甚至，还会是有利于他们自己舆论的要求。如果这样，这个新闻舆论的公信力必将受到质疑，也就是说，《假日》周刊的公信力受到质疑。有一点王伦很清楚，新闻出版无论怎么改革，党管笔杆子这个前提不能丢，这是有底线的。

想到这一点，王伦不觉冒出了一身冷汗。

原来，曾有万当初的狮子大开口，完全是个烟雾弹，这个煤老板虽然算不上文化人，但绝对不缺精明。

曾有万的确是早就算计上了《假日》周刊，他先来个狮子大开口，完全是一种故作姿态，因为他很清楚这会遭到拒绝。果然，在《假日》周刊既要拒绝，又万分不舍的半推半就中，他逼着《假日》周刊一点点把条件往下压，他也爽快往下降，显示出自己的大度和理解，似乎是给了《假日》周刊充分的礼让。他就是要让《假日》周刊以为，他们遭遇了一种庆幸，然后，他们就会毫不犹豫地伸手抓住这个机会。

一切都没有出乎曾老板的预料。《假日》周刊窃喜地接受了他的合作，曾有万似乎都能看到王伦心里偷偷地笑，当然，他也偷偷地笑了。

二百万对曾有万不是个大数目，甚至抵不上他在北京购置房产的几个卫生间，但对《假日》周刊来说，二百万是可以办大事的，这个数字对他们来说，是个即使省吃俭用的捉襟见肘，也不见得能够拥有的数字。曾有万似乎早已经透视了《假日》周刊的这个尴尬。

身为一个个体煤老板，曾有万也被卷入了整合的风潮。当几千个私人煤矿被政府整合，那些煤老板手里几百上千个亿的资金，不得不退出了煤焦领域。这么多的资金，不可能长时间都攥在他们手里，必然会有个新的流向。一批关了矿的煤老板，已经陆续进入了养殖业、旅游业、房地产业等。

曾有万手里也攥着十几个亿，彻底退出了煤焦市场后，他也在寻找着新的投资方向。



看到《假日》周刊的时候，对文化人的念想一下子泛了上来。拥有一家报纸，当一回社长总编的想法，立刻充满了曾有万的大脑。并且，他还坚定地认为，这个想法很容易实现。因为他相信，他手里的人民币，是既坚挺又有力量的。

于是，他顺利地用二百万给自己置了一身行头，《假日》周刊副社长的头衔，真实地摆在他面前，当然，也可以真实地摆在任何人面前，从此，他这个浑身煤味的煤老板，摇身变成了实实在在的文化人。一个文化人，并且有钱，这是个令人艳羡的地位。

曾有万如愿以偿，他终于扮上了。那些日子，他深深感到，扮上的感觉真好。一切事实都证明，他曾有万没有理由不这么做，因为事情实在是有点容易，容易得出乎了他事先所有的假想。

# 29.

《假日》周刊的问题，受到了上级领导的严厉批评，责令《假日》周刊作出深刻检查，并责令《新华大时报》会同上级有关部门，派出一个检查组，对《假日》周刊的问题进行调查，然后提出处理意见。

是无限期停刊？还是限期停刊整顿？一时间，《假日》周刊的上上下下，头上就像悬着一把剑，不知道这把剑什么时候掉下来，但却准备它随时掉下来。

就在人们议论纷纷，怀着各种各样的心情，观望和等待上级部门处理的时候，《假日》周刊的领导班子，悄悄换了血。

先是王伦被调回大报，没过几天，他就悄然调走了。据说是调到一家出版社去了，具体什么职务没人知道。就在王伦调回大报的同一天，魏晓东就提着他的黑包包，重回了《假日》周刊，只不过，和两年前不同的是，魏晓东现在是《假日》周刊的社长，他是以《新华大时报》总编辑助理的身份，兼任了《假日》周刊的社长。

魏晓东还带来了几个人。冷妍和他一起来到了《假日》周刊，担任了总编辑，除此之外，魏晓东还带来一个人，那个人是周围围，周围围担任了《假日》周刊的活动策划部主任。与此同时，周冠军从《假日》周刊调回了大报，担任要闻部副主任。

关于冷妍的任职，大报的传闻有几个版本。

一种说法是，冷妍拒绝到《假日》周刊任职，理由是不想去收拾一个混乱的摊子，后来，是和乔社长提了条件，与乔社长达成了一个私下协议，最后才勉强同意的。另一个版本的说法是，冷妍根本就没拒绝，她很愿意去《假日》周刊，在记者部那么多年了，冷妍一直没挪地方，人家就等这机会呢。

冷妍的确是没想到《假日》周刊去，不是她多么不想去，是她没想到这个位子会以这种形式落到她头上，冷妍也的确跟乔社长提了条件，并且条件还不止一个。

冷妍提的第一个条件，是提出向大报要一个人，这个人就是周围围。冷妍陈述的理由很简洁，她说《假日》周刊相比较《新华大时报》，它的活动策划余地更大，周围围可以发挥更大的作用，她说她需要周围围，并且已经有了一个成熟并且可行的想法。乔华邦问她什么想法，冷妍说这先要卖个关子。



乔华邦很痛快，说周围围你可以带走。后来，经营部主任对乔华邦说，社长你这是割肉啊。当时的乔华邦还真的没有意识到，自己被冷妍割了块肉去，也没有丝毫的割肉之痛。可是很快，没过多长时间，冷妍就让他明白了什么是割肉。

冷妍还提出，要把周冠军调回大报，说周冠军和周围围已经结婚，《假日》周刊不像大报，就那么二十几个人，小两口都是小头头，在一起工作相互会有影响。

听到这，乔华邦诧异地问："他两个什么时候结婚了？我这个社长怎么一点也不知道？"冷妍一听就忍不住开乔华邦的玩笑，说，不知道了吧？现在结婚不需要单位证明，人家拿着身份证户口本就行了，也不需要您签字了，失落了吧！乔华邦听了一脸的恍然，说怪不得这几年觉得报社结婚的人咋少了，原来年轻人都悄悄把事就办了。

最后，冷妍对乔华邦说，我不相信王伦会为了一己私利引狼入室，他就是心太切，失误在于轻信，还是缺乏经验，急于求成。她请乔社长给王伦放行，说王伦一心想调走，就不要硬拦着了，赶紧盖章放人吧，冷妍还说，这就像姑娘大了不能留，再留就成了仇人。说这条时，冷妍没有多说理由，她知道王伦是个极其要面子的人，出现了这样的事情，他断然不会再留下,硬是留下他,就毁了这个人了。冷妍不想王伦到那个境地。

冷妍接受了《假日》周刊的任命,乔华邦松了一口气。

乔华邦虽然松了口气,但是在《假日》周刊班子配备上,乔华邦对自己很不满,甚至非常自责。《假日》周刊三番五次地大换血,这是一个单位的大忌,乔华邦认为,自己要负主要责任。

心里自责,想找一个人说说心里话,他就把杨清阳叫来,说不谈工作,随便聊聊。

那天杨清阳一进门,看见乔华邦,就忍不住说了一句:"老乔,你快去把头发弄弄。"猛然的,乔华邦被杨清阳说得不知所云,抹了把自己头发,问头发怎么了。杨清阳叹了口气说,你看看你,头上都戴白箍了,你这白头发可见多了。听杨清阳这么说,乔华邦哈哈笑了一声说,那就是紧箍咒啊,你看看,忙得我把头发给忘了,该染了该染了……

杨清阳说乔华邦,你这是自己给自己戴了个紧箍咒。乔华邦跟杨清阳感叹,说你说的没错,这个紧箍咒,是我自己不小心给自己戴上的,这《假日》周刊选搭档的事情,我就没做好啊。

"《假日》周刊的班子怎么了?现在不是挺好吗?"杨清阳不解地问。

少顷,乔华邦才接着说,那是现在,过去呢?现在看来,配备一个班子,不光要考虑个人能力,还一定要考虑考虑人际啊,要把合得来的人放在一起,两个人对脾气,或者是一类人,才会相互信任相互理解,有工作的乐趣和劲头。乔华邦感慨,千万不能硬生生把两个相互反感的人,硬绑在一起。你指望谁能影响谁?指望近朱者赤?太冒险了!弄不好,就会严重地影响了工作,就会出大问题。

最后,乔华邦由衷地说,魏晓东和冷妍搭档,是最佳的组合,魏晓东讲原则、守规矩、听指挥,冷妍头脑冷静,决策果断,做事有想法有办法,两个人干工作都没有什么私心。再说,不是说嘛,这男女搭配干活还不累。说到这,乔华邦终于露出了一丝笑脸。

杨清阳问了句:"照你这么说,那樊进仁现在在《假日》周刊……"杨清阳有意没把话说完,等着乔华邦道出他心中的想法。

“你放心，有冷妍呢，魏晓东治不住他，王伦治不住他，可冷妍治得住他，这叫一物降一物。”

杨清阳听懂了，乔华邦当初把魏晓东和樊进仁搭配在一起，就是想近朱者赤，让魏晓东影响樊进仁，结果，魏晓东却败下阵来，虽然不是败在樊进仁手下，但多多少少和樊进仁不勤勉不操心，事不关己的工作状态有关。乔华邦一定认为，樊进仁不仅没有助魏晓东一臂之力，还削弱了魏晓东的工作斗志。

还有后来的王伦和樊进仁，他们也不是一类人，却被硬捏在一起。王伦孤傲的个性，是不会接受樊进仁的，虽然王伦是个有城府的人，没有和樊进仁有明显的不合，甚至连樊进仁自己都没看出来，都觉得王伦不敢小看他樊进仁。实际上，这只不过是王伦的策略，他把自己的真实心态掩藏了起来，他们不过是两个貌合神离的人。两个貌合神离的人，怎么可能有效地推动工作？



现如今，虽然魏晓东去了，但魏晓东还兼着《新华大时报》的总编辑助理，实际上樊进仁受冷妍的直接领导，是给冷妍当副手。一想到冷妍那柔中带刚的女侠个性，雷厉风行的工作作风，喜欢投机的樊进仁，面对这个不留情面，又让你无话可说的大侠，会有怎么样的表现呢？杨清阳也笑了。他觉得这回，乔华邦挺高明。

这回，乔华邦的确对自己的决定很满意，这份满意是冷妍带给他的。他觉得自己不会看错冷妍，冷妍不仅可以领导一个部门，她完全具备领导一个更大更复杂团队的能力。

让冷妍去《假日》周刊，这个想法是突然出现在乔华邦的脑子里的。在乔华邦有了这个想法之初，他曾经找冷妍谈了一次话，可以说，就是那次谈话，坚定了乔华邦的决心。

那次谈话，实际上完全没有涉及《假日》周刊，甚至没有涉及《新华大时报》，谈话只是围绕着报业的改革，因为冷妍撰写了一篇关于报业改革的文章，乔华邦相信冷妍对这问题思考已久，并且对此一定也有了自己的见解，他想听听。

说是谈话，其实更像是交流。乔华邦就报业改革如何进行，可能会遇到什么样的困难，怎么解决可能遇到的问题等，发表了自己的感言。同时，他也有意和冷妍互动，除了谈了很多自己的想法，多数时候，他都把自己放在了一个倾听者的位子上，倾听冷妍的思想。

当时，冷妍的清醒和清晰，让乔华邦很吃惊，其中有一段话，乔华邦记得还很清楚。

冷妍说，一场改革，对管理者来说，尤其对主要领导人来说，不仅仅关心的是发展，更是发展中的稳定，他们害怕出事故，出岔子。而员工关心的，首先是薪酬改革，是他们的饭碗。仅从这一点上来说，他们很难想到一起，并且这个关注点的差异，也不是一句两句的沟通，或者一天两天的消耗可以扯平的。尤其是到了改革的一些关键过程中，领导者的举步维艰，战战兢兢，和普通员工不断增长的期望值之间，必然会出现越来越大的冲撞，这就可能出现一种状况，那就是越冲撞，主官们的胆子越小，员工们的不满越大。所以说，改革最大的需要是领导者的魄力，决策后就要果断行动。

乔华邦清晰地记得，说到这儿的时候，冷妍还特别一字一句地说，我们讲魄力和果断，不是要漠视员工的情绪，而是要清醒地看到，改革从来就没有所有人都说好的时候，我们在推进改革的时候，需要不断地调整员工们的心态，调整员工们的预期，需要一个领导者不断增加自己的智慧和勇气。

原本是一次试探性和初步的谈话，可是谈到后来，这场谈话却发生了大逆转，导致乔华邦的思想，氤氲出了一个决定。

乔华邦觉得没有必要再考虑了，于是他暗自决定，不用等其他社委会成员的沟通意见，马上跟冷妍摊牌。

他对冷妍说，派你去《假日》周刊当总编辑怎么样？乔华邦话一出口，冷妍的反应，却多少出乎了他的意料。

冷妍很平静。

冷妍的平静，让乔华邦有些意外。乔华邦以为，自己的这个想法还一直藏在自己的脑子里，还没有跟任何一位社委会成员沟通过，他也没有听到其他社委会成员有过这样的想法，更没有听到冷妍自己在《假日》周刊的发展经营上有什么建议，所以，冷妍应该不会有任何先兆。

这么大的一件事情，突然撂在人面前，谁都会有些意外和吃惊，毕竟是一次职务的变动，甚至是一次大的变动。

冷妍看上去的确一点也不吃惊，她既没有急急推辞，说自己不行，也没有说什么不可能，或者说太突然，还需要想想之类的话，而是说了一句："我心里没底啊，压力太大了。"

"这可不像你啊！你冷妍啥时候有过畏难情绪？"略感意外的乔华邦，没有让自己多想，先接过了冷妍的话。

"这次不同啊，《假日》周刊担负着《新华大时报》改革的重任，经过了这几年的摸索，也经历了一些磕磕绊绊，这往后的路，再也经不起栽跟头了，再也不能有什么闪失了，再要有了闪失，我只好找块豆腐撞了。我可不想被豆腐撞死。"冷妍半是认真，又半是调侃地说。

"哈哈，你放心，大胆地干吧，按照你的想法干，有难题大报不会扔下你们，会和你们共同承担的。"乔华邦听出了冷妍话中的接受，他认为，只要冷妍接受这个担子，其他事情都好办了。



"这可是您说的？我是不是可以理解为，我不用束手束脚？可以按照我的设想去干？有您这话我就放心了。"冷妍突然转变了语气，显得信心十足。

冷妍这陡然变化的态度，瞬间让乔华邦没有反应过来。冷妍这是同意去《假日》了？他在心里问了自己一句。可是很快，乔华邦就立即明白了，他这是被冷妍牵了一回鼻子，冷妍的畏难，是希望得到他的绝对支持。

和之前的严肃讨论相比，乔华邦的心情，一下子轻松了不少，就笑呵呵地戳穿了冷妍：

"我怎么觉得……掉进你的坑里了呢。"

"哈哈哈哈，我可坚信，您老人家是君子一言啊！"

冷妍的这番话，以及她谨慎而又积极的态度，虽然出乎了乔华邦的意料，但是，又给了乔华邦一个意外，一个令他欣慰的意外。看情形，冷妍似乎早已经等待着这一天，她似乎已经胸有成竹，这对乔华邦来说，是一个令他宽慰的信息。

乔华邦没法不欣慰。冷妍不仅接受了，居然没有让他多费口舌劝说。乔华邦为此，还真准备了一番口舌。虽然乔华邦相信冷妍的能力，也相信冷妍的魄力，但是以《假日》周刊目前的情况，他还真的不能确定，冷妍是不是愿意挑起这个担子，这个时候让人家挑这副担子，是有点临危受命的意思，乔华邦准备了一堆说服理由，预备好好说服冷妍的。现在看来，都用不上了。

显然，乔华邦非常喜欢这个意外。

## 30.

冷妍接任了王伦，王伦彻底离开了《假日》周刊，并且是彻底离开了《新华大时报》。



直到临走，王伦都被一个问题折磨着：冷妍是怎么做到的？一向看上去不争不抢，似乎也不挤不靠，在一个位子上悄无声息地呆了好几年，甚至在报社的历次部门之间的干部交流和升任上，都有些被边缘了的冷妍，突然就破茧而出？

王伦百思不得其解。

这个让他尊崇而又百思不得其解的女人，这回算是彻底令他折服。不得其解的王伦，不免自惭形秽，他有点百爪挠心，心想，人家冷妍明明就长了一身的傲骨，你却愣是抓不到人家傲慢的把柄，更甚至，她还能总是那么招人喜欢让人亲近。一个傲慢的人能做到这一点，不是一件轻而易举的事情。因为王伦试过，可以说屡试屡败。

王伦一直相信冷妍是傲慢的，如果单从这一点看，他和冷妍有着相似之处，也许这也是他尊崇冷妍的原因。他一度认为，自己和冷妍是同类人，但是，他还是遗憾地看到了不同，和他相比，冷妍把自己的骄傲很好地掩藏起来，她没有放任自己的骄傲，没有让身边的人感到任何威胁。除了骄傲，同时王伦也坚信，冷妍还是很有锋芒的，只是她轻易不会让人看到自己的锋芒，即使偶尔露出峥嵘，她也能在一针见血之后，让针头安全撤退，只留下一个干净而无辜的针管。

说实话，王伦一直想做冷妍那样的人，总是游刃有余，可是他却一直不得其道。这个女人，一切似乎都在意料之外，其实一切都在运筹之中。王伦一向认为自己通晓职场之门道，为了增加这方面的常识和经验，他还买了不少这方面的书籍，可以说是做到了潜心钻研，可是，对照书本，他依然弄不懂冷妍，对冷妍依然是百思不得其解。王伦也知道，想明白这个问题，对自己来说，难度的确有点大。

对王伦来说，最大的困惑还不是冷妍怎么到了《假日》周刊，困惑他的，是另一个问题。

在《假日》周刊出现混乱迹象之前，他就已经琢磨调离的事情。王伦觉得，《假日》周刊的水，看似薄浅，实则洞深，弄好了权钱两得，弄不好，可能身败名裂。比起权钱两得，他更怕身败名裂。他想退，并且是全身而退。

念头一起，他私下里联系了几家新闻单位，人家都像商量好了似的，都说他是个人才，但是无奈自己的庙太小，装不下他。几番周折后，王伦有些灰心，他知道，不是什么装不下的问题，事业单位人员流动小，尤其是领导岗位，哪有那么合适的位子，哪有那么多主任总编的位子，正好空着等他去坐？无奈之下，灰心的他只好让自己等。

就在他已经离开《假日》周刊，回到大报，觉得自己灰溜溜，觉得在《新华大时报》他已经山穷水尽，完全呆不下去的时候，一家杂志社向他伸出了救命稻草，说愿意接收他，虽然没有同等的职位给他，但好歹也是个部门负责人。王伦好像别无选择。

可是，乔华邦却一口拒绝了他的请调要求。说哪儿跌倒就在哪儿爬起来。

就在他正为怎么说服乔社长犯愁，急得心里直抓挠的时候，有个人帮了他一把。那个人居然是冷妍，关键时刻冷妍出手相助，助了他一臂之力，说服乔社长放人。

这事不是冷妍自己告诉他的，是坊间传言，王伦相信这个坊间传言，他很清楚，报社的传言，一向比较靠谱。

王伦带着一堆问题，心情复杂地走了。

周冠军的心情也很复杂。他复杂的心情也和去留有关，他既舍不得《假日》周刊，又想赶紧离开这个地方。

关放死后，周冠军一直生活在强烈的自责中，他整天埋头在工作当中，像个不要命的三郎，几乎把自己所有的时间都给了《假日》周刊，即使《假日》周刊的经营经历了这样那样的挫折，但是周刊的办刊质量，一直都在稳步的提升。

关放不在了，《假日》周刊一直没有首席记者。不是编辑部没有合适的人选，而是周冠军心里有一份留恋，一份对关放的纪念。一想起“首席记者”这个称号，他脑子里就没有别的人，关放那张没正形的脸，就会浮现在他的面前。他一度觉得，那个首席记者就是关放，关放就是那个首席记者，别人谁担上那个首席记者，都让他觉得难以接受。周冠军知道，自己这么做不对。



终于要离开了，他觉得自己可以放下这个心结了。周冠军对冷妍说，《假日》周刊编辑部有两个人很优秀，一个叫戚洪波，一个叫杜岩岩，他希望这两个人当中，有一个人接替他担任主编，一个人可以担任首席记者。

冷妍对周冠军的离开，内心也充满了矛盾。

周冠军曾经是她的部下，虽然时间很短，但是周冠军的踏实肯干，给她留下了很深的印象。她曾一度预言，这个孩子一定会出大成绩。冷妍也很清楚，现在的《假日》周刊，如果失去了周冠军，将会是她冷妍的一大损失。可是，一想到自己的计划，她不得不忍痛割爱。这个计划，对《假日》周刊至关重要，而为了这个计划的顺利执行，她更需要一个比较成熟，又有一定经验的人来辅助完成，而这个人，在目前的报社来看，又非周围围莫属，她必须把周围围调到《假日》周刊。周冠军和周围围是夫妻，她只能选择一个。

为了《假日》周刊未来发展的突破，她必须选择周围围。

周围围担任了《假日》周刊的策划总监。

对这个新的任命，周围围心里比谁都忐忑。

就在周围围怀着无比忐忑的心情，坐在《假日》周刊她自己办公室的第一天，冷妍跟周围围进行了一次长谈。这次长谈，在冷妍看来，是和周围围做一次比较彻底的交底，对周围围来说，是师傅拉着她的手，把她领进了策划活动这门功课的大门。

那天，周围围看见冷妍进了自己的办公室，她着实有点意外。当时她正在收拾归整，桌子上堆满了东西，地上几个搬家的大纸箱子，还歪歪斜斜地倒在那里，她自己正高挽着衣袖，满手灰尘地摆弄着。看见冷妍进来，周围围赶紧叫了声冷老师，一想不对，又赶紧改口叫了声冷总编。冷妍一听，笑着对周围围说，别，还是叫冷老师，或者就叫冷姐，出了报社才有那个冷总呢。

冷妍一边说话，一边动手帮周围围往书架上搬书，周围围急急地上前阻拦，说您那么忙，怎么能让您帮我收拾。冷妍又哈哈笑起来，说你以后把那个"您"改了啊，我还想装几天嫩呢，你这一"您"，我以为我七老八十了呢。玩笑着，冷妍又说，你当我是帮你呢，我这是帮自己，赶紧收拾完了，我有话跟你说。

冷妍是个利索人，冷妍在身旁，周围围也不敢太磨叽，三下五下的，屋子里就归置得差不多了。冷妍从自己提包里拿出湿纸巾，递一张给周围围，自己抽出一张擦着手，然后坐在冷妍面前。没有多余的寒暄，冷妍开门见山，她对周围围说，《假日》周刊要想扩大影响，除了办好刊物本身，最重要的一点，就是树立起自己的品牌，要做到这一点，活动策划有很多事情可以做。冷妍说你是策划总监，要开始琢磨这个事了。

看着周围围点着头，冷妍又说，我想啊，我们的活动不能东一榔头西一棒子，要有个全盘的考虑，要做成系列的，有一个延续，还要做成概念的，有我们的特色。

说到这儿，冷妍举例说，比如在房地产界，就有一个说法，叫"无概念不成房地产"，他们把最贵的地叫地王，最贵的房叫楼王，建得最晚的叫绝版，建得最高的叫地标，挤在商务区里的叫精英专属区，中档的叫花园，高档的叫庄园叫府邸，精装修的叫五星级的家……形成概念就容易根植人心。我们的概念在哪里？节日文化、旅游文化、美食文化、地域文化……我们的领域很宽泛，这里面的概念怎么建立？我们有很多文章可以做。

周围围听得很认真，一边听还一边记，手里捧着的小本本上，已经密密麻麻记满了文字。看到周围围这样，冷妍的嘴角露出了一丝微笑。她接着对周围围说，我们目前，首先要做的是编一本黄页，我琢磨，就编一本《中国节全集》，这目前还是一个空白，什么花博会，美食节，摄影节，还有什么国际墨子文化节，壁石文化节，湿地红荷节等等，都可以装进去。

说到这里，冷妍有点兴奋，她眉毛一挑对周围围说："你知道吗，在云南啊，白族有一个祭鸟节，在这一天，人们都身穿盛装，唱着赞颂鸟类的山歌，各家各户把炒好的荞麦、燕麦、豆子，撒在房前屋后，撒在树丛和草地上，供那些迁徙的鸟雀随意啄取，那幅人和大自然和谐相处的景象，美不胜收啊。"



冷妍对周围围说，我们国家的节庆活动，简直是五花八门，涉及全国成百上千个城市和地区，出这样一本大全，和我们《假日》周刊的主旨也是相吻合的，是休闲娱乐的指导和指南，既可以引导办节办会的方向，提升整体水平，也可以就此建立多方关系，为《假日》周刊今后的办刊和活动，提供更多机会和便利。

冷妍突然话锋一转说，你现在马上组织你的人，先做搜集工作，对各地的这些节庆活动做一个详尽了解，然后有目标地向他们发放通知和申报表。我想，这个事情没有哪个城市和地区甘愿落后，有关介绍资料会纷至沓来，他们一踊跃，编纂问题解决了，出版后的发行问题也解决了……

周围围听得入了神。

晚上回到家，周围围迫不及待地跟周冠军说起来。

相比较前一天的忐忑，周围围的确很兴奋。突然接到调动工作的通知，弄得她一头雾水，心里也七上八下，寻思这《假日》周刊刚刚出了这么大的事情，自己现在去那里，真不知道等待自己的将是什么。上班第一天，她整个人都战战兢兢的，心里还担心着，不知道该怎么开始，一边担心一边还得琢磨，是不是应该先做一个活动计划，好给领导汇报，可是，要做一个怎样的活动，这个计划怎么做，她还完全没有想好，对这份周刊，她真的不了解，工作怎么开始，心里完全没有着落。

这下好了，冷总和她的一番谈话，让她心里一下子亮堂起来，原本一片云雾在眼前，模模糊糊的让人着急，现在不光方向明确，目标也渐渐变得清晰起来。更叫她开心的是，这么快她就领受到了一个具体的任务，并且是冷妍的耳提面命。周围围现在最怕的就是没事做，只要有事情做，她相信慢慢就会找到路子。

“我说句实话，你别太乐观了……我还说句实话，这活不好干……我再说句实话，你跟着冷姐干，一定要先虚心学习……”看周围围挺兴奋，周冠军心里有点泛酸。

原本，这个耳提面命的机会是他的，跟着冷妍干一直是他的愿望，并且这个愿望随着冷妍的到来，简直就是梦想在眼前了。可如今，眼睁睁地看着别人耳提面命，这个人不是别人，还是自己的老婆，就为了周围围能去《假日》周刊，他不得不离开《假日》周刊，想到这儿，他就有点泛酸。

泛酸之余，周冠军也担心，周围围的情绪过于乐观，思想准备并不充足。

“哎哎，我说你平时，是不是从来不跟我说实话啊？什么‘说句实话……还说句实话’。”周围围感觉到了周冠军的情绪，她就故意地像是抓住了周冠军的话柄，调皮地反唇相讥了一句。

“我的意思是说，虽然活儿不好干，但你千万记着，别自己瞎干，好好跟冷姐学。”周冠军也知道自己刚才有点语无伦次，就解释说。

“这还用你说嘛，看你一口一个冷姐的，冷姐是你叫的吗？那是我们《假日》周刊的冷姐。”

我们《假日》周刊？这句话，着实有点刺激周冠军。

《假日》周刊让他尝到了愁肠百转的苦滋味，也让他尝到了自己的智慧思想得以充分展现的甘甜，更尝到了失去伙伴和朋友的剧痛。在《假日》周刊的这几年，似乎把他这辈子事业上的酸甜苦辣，都浓缩地活过了。

可是现在，《假日》周刊成了他们的，和他周冠军没关系了，他和《假日》周刊一起度过了那么多艰难的日子，周刊在他手里一天天成熟，一点点建立了自己的读者群，一步步扩大了规模建立了影响，现在，这都成了过去，《假日》周刊不需要他来操心了，也不需要他为它受累了，身体上他终于解脱，可精神上也终于被俘。

“老公你别难过，这就是传说中的前赴后继。”看周冠军脸色沉了下来，周围围跟他开玩笑说。

“你干脆说继承遗志算了。”周冠军还是郁闷。

心里不好受，周冠军耷拉着脑袋进了厨房，开开冰箱门往里瞅，好像不知道该拿什么，半天也没动手。周围围知道自己的情绪刺激了周冠军，就跟进了厨房，嗔怒地把周冠军推开，说今天你老人家歇着，让本老婆伺候伺候你吧。

做好了饭，两个人脸对脸地坐在小餐桌边，周围围给周冠军碗里夹了一口菜，然后一边往嘴里扒拉饭，一边跟周冠军说：“老公大人，人家冷姐建议我学开车。”周冠军说好啊，我看冷姐这是远见卓识，那你就学吧。周围围说，可是这个问题对我太遥远了，在我脑子里一毫米都没盘旋过。周冠军说，那你现在就开始盘旋盘旋，跟人家冷姐学学怎么远见卓识。周围围说，我们还没车呢。周冠军又说，我们以后很快就会有的，你学吧，再说艺多不压身嘛，别等到用的时候再着急。



听周冠军语气挺认真，不像是随便那么一说，周围围就嗯了一声。

心里冒着酸气，可老婆新官上任，最操心受累的还是周冠军。他一直觉得周围围还很幼稚，也很天真，像个长不大的孩子，他觉得自己有责任，也有义务做好传帮带，眼下的当务之急，他得连哄带吓地送她上道。眼看着一个嫩肩膀要挑大梁，周冠军已经顾不上自己的情绪，他要求自己当好老婆的贤内助。

周冠军第一次贤内助壮举，是把周围围赶进了驾校。

学车的日子，周围围有点苦不堪言。

上班忙着编纂《中国节全集》，下班就往驾校跑，累得受不了，她几次跟周冠军嚷嚷要放弃，周冠军就软硬兼施地连哄带吓，数次用离家出走以及罢工大厨工作，威逼利诱周围围，让她务必坚持到底。中途，周冠军还尾随周围围去了几次驾校，在周围围疲惫地走出驾校大门时，突然举着雪糕站在老婆面前，感动得周围围笑靥如花，根本不好意思说放弃。

好不容易坚持住了，可桩考考了两次才勉强通过，弄得周围围直郁闷，跟周冠军说学车严重打击了自己的自信，让周冠军赔她自信，周冠军说，我一点都不担心你的自信问题，我担心的是，等你拿到了驾照，自信心不要太膨胀。周围围给说乐了，摇头晃脑地得意，郁闷被一扫而光，说还是老公了解我，膨胀是必须的。

一天，周围围从驾校回家，一进门就瘫倒在床上赖着不起来，她对周冠军说，她现在最大的梦想就是回到唐朝，一不用学开车，二不用减肥。周冠军说，驾车和减肥，那可是目前都市人最热衷的流行生活方式，你这种心态有严重问题，貌似一个找不着北的都市白领，把一份都市人的杂志，交给你这样一个连自己都找不着北的人策划，我看太悬！

听周冠军这么说，周围围一骨碌从床上爬起来，冲着周冠军说，这是你说的啊？你记住了啊？你老人家是怎么打击我的，我就“悬”给你看了。

周冠军哈哈一乐，说，激将法圆满成功。周围围一甩手，一个靠垫扔向了周冠军。

周冠军不急。

贤内助需要锤炼。

# 31.

《假日》周刊最终躲过了停刊整顿的厄运。

但是，一笔罚款在劫难逃。最要命的是，调查组还没有走，要继续清查账务，说最后的结论还没有作出，目前只是一个初步处理意见，目的是不影响《假日》周刊的正常运营。

《假日》虽然没有死，但此次换血，无疑是一次复活。冷妍怎么复活《假日》周刊？是动大手术，吃西药下猛药？还是喝中药，慢慢调理？所有人都在瞪大眼睛注视着。

冷妍对乔华邦说，罚款我们自己解决，不要大报一分钱，但是，你别让调查组来烦我。乔华邦说，调查组大报先给你应付着，实在不行，《假日》周刊那边就让魏晓东挡着，你专心做你的事情，你不需要为《假日》周刊已经发生的问题分心，重要的是，你要尽快扭转目前的不利局面，挽回造成的恶劣影响，寻求新的发展机遇。

魏晓东听说后，假意很生气，他跟冷妍要个说法，说你倒是把尚方宝剑拿到手了，我却成了你的挡箭牌了，我心情不好。冷妍说，你老人家是大树，给人阴凉的大树，你不能心情不好。魏晓东说，你在树荫下乘凉，你得请我客。冷妍爽快地答应了。

魏晓东这是跟冷妍撒娇。是那种一个男人跟一个女人撒的娇。

除了冷妍，魏晓东没有跟任何一位女性这么说过话，包括他的老婆。尽管表面上，大家都知道魏晓东和冷妍关系一直不错，但他和冷妍私底下是哥们儿，报社没有第二个人知道，魏晓东从来没有跟旁人说过，更没有在人前表露过。魏晓东确定，没有人能够理解他和冷妍之间，那种没有性别的哥们儿关系，而且他们彼此都有这种感觉。有时候，魏晓东觉得，冷妍倒是把他当男人了，可冷妍却没有让魏晓东把她当女人。

魏晓东跟冷妍的关系，之所以像铁哥们儿一样，既放松又瓷实，起因还得追溯到十几年前的一次公差。

那时候，他们还都二十多岁，参加工作没几年。有一次，冷妍和魏晓东一起外出采访，火车、长途车一番奔波劳顿之后，到了目的地已经深夜。他们敲开一家宾馆，人家说只有一个房间了，魏晓东站在一边还没吱声，冷妍就已经跟人家说，快开门去。

两个人进了房间门，一看是个套间，冷妍对魏晓东说，你睡里面床上，我睡外间沙发。冷妍说话的时候，魏晓东一直在发蒙，因为这种情况他第一次遇到，半夜三更的，已经没地方去了，再找宾馆？两个人都筋疲力尽的，人生地不熟，好像真不可行。可是，一男一女在一个房间，又似乎不合适。魏晓东还没想好该怎么办，就懵懵懂懂地被冷妍领进了房间。

听冷妍发话了，说让他睡床上，她自己睡沙发，魏晓东下意识地说那不行，你睡床。冷妍一边从里面抱出一床被子往沙发上铺，一边不耐烦说，你长得那么长，你看看这沙发搁得下你吗？谁让我比你娇小玲珑呢，别废话了，困死了，睡觉睡觉。

看冷妍不由分说的，魏晓东就懵懵懂懂地进了里间，他把提包放下，为难地左右看看，听外间冷妍摸摸索索地弄出些声响，好像是在脱衣服，他觉得费解，一个女人和一男人同居一室，竟然不管不顾地脱衣服睡觉，胆子也太大了。他摇摇头，然后和衣卧下。

倒下不一会儿，魏晓东觉得这样不好，就起身对外间说："咱俩还是换换吧。"外间传来冷妍的声音："你折腾什么？"

"这么着我睡不着。"魏晓东还是说。

“不好意思了啊？内疚了？我一小女子都没说什么，你一大男人叽咕什么呢。”冷妍大大咧咧地说。

“……你、你别拿豆包不当干粮啊。”屋里传来魏晓东略带埋怨和委屈的声音。

“你啥意思？”冷不丁的，冷妍被魏晓东的哀怨语气弄得有点糊涂。

“啥意思？就是别把男人不当男人。”这回，魏晓东的声音气哼哼的。血气方刚的魏晓东，牛高马大，看上去，也是一地道的男人，怎么在冷妍眼里，倒成了一个呼来喝去的小男孩。魏晓东真生气了。

“男人？你这男人还别有啥企图，看我一会儿不拿冷式呼噜吓死你！”冷妍明白了，这个特殊的氛围，把魏晓东的性别意识给刺激出来了。她心里暗笑，觉得魏晓东真是憨，就故意把这种性别意识往模糊里引。

“你是女人吗？太粗鲁了吧。”果然，魏晓东中招。



“这一点你不用怀疑，我可是纯粹的大嫂！哈哈哈哈！”冷妍一通大笑。

“我说这位大嫂，你笑地也太豪放了，很吓人的。”魏晓东语气轻松，表现得已经没那么紧张了。

接下来的对话，在冷妍的指引下，就迅速进入了彻底的放松状态，嘻哈的完全没了性别。

“放心，咱俩没故事！要有，那也是事故。哈哈。”冷妍故意言语明确地说。

“就是，咱俩没故事。”魏晓东很配合。

“就是有故事你也占不了便宜，我可是流氓九段。”冷妍继续无性别。

“那我就不占便宜，我是笨蛋六段。”魏东继续很配合。

“看出差距来了吧？”

“那我再努力努力。”

“材料不对，再努力也没用，铁杵能磨成针，木杵只能磨成牙签。”

“木杵还能磨成棉签。”冷妍那么调侃他，魏晓东一点也没生气，还弄出心甘情愿的意思来。

“没看出来你也挺幽默。”冷妍有点赞许。

“谢谢老弟，都是你的功劳。”不知不觉，魏晓东言语中已经忘了性别，跟冷妍称兄道弟起来。

“老兄啊，你害我打着灯笼找了半天呢，本侠是好不容易才找到你这么点幽默的优点，真不容易啊。”

“那你再仔细找找，肯定不只这一点。”魏晓东有点被开发的意思，言语越来越幽默。

“要是我一不留神夸了你，你千万别介意哈。”冷妍憋住笑说。

“要是你一不留神夸了我，我肯定不介意。”魏晓东学得很认真，并且到位。

两个隔着一道门，你一句我一句。对话从平静逐步向贫嘴升级，像是兄妹，又像是兄弟，反正就是不像一对年轻的男女。说到后来，冷妍干脆把魏晓东从里间招呼出来，两个人一人裹一床被子，围坐在沙发上，基本上是从自己出生开始聊，一直聊到下辈子的事，直到天色发了白，两个唇焦舌敝的人，才各自一歪头，就近倒在沙发上迷糊起来。

十几年前的魏晓东，不像如今，才四十出头，就两鬓斑白，要是不染发，小孩子追着叫爷爷。那时候的魏晓东，还是个帅气的男人，一米八〇的身高，不胖也不瘦的身材，眉眼周周正正，咋一眼看上去，对女性还是颇有冲击力的。

冲击力基本没有用，魏晓东胆小。

尽管魏晓东是个为人拘谨，胆小而又羞涩的男人，但魏晓东绝对算得上一个人品周正的男人。这种眉眼周正，人品也很周正的男人，反而会叫女人也拘谨起来，尤其是那些喜欢跟男人撒娇，喜欢男人对她们使一点坏，喜欢被男人追击的女人。在这样的女人眼里，魏晓东的冲击力，就可能没有看上去那么有力。

没有人知道，魏晓东对女人，多多少少都有点心怀畏惧。女人的多变和莫测，让他一直不知道怎么跟她们相处，有时候顺着不对，可你要是逆着更不对，关心多了说你烦，少管闲事又说你不够爷们儿，翻脸比转脸还快，还动不动就掉眼泪，简直是稍有不慎，就可能弄得鸡飞狗跳。魏晓东的这一点畏惧，有的是从他女朋友或者老婆身上得到的，有的是从女儿身上领悟的，有的，干脆是那些女同学、女同事、女下属们带给他的。

冷妍却不同。冷妍也是女人，可魏晓东在冷妍面前，却没有那些畏惧，总是可以放松神经。冷妍貌似大侠的做派，在众人面前刚性十足的样子，让他几乎忘掉她是个娇小的女人，是个需要时时避嫌的女人，和冷妍相处，他觉得身心都很舒服，有时候甚至有一种被保护的感觉。

自从那次出差以后，魏晓东和冷妍之间，就有了一种默契，平日里一副老夫子模样的魏晓东，只要和爽快幽默的冷妍在一起，就会忘记自己的诸多身份乃至性别，甚至也小露一下自己潜藏的幽默。这一点，他老婆都做不到。

仰仗机缘巧合，这次，他们成了搭档，魏晓东心里不免窃喜，同时他也很好奇，不明白冷妍为什么选择《假日》周刊，为什么要来收拾一个烂摊子。他问冷妍，说你老人家心高气傲的，怎么看得上《假日》周刊？冷妍先是跟他说，自己和《假日》周刊那是门当户对，是情投意合。魏晓东知道冷妍这不过是玩笑话，就等着冷妍说出下文。果然，说完门当户对情投意合的话，冷妍有点幽幽地又说，她受不了大报的政治生态。



冷妍跟魏晓东说了实话。

“政治生态？”魏晓东自言自语。

看魏晓东翻着眼皮子，冲她做出一副探寻状，冷妍显得对他很无奈，她深深叹了口气说，也是啊，你魏晓东从来就是个仁义的人，你怎么懂政治生态嘛，什么是政治生态？你争我夺，你死我活，利欲熏心，不择手段……这就是政治生态。你别看《新华大时报》就百十来号人，可也有小政治，那种乌烟瘴气的排挤和诽谤，让人一天到晚，净顾着躲子弹保平安了，还怎么放开手脚做事情啊。我这是逃跑，来躲清静的。

冷妍躲清净的话，魏晓东相信，但冷妍说逃跑的话，魏晓东还是将信将疑。他说，你老人家闯荡江湖，不是大侠嘛，大侠还能怕妖怪？听魏晓东这么说，冷妍又恢复了玩笑的言语，说江湖险恶啊，我老人家体力不支，精力有限行不行啊！听冷妍这么说，魏晓东似乎有点若有所思，然后也玩笑着说，这回他明白了，也放心了，还接着冷妍的话说，你老人家这是要把有限的精力，投入到无限的理想中去。

魏晓东想，看样子，冷妍也看中了《假日》的环境，冷妍是想找一个能干事的环境，她需要一个和谐的平台，与其说她是躲清净，不如说是出山，是要再战江湖。

魏晓东很期待。

# 32.



走马上任。冷妍第一次照面，是在《假日》周刊的编辑部。

那天，她刚到编辑部门口，就听见里面人声很鼎沸。

“哎……看报没有？我偶像，最近又被人偷拍了，你说她刚结婚没几天，怎么又有新男友了？真让人心痛啊！”

“我万分理解你这个粉丝的悲痛心情，不怕你生气，你这偶像实在是活得乱七八糟的。”

“我承认，她活得有些乱七八糟，可她虽然活得乱七八糟，但我觉得她特别努力特别认真特别真诚。就比如我，我虽然活得一穷二白，但也特别努力特别认真特别真诚。”

“你这粉丝当的，也太没有原则了吧，当粉丝也不能这么无耻吧，小心你的偶像听见都呕吐。”

“粉丝哪有什么原则！再说，名人也是人呢，谁说艺人就一定个个家庭美满，德艺双馨？那是笑话。”

“这么掷地有声？那你还悲痛什么？”

“他总是掷地有声，可总听响了。”

“我准备化悲痛为食粮了。哎，曲佳妮，妮子妹妹，帮我冲杯咖啡吧。”

“你还喝咖啡？你装什么小资呢，有本事，你就左手拿干红，右手拿雪茄?”

“跟我比,你的悲痛太廉价,我比你悲痛多了,我被两个女人折腾了一天一夜啊!”

“啊?你还有这本事?快说来让朕分享分享。”

“你这脑子里除了酒情色财还有什么?我说的是我老妈和我老妹。”

“我们星球上有个词叫‘无耻’你知道吗?”

“你们星球上,还这么有文化呢?”

“咱们以德服人!以德服人!”

……一干人正说得热闹,冷妍推门进来,后面跟着樊进仁。冷妍一进门就爽朗地说,这么热闹啊?必须让我参与一下啊。大家听了就都乐。编辑部正准备开选题策划会,这是冷妍上任后,编辑部的第一次选题策划会。

所有人都以为,冷妍这回上任,也和所有新官一样,要烧几把火,可是冷妍让这种猜测有点失望。冷妍没烧火,她只是决定参加一次编辑部的选题策划会,会议还是让樊进仁主持的,冷妍在会上,几乎没说几句《假日》周刊的事,也没说选题的事,不光没说几句正事,倒把大家伙儿带得跑了题。

谁也没想到,这次跑题,日后却用一种文字的形式,被公之于众。

那天,冷妍先是旁听了一会,等大家都说完了,她说话了。冷妍上来就说自己被一帮八〇后给弄得有些热血沸腾,说大家都那么有激情,那么有朝气有活力,那么幽默快乐,说自己深受感染,还说这种氛围是《假日》周刊的宝贝,一定要好好呵护。

转而,冷妍说她突然有个想法,想提个建议。

听总编辑突然话锋一转,有几个颇为自信的人,已经在相互用眼神会意,意思是,别看领导和我们一起吆喝了一会,正题迟早会来,这不,正题还是来了,听教导吧。

冷妍似乎知道大家在想什么,嘴角露出了一丝诡秘的笑来。然后说,我想啊,这么精彩的选题策划会,不公之于众实在可惜,我建议啊,每期做一个“编辑部选题策划会素描”,用一个小版块就行,内容就是每次选题策划会的描述,可以是选题产生的过程,也可以是选题讨论时的花絮,文字呢,我看最好是诙谐调侃些,由编辑部的人轮流写……有了这样一个板块,既可以展现我们《假日》周刊采编人员的时尚精神和工作状态,也可以满足读者的好奇心,又能提高大家的观察和思考能力,还有我们的团队凝聚力,弄好了,还是一个和读者互动的平台,可以把读者好的意见和建议,以及我们的反馈在里面体现出来……

冷妍的话音刚落,樊进仁就赶紧插了一句:"好啊好啊,我看行啊,一石几鸟,是一举几得的好事嘛。"

那天,由于冷妍的提议,截止策划会结束,策划会的跑题终于达到了顶峰,并且产生了不少绰号。

在《假日》周刊编辑部,QQ是平常工作交流的主要手段,每次选题策划会前后,编辑和主编之间的稿件审阅,以及编辑和编辑之间的稿件传送,都仰仗QQ你来我往,所以,每个人的电脑桌面上,都有一长溜的QQ,一会儿这个闪了,一会儿那个叫了,什么"阿呆正传"、"一地鸡毛"、"没水的鱼"、"笨笨猪",一个个颇具个性的名字,弄得人眼花缭乱。



当初周冠军就被弄得很缭乱,整天叫唤"要了朕命"了。周冠军最受不了的,是大家伙动不动就换个姓名,你刚弄清楚那个"没水的鱼"是谁,那鱼就"游"跑了,可能就变成"珊瑚礁"。编辑部十几个人,你要找张三李四,你得瞪着眼想半天,要是忽而传来一稿件,盯着那名,你得仔细确认一会儿,如果还是糊涂,就得伸脖子喊一声,"疯牛"是哪一个。

冷妍一来,也被电脑桌面上QQ名字弄晕了,本来人就不熟,这下更搞不清谁是谁。趁着这机会,在跑题的高潮时,冷妍又建议,说能不能把个性名字改一改,真正有点个性,能让人一看就知道是谁。

总编辑发话,大家没话说,都积极响应。

戚洪波抢先注册了一个"忙着",大家一看,觉得挺形象,杜岩岩说戚洪波总是忙忙叨叨,一天到晚不闲着,还真显得挺忙,结果一致通过。然后杜岩岩说,既然戚大首席是"忙着",那我省点神吧,我就"看着"了。众人一看,嚷嚷说不准确,说太客气了点,有人说杜岩岩身为主编,整天盯着电脑,在电脑前审稿子那架势,就跟电脑里有她儿子似的,身体前倾，焦距长时间不变，一坐就是一天不挪窝，弄个“盯着”更形象，杜岩岩只好听大伙的，成了“盯着”。

随后，爱睡觉的曲家妮是“眯着”，不爱说话的陈海是“呆着”，总一张笑脸的许飞叫“憨着”，一个胖乎乎的人叫“瘦着”，一个实习生叫“努着”。也就一会儿工夫，什么“站着”“想着”“鬼着”都依次到了位。

冷妍一看乐了“哎哟，你们还真有创意，还都是‘着’字辈的，那我跟你们混一辈算不算装嫩呢，我弄什么呢？我就来个‘闲着’算了。”

嘴里自嘲着，冷妍心里，已经开始泛起了丝丝温暖。

在《新华大时报》，传稿件是用报社的内部电脑系统完成，别说幽默，就是些许时尚的或者人文的色彩，都没有，只有完成的一行行文字，冰冷又无趣。而《假日》周刊的这种氛围，无论是硬件还是软件，都让冷妍觉得自己变得年轻，变得充满了活力。看到电脑屏幕上那些可爱的QQ名，还有他们呼唤你时跃动的各种头像，实在叫她乐不可支。

一时间，冷妍心里竟有点狂喜，也有点酸楚，是那种悲叹曾经年轻的心，已然远去，此刻却又将回归的狂喜和酸楚。自己当了这么多年的记者，好像直到如今，才终于找到工作的激情和乐趣。这种心情叫冷妍狂喜，也夹杂着一丝酸楚。



很快，第一辑“编辑部选题策划素描”出笼，冷妍一看忍不住又乐了，她看到几段是这么写的：

……

突然，一股异味袭来，大家好像同时嗅到，出现了一起用鼻子寻找发源地的动人场面。也许不忍心看大家纷纷起身抢着开窗，神态可疑的“忙着”，终于惭愧万分地招认，他中午约了一个专家谈一个选题，为讨好那位爱吃大蒜的专家，他奋不顾身的向嘴里投放了大蒜若干，还狡辩说，大蒜大大刺激了他的思路，妙想接二连三地往外冒……被大蒜熏陶后，大家也像“忙着”一样，受到刺激并且亢奋起来。一直不做声的实习生“努着”，一使劲，努出了一个好选题，说有个摄影专题展，展现中国社会转型中的巨变，历时几个月，她想做一个“在广角镜头里读懂中国”的专题报道……一直貌似打盹的“眯着”，也像是被打了鸡血，突然蹿起来，说自己发现了一个好选题，他要做一期关于“钝感力”的话题，呈现各种观点，比如人人都爱笨蛋，人人都想做笨蛋，还可以有些测试，绝对够新颖超时尚，做出来一定很有趣云云……一个手机响了，来自“憨着”那台响声不凡的小灵通，它相当考验大家伙儿心脏的承受能力，每次它一叫，别人的心惊肉跳，和“憨着”的从容不迫，形成极大的发差，总会招人抗议：你快点接啊！

……“盯着”宣布散会，大伙儿愉快地作鸟兽散，意犹未尽的声音，响彻走廊……

一切都如冷妍所料。

自从有了这个“素描”，编辑部最重要也是最沉闷的选题策划会，从此以后，彻底变了模样。那个只有总编或者主编唱独角戏的戏台子，那个放眼望去，一片耷拉的脑袋，一个个就知道闷头呆脸地等着领任务的场面，再也见不着了。现在，大家伙往一起一坐，没有什么鼓动，也没什么刺激，简直就是人声鼎沸，每个人都极力地开动自己的大脑，努力表现自己的大智慧，尤其一想到，一不留神就会被“素描”曝光，谁也不想落在人后，私下里都做了不少的功课，争取在会上有精彩的发言和表现。

编辑部的热情，就这样，被重新悄悄点燃了。

除了有了热情，编辑部的一帮年轻人，也毫不掩饰自己对冷妍的喜欢。

大家喜欢冷妍，不光因为冷妍把一向沉闷的选题会搞热闹了，尤其还在每次选题会后，都要主动掏腰包请大家撮一顿，撮饭的时候，也不刻意拿捏自己的总编身份，谁点了贵东西，她会一边嚷嚷杀人啦，一边敦促继续继续。更因为，冷妍无论私下还是办公，她根本不像一个领导，严厉的时候是个大姐，帮你的时候是个哥们儿，玩笑的时候就是个皮孩儿，完全没有领导的范儿。或者说，冷妍根本不想扮演一个领导。这叫大家很受用。

没过多久，编辑上级每个人，都对冷妍有了自己独有和喜欢的称呼，什么“老大”，什么“妍子姐姐”，什么“大娘”、“头儿”、“老板”，五花八门，不管什么称呼，冷妍一概照单全收，全不在乎。魏晓东曾私底下提醒她，说别老大老大的，弄得跟黑社会似的，影响会不会不好？冷妍瞪他一眼，说哪有那么多事！不过一个称呼而已。魏晓东一听冷妍态度挺断然，也不吱声了，知道说了也没用，说多了，冷妍又会说他庸人自扰。

提醒归提醒，其实在心里，魏晓东还挺妒忌冷妍的。自己在《假日》周刊几进几出也几年了，还没有哪个下属跟自己那么不分彼此，那么信任有加。妒忌之后，魏晓东也很知足，《假日》有冷妍，真好！至少，有冷妍在《假日》，周刊上上下下，左左右右的关系都搞得挺顺，他不需要太担心《假日》会遭遇什么冷箭，受到什么编派，更不担心《假日》周刊的未来发展。

不知不觉，《假日》周刊受处罚的阴影，在一片祥和的忙碌中，渐渐消散。

# 33.

变化，似乎都在悄无声息的进行。



《假日》副总编辑办公室，捧着大茶杯，闭目养神的樊进仁，也在悄悄地为自己庆幸。

周刊遭遇刊号被盗之初，宋博曾经问他，说你还不趁热打铁？他当时没听明白，就问宋博，趁什么热？打什么铁？宋博说，你不觉得应该趁机拔掉那根刺？樊进仁这下听明白了，宋博说的那根刺，是王伦。宋博知道王伦不待见他樊进仁，他也有点反感王伦。

宋博的猜测没有错，樊进仁心里一直很讨厌王伦，觉得王伦总是阴阳怪气的，他脸上虽然总挂着笑，可他笑的时候，你会觉得他心里是阴沉的，看着总是叫人不那么舒服。不仅仅是那张脸，王伦说话办事也叫他捉摸不透，嘴上说左，你不知道他心里想的，到底是左还是右。跟这种人朝夕相处，樊进仁总得提着心。

樊进仁一向以死猪不怕开水烫的姿态示人，还喜欢说自己是光脚的不怕穿鞋的。宋博曾经挖苦他，说你以为无赖好当呢？光脸皮厚就行了？那得有蚂蝗的钻劲儿，牛皮的韧劲儿，野马的闯劲儿，还得有飞蛾扑火的狠劲儿，你都有吗？樊进仁一对照，还真不服气，觉得自己挺全面的。

樊进仁之所以跟王伦提着心，因为在王伦面前，无赖都不那么好当。

所以，这回樊进仁要庆幸。《假日》出这么大事，王伦算是待不住了，他要是走了，樊进仁再也不用提着心提防着谁了。他就对宋博说，还用我拔他吗？出了这么大的事，他不拔脚走人，还等人家拔他啊？宋博说是啊，他要是自己拔脚走人了，现成的一个大萝卜坑，都不用你刨了，这不是你再上一个台阶的大好机会吗？还不赶紧活动活动去。

樊进仁这回，总算是真听明白了，宋博这是撺掇他去大报跑跑，就是挨个找找社委会成员们交交心，争取取而代之，坐上《假日》周刊总编辑的位子。

宋博的撺掇，樊进仁挺感激，至少宋博没打击他，说他不够资格，至少也没积极推荐别的人。可是这回，樊进仁的自知之明却油然而生，他跟宋博说，自己很满意目前的现状。

樊进仁自己也没搞明白，自己突然这么不思进取，是怎么一回事，满意现状？好像不全是，那么是怕了？或者有点犯懒？

要说王伦的离开，对他的确是个好机会。宋博跟他掐着指头数了数，大报那边还真没什么合适的人选接替王伦，再说，这几年《假日》周刊总是出事，从魏晓东到王伦，按说都不是省油的灯，都是领导眼里的能人，可最后都弄得灰溜溜的。尤其现在这风口浪尖，谁还愿意到《假日》周刊来？别人不愿意来，他樊进仁一争取，或许就顺理成章了，还落个临危受命的好名声。

可是这回，樊进仁谆谆告诫自己，万万不可犯糊涂。瞪着眼睛看了几个月，他认为自己看清楚了，《假日》周刊的压力前所未有，未来很不明朗，前途相当迷惘。如果这时候接手《假日》周刊，就是接过了一块从火炉里刚掏出来的山芋，虽然好吃，但绝对会烫伤人。樊进仁真有点怵。

樊进仁不想被烫着，所以他表现得很有自知之明，他必须表现得有自知之明。

当《假日》总编辑，樊进仁真的很发怵。

别说现在，就说前几年，他一直在《假日》周刊工作，前面跟着魏晓东干，给魏晓东当副手，后面又跟着王伦干，给王伦当副手，他很清楚这活儿不好干，是个操心受累也不见得有好处的活。这种光操心受累，却没什么好处的活，樊进仁是不会抢的。他还觉得，当一把手责任太重，远没有当个副职这么逍遥自在。

在副总编辑的位子上，樊进仁已经相当习惯了，高兴就多干点，不高兴就当甩手掌柜，日子很自在。一想到要没日没夜地操心受累，他的身子骨就开始犯懒，浑身上下就开始隐隐地准备疼，太阳穴就要拼命蹦跳，脑仁就要使劲发胀……总之，从心理到生理，就开始出现积极反应。

樊进仁语气肯定地对宋博说，没我的戏。随后又说，我是没戏，但我很关心谁有戏，这很重要。紧接着他转而又问宋博，你有没有什么消息啊？谁能来？

当时宋博没言语。看宋博的反应，好像他真的没什么消息，樊进仁心里还嘀咕，都这时候了，向来消息灵通的宋博都没消息，很不正常啊，看来真没人愿意收拾这个烂摊子了，一个烂摊子，我更不能接了。



冷妍来到《假日》周刊，让樊进仁既意外又惊喜。意外的是，事先冷妍对此毫无表现，没见她对《假日》周刊有更多的关注，更没听她流露过。如果在大报没啥不顺当，谁愿意到周刊这个小地方来？冷妍可是《新华大时报》的大笔杆子，一个吃香喝辣的大记者，一个手中有点小权，身边有些朋友的滋润女人，不守着那份潇洒，跑到周刊来干什么？

除了意外，樊进仁也很惊喜，惊喜的是，他和冷妍曾经有过三剑客的经历，算是有交情的人，来一个有交情的人，总比没交情的强。

宋博这次狠狠打击了一下他。说你别以为你跟人家打了几回牌，你就是人家的牌友了，人家就能把你当自己人了，还梦着三剑客呢？你醒醒吧，你忘了你当初怎么说的，你说冷妍又臭又硬？你现在把人家当亲人了？就算你把人家当亲人，人家不一定把你当什么呢。

樊进仁不在乎冷妍把他当什么，樊进仁就是觉得很庆幸，不光庆幸，他这回还对冷妍充满了感激之心。

因为冷妍留下了他。

冷妍能把他留下，樊进仁是感恩戴德的。

樊进仁很清楚，冷妍是临危受命，临危受命的人提的要求，一般领导都会答应。要是冷妍不想留他，让他和王伦一起离开，他断然是留不下的。冷妍不光留下了他，还让他依然当他的副总编辑，并且还表现得挺信任他，给他肩膀上又搁上了不少重任，给他派了不少活，一点也没有让他坐冷板凳的意思。

要在从前，樊进仁一点也不排斥冷板凳，甚至对冷板凳有几分喜欢，少干活就少担责任，少担责任就少犯错误，少犯错误就少有烦恼，既没责任又没烦恼，钱还不少拿，这样的冷板凳，令他相当期待。可是自从《假日》周刊出事，他就开始害怕，特别害怕自己屁股底下的板凳不热了，变凉了。当初，经历了副刊改革失败后的冷板凳，樊进仁算是尝到了下岗的滋味，也算明白了一个事实：一个你呆了十几年的单位，一个你可以称之为元老的单位，照样可以把你晾一边，照样让你没活干，照样会面临下岗的危险境地。一个四十出头的男人，虽然是个资深记者，可是离开了这个单位，谁还会把你的资深当回事呢？更何况，现在满世界的资深。

可以说，樊进仁现在比报社任何人，都更加深切地担心自己屁股底下的板凳。

冷妍没嫌弃他，樊进仁真有点忍不住自己的感激之情，再遇到宋博挖苦冷妍，他的腔调就有点护主子的意思。宋博就说他，你别这么感恩戴德的，冷妍留下你，就是个意外。樊进仁却说，你说的没错，我总是在意外里，一个意外，又是一个意外，我都快不适应意料之中了。樊进仁的话，倒把宋博弄意外了。

除了感激，樊进仁还有了一种冲动，他特别想跟冷妍掏回心窝子。他不光这么想了，并且也付诸了行动。

有一天，樊进仁态度极其热情的，并且是有意的，和冷妍聊起“A4门”事件。樊进仁当时是这么跟冷妍开头的，他说，你这样的人，有能力有魄力，早就应该出来了，派你到《假日》来，那是领导对你相当的信任啊！你看着吧，过不了多久，你就能进大报社委会，就能进入报社核心领导班子。冷妍当时没接他社委会和核心领导班子的话茬，却跟他开了句玩笑，说你把我举这么高，想摔我啊？我看我们还是把手里的饭碗端稳了吧。樊进仁一听冷妍说“我们”，一下子来了精神，那一刻，他的确真真切切地觉得，冷妍把他当自己人。

樊进仁当时有点兴奋，就凑过去兴奋地点拨说，不是没有这个可能啊！你看看那个“A4门”，其实就是社委会的威信严重下降，员工对他们意见太大，那叫群情激愤啊，大报班子难道不该换换血了吗？冷妍说那也叫提意见啊？樊进仁一看冷妍终于接了他的话茬，终于要说说“A4门”了，就赶紧摆出一副不耻下问的样子问，那你说，大家反映问题有毛病吗？冷妍说，反映问题很正常，一点毛病没有。樊进仁松口气，说没毛病吧！我就知道你会赞成，你是女侠嘛，大侠最爱干的，就是仗义执言。

可冷妍接下来的话，让樊进仁心潮开始起伏。冷妍接着说，反映问题没毛病，但是反映问题的渠道有毛病，要选一条比较干净的渠道，你说是不是？樊进仁一下子语塞。他没想到冷妍会这么问他。

冷妍的话是不是有所指，樊进仁不能确定，但有一点味道他听出来了，冷妍很反感“A4门”的做法，至少极其不赞成。探出这一点，樊进仁心里有点发紧，突然感觉手心发潮，好像还出了一些虚汗。他没敢再言语，怕弄巧成拙，再惹怒了这位女侠式人物，弄得自己不好下台。



樊进仁原本是这么盘算的，“A4门”是发生在报社的一个尖锐的事件，如果冷妍能就此和他展开广泛的探讨，那绝对就是一种自己人的交流姿态了。另外，他也想趁此探探冷妍的虚实，看看她到底是谁的人，是愿意乔华邦继续主持工作呢，还是希望别的什么人当社长。樊进仁知道冷妍交际深广，说不定能透露一些上级部委对报社社长人选的意图呢。就算冷妍什么也不透露，至少也能够说明一点，他和冷妍之间，已经比较志同道合了。现如今，樊进仁非常想和冷妍志同道合，哪怕是看上去显得志同道合。

可冷妍的言语不远不近，不冷不热，甚至听上去，远和冷的意味还要更多一些，这多少叫樊进仁的心情有点灰暗。

这次掏心窝子，以无果而告终。

对冷妍，樊进仁始终心情很复杂，跟在她身后，想近近不了，想远又不甘心。但是有一点他确实很清楚，那就是他现在别无选择，他必须跟着。

有时候，手捂着胸口扪心自问，樊进仁也承认，冷妍是个刀枪不入的女人，什么恭维、讨好、拉拢，实际上全都不奏效，真叫一个冷，想和她玩志同道合，就是找自卑。他也承认，冷妍虽然是女人，可的确不是方晴雨那样爱慕虚荣的轻贱女人，也不是李春红那样有奶便是娘的势利女人，更不是周围围那样依靠背景的运气女人，显然，也不是一个自甘平庸的普通女人。

一想起那个“A4门”事件，樊进仁不由得又对冷妍心生佩服。冷妍到《假日》周刊任职，可以说是从“A4门”事件中夺路而逃，能在这样一场漩涡中顺利出逃，并且还得到了提升，完全称得上胜利大逃亡。

冷妍太深了！

不过，冷妍能把《假日》周刊办成什么样，她能给《假日》周刊带来什么？樊进仁还要拭目以待，他觉得，把《假日》周刊领出沼泽也许不难，但是就此走向一条宽阔大道，可不是一件轻而易举的事情，办报这条道，眼看着越来越拥挤，各路神仙挥叉舞刀，恨不得旁人都快快闪开，冷妍一个小女子？要想夺得一条生路，除非她有三头六臂。樊进仁很想看看冷妍到底有多大的本事。

尽管遭遇冷妍的不冷不热，樊进仁依然坚定不移地认为，站队是有艺术的，当形势所迫必须选择队列时，切忌模棱两可，更忌拖延不决，否则日后两边都不待见你。

此时，他坚定不移地选择了冷妍。

想得入神，樊进仁想喝口水，却把手里的茶杯举过了位置，凑到了眼镜上，杯子里的热气弥漫上来，他眼前一片迷雾。

耳边听见魏晓东的声音，魏晓东跟旁人说话，脚步声也进了门，他模糊看到了一个人影子，知道魏晓东走了进来，并且还把一沓什么东西放在他桌子上，问他：“琢磨什么呢？”

樊进仁眼镜上的水雾没顾上擦，就眼前迷茫地顺嘴说：“我琢磨点事，琢磨点事。”

# 34.

《假日》周刊在无声地变脸。

一些栏目，悄悄出现在周刊的版面上："诚信报告"、"完美之旅"、"边走边看"、"玩转世界"、"天堂草原"、"美丽乡村"、"食尚搜索"、"假日新榜样"……一些创意独特的栏目，装扮简单，登场亮相。

对此变化，大家表现得司空见惯，无论是大报的人，还是周刊的人，大家好像都明白，这不过是一些惯常的栏目增减，报纸改版纯属正常，不断调整才能不断适应，现在的读者越来越挑剔，可选择的阅读越来越多，不变就意味着失宠，一张报纸一旦失去了读者的宠爱，就可能进入冷宫。

但是，这场看上去正常的调整和改版，却没有几个人知道，其背后蕴藏的玄机。那些增加的栏目，是在为一个更长远的计划做着铺垫，这是冷妍的计划，也是《假日》周刊的计划，这个计划，正在蓄势待发。

冷妍重用了周围围。

短短几个月，周围围的身份又一次发生了变化，在策划总监的头衔上，又多了一个社长助理，也就是说，周围围成了冷妍的左右手。一个二十九岁的女孩子，被委以如此的重任，这在大报是前所未有的。不少人说，冷妍这么重用一个乳臭未干的女孩子，完全是看中了周围围的背景，因为她有个在某上级部委当局长的舅舅。

此种说法占据上风，冷妍一笑了之，并没有作出任何解释或者否认，人们都认为，这就是默认。

人们还说，冷妍是个擅长和各种人打交道的人，言外之意，冷妍脑子里想得最多的是怎么摆平人际，而冷妍的那些成功，包括到《假日》任职，以及重用周围围，都是她摆弄人际的功劳。

人们这么说，因为大多数人摆弄不好人际。对一般人来说，周旋于各色人等，并且能够把各色人等摆放平衡，可能是一件颇为头疼的事情，可是人们不知道的是，这件事对冷妍来说，从来都不复杂，冷妍的措置裕如，不过是以不变应对万变，她并没有为此过度的劳累心智。尤其是现在，冷妍想得最多的，是应对和适应工作环境的变化，面对《假日》，冷妍非常清楚一件事，不变是绝对应付不了万变，变是必须的，这个变，包括办刊的思路，也包括人才使用。

周围围，就是这么“变”出来的。

魏晓东相信冷妍，他不愿意冷妍被人误读，就站出来替她左挡右挡，人家一问，他就跟人说，那某部委的局长，前前后后的不少任，算下来，局长们的外甥女多了，难道都能当社长助理？局长很多，周围围只有一个。冷妍却跟他说，你别解释，其实明白人心里有数，那不明白的人，你解释也没用。冷妍还故意招惹魏晓东，说你怎么知道我看重的不是那舅舅？气得魏晓东，嘴里一通之乎者也才算舒服。

事实上，在冷妍看来，周围围有个在某部委当局长的舅舅，无疑就是周围围的一个优势。但是除此之外，冷妍更看中了周围围身上的另一种特质。周围围雷厉风行的个性，敢说敢做的劲头，应对变化的聪明，周旋人际的从容，都是一个活动策划人的基本素质要求，也是对一个优秀策划人天赋的要求。

周围围真正进入冷妍的视线，乃至受到冷妍的极力重视，是因为周围围有两件事让冷妍印象深刻。

第一件事还是在大报。

《新华大时报》曾主办了一次报业的主题研讨会，研讨会闭会的时候，与会的媒体代表们，都领到了一个大礼袋。当时，看到代表们脸上开心的表情，旁听会议的冷妍，还在心里无奈地笑。她知道，报社拿不出什么礼品来，按照惯例，袋子里也就是几本从关系好的出版社化缘来的书，很低的折扣，甚至不花钱。以前，她经常听业内同行抱怨，说你们《新华大时报》真是抠门，这回，看来又要让代表们失望了。

结果却让冷妍有点意外，翻开那袋子，里面居然是北京的土特产，一些时令的大栗子、山核桃、大红枣，每人足足一大袋子。冷妍心生纳闷，这些东西可要花报社不少银子呢，报社这回怎么突然大方了，赔钱搞活动？

后来她才知道，原来，在会议期间，报社曾组织了一次北京乡村游，把代表们拉到一个农家乐度假村，游山玩水后住了一天，代表们爬山钓鱼吃农家饭，一个个都很高兴，那些土特产，就是那家度假村采摘园提供的。

羊毛出在羊身上。代表们交付的食宿费用，一趟农家乐，连吃住带游玩，还有剩余，报社分文没多花。



这次研讨会的会务活动，是周围围一手操办的。

把折价书换成土特产，按理说，这也算不得新奇特，可是，就是这样一个不太复杂的变向思维，报社过去也没人动过这个脑筋。这么实惠的礼品，难怪代表们开心呢。冷妍还注意到，那个装礼品的袋子，也已经从过去的塑料袋子，换成了印着《新华大时报》字样的环保购物袋。这样的袋子拿回家，拎着去超市购物，既好看又结实，还替报社做了广告，显然又是一个好想法。当时冷妍就觉得，周围围这孩子，肯动脑子，够机灵。

第二件事发生在前不久。冷妍带周围围去拜见一个专家。那天，她们刚进那个专家居住的小区大门，就听得身后一阵警笛，几辆警车从她们身后驶过，缓缓驶进了小区内的一条小路上。

“我看看去。”周围围当时不由分说，就跟着跑过去。起初冷妍还觉得，她到底还是个孩子，好奇心这么强，可是等她跟着周围围过去，却远远看见周围围在那儿用手机不停地拍照，走近再看，原来是一辆越野车，把一个骑童车的小孩子给撞了，童车歪倒在越野车的车轮旁边，地上有一大摊血。

冷妍看见周围围拍完了照片，又跟围观的人问长问短，她就等在一边。几分钟后，周围围从人群中钻出来，跟冷妍说了句冷姐再等我会儿，又拿起手机跟什么人通起话来，通完话，周围围收起手机走到冷妍身边，一边说对不起，一边解释说："这起交通事故，我看可以上《法制晚报》，车祸背后应该还有事情可挖，你看这是个封闭小区，地面也不能停车，这机动车怎么就进来了？小区管理是不是有问题？还有小孩子的监护人应该担负什么责任？最后事故怎么处理的……我给我的一个同学打了个电话，她在《法制晚报》，一天到晚找线索呢，让她赶紧来看看，怕她拍不到现场，我先用手机拍了一些……真惨！那么多血，孩子一定伤得不轻。"

周围围表现出来的新闻敏锐，让冷妍这个老记者，不由得也感叹起来。周围围已经不在记者岗位了，她的反应完全是一种职业素养，一个媒体的活动策划人具备这样的素养，那是极为可贵的。另外，通过这件事，冷妍还看到了周围围身上的另一面，一个人对同学的工作也这么上心，可见是个为人仗义的人。冷妍喜欢仗义的人。

当时冷妍就忍不住说，不让你干记者，真有点可惜啊，我真是深感罪过啊，一个好记者，就这么生生让我给转行了。

"冷姐你可别这么夸我啊，我晕！再说了，现在不是流行跨界吗，咱也跨界玩玩，谁说我和记者职业告别了，说不定哪天我就杀将回去了呢。"周围围调皮地嘿嘿着，冷妍喜爱地看了她一眼。

冷妍很清楚，一个好记者不难找，也不难培养，可一个好的媒体活动策划人却很稀缺。很多媒体人把搞活动当成挣外快的手段，把媒介当耙子，往往是捞一把就走，有些媒体用人也非常急功近利，只要你有挣钱的办法，你就成了活动策划人。于是，一些口若悬河的半吊子，就被当成所谓的能人招聘进了媒体策划队伍，一些一闪而过的短效活动，也就频频出现在各媒体的经营活动中。

冷妍一直不这么想，甚至有点嗤之以鼻。

冷妍以为，搞活动不能赚一把就撤，不能搞短效行为，搞活动要深思熟虑，要有长远规划，要充分利用报纸的原有影响力，利用国家级大报的影响力，力求把报纸的影响做强做大。而要实现这个目标，就要创出活动的品牌。一个栏目的品牌建立起来，影响力只是在读者当中，而一个活动的品牌一旦创立，那影响的范围就不仅仅是读者，而是整个业界，乃至跨界或者辐射到全国。

周围围的表现，让冷妍有眼前一亮的感觉，觉得自己找到了一个好苗子。

周围围没有让冷妍失望。

半年后，《中国节全集》出版了。

这是一部前所未有的书，全书不仅展现了全国各个大小城市城市宣传、经济发展、节庆文化等方面成就，还起到了引导办节办会方向，提升办节办会水平的作用。大全一经面市，征订单就有点铺天盖地的架势。宣传征订单随《假日》周刊发送后不久，就收到了来自全国各个大小城市的书店、图书馆、酒店饭店、单位、个人等不同需求者的大量购买回执。用樊进仁的话说，完全可以用火爆来形容。那几天，樊进仁进进出出，嘴里总挂着他的口头语："刺激！太刺激了！"



《中国节全集》，让《假日》周刊的活动策划，赚到了第一桶金。冷妍酝酿已久的那个计划，也正式进入了运作阶段。

国庆节一过，由国家几个部委联合主办，由《假日》周刊承办的"中国最美乡村"、"中国最美小镇"、"中国最美草原"、"中国最美瀑布"等十个中国最美系列评选，终于拉开了帷幕。

到了这个时候，人们仿佛才恍然，《假日》那些悄悄调整的栏目，什么"完美之旅"、"边走边看"、"玩转世界"、"天堂草原"、"美丽乡村"、"食尚搜索"、"假日新榜样"……到底是干什么用的了。

这次活动的准备工作，其实早就在《假日》周刊的相关栏目上悄悄铺开，在栏目逐渐成熟的过程中，也培养了一大批候选的地区。这些候选的相关地区，综合了《假日》周刊的官方网站投票、专家的意见、政府的数据，以及《假日》周刊的相关栏目评选，是一个具有含金量的联合推出。

一切都按照冷妍的计划进行着，"中国最美"系列颁奖，如期举行。

# 35.

颁奖典礼是在钓鱼台国宾馆举行。

深秋的钓鱼台国宾馆，墙外被一片金黄环绕，一株株高大繁茂的银杏树，把钓鱼台国宾馆里里外外，装扮得格外金光灿烂，雍容华贵。

颁奖那天，冷妍请到了国务院新闻办，国务院发改委，国家旅游局，上级部门等十几个国家部委的领导，还请到了北京十几所名牌大学相关专业和一些研究机构的专家学者。颁奖嘉宾的阵容，以及评委的权威性，令到场代表和媒体记者们咋舌。

引来一片啧啧咋舌声的，除了那些在职领导和名声响亮的专家学者，更是因为现场主持人隆重介绍的另外几个名字，那是几位已经退休的德高望重的中央领导，其中一位曾经是副总理。

坐在台下咋舌的，还有宋博。

宋博坐在人群最后边，甚至有些角落的地方。

他原本没打算来。原本他是这么想的，这个活动是《假日》周刊办的，和他宋博有什么关系？事先也没人跟他汇报，他也一直不了解这个活动的来龙去脉，听说活动请到了不少各界要人，他心里更加泛酸，觉得自己受邀参加这个颁奖，就是个意思，人家根本没把他这个副总编辑放在眼里，去了，还不知道给安排到哪个边边角角落座呢。所以，接到

《假日》周刊的邀请时，他就找了个借口回绝了，还三把两把地把请柬给撕了。

可是到了颁奖典礼的前一天，他又有点按捺不住了。听说报社上层被《假日》一网打尽，大家都接到了邀请，还听说，人家都准备去，这叫他心里不是滋味。自己要是不去，岂不是显得太小气，万一有风头可出，也便宜了别人。这么一琢磨，他心里的好奇倒越来越强烈。

一大早，从床上一爬起来，宋博就把自己的一套好西装拿出来，对着穿衣镜，他左照右照地穿戴齐整了，就直接奔了钓鱼台国宾馆而去。

到了钓鱼台大门口，人家跟他要请柬，他才想起来，自己把请柬给撕了，他拿不出来，他想张嘴说自己是谁，一转念，又不愿意跟哨兵说自己是谁谁谁。那一刻，宋博突然有点底气不足，他知道，钓鱼台的哨兵见的大人物多了，说你是谁谁谁，那就是自取其辱，自找打击，一个副总编辑的头衔，在钓鱼台的大门口，实在是小得不能再小，人家不白你一眼就算客气。



不想遭受打击，他就想起了记者证或者工作证，也许人家一看是媒体的人，再看又是西装革履文化人模样，可能就让他进去了。于是他就在包里一阵翻找，结果又受打击，他没带任何证件。一个有身份的人，是不需要带身份证件的，宋博从来都这么认为。

正着急的时候，宋博突然想起了樊进仁。

宋博赶紧掏出手机，给樊进仁打了个电话，说我在北门，你出来接我一下。哪知，樊进仁还没听完他的话，就急急地对他说，我忙得很呢，我实在走不开啊，我正在招呼各级领导各界人士呢，要不，我给你派个会务人员去吧。不等宋博说话，樊进仁已经把电话给挂了。

宋博心里冒火，但一时间也没处发作去，就忍着火气站在大门口，看着一辆辆高级轿车，从他眼前驶进钓鱼台国宾馆的大门。

“哎，怎么是你啊！说让我来接人，不是给你请柬了吗？”正东张西望的宋博，突然听见一个熟悉的声音，转头一看，居然是方晴雨。

“你倒挺会凑热闹啊！”看见方晴雨，宋博心里的酸味加剧了。他想起来了，这个颁奖活动筹备的时候向大报要过人，说是帮忙，还说会给劳务费，他没想到方晴雨也在帮忙的人里，这让他心里的不舒服更加强烈。

方晴雨没搭理宋博的怪声怪气，只说快进去吧，我那还有一摊事呢。进了大门，方晴雨给宋博指了指会场的方向，说你慢慢走吧，我得先赶过去了。说完，方晴雨就一路快步地径自先走了，把个晃着八字步的宋博，一个人丢在了小路上。

方晴雨虽然先走了，但走之前，她跟宋博笑了笑，那笑容看上去有那么一点甜腻，让宋博有点久违。同时，方晴雨还伸出了手，在宋博的胳膊上，上下摩挲了几下，有点安抚的意思。那摩挲尽管很匆匆，但多少表达了一种意思出来，或许是一种情分，也或许是一种体贴，至少是一种愉快的意思。

宋博看出来了，方晴雨心情很好，可是他也看出来了，方晴雨的好心情，不是冲着他宋博的，是她眼下正在忙乎的事情，叫她掩饰不住的高兴。

宋博甩着八字步，一个人晃荡到会场，他抬眼一看会场的架势，知道自己轮不上前排就坐，甚至前排以后也够呛，于是就悻悻地，在后面找了个空位子坐下。

独自坐在靠边的角落里，听着身边的人嘴里啧啧着，自己的心里也不由得跟着啧啧。活动搞成这个规模，他倒是做梦也没有想到。之前，他只听说《假日》周刊要搞个评选活动，他以为不过如此，这几年大报这类活动没少搞，也没搞出什么大花样来，他就没往心里搁这件事情。现在到了活动现场，手里拿着活动的宣传册，耳朵里听着主持人报出的领导人和专家的人名，再定睛一看，主持人还是央视的两个名嘴，才知道这个评选是怎么回事，才知道《假日》这个活动，搞大了。

现场一直很热闹，宋博心里却一直很恍惚，思想不由得跑出场外。他心想，这样精彩的事情，居然是《假日》周刊干的！这样精彩的事情就发生在自己身边，自己却只是个看客！并且是个从头至尾纯粹的看客！宋博心里打翻了五味瓶。

直觉告诉他，《假日》周刊要火的迹象，相当明显。

其实，宋博不太关心《假日》周刊火不火，他更多想到的是，有几个人可能因为这个活动，要火。

显然，身为《假日》周刊社长的魏晓东，是第一个受益者，魏晓东不仅因此咸鱼翻身，一扫他之前黯然离开《假日》的神伤，还有可能受到上级部委的格外关注。另外，身为《假日》周刊总编辑的冷妍，肯定也会受益，这个冷妍，很可能因此在大报名声大振，甚至在社会上，乃至整个业界名声大振，说不定将来杀个回马枪，进入大报领导班子。

魏晓东要火，冷妍要火，甚至，樊进仁那家伙也要火。一想到樊进仁，宋博更加憋气，宋博一直认为，樊进仁就是个活该倒霉的命，他凭什么摊上这么个好运气？凭什么像接天上掉下来的馅饼似的，不费力气地就交好运？这简直没有天理！

宋博游离的思想，不断被一阵阵热烈的掌声打断，弄得他心绪杂乱。捧场的事情他一向不愿意干，更何况是给魏晓东、冷妍和樊进仁捧场。他干脆起了身，拍拍屁股离开了会场。



颁奖活动的成功，超出了很多局外人的想象。

冷妍不是局外人。

除了颁奖，《假日》周刊还做了两件事情。一件事是，颁奖之后，《假日》周刊出版了一本画册，画册的内容，就是入选的那些“最美”。第二件事是颁奖当天，在会场现场做了一场展览，主要是给那些落选的地区一个机会，让他们在颁奖大会上铺放展板，宣传和展示自己的地方魅力。

这两件事的主意是冷妍出的，但具体细节的操作，都是周围围。可以说，周围围把冷妍的主意，彻底地做了一次发扬光大。

事先事后，周围围跟冷妍汇报了自己的设想，说她准备向那些落选的地区适当收取一些费用。冷妍问她，说人家会接受吗？落选了还要交钱？周围围胸有成竹，说这么高规格的展会，对他们来说机会很难得，真要去参加一个展会，那交的就不是这些数额了，她相信这账他们算得过来，如果他们算不过来，她就替他们算，保准叫他们哭着喊着交钱……周围围还说，那些入选的“最美”，给他们出画册是给他们做好事，这钱当然不能我们出，赞助商的钱用在了活动上，余下的还有别的用处呢，十个“中国最美”共一百家，每家出几千，就是几十万。

冷妍一听就乐了，说这画册，你是既要挣钱，还不想出钱，是不是想得太美了？周围围说，她想得还更美呢，她还考虑，在这个画册里，可以给没有入选的地区一个版块，这个版块的容量可多可少，由我们自己掌握，这样的话，就不止一百家，就不止几十万……

听罢，冷妍暗自偷着乐了，嘴上嗔怒地说周围围，你是属猴的吗！

周围围的算盘，打得这么精，真叫冷妍吃了一惊。转而，她心里也很欣慰，觉得周围围做事粗中有细，宽中有严，有些事情比她想得还周全，是个当家的料。

冷妍当初的设想，只是借这个颁奖仪式，把《假日》周刊的一些栏目推出去，做出一批有品牌影响力的栏目来，栏目借助活动推出，活动帮助地区造势，地区回馈栏目做足，形成一个良性的长久互动，把这件事情做强做大。

第一次搞这样的活动，冷妍倒真是没想挣钱的事，顺利结束就是最好的结果了。她琢磨的是，一旦把这个头开好，把这个活动的品牌先树立起来，坚持做下去，以后不怕没钱挣，必然是一个名利双收的好结果。

现在倒好，这个周围围，不光把活动搞起来，还把周刊自己的腰包弄鼓了。

这么想着，冷妍嘴上忍不住打趣周围围，说你把一个颁奖会，弄成了博览会，你这不光是羊毛出在羊身上，还把羊毛穿在自己身上了。

周围围的精心策划，显然大见成效。由于很多参选而没有入选的地区的介入，整个颁奖会场，从场外到场内，几乎所有目光所及的区域，都被他们漂亮的大展板摆满了，到场的嘉宾和上百家媒体，目不暇接。记者们的长枪大炮，纷纷对准了那些展板，弄得这些落选地区，反而有点先声夺人，大有抢那些“最美”风头的架势。一些地方官员，一看这情形，也顾不上自己的形象，干脆一个个亲自上阵，忙不迭地跟参观者介绍推广。

场面的确令冷妍兴奋，她深知，他们的竞争，就是《假日》周刊未来的机遇。“这丫头行！”冷妍心里忍不住再一次夸起了周围围。她想着，等这次活动结束，要好好奖励一下周围围。

# 36.

颁奖活动之后,《假日》周刊的一个栏目,被拥到了台前。

一个一直隐在幕后,并不曾过度张扬,也没有引起人们关注的小栏目,在颁奖活动之后,一下子,被推到了一个引人注目的显眼高度。

“假日新榜样”,终于完全浮出了水面。

明眼人都注意到,要想进入“中国最美”的候选行列,就得首先进入这个“假日新榜样”,一旦进入了这个排行榜,也就基本奠定了一个参选基础,因为这个排行榜,是汇集了政府、专家和民众三方的意见,主要是业内专家的意见,使这个排行榜的权威性,已经毋庸置疑。并且人们还注意到,如果照此下去,这个排行榜,必定会以它独有的权威性,逐步拥有它绝对的影响力。

身在其中的魏晓东,当然也注意到了。

“这就是品牌啊!这就是在创建我们自己的品牌啊!好啊好啊!”魏晓东心情很愉悦。

看到“假日新榜样”影响力越来越大,魏晓东从心底里感到欣慰。说实话,当初冷妍说弄个排行榜,他还不以为然,觉得现在各种各样排行榜太多,已经失去了新鲜感,受众对一些排行榜的关注度,也越来越趋于平淡,这时候弄个排行榜,多少有点拾人牙慧。

冷妍很坚持,说排行榜虽然算不上一件新鲜事,但目前的排行榜,大都集中在娱乐和财经领域，和老百姓关系密切的吃喝玩乐方面，有影响力、有公信度、有实际意义的排行榜很少，老百姓需要这样一个指南，我们周刊也需要这样一个开创性的举措，开阔我们的思路和视野，如果办得好，还可以提升我们的影响力。

魏晓东当时，是被冷妍极力说服的。

“我们这才刚刚开始呢。”相比较魏晓东溢于言表的欣慰，冷妍显得比较冷静。

“你这个头开得很漂亮啊！一下子就树起了两个品牌。‘中国最美’和‘假日新榜样’，了不起了不起……”魏晓东忍不住夸起冷妍来，这在魏晓东和冷妍之间，并不多见。

“这账还用你算？”冷妍有点不习惯人家当面说自己好话，尤其是魏晓东。就有意淡化魏晓东的夸奖，开口就挖苦了一句魏晓东，似乎没领他这个情。

“是啊是啊，这么美的账，谁都会算呢。”愉悦的魏晓东，丝毫不介意，还笑着自嘲。

“咱不能忘乎所以啊，创建一个品牌容易，保住它可不容易。”冷妍还是很冷静，语调和魏晓东形成了反差。

“是啊，建立一个品牌不容易，有了就得用足用好。所以我想啊，以后我们每年搞一次这个‘假日新榜样’揭榜活动，不出两三年，这个品牌就能坐稳，就能打响了。”

看魏晓东这么开心，冷妍说求求你别这么乐观，你这么忘乎所以，我都有压力了。冷妍这么一乞求，魏晓东居然模仿一个演员的口头语，表情夸张地跟她说，我看好你哦！冷妍扑哧一下乐了。

“‘东风不与周郎便，铜雀春深锁二乔’啊！”刚刚夸张完了的魏晓东，突然发出了一声感慨。

突然感慨，是因为《假日》周刊的今天，让魏晓东想起了这几年的境遇，短短几年，自己已经几进几出《假日》。

自从大学毕业进了《新华大时报》，他一直没挪窝，人生一直处于平稳状态，可以说，他人生的重要起伏，都是《假日》周刊给他的。就这么一副担子，他担起来，又放下去，然后又担起来，担得他忽忽悠悠的。要不是冷妍，他真不知道《假日》周刊现在会是个什么状况，不知道单凭自己，还有没有信心坚持下去，还有没有可能创造新的成绩。他不敢想辉煌的事。

“行了行了，你不是周瑜，我更不是诸葛亮。”冷妍知道魏晓东想说什么，就不以为然地打断了他。

“我怎么觉得，这个社长应该由你来当啊！社长都是抓经营的，搞经营我不在行啊，这活儿都是你忙乎的，我这个社长当得有点沽名钓誉了啊？”魏晓东发自内心地说。

“谁让你德高望重呢，谁让你是大师呢，谁让你是老夫子呢。谁说你沽名钓誉了？你可是大名鼎鼎的时评专栏作家，是《假日》的一大招牌。”

冷妍不是夸大魏晓东的作用，魏晓东在各大报纸开办的时评专栏，已经有了相当的知名度，许多人是通过魏晓东的《魏子杂谈》知道并关注《假日》周刊的，不少读者看《假日》周刊，都是冲着魏子去的，看《假日》，也是先看魏晓东的《魏子杂谈》。



“对《假日》周刊来说，你已经不单纯是一个社长了，从许多读者的角度来说，你和你的《魏子杂谈》，已经是《假日》周刊的形象代表了。再说，没有你给我挡着那些麻烦事，没有你当树荫，我不可能专心做事情。咱们两个一起到周刊，是一起操心受累加班熬夜，我是跑前跑后了，可你是幕后英雄呀。”

听冷妍说自己是幕后英雄，魏晓东心里也暗自欣慰，觉得自己配合检查组没日没夜地查账查人，也算是把冷妍从中彻底地解脱出来，自己总算没有白辛苦。他心里欣慰着，嘴上依然谦虚地说，什么英雄啊，你是临危受命当了回英雄，我却是在哪儿跌倒，又在哪儿爬起来，含义不同啊！

“哈哈，你就踏踏实实的，把心放回你的肚子里吧，有人替你干活你还嘟囔个啥啊！”冷妍言语调侃着，神情却是认真的。

“你看你，一个总编辑，结果把社长的心都操了，孔夫子说了，名不正则言不顺，言不顺则事不成，为了周刊，我觉得咱俩还是换换，我准备跟乔社长谈谈这事。”魏晓东越说越认真。

冷妍也越说越认真，说你就是个当老大的料，你就是刘备。魏晓东一听反而说，你这是夸我呢还是损我呢，这刘备我就一直想不通，他凭什么当老大？打仗屡战屡败，决策一错再错。冷妍笑说，我当然是夸你呢，刘备可以不会打仗，也可以没有谋略，但他会用人，会打仗的人和懂谋略的人，这就够了。魏晓东不依不饶，说听你这么一说，我更觉得你是在损我，我不当刘备，我真得跟社长谈谈去。

“求你了！千万别！你怎么就不明白呢？我这不是怕担责任吗，有你在前面给我掩护，我才能安心做事，你是不是怕牺牲自己啊？”冷妍一听魏晓东的话，真有点急了。

“检查不是结束了吗，看你一个人太辛苦，又抓编辑部又抓经营，你这是逼我坐享其成，陷我于不仁不义啊。”魏晓东言语虽然极力幽默，但神情和态度却非常认真。

冷妍看魏晓东是认真的，就赶紧正了正玩笑的神色，表情略显严肃地对魏晓东说，检查虽然结束了，但是《假日》周刊的摊子，眼看着越来越大，这么大一摊子，要顾及的事情不会少，什么开会、总结、学习班，都需要你这一把手出面。说到这儿，冷妍又恢复了轻松的神情，但依然表情坚持地跟魏晓东强调说，我和周刊，都需要你继续发挥你任劳任怨的牺牲精神，你滴明白？冷妍两眼盯着魏晓东，还皱着眉头。魏晓东知道，自己又要被冷妍说服了。

说不过冷妍，魏晓东只好应和了一句：“我滴明白！”说这话的时候，魏晓东还很哥们儿地挺了挺胸脯。魏晓东的动作有些滑稽，冷妍扑哧一下又乐了。

“你们这么高兴啊？”随着话音，李春红突然出现在他们面前。李春红什么时候进了魏晓东的办公室，魏晓东和冷妍居然都没有听到。

还没等两个人反应过来，李春红随后的话已经紧紧跟上了：“应该高兴！应该高兴！我来晚了！来晚了！祝贺祝贺！热烈祝贺！”李春红分别拉着魏晓东和冷妍的手，使劲地摇晃。

祝贺什么？魏晓东和冷妍相视一眼，有点面面相觑。周刊有什么大喜事吗？我们最近没什么大活动啊？如果说的是那个颁奖活动，那已经是几个月前的事情了。一时间，魏晓东和冷妍，真不知道该怎么应对这份太迟的，而且太过浓烈的祝贺。

“祝贺你们搞了那么大一个活动！哎哟哎哟哎哟哟哟……多大啊！多有影响啊！多振奋人心啊！”

李春红握着魏晓东的手，热情很洋溢，半天也不撒手。

看魏晓东开始尴尬了，冷妍赶紧上前解围，说春红你快坐下说。

李春红说她到《假日》来主要有三个议题，一是祝贺，祝贺《假日》取得的辉煌成绩。二是汇报，向两位领导汇报一下，她已经正式从校对科，调到报社工会工作。

听了李春红的“二是”，魏晓东这次反应比较及时，他知道该他们表示祝贺了，就赶紧说了一连串祝贺。

在愉快地接受了魏晓东的祝贺后，李春红“哦”了一声，像是突然想起什么，她说要离开校对科了，总得收拾收拾，没想到自己在校对科这么些年，东西还真不少，让她收拾了大半天。说到这儿，李春红顿了顿，她顿的时间有点长，直到魏晓东和冷妍两个人，都开始认真地看着她，等待她的下文，她才又开口：



“你们猜我收拾出了什么？”

李春红在魏晓东和冷妍诧异的期待中，从随身的大提包里，翻腾出几张纸，递给了冷妍。

“我看到了这个！这是冷总编辑的一篇大作，你们看，是不是冷总编的笔迹啊？哎哟哟，可了不得了，这稿子上有一处严重错误，当时还是我发现的呢，要不是我及时发现并改正，就出大事了！”

李春红突然说这个，魏晓东和冷妍都感到了突兀，那一瞬间，冷妍甚至有点恍惚，手里的这张稿纸，她既熟悉又陌生，看上去，至少是十年前的稿件……冷妍真的很恍惚，她实在弄不明白李春红这是啥意思。

就在魏晓东替冷妍难堪的时候，李春红继续在包里翻检，手伸出来的时候，她手上抖搂着一张纸，说她还找到了魏社长的一篇稿子：“你看你看，这都是我给改的呢！”

魏晓东和冷妍，一人手里一张旧稿纸，莫名其妙地举着，不知该对李春红作何反应。

李春红比他们反应快，她很快就把他们手里的稿纸收了回去，说：

“这些我得留着，多有纪念意义啊！你们说是不是啊！”

魏晓东似乎想起了什么，也似乎要岔开这个令人有点不太舒服的话题，他问李春红，你不是有三个议题吗，第三个是什么指示？

“你看看你看看，魏社长就是厚道，就是个好人，你不说我差点忘了。”魏晓东和冷妍都不相信，李春红真的差点忘了。

果然，接下来，李春红的语气挺果敢，听上去不容置疑，似乎早已经在她心里酝酿已久，就等着前面的铺垫结束。“我有个老朋友，这个老朋友有个女儿，这个女儿今年大学毕业，这不，老朋友找到我了，说我在报社这么多年了，说我德高望重，说我有面子，我说有啥面子啊，一个小小的工会副主席……但是我也给我的老朋友拍胸脯了，我说你放心，《假日》周刊的两位领导，是两位非常好的人，这些年我们一直互相帮助，互相支持，你们说是不是？所以我跟我老朋友说了，他们一定会给我这个面子的……你们两位看看，能不能让我老朋友的女儿到你们这儿来？”

李春红表现得很体贴，说完，不等魏晓东和冷妍回应，就说自己很忙先走了，说等魏晓东和冷妍研究的回音。

把李春红送出门，魏晓东转脸问冷妍：“你明白了吗？”

“我很想不明白！”冷妍苦笑了一下说：“不过，李春红这一来倒提醒了我，周刊现在人也不少了，机构需要进一步健全，我们是不是考虑一下，马上把我们自己的工会建立起来。”冷妍跟魏晓东提议。

“我看行！以后，我们的工会可以单独活动嘛。”魏晓东没有犹豫，很快就表示同意。两个人会心地相视一笑。

# 37.

《假日》周刊工会组织的第一次活动，是一次徒步郊游。

周围围跟周冠军说，徒步郊游可以带家属，问他去不去。周冠军不假思索，说不去。说完，周冠军又问，郊游是哪里，怎么个徒步法。周围围故意气他，说去喜马拉雅，登珠穆朗玛。

那次郊游，正好是周围围的生日，周围围回来，怀里抱了一大堆小礼物，还说在郊外，大家给了她一个大惊喜。周冠军没忍住，就问是什么惊喜。

“他们扔我了。”周围围美滋滋地说。

“那帮臭小子！敢扔我老婆！”周冠军半真半假，装作不明白。他猜想，一定是一帮人，跟周围围玩了把抛人游戏。

“他们还背我了。”周围围继续美滋滋地说。

“他们就背你一个人？背大师没？背冷姐没？”周冠军急急地问，有点吃醋。

“就背我了。”说到这，周围围甚至露出了憧憬的神色。

周冠军听不下去了，嘴里嘟囔起来，说你这是成心，过生日不在家和我过，跑外边享受拥戴去了，末了，还酸溜溜地问了句，你是不是很消受，比跟老公在一起还消受。

周围围冲周冠军瞪眼，说不是消受，是销魂！

吃醋归吃醋，周围围在《假日》周刊得到众人的拥戴，工作干地那么火爆，周冠军看在眼里，也喜在心里。但是，替老婆高兴的同时，一股愁云，也在他心里慢慢聚集，喜忧参半的周冠军，准备跟周围围说道说道，提醒一下老婆。

“那樊进仁你得当心。”一天，周冠军早早回家把饭做好，等周围围一进门，他就跟在周围围身后，一边接过周围围脱下的衣服，替她在衣架上挂好，一边说。

“他和我有啥关系啊？人家是领导。”周围围把脚上的高跟鞋甩掉，再把脚舒服地伸进拖鞋，然后漫不经心地说。

“你怎么总是这么没心没肺的，你是真笨啊，还是装弱智？你过来过来，仔细听我说。”周冠军有点不由分说，一伸手，拉着周围围往餐桌边走。

“就你说我没心没肺，人家冷姐说我举重若轻呢……好好好你别拉我啦！你说你说，我已经把耳朵支楞好了。”饿急了的周围围，一屁股坐在餐桌边，一副先吃再说的样子。周冠军清了清嗓子，坐在周围围对面，开始说：

“樊进仁当初是怎么到《假日》周刊的？那是因为他在大报没位子了！他为什么没位子？因为他主持副刊改版失败了！他为什么失败了？因为他的改版思路有问题没有得到认可！他为什么没有得到认可？因为我写了一篇副刊改革的文章得到了认可……”

“你能不能别倒着推理啊，听着人晕。”周围围皱着眉头，可怜兮兮地冲周冠军抬起脸，乞求说。

“我的意思是说，他当初可是恨死我了！”周冠军坚定地说。

“我怎么发现你现在说话添毛病了，越来越绕了，越来越啰嗦了。”周围围没接周冠军的话茬，好像没听见他最后那句坚定的话，有点打岔地埋怨说。

“你别打岔！那是逻辑思维，当一个好记者要是没有很好的逻辑思维，就只能写点消息了。”周冠军跟周围围呼啦了一下手，意思是认真听。

“那我求求你，别跟我在家里逻辑好吧？让我的大脑回家可以舒服舒服，我累啊……”周围围嘴里塞满了食物，含糊不清地抱怨了一句。

周围围喊累，周冠军心里不落忍了，只好叹口气，皱着眉头抿着嘴，表情有点哀怨地看着周围围狼吞虎咽。等周围围再一次埋下头去狼吞，他又忍不住了。

“樊进仁恨我，他能真心对你好？还有宋博，别看他们是男人，是领导，可这两个人都喜欢搬弄是非，喜欢无事生非，你真得当心！”

周冠军对周围围说，宋博曾经拉拢过他，无非就是封官许愿那一套，宋博拉拢他的用意很明显，就是针对魏晓东的。“你以为他是欣赏我呢？他当时是想在《假日》周刊插一手，然后找机会整人呢，就是整大师。最近他又找我，热情得不行，又不知道安什么心呢。反正那人心术不正，我发现，不是谁碍着他了，得罪他了，他才不舒服，只要谁顺当了，他都不舒服，这是一切小人的共性……”周冠军说，这件事，他原准备烂在肚子里，可是现在，他认为周围围处在漩涡中，他得让她明白。



“宋副总编？他和樊副总编两个，还有冷姐，他们还是三剑客呢！”周围围瞪着大眼睛反驳。

“什么三剑客，我看是他两个一厢情愿吧，冷姐是什么人？冷姐怎么会搭理他们那种人？人家冷姐那是同流不合污。我的老婆大人啊！这你都看不出来啊？你想让我担心死啊！”周冠军几乎要呼天喊地。

“那你说我该怎么办呢？”周围围吃饱了，歪着脑袋，摸着肚子，问周冠军。

“樊进仁和宋博走得那么近，樊进仁又是你领导，你又那么受魏大师和冷姐的重用，你想想这些关系，我能不担心你嘛！你现在是我老婆！”

“你真傻，谁不知道我现在是你老婆。”周围围跟周冠军调皮。

“我知道我傻，所以我不傻！”周冠军被周围围的调皮弄得彻底无奈。

提醒了半天，周冠军看周围围一脸的疲惫，终于心生不忍。他知道，周围围虽然身居职场，但她对职场中的险恶并不了解，因为到目前为止，她的职场之路，一直处于一路顺风的状态，她哪知道什么尔虞我诈啊。

周围围看周冠军突然不言语，就说，老公我太累了，老公明天再教导好不好。说完，她径直走进了卫生间，打开浴缸的水龙头，哗哗地往浴缸里放水。

周围围把自己扔进浴缸，闭着眼睛，脑袋靠在浴缸边，像是进入了睡眠。周冠军在厨房收拾完毕，走过来倚着卫生间的门，定定地看着水中的老婆。

"不许偷看！我老公来了！"闭着眼睛的周围围，突然开口，把周冠军吓了一跳。他嗔怒地瞪了池中的周围围一眼，伸手拽过一条大毛巾，三下两下，叠成一个长方形枕头，走过去把周围围的头托起来，把叠好的毛巾垫在她头下。

周围围一直没有睁眼，似乎已经习惯了这一切。周冠军坐在浴缸边的马桶上，慢慢在老婆肩膀上抓捏。"哎呀轻点！"周围围一声惨叫，周冠军赶紧停了手，问怎么了。周围围支支吾吾说没事，周冠军就又继续抓捏，哪知，周围围这回一下子腾地站了起来，躲开了周冠军的抓捏，表情龇牙咧嘴的，好像疼得不轻。"我……肩膀扭了。"

"你怎么不告诉我啊？"周冠军面露不满。

"别生气嘛，我不是怕你老人家担心吗，你老人家又那么爱好瞎担心。"知道周冠军的不满一半真一半假，周围围也就半开玩笑地反过来安慰周冠军，嘴里还疼得吸溜着凉气，又调侃了一句："老公大人，好啦好啦，煽情到此为止。"

"谁说到此为止，这才刚开始……"

周冠军拿条浴巾，把湿漉漉的周围围裹上，说要给受伤的老婆一个至尊待遇。然后抱起周围围，嘴里说"沉死了！"脚底下往卧室走。边走，周冠军边说：

"听话哦！"

"嗯！"

"要低调！"

"嗯！"

"别招惹小人！"

"嗯!"

"少说话!"

"嗯!"

……

把老婆放在床上,拽出周围围身子下面的浴巾,又把被子盖在她身上,再小心地把她受伤的肩膀放正,又掖了掖被角,周冠军说了句"臭丫头",起身走出了卧室。

一直没睁眼的周围围,脸上露着幸福状,脑子里想着刚才周冠军说煽情才刚开始的话,心不由得开始狂跳,嘴里也不由地要哼唧……突然听周冠军走出去了,还把门关上,她一下子坐了起来,大声冲门外喊了一声:

"臭——老——公——"

# 38.

又到了风扫落叶的日子，又是一个秋天。

一条消息出现在《新华大时报》的头版。这是一个关于某中央级报社倒闭的清算公告。

这则消息，似乎使这个秋天，变得比以往更加萧瑟。这是首家中央级媒体的倒闭，兔死狐悲的心理，使同为中央级报社的《新华大时报》，上上下下，充满了忧虑。

这天出版的《新华大时报》，在报社内部格外受关注，几乎每个人的手里，都拿着一份。但是与此同时，一种奇怪的现象也出现了，面对这样一则震撼人心的消息，整个报社显得很反常，没有议论，没有提问，也没有争执。实际上，内心的咀嚼一刻也没有消停，就是这样一个寥寥数语的消息，却被每一个人，悄悄地在心里反复地啃咬着。

消息中有几句关键词语，强烈地刺激着人们的眼睛。“没有通过新闻出版部门的年检”、“主办单位主动申请停办清算”、“经营不善，严重资不抵债，无法继续正常出版”。

看上去，大家都很平静，并且悄无声息，没有相互议论，表现的似乎事不关己，但是，其实大家都心照不宣，每个人心里都在翻江倒海般地折腾。一家创办了二十年的报社，发行量曾经达到十几万份的报社，有个牛皮哄哄主办单位的报纸，就这么走到了终点，真的就这么没了？

报社一位消息灵通人士透露说，那家报纸办不下去的直接原因，其实是挣钱的专刊被砍掉了，结果导致经营状况急转直下，员工四五个月没有领到一分工资。

办报的人都知道，专题专刊是行业报独有的报道模式，你为一些企业和单位作集中报道，人家给你支付费用，因为人家不是做广告，所以你拿的就不是广告费，人家不是搞慈善，你拿的也不是救济钱，人家没说要买新闻，所以你拿的更不是卖新闻的钱。俗称软广告。

这种钱拿的，多多少少，有些骑在新闻职业规范的墙头上，如果稍不留神，就可能一头栽下墙来。

显然，那家宣布倒闭的报纸，就是一头栽下墙的第一个中央级报纸。

紧接着，一篇关于这家报社停办的详尽报道见了报。报道中一方面说，专家说此报停刊就是报业改革的先声，是好事。另一方面，报道也详细描写了倒闭报社的真实场景，说人们抱在一起痛哭。《新华大时报》的人，都注意到了报道中的一句话，那句话是那家倒闭的报社职工说的，他们反复地说："我们一直没有放弃这份报纸，一直没有放弃！"这句话有点戳人心窝子。



谁愿意放弃呢？不愿意放弃的人，似乎有着相同的挣扎经历。

在大家眼里，那张报纸为什么倒闭已经变得不重要，重要的是，它真的倒闭了！

一段时间以来，"退出"一直是报业的一个敏感话题。所谓"退出"，就是按照新闻出版管理部门"查处一批、调整一批、停办一批"的原则，对严重违规或整改不合格、不具备出版条件的报刊试行退出。此外，为了完善实施报刊退出机制的各项制度，积极推进报刊质量评估标准的制定，有关部门，也已经制定了《报纸出版综合指标评估表》、《期刊出版综合指标评估表》、《报刊退出环节评估实施办法》，进一步明确了指标体系应用、规范退出流程、制定善后政策。

大家都知道，这说好听是"退出"，要是说不好听，就是倒闭，就是关门，往哪儿退呢？有地方退才可以退啊。这家中央级大报的倒闭，还是自己选择的倒闭，实际上就是一种自我了断，因为他们已经无路可退了。

事实上，在这样的大背景下，选择以停刊的方式自我了断，这家报纸并不是第一家。

早在年初，就有一家与中国足球职业联赛同时诞生的足球专业报纸，在走过十六年的历程，出版了九百多期报纸后，终因网络媒体的不断冲击，加上自身的经营不善和投资方的撤资，宣布暂时休刊。最终选择了“自我了断”。

就在同一个月，一家创刊三十年的知名报纸，也被迫停刊。这份报纸，曾是新闻行业改革的先驱之一，是当年中国仅有的，不报道政治新闻，而是专注于报道消费者生活，并且是第一家刊登征婚广告的报纸。然而，随着市场经济改革的不断深入，众多财经类报纸后来居上，尤其是一些凭借资本支撑的新锐报纸迅速崛起，没有跟上改革步伐的这家报纸，最终停刊。尽管它曾经非常著名。

《新华大时报》的人，之所以对眼前这家报纸停刊清算的关注度远远超越了前两者，只有一个原因，它的主管部门是“中”字头的身份。这无疑给大家敲了一声警钟，在中国报业改革逐渐拉开大幕的背景下，会有更多的报纸退出历史舞台，这也包括有着“国”字背景的《新华大时报》。

直到真实地面对这起真实的“退出”事件，大家似乎才注意到，某新闻出版的高官，早就已经说过，要完善新闻出版业的退出机制，使得新闻出版单位“有生有死”。他还说，生死由业绩和市场决定，通过市场的方法，淘汰长期经营不善、资不抵债的报社、刊社、出版社，解决“优不胜劣不汰”而造成的出版资源难以集中的问题。

到了此时，《新华大时报》的人，仿佛终于恍然大悟。“退出”机制对他们来说，已经不是一句遥远的预言，更不是别人家里的事情，这个结果距离他们，已经很近很近。有一个问题，也在他们心中萦绕不绝，《新华大时报》到底算优？还是算劣？生的算不算好？离死有多远？

在这种恐慌下，一个事实在大家的眼前逐渐变得清晰，那就是，尽管目前报刊退出还停留在“一事一议”的状态，但是在不久的将来，也许很快，就将会在全国全面推开。

一些恍悟的人，开始搜查有关政策，他们发现，有关方面已经提到了三项退出的渠道，其一是休刊制度，明确了报纸休刊超过一百八十天仍不能正常出版，期刊休刊超过一年的，就要撤销出版许可证；其二是建立报纸出版质量评估制度，对报刊出版单位的出版质量进行全面评估，报刊出版质量没有达到标准，或者不能维持出版的，要撤销出版许可证；其三是要通过年度核验制度，未通过年度核验的报刊出版单位，第二年起，就停办报刊。

咀嚼着政策，恍悟的人们开始对照，一对照，对照出一身冷汗。《新华大时报》也是一家中央级大报，也是自收自支的事业单位，也正在经历经营状况不理想、调整报纸内容的改版、人员竞聘上岗等报业改革面临的种种窘况。休刊、评估、年检、撤销、停办，这其中的每一条，都曾震颤过他们的神经。虽然事情曾经发生在《假日》周刊，可《假日》周刊是《新华大时报》的孩子，他们是有血缘关系的。



无路可退的那家倒闭报社，还有暗藏杀机的“退出”机制，成了《新华大时报》无法回避的一个大背景。经受着同类报纸“退出”的压力，整个报社，上上下下笼罩在一片抑郁的气氛中。对此，个人的理解和表现，千差万别。

有的人忧心忡忡，说，要生存就得有生财之道，就那么几条道还给堵死了一条，不能办专刊，这让我们今后怎么活呢？有的人反而雄心膨胀，说，看见没有，这就叫“饿死胆小的”，怕违反新闻职业规范，怕担风险，就不敢办专刊，就把专刊停了，结果怎么样？活不下去了吧！少数的人不那么担心，他们认为报社离死还远，要是堂堂《新华大时报》都活不下去了，那整个报业，就没几家能活着了。

不管怎么说，人心为此而惶惶。乔华邦再一次召开了报社全体人员参加的大会。

乔华邦在大会上说，《假日》周刊的办报模式，目前看来，是一个可以借鉴的成功模式，过去那种依赖广告，依靠专刊的生存办法，是不那么牢靠的，是勉强维持的，要想生存并且求得长久发展，必须有多种手段，一定要开拓思想，寻找更多更有效的运营和盈利模式，东边不亮西边亮嘛……

乔华邦在分析报社目前面临形势时说，网络媒体、移动媒体等新媒体都在不断创新商业模式，不断分流着平面媒体的读者和人才，不断蚕食着报纸媒体的读者市场和分流其人才，此外，新闻纸的大幅度涨价，进一步把我们平面媒体逼入尴尬的境地……

我们该怎么办？乔华邦大声地问了一句。

说到这里，乔华邦停顿了片刻，会场出现了难得的一片安静，安静得可以听到纸片落地的声音。后排一个记者，手里的报纸，从她手中滑落，弄出一阵窸窣声，声音一直传到最前面。

有点万籁俱寂。

安静中，乔华邦扫视了一眼全场，他话题一转，神情稍稍一振，又说，为了进一步深化文化体制改革，国家新闻出版总署推出了《关于进一步推进新闻出版体制改革的指导意见》，《意见》在充分总结以往成功经验的基础上，对进一步推动新闻出版体制改革提出了指导性意见。指出要坚持一手抓公益性新闻出版事业，一手抓经营性新闻出版产业。《意见》的出台，不仅是顺应当前传媒业大变局而采取的顺势之举，而且充分借鉴了我国国有企业改革三十多年来的经验，在很多方面都取得了重大突破。

我们《新华大时报》是公益性新闻出版，是时政类媒体，要实行企事分开、采编经营分开。可我们还有《假日》周刊，《假日》周刊是非时政类媒体，它是要转企改制的，要实行公司化运作的。当前，制约传媒单位发展的主要体制性问题，是传媒单位尚未成为真正的企业，尚未建立起“产权清晰、权责明确、政企分开、管理科学”的现代企业制度，更谈不上成为真正的市场主体。但是通过改制、改革，就能够提升内部活力，我看，我们的《假日》周刊就做到了嘛！下一步，就是要建立现代企业制度，使之成为真正的市场主体……

听到乔华邦说“我们的《假日》周刊”，宋博翻了翻眼睛，抬头看起了天花板，他不想听。可乔华邦的声音，在他耳边依然不绝。

乔华邦说，要想真正建立健全现代企业制度，成为真正的市场主体，还要做好如下几个方面的工作：一是我们的领导人必须从发散型思维转变为管理型思维；二是从重采编轻经营管理上转变为同等重视采编、经营和管理；三是建立起“人尽其才、才尽其用”的人才环境；四是建立起“精神激励与物质激励并重，短期激励和长期激励有机结合”的激励约束机制，充分发挥人才的积极性、主动性和创造性，使企业和人才成为真正的利益共同体……

宋博刚刚放平的脑袋，又一次冲向了天花板。觉得乔华邦的话很刺耳。

乔华邦说同等重视采编、经营和管理，宋博觉得，这就是冲自己说的。他曾经在多个场合反复说过，采编，就是复杂劳动，经营，那就是简单劳动。乔华邦这么说，不就是给他难堪吗？好像他宋博是个思维有问题的领导人，成了改革的绊脚石。

……我们《新华大时报》，长期以来采取的是“事业单位企业化运营”，导致自我积累较少，而且我们传媒业的主要资产，都是品牌资产和人才资产等无形资产，固定资产和净资产较少。要想实现发展，必须有大量的资金，这就需要引进战略投资者等方式，拓宽我们的融资渠道。



……在这方面，《假日》周刊曾经做过尝试，虽然不成功，甚至面临“退出”的困境，但是毕竟走出了这一步，这一步的跨越本身没有错误，是具体操作上的失误。国家的政策是鼓励和支持非公有资本，以多种形式进入政策许可的领域的。市场实践也已经充分证明，非公有资本传媒企业的发展情况，远比传统的传媒单位好得多啊！

……

乔华邦的讲话，长达两个多小时。宋博跟樊进仁说，乔华邦是最后的吼叫，一个要退休的人，谈什么改革改制，改革改制跟他有几天关系。樊进仁却跟他说，他坐得屁股有点疼。

乔华邦关于改革的长篇大论，除了有几处确实点到了宋博的软肋，整体来讲，并没有让宋博的心情多起波澜。宋博最为不满的是，乔华邦一上来就肯定了《假日》周刊，还把《假日》周刊说成了成功典范，这让宋博心里很不痛快。你说《假日》周刊是成功典范，不就是说冷妍是个成功典范吗？人家针插不进，水泼不进，你还口口声声我们《假日》周刊，你把人家当自己孩子，人家把你当爹了吗？这样的成功典范，到底对大报有什么用?

宋博说《假日》周刊针插不进,水也泼不进,是因为方晴雨。

方晴雨总跟他抱怨,说财务处长搞垄断,不教她业务,她在财务处就像个打杂的,说是让她负责管理固定资产,可也不看看报社有什么固定资产可以管理,所谓的固定资产,实际上就是些桌椅板凳,废旧电脑。一个财务处的副处长,根本介入不了报社核心的财务内容。方晴雨说她不想在财务处干了,想到《假日》周刊去,让宋博替她探探去,看有没有希望。

宋博当时一口回绝了方晴雨,说他办不到。

宋博的确办不到。

方晴雨不知道,她跟宋博提出要到《假日》周刊,无异于捅了一把宋博的软肋。宋博曾经想往《假日》周刊安排一个人,冷妍给了他一个软钉子,说什么现在不行,过段时间可以考虑。宋博问过段时间是多长时间?人家等不了,要不先实习?冷妍说,非要现在来,只能先到广告部实习。宋博说人家是学新闻的。冷妍说我这就不缺学新闻的,还说知道领导关心我们周刊,下次给我们推荐一个传媒营销的高手来吧,我们一定欢迎。

宋博被冷妍噎得没话说,只好作罢。事后他就跟别人嘀咕,说冷妍搞独立王国,针插不进,水泼不进。他还觉着,冷妍就是乔华邦的翻版,风格霸道。

一想到乔华邦,宋博胸口马上堵得慌。

# 39.



星期天，清晨，宋博起床后到楼下散步。在楼下花坛，他看见一盆盆鲜花，叶黄花残，一个个你谢我落。一阵秋风扫过，几片凋零的叶子落在他脚下，他抬脚踢过去，落下的叶子又被掀起来，物唤人思，宋博心中大发感慨：人生一世，草木一秋，时不我待啊！

他不由得想到，近年来，文化体制改革在中央的强力推动之下已全面提速。随着新闻出版改革路线图和时间表的确定，整个新闻出版领域的改革已经整装待发，有关方面把报刊业改革分成了三步走，国有企业主办的报刊社改革排在第一阶段，依次是行业协会等社会团体主办的报刊社、部委所属报刊社。照这个路线图，不久的将来，报社将面临一场前所未有的动荡。

宋博认为，改革就是动荡。说是挑战和机遇，那得看事情落到谁头上。

《新华大时报》会不会被整合？会不会被吃掉？如果《新华大时报》保不住，被整合了到某个集团，那么到了那个时候，集团将会集中数家媒体的上层领导。一个集团能搁几个领导？就那么几个位子，你一家报社的上层，能有几个得到提升机会？不仅没有多少上升的可能，甚至连现有职位都难以保证了。

思前想后，几番掂量，宋博觉得，无论如何，乔华邦退休是个机会，一定要赶在报业改革的风雨刮到《新华大时报》之前，让自己的职位有个提升，如果这次提不上去，上级也应该会考虑把他调整到其他直属单位，论资历论年龄，他都该动一动了。总之，这次乔华邦到了退休年龄是个机会，不管在哪里，只要在正局的位子上退休，自己也甘心了。

想到这，宋博有点坐不住了，他决定找杨清阳摸摸底。他坚信，乔华邦这么赖着不走，杨清阳不可能一点想法没有。

宋博知道，杨清阳有个习惯，就是每天中午吃完饭，他都要沿着报社周边的几条马路走一圈。这天中午，宋博匆匆吃完饭，早早放下碗，先到了报社大门口。他站在大门外的马路牙子边，手抚摸着略微有点饱胀的肚子，脑袋左左右右无聊地张望着。远远望去，像是饭后站在那儿等着消食。

不出他所料，不一会儿，杨清阳昂着头从餐厅走出来，径自向大门外边走来。看见站在路边晃悠的宋博，杨清阳显然有些意外，他停下脚步问宋博今天怎么没打牌，宋博没有立即回答杨清阳的问话，一边摆摆手，示意杨清阳继续走，一边说，看你每天走得上瘾，我今天跟你体验体验。

杨清阳说好啊，你也体验体验，我们一天到晚坐着，忙得没时间锻炼身体，别说肚子上堆的脂肪，这老不活动，四肢都越来越僵硬了。

杨清阳说着话，脚底下已经沿着马路向北走去。宋博紧走几步跟上，让自己和杨清阳错着半个肩膀的位子，嘴上应和着说，中午呆在办公室也没法休息，总有人找，打牌也还是坐着不动，还是你英明，这中午一个小时，走这一大圈活动活动，一举两得啊。

杨清阳的走路不是一般的走路，他是快走，比一般走路快得多，近乎于竞走，宋博跟在他侧身不一会儿，就感觉有点跟不上趟了。这么疾步如跑的一顿走，还一边走一边说话，宋博很快就气喘吁吁了。

原本，宋博也不是来走路的。

宋博看已经走出一里地了，就用貌似央求的口气对杨清阳说，今天你别走那么快行不行，我老人家难得走一回，你就陪我慢慢走一圈吧。

杨清阳嘴上说宋博你太缺乏锻炼，脚底下却很快放慢了许多。

疾步走了一里地，两个人都有些气喘，只不过杨清阳显得轻松一些，轻喘着气，还使劲甩动着胳膊。宋博一边大口喘气，一边把衣服扣子都解开了，头上汗涔涔地冒着热气。

慢慢走着，原本一前一后的肩膀也渐渐并齐了。

突然没了声音，两个大男人，又这么肩并肩地慢慢走着，脚底下不自觉地，变成了齐步走，像是有人喊了一二一的口令。其实，是宋博在极力让自己跟杨清阳同步，因为他的身高比杨清阳矮，所以他的腿比杨清阳的短，和长腿的杨清阳保持同步，宋博的脚底下其实很别扭。

场面显得有些怪异。

但是接下来，在杨清阳看来，宋博的表现更加怪异。宋博猛地站住，同时拉了一把杨清阳的胳膊，使杨清阳和他面对面地也站住。“我敢断定，乔社长根本就不想退休，叫唤好几年了，你看有真动静吗?”宋博冷不丁冒出了这么一句，看样子，还有点忍无可忍，甚至还有点不管不顾。



“不见得吧。”杨清阳在瞬间的惊异之后，很快恢复了镇定，轻轻地摇了摇头说。杨清阳不知道宋博到底想说什么，于是他就说了这么一句，没有再多言。他知道宋博后面还有话。

“说是培养接班人，他培养谁了？据我所知，他在上级，就没说我们两个好话，他把我们说的很不得力，报社不就离不开他了嘛。改革改制也叫唤了好几年，他都干什么了?”

“老宋，恐怕不能这么讲啊，改革还是要稳步推进嘛，报社这几年的改革还是有成绩的。”杨清阳调整了一下站姿说。

“现在报社的体制有很大问题，经营上的事情说是社委会议定，实际上还不是他一个人说了算，我看应该由副社长主管经营，这个担子应该你来担，而且我认为，社长也不应该兼任总编辑了。”

“我哪懂经营啊!”杨清阳笑着摇摇头说。

尽管已经料到宋博会有话说，但是宋博的弦外之音，或者说直言不讳地反对乔社长，还是让杨清阳感到震惊。他这是想架空乔社长，把我推上副社长的位子,那总编辑不就是他了吗。杨清阳觉得宋博有点太露骨。

“你谦虚什么啊?就凭你老杨,干个副社长还不绰绰有余。”杨清阳的心思宋博没有捕捉到,即使宋博看出什么来,此时,已经把话说到这个份上,他也有点豁出来的意思了。宋博使劲撺掇说。

“不是谦虚,是心虚,我杨清阳你了解啊,不是干新闻的出身,半路出家,管理这么大的一个报纸?不敢想啊。”少顷,杨清阳又说:“所以我有时候就想啊,这老乔不容易啊!”

宋博没想到杨清阳是这个态度,他不甘心地说:“你这个老杨,是谦虚呢还是怕得罪谁?你忘了我倒还记得,前两年为了出国、分房子、评职称,你让人堵在办公室挨骂,你那是替谁挨骂?他乔社长处事不公,公然说这碗水就端不平,还质问说这碗水给谁能端平?最后怎么样?还不是你把这碗水给端平了,大家伙儿都说你公道正派。实话跟你说,你才真正称得上年富力强呢!”

杨清阳没说话,那一瞬间,他脑子里出现了一个成语:“鹬蚌相争,渔翁得利”。杨清阳微微咧嘴笑了笑。

在宋博看来,杨清阳的笑容很是意味深长,但是究竟是怎么个意味深长,他一时也顾不了琢磨这么多了。他接着一口气继续对杨清阳说,整天口口声声说改革,改革首先要改的是人,用人的失误是改革最大的问题。《假日》周刊记者关放出了问题,主要领导不降反升,我看这就是保护,保护一些无能的人,为什么呢,因为听话嘛!后来在融资上再次出现问题,就应该停下来好好整顿了,可是他还鼓动呢……

听宋博越说越激动,杨清阳打断他说,我看你意见挺大,你应该和老乔好好沟通一下。随后又说,刚吃完饭,当心说话多了,把冷气吸进胃里。说完,杨清阳甩开臂膀,加快了脚下的速度。

突然被打断,口若悬河的宋博正在高昂的谈兴被戛然而止,他心里有点气恼,不好跟杨清阳发作,只好悻悻地打住。看杨清阳脚底下越走越快,宋博脚底下,显然有点跟不上趟了,只好跟杨清阳说自己先回了。临分别,宋博又对杨清阳说了句,我看你才是最明白的人,所以我才愿意跟你说。

跟杨清阳分手,宋博在返回报社的路上,直接就打电话约了魏晓东。

魏晓东喜欢睡午觉,中午周刊休息的时间短,只有一个小时,通常情况下,他都是以尽可能快的速度,把盒饭里的饭菜扒拉到嘴里,挤出时间回到办公室,倒在躺椅上小憩一会儿。接到宋博的电话,魏晓东躺在躺椅上问什么事,宋博不直接回答,反说你来了就知道了。魏晓东不知道宋博突然找他有什么急事,只好拖着疲倦的身子爬起来,叫上司机,两个人赶紧往大报赶。

一进宋博的办公室,魏晓东先问了一句,说宋副总编什么事这么急?



"是不是搅了你的好梦啊?"宋博没有直接回答魏晓东的问话。他知道魏晓东的习惯,中午要睡午觉,他也了解魏晓东的脾性,领导招呼他,他会不问左右尽快到位。

看宋博不慌不忙,魏晓东知道没什么要紧事情,就一屁股坐在沙发上,伸展双腿打了个呵欠,把刚才的困劲释放了一下。

魏晓东虽然是个有规矩的人,但是面对宋博这个领导,他的态度还是有所不同。和对乔华邦与杨清阳不一样,对宋博,个别情况下,或者私下里相处时,他的精神还比较放松,除非宋博要刻意摆出一副领导的架势和口吻,如果那样,魏晓东会认真地给予配合。面对一个同一批进的报社,一起屁颠屁颠地跑新闻,一起谈朋友找老婆,结婚生子,在一个单位十几年的同事,即便是上下级,有时候,他们也实在没办法整距离,装生分。

头往沙发背上一歪,魏晓东的紧张劲过去了,困劲上来了,看宋博好像没什么要紧事,眼看着他就要呼噜上了,耳朵边却听见宋博阴沉的声音。

宋博问魏晓东,说你正处级干了多少年了?你早就该提副总编辑了,至少提个副局级,为什么还不提?你想过这个问题没有?冷不丁的，魏晓东被宋博问住了，就随口说，是啊，你看你，这副局都干了好几年了，我进步太慢啊，水平低能力弱，惭愧惭愧！

宋博一听魏晓东这么说，言语中似乎对现状也有不满，心里挺兴奋，声音中的阴沉也变得有点亢奋，就说，你惭愧什么啊！应该惭愧的人是乔华邦，你没看明白啊？我算看明白了，只要他乔华邦在报社一天，你就没希望，他只要你这匹马儿快跑，不给你这马儿吃草。我把话放这儿，如果我说了算，我第一件事就是把你提起来，不是我讲义气要重用你，完全是众望所归啊。

魏晓东心头一咯噔，困劲一下子没了，他顿时警觉起来。这算什么？这不是搞地下串联吗？这可了不得！这可不行！这话要是让乔社长听到，还以为自己有啥图谋呢。"老宋你可别这么说，我真的不够格啊。"魏晓东赶紧从沙发上坐起身子说。

宋博根本不听魏晓东说什么，自顾自地继续慷慨激昂，说，按一般道理，自己亲手选拔培养起来的人，自然有一种特殊的感情，你的确是他一手提拔的，你也鞍前马后辛苦十几年了，可他对你有什么特殊感情吗？我看的确特殊，你成了给他救火的了，你几番出进《假日》周刊，他就这么折腾你啊！他给你什么好处了？现在周刊搞起来了，你看看你这个当社长的，现在倒成了陪衬的了，出风头的是人家冷妍啊，那才是乔华邦真正的红人呢。

魏晓东本来想说，乔社长那不是信任我吗，他是我的伯乐啊。

魏晓东心里也的确是这么想的。可是念头刚起，他又不想说了，怕宋博又往歪了想，又说他是乔社长的人。魏晓东非常了解宋博的人际思维，宋博自己喜欢结个伙，平日里，也总爱说某某是谁的人，谁谁谁是自己人，也喜欢动不动把别人往一块堆安顿，说谁谁谁他们是一伙的。

不等魏晓东想好该怎么说，宋博的声音又狠狠触碰了一下魏晓东的神经。

"你是不是觉得，这是乔华邦对你的信任啊？你以为自己受到他的栽培和提携了？你以为自己应该对这个伯乐感激不尽？你这是愚忠你知不知道！你醒醒吧。"

宋博居然看透了自己，这叫魏晓东有点不寒而栗。

魏晓东对乔华邦的确是心怀崇敬，很多情况下是无条件地忠诚。他觉得乔华邦不仅仅是自己的伯乐，一直信任他培养他，把自己放在一个重要的岗位上多年，还因为，他觉得乔华邦是一个公道正派的领导，没有私心，与人为善，不整人，有时候，就像个既严厉又慈爱的父辈。有一个这样的领导，他觉得自己很幸运，可以专心地做自己喜欢的新闻工作。

这个宋博，太世故了。

魏晓东简直不敢跟宋博交谈下去，更不想就乔社长的话题继续交流下去。魏晓东想不明白，乔社长不仅对自己，对他宋博也是有知遇之恩的，你宋博就是再想往上爬，也不能踩着自己的恩人吧，这也太不讲良心了。



魏晓东想赶紧找个托辞告辞。

哪知，宋博好像又看出了他的心思，那个不阴不阳的声音又从他身后传了过来，并且叫他起了一身鸡皮疙瘩。“你是不是觉得我没良心啊？因为当初是他乔华邦提拔了我，我就该无怨无悔，就该鞍前马后？什么是良心？为报社排忧解难就是讲良心，把大多数人的需求放在心上，不辜负大家对我的期望，这才是最大的良心！”宋博这句话说得很是铿锵，好像他一直为报社的发展呕心沥血。

说完关于良心的这句话，宋博似乎动了感情，也似乎，这是他心里的一块伤疤，不想再触碰。于是他话锋一转，但是语气依然铿锵地问魏晓东，你说，现在的强势媒体是什么？不等魏晓东回答，或者，他根本就没打算让魏晓东回答，宋博问完了紧接着又说，现在的强势媒体是电视，是网络，它们的冲击力和普及度，还有它们的趣味力，吸引力，早已经使我们平面媒体落入了弱势，你承认这是事实吧！这是个残酷的事实！这个事实我们无法左右，更无法改变，所以呢，我们宁可不动，也不能乱动，乱动，就是自掘坟墓。

“他哪里是想改革，他就是想给自己树碑立传，涂脂抹粉，想当一个弄潮儿。别人都按兵不动，他着什么急？《假日》周刊的未来，还不知道会怎么样呢！让这么多人跟着他冒险，到时候他甩手退休了，给我们扔下一个乱摊子……我看早改早死！迟早把大家的饭碗改没了！”最后，宋博狠狠地扔下这么一句话。

离开了很远，宋博那铿锵的声音还在魏晓东的耳朵边嗡嗡地叫响，他下意识地把小拇指头伸进耳朵，使劲往外掏了几下。

和魏晓东的交心没有什么结果，宋博心里有点烦躁。他盯着电话半天，终于拿起来拨了个号码，听樊进仁的声音传过来，宋博闷闷地问你在干什么，问完了，宋博就有点后悔，他估计他这么一问，一定招来樊进仁的一顿炫耀。果然，樊进仁听上去兴致很高涨，滔滔不绝地说自己忙得脚不沾地了。宋博不客气地打断了樊进仁，说你过来一下。就把电话挂了。

和樊进仁的聊天，依然弄得不欢而散。

尽管樊进仁嘟嘟囔囔地来了，但是没说几句话，就让宋博火气不打一处来。樊进仁一进门就说发奖金了，数钱数得手发软，还说冷妍是个大能人，说乔华邦慧眼，用他鹰一样的眼睛，把冷妍从人堆里发掘出来，让《假日》周刊实现大翻身，还说魏晓东是个老好人，也是个大好人云云。

宋博一听，脸一下阴沉下来，说要不是亲眼看到，亲耳听到，我真不敢相信，这话是从你樊进仁嘴里冒出来的。

樊进仁的话严重刺激了宋博，樊进仁的喜形于色更叫宋博恼火，觉得樊进仁简直有奶便是娘，太容易被收买。

“你现在膨胀得很啊！还知道自己是谁吗？”宋博带着讥讽说。

“我什么时候萎缩过。”兴头上的樊进仁不计较，好心情丝毫不减。

“你跟着人家屁股后头跑，别到时候，赔是找不到家门了。”宋博掩饰不住自己的诅咒，恨恨地说。说完，又盯着樊进仁问一句：“你说你那光脚不怕穿鞋的无赖劲儿都哪去了？”宋博皱着眉头问，满脸的失望不加掩饰。

“是啊，我也纳闷，哪去了？”樊进仁完全不理睬宋博的贬损，也不知道是真纳闷，还是故意装迷糊，反而抬眼看着天花板，这么问起了自己。

“我看你是灵魂出窍了。”

宋博彻底没了好气。他不想理睬樊进仁，可心里又有事，想发泄又无处发作，自己刚把人叫来，又不能立马撵出去。于是他就在屋子里，烦躁得背着手走来走去。樊进仁却继续表现得不知趣，接着刺激人家。

“别转了别转了！再转苍蝇都让你转晕了！你到底有什么事啊？”樊进仁一挥手，赶走了眼前的一只苍蝇。

“有事你也办不成！你走吧！”宋博终于发作。

这天，宋博的坏情绪，被樊进仁推到了顶点。

# 40.

樊进仁大肆夸赞冷妍是个大能人，不惜惹得宋副总编生气，完全是因为《假日》周刊挣大钱了。

首届中国最美系列的评选成功后，《假日》周刊的资金开始充裕起来。

《中国节全集》的出版发行，挣到了《假日》周刊真正的第一桶金，这第一桶金子虽然不多，但这一桶金子的资金积累，让冷妍有了资金底气，不光有了继续资金积累的底气，也有了打造《假日》这个品牌的底气。

颁奖之后，周刊陆陆续续招聘了一些新人，也陆陆续续挖掘了一些资深同行，《假日》周刊的人才储备，可以说彻底摆脱了青黄不接的可能。当然，《假日》周刊员工的腰包，也陆陆续续鼓胀起来。冷妍跟魏晓东说，我们《假日》现在可是名声在外了，我们要两手抓，一手抓办刊质量，一手抓经营效益，《假日》周刊的各项管理，也要上一个新台阶。

冷妍跟大家也说，让周刊不断上台阶，让大家不断涨收入，这是我们的目标，但是日子好过了，我们一定要时常敲敲自己的脑袋，不要只看今天赚了多少钱，而是要好好想想，明天，我们还有没有在市场上赚钱的资格。

那天，冷妍在会上说这句话的时候，绝大多数人都凝神屏气，跟冷妍一起想明天的事，樊进仁坐在一边跑了神，他那天有些烦，正在独自烦躁着他的烦恼。

开会之前，编辑部的几个年轻人聊天，看他们聊得热火朝天，他不由得心头痒痒，想上去凑个热闹，可念头到了脚底下，又哼哼唧唧地迈不开步，觉得凑上去有失自己身份，于是就装作看报纸，举着一张报纸遮住脸，在一边悄悄旁听。

不听也罢，这一听，却听出诸多烦躁来。

樊进仁之所以烦躁，是因为他这么辛苦地旁听，可大家说的话，他居然没听懂多少。

他听见许飞跟曲家妮说，你要是鲜花，以后牛都不敢拉屎了。接着听曲家妮说，为了巴掌大的地方，失去整个世界，我才不发这个昏呢。还听见杜岩岩说，你父母要是把那十分钟用来散步该多好啊！好像杜岩岩是说许飞，惹得大家一阵哄笑，弄得桌椅板凳一顿乱响。然后又听得戚洪波讲笑话，说一个上海人感叹，上海的地铁太挤，上周一个孕妇被挤得流产了，东京人不屑了，说东京的地铁才叫挤，去年一少女被挤得怀孕了。在一片哄笑声中，又听得杜岩岩叫唤，戚洪波你别说了，你领导喊你回去交稿。又一阵大笑……



除了那个怀孕的笑话，樊进仁听懂了，其他的话有什么好笑的，樊进仁完全不明白。

被大家伙笑得莫名其妙，樊进仁正使劲回味和琢磨呢，又听见一个人冲谁叫，哎，型男，你今天帅得太过分了！扮相很“伪娘”啊！樊进仁很想知道这个被称为型男的人是谁，还想知道这过分的帅是怎么回事，更想知道伪娘是什么意思。他想抬眼看一看，又怕引起人注意，只好继续假装认真地看手里的报纸。可是，耳边的对话却继续刺激着他的神经。

又一个声音喊叫，哎哟我的妈哎，哎哟哟……我不是英雄，美人终于让我过关了！然后是另一个声音说，你过关了也不能像个中年妇女似的尖叫啊……一个声音立即反驳说，谁说我们中年妇女是这么尖叫的？不要这么迷恋我们中年妇女，我们都是神话……

樊进仁听得两眼迷离，被弄得一头雾水。他心里也尖叫，这都谁和谁啊？这都哪儿和哪儿啊？这都说的是什么啊？有什么好笑的？明明都是中国话，我怎么一点也听不懂呢？虽然不服气，樊进仁心里隐约知道，他们说的事情一定很好笑，只是他没有听懂。

樊进仁还知道，自己听不懂，和语法无关，和表述也无关，和年龄有关。那一刻，樊进仁突然发觉，自己有点老了。

原本只是一次逍遥的旁听，却招来一种做傻瓜的感觉，好像被众人愚弄了一番。尽管没人知道他听了，并且还没有听懂，但他还是不能释怀自己这么被愚弄。虽然坐在人群里，却有点与世隔绝的滋味。

正埋头烦躁呢，又听得身边冷妍说什么明天有没有赚钱的资格，一时间，牛屎、赚钱、资格、少女、地铁、迷恋、型男……一堆信息塞满了他的脑子，樊进仁的脑子里，有点不堪拥挤。

相比较樊进仁的一脑子糨糊，有一个人，坐在一边一直很清醒，尤其是冷妍那句话她听得很清晰，也很严肃。那句话，别人也许就那么一听，但在周围围听来，却觉得格外有压力。

明天我们有没有赚钱的资格？回味着这句话，周围围似乎越来越能够体会，冷妍的心，到底有多大。

不少人都说，冷妍是个有锋芒的人，她自己也时常以本侠自称，可周围围在冷妍身边，跟前跟后也快三年了，从来没有看见冷妍露出锋芒。她反而发现，冷妍的所谓锋芒，有时候是非常柔软的。周围围记得，冷妍曾经跟她说，要忘掉自己是个记者，把自己当学生。她想，可能正是因为如此，冷妍才可以面对各种各样的人，企业家，小老板，律师，学者，警察……甚至一个商贩，都能让对方打开话匣子，滔滔不绝地跟她掏心窝子。

周围围曾经看过冷妍写的一篇言论，题目是“做一个温暖的媒体人”，看过后，周围围隐约明白了，无论冷妍个性中多么富有豪爽侠气，多么喜欢铿锵有力的言行做派，一旦面对一个被采访者，她会把自己调试到一个合适的挡位，迅速进入一种温暖的情景，让对方把自己珍贵的信任，毫无保留地给她。这两年，冷妍面对的不再是受访者，更多的是一些合作者，周围围想，冷妍的种种机遇，一定和她的这种温暖的心态有密不可分的关系。

冷妍的心很大,但到底有多大,周围围无法揣摩。但冷妍的心态一直让周围围佩服,她从来没有看见过冷妍的沉思状,或者是发愁状。遇到事情,或者是轻言浅笑,或者是干脆利落,结果无论怎样,过程总是向前的,那一个个高度,在不经意的谈笑之间,就完成了。周围围发现,冷妍身上有一种四两拨千斤的能量,在这种能量面前,周围围总感觉自己手无缚鸡之力。

沉思的周围围,不自觉地使劲攥了一下自己的拳头,好像要掂量一下自己的力量。她明白,跟随着这样一个心怀远大的人,心里头可能很踏实,但也会如履薄冰,自己一刻也不能懈怠。

春节一过,周围围就拿了个方案给冷妍。那是个"假日夏令营"系列活动。周围围准备在暑期,搞一个"假日三国夏令营"活动,如果此次夏令营受到欢迎,效果显著,那就在明年寒假和暑期,继续推出"假日红楼梦夏令营",和"假日西游记夏令营"的系列活动……

"你这是把眼睛盯上了我们这些当家长的腰包啊!"看了一眼标题,冷妍一边翻阅手里的策划文案一边说。

听冷妍这么说,周围围心里紧缩了一下,以为冷妍不喜欢这个策划。

周围围哪知道,冷妍心里,早已经悄悄乐开了花。她嘴上只说了那一句话,其实心里更想说:这丫头我没看错啊!还真有头脑,还真肯动脑子,还真能想出好点子,把历史热和名著热如此巧妙地利用起来,真是个好主意。

冷妍仔细地看着那份策划文案,一边也在心里掂量着。

现如今对历史的关注度,已经不仅仅局限于成熟的中老年人了,无论是年轻人还是中小学生,甚至幼儿园的小孩子们,都把津津乐道一些历史故事,当作自己一个资本,把通晓名著故事和历史典故,当成一个必须的兴趣爱好,网络和电视,早已经瞄准商机,已经给他们提供了不少快捷获取历史知识的平台。即便如此,这个温度依然是居高不下。在如此张扬的热情面前,渠道已然是多多益善了。

周围围能够捕捉到这样一个市场，必定也捕捉到了其中蕴涵的无限商机，先别说家长们的钱怎么容易赚，单就这个夏令营的形式和内容，就已经非常独特了。冷妍在心里赞许着周围围。

仔细阅读了周围围的策划后，冷妍注意到，周围围的这个夏令营并没有局限于请有关专家给孩子们讲历史课，其中最具吸引力的，是夏令营瞄上了那些古迹实地。夏令营将会选择一些典故中涉及的地方，比如赤壁、官渡等古战场遗址，甘肃秦安的街亭，襄樊的古隆中，镇江的北固山，绍兴的会稽山等等，带孩子们进行实地的观摩。除了专家学者，还将请一些来自民间的三国迷、红楼迷们，面对面跟孩子们答疑交流，既满足了孩子们的好奇心，又实现了真正的寓教于乐。

这样的夏令营，那些爱好名著的家长和孩子不知道有多么的欢迎呢。儿子小时候要有这样的夏令营，我会毫不犹豫给他报名的。冷妍不禁这么想。

冷妍已经预感到，这个活动一定能成，不光能成，还必将成为《假日》周刊品牌战略中的一个主要品牌。

冷妍心情很好，为周围围敏锐的捕捉能力高兴。

“这下我们又有的忙了！你好好干吧！”冷妍声音兴奋，但脸上不动声色地说。

“你同意了？”

周围围有点不敢相信。

这个选题，是周围围到周刊的第一个独立的选题，也是她担任社长助理以后的第一个选题。为了这个选题，她跑了很多学校，请教了不少搞活动的行家，反复论证它的可行性和成功可能。把它递到冷妍的手里时，周围围心跳得都快顶到嗓子眼了。

面对冷妍，周围围心里实在没底。

周围围记得，有一次周冠军用有点怀疑的语气，问到《中国节全集》出版效益，他问周围围真能挣到钱吗。当时，周围围跟周冠军说，你别瞎担心，有冷姐呢，凡是冷姐决定的事情都是对的，凡是冷姐想的事情都是有道理的。周冠军当时说她，你有点新凡是派啊。“什么是新凡是派?”周围围没听懂,就问,一边还心里嘀咕,难道最近网上又有什么新流行语了?看她问,周冠军不往下说了,只说你不懂,那是政治。

政治,周围围的确不太懂,但“跟随”周围围很懂。她知道,《假日》周刊只要有冷妍在,她的信心就在,只有跟着冷妍,她的底气才会一点点填足。周冠军对她说,不能光跟着,要尽快拿出自己的东西,才算不白跟。“你看那些跟跑的长跑运动员,会跟才会超越,跟跑是为了超越。”

“超越?”周冠军的话把周围围吓着了。超越冷妍?她现在还不敢想,她只想尽快超越自己。

“不错!”冷妍这次脸上带了微笑。

冷妍的态度,让周围围心里的石头哗啦一下落了地。周围围开心地拍拍自己胸口,她想这回,自己可能真的跟上了冷妍的步伐。



心里一轻松,周围围就乘势又说:“另外我还有个想法……”说完这句,周围围突然打住了,可能是觉得自己有点得寸进尺,她抿住嘴唇,故意歪头看着冷妍,似乎是等着冷妍给点鼓励。

“不怕憋出好歹来,你就咽回去!”冷妍也斜眼看着周围围,故意狠狠地说。

“嘿嘿……遵旨。”

周围围说,她想把“假日新榜样”排行榜重新细化一下,从现在全国的“面”,向各地的“点”转变,按照地区或者地域,还有不同的项目内容,重新做一个排行发布,比如“北京最美的乡村”,“山西最美的院子”,“内蒙最美的草原”,“福建最美的瀑布”,“滇西最美味的城市”等等。这样一来,可以进一步激发各个地区对排行榜的关注度和参与热情。

“你想啊,这别人家的事情可能你不关心,但是,要是你自己家的事情,你不能不关心吧。”周围围最后说。

听周围围说的时候,冷妍一直保持一个姿态,就是那个故意斜眼歪看的姿势,周围围也故意作出毕恭毕敬的样子,一句一颔首地呈汇报姿势,等到周围围话音一落,两个人就都忍不住乐了。冷妍一迭连声地说,不错不错,挺好挺好。还说,下次编辑部开选题策划会,你参加一下，和杜岩岩一起碰碰，把排行榜调整一下。

不等周围围再作反应，冷妍像是想起了什么，又说，给你派个人，是大报财务处的方晴雨，她办事细致，人也认真，还懂一点财务，我准备让她负责周刊的总务，归你这个社长助理直接领导，过两天就正式上班了。

觉得突然，周围围一时不知道该怎么接话。

凭直觉，她认为这事，其中一定有渊源。

方晴雨在大报财务处，副处长她当得好好的，怎么会愿意离开大报到小小的周刊来？即便她想来，也没听说周刊需要财务人员呀？更何况，周围围听说这个方晴雨虽然是个财务处副处长，但却不怎么懂财务，既不懂财务，又没有做过广告经营和媒体策划，更不能做记者编辑，她来周刊能做什么呢？冷姐一向提倡用人要用一人多能的人，希望记者编辑能搞策划，策划人员要懂经营，经营人员会搞活动，并且还时不时的用岗位轮换锻炼队伍。像方晴雨这样的人，到了周刊就是一个可有可无的人，甚至可能是养了一个闲人，冷妍怎么会接受一个闲人呢？

周围围觉得，方晴雨不是周刊需要的人，更不是冷妍想要的人。

想着，听见冷妍又说，你别担心，她会很好地协助你的。

看周围围点头应了一声，脸上却挂满了茫然，冷妍没有跟她再多解释。周围围就挂着茫然转身离开了。

冷妍此举的用心，周围围自然不了解。冷妍向来喜欢锄强扶弱，只要有机会，她就会挥一挥手中的长剑，当一回侠客，当然，她挥得很轻盈，看上去很不经意，完全是若有若无的样子，别人或者看出来，或者没看出来，她都不在意，甚至不需要更多的理由。

比如这回，方晴雨陷入了困境，冷妍看在了眼里。

方晴雨和宋博的关系，在大报就是司马昭之心，路人皆知。可是，他们的这种见不得人的关系，一旦遭人诟病，比如“A4门”，宋博总是拿出一副于己无关的模样，很厚颜地把自己撇得很干净，把个方晴雨，孤零零地丢在人前，可怜兮兮地百口莫辩。

方晴雨能辩什么？说自己和宋博没关系？方晴雨还没那么弱智，

给自己弄出个此地无银的尴尬，于是她只有忍着。经常有人故意当着她的面，编派些宋博的段子，说些宋副总编对女人的喜好，比如某次饭局，宋副总编拉着谁喝交杯酒了，把谁的大腿捏得大声尖叫了。也有故意跟她欲言又止的，然后带着古怪有寓意的眼神盯着她看，让她走也不是留也不是，脸上挂不住，心里打翻了五味瓶，啥滋味都有。

因为宋博，方晴雨一刻也不想呆在大报。别说那些有色眼睛的盯视，闲言碎语的恶毒，就是宋博忽冷忽热的薄情寡义，也让她伤心透顶。也许是逃避，也许是幽怨，也许还有那么一丝丝侥幸，方晴雨指望着或许和宋博拉开距离，反而可以保持一些温度，总之，她想消失在宋博眼前。

方晴雨下定决心离开。

当方晴雨找到冷妍的时候，冷妍在最初的那一刻，的确有些意外。她不是意外方晴雨想离开《新华大时报》，而是意外方晴雨居然想到了她。在感到意外的那一刻，冷妍心里很不是滋味。这个女人无路可走了。

虽然在一个报社十几年，方晴雨和冷妍，可以说是从无交集，别说是女人间热络的寒暄了，就是同事之间的客套都很少。她们几乎是陌生人。

实际上，她们又不陌生。

冷妍的本事，方晴雨一清二楚，方晴雨的故事，冷妍也多有耳闻。方晴雨从录入员当上美编时，冷妍就已经是报社的大记者了。在报社这种地方，很少听得人夸谁文笔好，因为除了写文字的，就是审文字的，要么就是检查标点符号校对文字的，文字见得多了，谁对文字都有了那么两下子。所以，想听谁夸谁的文笔好，就变成了一件罕见的事情。更何况，文人还要相轻。

但是方晴雨很清楚，冷妍的文笔很厉害。当录入员的时候，方晴雨不知道多少次地录入过冷妍的文章，后来做美编，又给她的文章数字数，画版式，冷妍的大名，一次次进入她的视线。冷妍是不是大记者，已经不需要别人在她跟前认可，动辄几千字的大文章，上了头版配了编者按，时不时就弄个大报道，冷不丁就上了头条……冷妍的记者风光，对方晴雨来说，是那种只能远远地望着，无论怎么努力也追赶不上的风光。同为女人，她羡慕并妒忌着。

有一点方晴雨一直想不通，心里时常嘀咕，为什么没有人知道冷妍的婚姻情况，这在人多嘴杂的报社，也属于罕见，没有人知道冷妍的丈夫是干什么的。女人凑一块，喜欢装作不经意地打探别人的隐私，尤其是身边别的女人的隐私。每每说到冷妍，大家仿佛就集体失语，大眼瞪小眼。如果冷妍在场，她也会和大家一起说丈夫说孩子，但是，你就是从中听不到任何有价值有意思的特殊细节，那丈夫和孩子，好像搁在哪个女人身上都行。一个像冷妍这样，在报社很叱咤的女人，更少不了吸引别人的好奇，越是打探不到，人们越是好奇。

方晴雨不相信冷妍没有故事。

冷妍的故事方晴雨不知道，可方晴雨的故事一直离不开情色。因为宋博，冷妍注意过方晴雨，直觉告诉过她，方晴雨不是在和宋博玩感情，她多少都动了些真的，这就注定了方晴雨的结局。

方晴雨原本可能是一个默默无闻的女人，她在大报的处境，之所以变得晦涩莫测，宋博功不可没。冷妍偶尔就听见有一次，樊进仁在人堆里眉飞色舞地描绘一个女人，那个女人是从某个社领导办公室出来，樊进仁的言语极度地含沙射影，让所有听的人很容易就能瞄准方向，很快就能锁定目标。那目标直指方晴雨。

有一次报社开大会，冷妍坐在门口位置，她看见方晴雨走进来，与此同时，冷妍的身后传来一个调笑的声音："填房的进来了。"方晴雨似乎没有听见，但冷妍听见了，冷妍相信她周围的人都听见了，并且有几声附和的调笑传来。

冷妍觉得，方晴雨的问题在于，她一直不知道自己最适合做什么，比如做老婆，还是做情人，做熟女，还是做少女，做美编，还是做财务，做业务，还是做行政。她一直在盲目地攀爬，因为盲目，她攀爬的姿势和位置不太好看，就把自己置于了众人的不屑中。

其实，方晴雨的优点很明显，人长得漂亮得体，做事情周到细致，这样的女人，其实很适合做行政协调工作。在方晴雨调到大报财务处时，冷妍曾经替方晴雨暗自叹息过，觉得方晴雨又在进行一次无意义的攀爬。她们没有交情，冷妍只能一声叹息。

冷妍和方晴雨，十几年来，一个在前台舞文弄墨，感受风光，一个在后台研墨闻墨，尝受苟且。一个看透风云，一个看人眼色。她们完全不是一种活法。

她们是一对陌生的熟人。

就像当初拉了樊进仁一把，对冷妍来说，现在的方晴雨就是当时的樊进仁。一个将要陷落的人，向她伸出了颤抖的手臂，她不能不拉。

# 41.

冷妍跟魏晓东商量，给周围围奖励了一台车。

随着《假日》的品牌有了一定的知名度，《假日》周刊的活动越做越多，越做越成熟。社长助理周围围的功夫，似乎练得也越来越到家。

几个月来，周刊的广告收入大幅度增长，不仅原有广告客户的黏合度越来越强，就是新增广告商的队伍，都已经排到了下一年度，广告投放量的增加，使得《假日》周刊的发行量，更是节节攀升。尤其是“假日新榜样”排行榜，越来越热，被关注度是越来越高，不光是读者关注，那些在榜单上角逐的地区，一个个都铆足了劲头，生怕上不了榜，生怕自己的排名落后。“假日新榜样”逐步奠定了自己的权威。围绕着几个重点品牌栏目，周围围策划组织的各种大大小小的活动，此起彼伏地不间断，整个《假日》周刊的经营，有点四面开花的意思。

假日夏令营活动启动后不久，周围围就跟冷妍说，原计划这个夏令营活动先做一个主题，先做一个“假日三国夏令营”，现在看来，我们的市场预期有点保守，我想啊，索性我们乘势一次就推出几个主题，“假日红楼梦夏令营”和“假日西游记夏令营”几个一起上，把主题夏令营的声势做大做足，你看行不行？

周围围这话是在《新华大时报》一次欢送退休人员的聚餐上说的。当时，周围围只跟相邻的冷妍在说。

因为喝了一点红酒，周围围显得有点兴奋，一兴奋声音就有点大，说到开心处，居然发出了惊动四座的爽朗大笑，惹得有些周边人侧目。有的人相互窃窃私语，有的人皱着眉摇头，有的人则面露冷冷的笑。

周围围对此浑然不知。

也许是喝了酒，平时就喜欢拔刀相助的周围围，此时更见不得别人被激将。桌上有人推推搡搡不喝酒，周围围就主动跟人家说，我替你，然后端起眼前的酒，一仰脖子倒进嘴里，引得众人夸她女侠。帮衬别人喝酒的时候，她嘴里还时不时地说"我们老大"什么的。大家都知道她说的是冷妍。冷妍在一边也不多说，倒像是看自己孩子似的，时不时眯缝起眼睛，笑看周围围一眼，或者给她递上一杯水，或者拍拍喝呛了的周围围后背。

隔桌有耳，还有眼。

"看这丫头，还女侠呢，随谁了这是？"听见周围围的豪言壮语，樊进仁心里有点不是滋味，言语就散出一股子酸味，他问身边的宋博。



"什么女侠，就是一个想当爷的女人，女人要当了爷，爷就没好日子过了。"宋博阴阳怪气地说。

"还能随谁，随她的主子。"说完，宋博又接了一句，阴阳腔不改。

这是宋博的心里话。宋博觉得这周围围简直越来越像冷妍，那副大大咧咧不知深浅的样子，甚至比冷妍还不加掩饰，在他们这些前辈们面前，一点也不知道低调，跑到这儿来显摆，还做大做足，简直不知天有多高地有多厚。在座的除了退休人员，就是各部门领导，哪个不比她年长？哪个不比她有资格？人说这女孩子家都喜欢装嫩，这丫头怎么就爱充大呢！张嘴闭嘴我们老大，是你也想当老大吧！

简直跟冷妍一样！宋博心里再一次恨恨地想。

周围围的举动，让宋博想起冷妍一贯的表现。冷妍这个女人，在一些女人的问题上总是和别的女人不一样，她似乎很不喜欢扑朔迷离，不喜欢神秘色彩。别的女人一问年龄就要弄莫测，一个个讳莫如深，她却从来不忌讳说自己的年龄，好像生怕旁人比自己年长，总是大张旗鼓地让人叫大姐，甚至说叫阿姨也没意见，恨不得自己是老太君。宋博打心眼里讨厌这样的女人，显你大气有胸怀？

在宋博看来，冷妍的胸怀很是可疑。

在樊进仁看来，冷妍的胸怀委实有点博大了。

听说方晴雨找了冷妍，想到《假日》周刊来。樊进仁的第一感觉就是太不靠谱。

以樊进仁的判断，冷妍和方晴雨压根就不是一类女人，甚至是水火不相容的两类女人。一个姿色平平，却气质出众才智甚高。一个狐媚杏眼，却攀权附贵智商匮乏。樊进仁坚信，冷妍压根就看不上方晴雨这样的女人，方晴雨更不愿意冷妍这样的女人在眼前晃荡。同为女人，她们都具备一定的引力，但一个是勾引，一个是吸引。在樊进仁看来，这样两个女人搁在一起，彼此的磁场都会受影响。

除非方晴雨疯了，居然想让冷妍领导她。并且冷妍也疯了，居然想领导方晴雨。

结果，樊进仁认为两个人都疯了。

樊进仁从心底深处不希望方晴雨到《假日》周刊来，他认为这是宋博看着周刊效益越来越好，让方晴雨下山摘桃子来了。可是，在进人的事情上他说了不算。

就这么眼睁睁看着方晴雨顺利地调到《假日》周刊，冷妍还让她负一方职责，当什么综合协调部部长。樊进仁又看不懂了，不知道这冷妍是怎么想的。

宋博和樊进仁的对话，被周冠军听见了，但他装作没听见，大声跟旁边的人说笑着，看上去有点夸张。

那天聚餐一结束，周冠军就迫不及待地一个人先回了家，一进门也不换拖鞋，一屁股坐在离门最近的餐桌边，耷拉着个脸生闷气。

他在等周围围。

周冠军之所以先跑回家，他担心自己会忍不住冲周围围嚷嚷，看周围围喝酒的那个劲头，酒兴浓，谈兴也浓，他要一嚷嚷，她肯定不服气，两个人还不得都红了脸。他得让自己平静平静，这丫头一向伶牙俐齿，他得想好了怎么说，得态度端正。端正态度是周围围经常跟他提的要求。如果他的态度不够端正，周围围不光不听他的，还可能反过来堵他的嘴，当然，有时候用的是言语，有时候用的是嘴唇。

周冠军认为有必要好好教育一下自己的老婆。

他觉得周围围现在问题很严重，有点张扬，有点嚣张，有点膨胀……他不希望她过于显露自己，不愿意她说的比做的多，这样下去，她会把自己变成众矢之的。周冠军不能看周围围成为众矢之的，尤其是成了宋博和樊进仁的眼中钉。周冠军当过众矢之的，他知道那滋味。

可是，他坐在餐桌边，等了不知道多长时间，等得肉困眼乏都犯了瞌睡，门外却一点动静都没有。脚上还穿着皮鞋，感觉有点不舒服，他使劲睁了睁眼睛，郁闷地蹭掉脚上的皮鞋，伸腿勾过一双拖鞋来，刚要往里伸脚，一看是周围围的小白兔拖鞋，无奈地一甩脚。感觉头有点疼，他就索性穿着袜子站起身，摇摇晃晃地向卧室走去。

那晚，周围围一夜未归。

第二天，周冠军一觉醒来，伸手往枕头边一摸，发现身边没有老婆，他前一晚的教育欲望，陡然骤减，还吓出了一身冷汗。他赶紧打开手机，看到一条信息："老公，我和冷姐方姐在银沙养生会馆。"再看，信息发送时间是凌晨一点。周冠军手一松，手机滑落在床上，他又仰身倒下，紧张的神经顿时松懈了。嘴里嘟囔了一句："死丫头！会夜不归宿了。"



忽而想起，周围围跟他说，这两天她要上路了，周冠军的神经又不松弛了。周围围拿了驾照，还没有正式驾车上过路，《假日》周刊奖了她一辆车，她说开就要开。周冠军越想越不放心，想着得劝她先找个陪练练练。

说是奖励周围围，实际上是《假日》周刊自己买了一辆车，配给了身为策划总监和社长助理的周围围。周围围只是拥有它的使用权。

第一次开车回家，周围围在小区里头转圈圈，她找不到停车的地方，不是小区里没有车位，而是周围围觉得，那些停车位子不够大，她怕不小心蹭着人家车。

转了好几圈，实在没办法把车停进一个车位里，周围围紧紧握在方向盘上的手，满手心都是汗，心里直后悔把车开回家。早知道这样，还不如坐公交呢，省得出这一身冷汗了。

手心出着汗，也不知道折腾了多少个来回，她前前后后左左右右，总算踅摸到了合适的参照物，好不容易把半个车身搁进一个车位，可就是不能把整个车身弄进安全线内去。周围围真跟自己急了，咋这么难呢？没这么难啊？考进库的时候，师傅还说我利索呢，侧方停车也是一次就过了啊？这会儿咋就不灵了呢？

学车的时候，师傅总会杵一个参照物，或者竹竿，或者小旗，这会儿，周围围按照师傅教的找参照物，周围除了车还是车，她一下不会参照了。没有参照物，周围围知道自己死活是入不进那库了。

保安看不下去了。

一个保安跑过来，擅自做主，把一个停好车的业主叫过来，拍拍车窗让周围围下车，招呼那个业主帮周围围把车倒进一个车位里。

无独有偶，那些天，跟车有关的倒霉事，扎着堆往周围围跟前凑。

几天后，她正驾车在路上，左边车道上一辆车一直和她并行，那辆车的右车窗里，一直晃着的一个大脑袋，一个劲地向她摇头摆手。身为新手的周围围，哪里敢东张西望，人家摆手她倒是看见了，可她根本顾不上寻思人家的意思，脚底下已经慌了神，动作全乱，咣当一下，熄火在马路中央。

那辆车上的人很好心，看她熄火，伸出脑袋冲她喊了一声："车胎……"

周围围慌里慌张下车一看，左边后车胎瘪了。

站在车外边的周围围也瘪了。她想给周冠军打电话，一转念又觉得不能打，就给冷妍拨了电话，问怎么办。冷妍让她把车靠路边停下，拦住一辆出租车，请出租车司机帮忙换胎。她按照冷妍的办法做了。可当人家出租车司机问备胎的事，她却瞪着眼睛问人家"什么备胎?"弄得出租司机乐了。看她一问三不知，出租司机干脆径自到后备箱里，翻捡出了备胎和一些工具，三下五下帮她解决了。

换胎事件过去没几天，周围围又遭遇追尾。那次，她看见前面一辆越野车后面有一行字，那行字有点长，她想看清楚点，就轻点油门跟上前去，跟越野车缩短了间距，终于看清，那行字是"我也是江湖中人，为什么没有我的传说"，周围围顿时乐了，这一乐，人家踩了刹车她没留神，“嘭”的一下，她和越野来了个亲密接触。

她很幸运，越野司机下了车，走到后面看了看，然后又走回去，开门上车，扬长而去。人家没理她，自始至终，人家看都没看她一眼。周围围下车看了看自己的座驾，车牌上留下几道划痕。

历经几次上路坎坷，周围围已经可以不惊魂了。她把这些事儿当玩笑说给周冠军听，招惹得周冠军一脸的担忧，说让你找个陪练，你怎么不听话啊？再说，你是怎么学的车？你当是学数学物理呢？这也敢都还给老师？你手里不光有报社财产，还有生命你知道吗？周围围捣蒜似的点着小脑袋，说是是是，你老人家训斥得极是，我无语行不行啊，我一定要苦练杀敌本领，让你老人家放心。满心担忧的周冠军，给嬉皮笑脸的周围围弄得很无奈，故作生气地说：“这么严肃的事儿，你凝重点！”



像忽然想起了什么似的，周冠军突然正色走到周围围跟前，拉着脸，严肃地说：“你可别太得瑟啊！你看你，整得那么叱咤，酒你也能喝，话你也能说，事你也能干，你了不得了！又是社长助理又是车的，当心枪打出头鸟啊！”

“你的脑子也太时空穿越了吧！”

周围围脑子里还想着练车的事，周冠军这儿又说起什么叱咤和酒了，她只好耷拉脑袋，故作无奈地说：“俺有自知之明，我知道，当记者我比你差远了，又没有遭到过上级部门的点名表扬……玩低调也不如你，打碎了牙又不能往肚子里咽，我怕死了一肚子碎牙，让人误以为我一肚子舍利子……坐车也不如你，你坐的是专车，你都不用亲自握方向盘……”周围围故意嘟嘟囔囔地说，说完，抿着嘴巴偷偷乐。

她说的周冠军的专车，实际上是杨清阳的专车。周冠军现在每天上下班蹭杨清阳的专车，因为报社和杨清阳同路的人多，每天谁早钻进车里谁就跟着走。被周围围挖苦说是“钻(专)车”。

玩笑归玩笑，一想起过去周冠军就知道埋头苦干，现如今也知道抬头望望前方的路，周围围收住了坏笑，满怀真诚地又说，老公，你真变了，有点茁壮成长的意思了。说完，周围围又故意调皮地说了一句，恭喜你！你已经成长为一头成熟的男人了！

周冠军刚想张嘴回应，突然觉得不对，再看周围围一脸的坏笑，他才醒过味来，就顺着周围围的意思说，你千万别成长成一头母狮子就行了。

“本母狮子保证，一定不辜负雄狮子的大力支持，一定牢记你老人家的大恩大德，你生病了，我衣不解带，你生气了，我骂不还口……”

“少贫嘴！丫头你可要记住，你这小肩膀还嫩得很，前方的路很凄迷，我帮不了你什么，你任重道远啊！”

“别吓唬我，不过就是多了几个头衔，别看什么总监啊助理的，都是干活的差事，你放心吧，我会夹着小尾巴的。”周围围安慰着周冠军，她踮起脚尖，抱着周冠军的大脑袋，在他的厚嘴唇上使劲吻了一下，弄出很响亮的声响。

# 42.



宋博不喜欢锦上添花，尤其不喜欢为曾经不如自己的人，甚至曾经被自己不屑的人锦上添花。

可是现在，他的处境有点尴尬，好像他曾经不屑的一些人，现如今都活得无比的滋润。比如樊进仁，《假日》周刊水涨船高，他也跟着登高望远了，以前老婆不想跟他过了，他一直拖着不在离婚协议书上签字，现在听说，不光气壮如牛地签了字，还很快挎着一个年轻女人看房子，说是要结婚。

还有周冠军，一个闷头闷脑的小记者，才几年工夫，居然当上了要闻部的副主任，看情形，如果不出意外，那要闻部主任的位置还真能落到他手里。更不可思议的是他娶了周围围。

那个周围围，年轻，人长得又漂亮，个性还活泼可爱，怎么就落在了他怀里？更有甚者，那个周围围的亲舅舅，是上级部门一要人。这个周冠军不知走了什么运，老婆有个那样的亲舅舅，还年轻漂亮，也都罢了，可这个年轻漂亮的周围围，短短几年内，居然成了报社的能人，红人，活动一个接着一个搞，还搞得影响一个比一个大，虽说是人在《假日》周刊，可大报跟着沾了不少光，除了上交部分盈利，年终孝敬的红包拿了不少。宋博听说，周围围这两年自己也拿了不少提成和奖金，这周冠军弄了个人财两旺。

魏晓东就更别提了，一提他宋博就心口疼。宋博当副总编辑的时候，他还是个副主任，现在看看，主持着一个如日中天的《假日》周刊不说，在大报也变得日渐举足轻重，一个总编辑助理，几乎和他这个副总编辑平起平坐。还都说他是好人，说他有德有功有才，乾隆皇帝老子口中的大功臣，也不过如此。

"我在报社混了这么多年，跟他们弄了个平手？"宋博心里没办法服这口气。

心里再不服气，他得面对现实。现实很残酷，就是这三个人，他现在却不得不跟他们放下自己的姿态，不得不想办法笼络，因为跟这三人的顺风顺水相比，曾经的能人宋博，现在却活得不死不活，甚至不得不背水一战。而这三个人，无论是现在还是将来，其价值正在凸显。这三个人他必须笼络，如果运气好的话，说不定，还能成为自己的左右臂膀，关键时刻，助自己一臂之力。

他宋博还是《新华大时报》的副总编辑，他一个电话，那三个人就不能不给他面子。

一个周六的晚上，四个男人坐在了一起。

"我一直认为，我们不仅仅是同事，不仅仅是上下级，我们还是朋友。"一开场，宋博就非常诚恳地说。

"我今晚，本来就想和老魏聊聊，最近报业改革风声四起啊，报社面临的事情是千头万绪，开会开会还是开会，烦累交加啊老魏是不是？"宋博跟魏晓东示意，又说："想和老魏喝喝酒叙叙旧，放松一下，后来一想，两个人不热闹，就让老魏把冠军叫上，冠军也很辛苦，要闻部操心哪。可三个人也不热闹，玩牌也得凑四人嘛，就又把老樊叫来，我们一块儿，喝酒叙旧。来来来，酒杯一端，政策放宽，大家敞开了喝。"宋博一番开场白，笑容真诚，语气温和，说得情深意长，三个人就都点头举杯。

"我说老宋，天底下没有免费的午餐，也没有免费的早餐和晚餐，你今天到底为啥叫我们来喝酒？"宋博虽然一番情深意长，但樊进仁听得刺耳，玩牌凑人？拿我当凑数的了？心里不愉快，又看宋博玩起了情深意长，觉得宋博太肉麻，樊进仁也不想顾忌什么了，从来都是私底下才叫老宋，这会儿当着魏晓东和周冠军，也"老宋"上了，不光称呼放松了，言语也少了过去人前对宋副总编的客气，甚至还有点不客气了。

"是不是又被哪个小女子伤了心啊？"看宋博一时没接话，樊进仁干脆开起了宋博的玩笑，言语更加的不顾忌。

"你小子才和小女子呢，江湖上可盛传你人品不好，你那小女子干什么的？也没透露一点，啥时候结婚？喝你喜酒去？"樊进仁一上来就语气放肆，简直不知道自己是谁了，真把自己当成功人士了？宋博心里有气，但他不能发作。要搁平时，他难听话早撂过去了，可是今天不行，今天他的目的是笼络，他不能和樊进仁一般见识。于是宋博放平情绪，还有意应和着樊进仁的话头调节气氛，他也感觉到，魏晓东和周冠军有些不适应樊进仁的放肆，两个人脸上的表情略显木讷。

"别人都在假装正经，我只好假装不正经了。"樊进仁显得脸皮很厚地说，脸上却带着掩饰不住的得意。



"你小子，就你这模样，你就是再正经，也没人敢收留啊，到底是哪个小女子这么勇敢，把你收留了？"宋博挖苦说。

"我老婆说了，长得帅有什么用，又不能拿一张脸去刷卡。"樊进仁反驳宋博。

"你的小女子不会拿你当取款机了吧！"宋博条件反射，不依不饶的。

"咱……有才！郎才女貌……你……没听说过啊。"樊进仁边往嘴里塞东西，边吭哧着回应着宋博。

"也是啊，一个男人，只要不是功能有问题，都能找到女人买单嘛。"面对樊进仁的得意，宋博实在忍不住自己的攻击欲望。

"结婚是正经事情，是好事，来来来，先祝贺老樊。"魏晓东终于举起了酒杯，不等别人喝，他冲着樊进仁一示意，先自抿了一口。周冠军见状，也赶紧举起杯子，冲樊进仁示意一下，抿了一小口。

"冠军，我可知道你老弟是海量啊，怎么扭捏上了？就这么一小口算什么？"樊进仁看周冠军没喝完酒杯里的酒，就不满意地说。

"冠军老弟和别人当然不扭捏，你不是领导嘛，和领导不扭捏那是不懂事。"宋博把话接了过来，像是替周冠军打圆场。说这话的时候，他跟周冠军挤了下眉眼，有“我可是替你说了话”的意思。

“小周，你看看你看看，领导这么提携（提鞋）你，你还不赶紧天天换袜子？”宋博跟周冠军挤眉眼，樊进仁都看见了，樊进仁嫌宋博厚此薄彼，不自觉吃起醋来。

“刚才老宋说了，在这张桌子上没有领导，没有上下级，是不是老宋？”看周冠军不知如何应对樊进仁，魏晓东就把话往旁里岔。周冠军似乎心领神会，赶紧端起酒杯，说我先自残三杯，然后咣当咣当给自己灌了三杯酒。

“不能自残啊，自残了谁为报社出力啊，报业改革啦，我们报社的春天就要来了，让我们为报社的春天干一杯！”宋博听似热情，可脸上却表情怪异地提议。

“报社的春天来没来我不知道，反正我的春天来了。”宋博脸上的怪笑樊进仁又看见了。他看出来了，宋博嘴上说报社的春天，其实心里很不痛快。感觉到宋博的不痛快，樊进仁很快又恢复了刚才的得意。在这个饭桌上，他觉得自己如今最有理由得意，仔细想一想，更觉得没有理由不得意。

看樊进仁得意的样子，宋博就忍不住想打压一下他。

宋博之所以这么想，除了他实在是习惯了打压樊进仁，还因为，宋博今天要的是皆大欢喜的场面，要的是共谋的结局，他不想让谁太紧张，更不想让谁太得意，破坏了此时此刻的平衡。

“老樊呢，说句实话，你可要感谢大师啊！在你落魄的时候，是人家老魏收留了你啊……你还要感谢冠军，他不写那篇文章，就不会有副刊改版，没有副刊改版，就不会有《假日》周刊的诞生，而没有《假日》周刊，你老樊能有今天的好日子吗？”

看周冠军拿纸巾擦脑门，宋博转过脸，换上一副温和的表情，笑着说，冠军你别紧张啊，看把你紧张的，我这可是给你修台阶呢。周冠军乘势赶紧说了开场来的第一句完整的话：“惭愧惭愧，冤枉冤枉，我必须紧张啊，我一小萝卜头，怎么能和樊总相提并论，人家樊总是大才子，还是有福之人，没看樊总的日子，那是越过越完美，我这是苟活呢。”

“你谦虚啥啊，再说你不用担心，你有你那个名字托着呢，到啥地方啥时候,你都是冠军嘛。"樊进仁显得挺大度。他知道宋博又故意刺激他,他没让宋博达到目的。

"那你一边紧张着,顺便找找有地缝没有。来来我们走一个。"魏晓东冲周冠军说,然后又举起了酒杯,对着宋博和樊进仁示意一下,又是不管宋博和樊进仁喝不喝,先自抿一口下肚。

"看看看,今天连我们大师也会幽默了,看来我们几个人有必要经常聚聚,有利于激发各自的潜能啊!"魏晓东的表现,的确符合宋博此时的心意,和谐才能共谋。于是,宋博热情地起身,离开座位跟每个人碰了杯,还执意跟每个人喝了个交杯酒,弄得魏晓东连连后退,屁股都撅到了墙上,酒也洒了一身。樊进仁坐一边嚷嚷,说跟一个男人喝交杯酒算怎么回事,说宋博拿肉麻当好玩。

一时间,桌面上气氛,果然越来越和谐,和谐中,相互之间又喝了几个来回,寒暄声渐渐高昂起来。



就在这高昂的寒暄声中,突然,宋博把手往桌子上重重一拍,说:"刚才冠军说老樊越过越完美,你们都是越过越完美啊,你们美了,我要完了。弟兄们,我最近越来越困惑,我不知路在何方了,想请各位高手帮我分析分析。"

宋博突然变脸,让酒香意浓的众人,着实有点吃惊,宋博可怜兮兮的口气,也完全不是他平日的风格。魏晓东和周冠军,齐齐瞪着眼睛看着宋博,不知怎么言语。一边的樊进仁说话了:

"有啥可分析的,现在不是有句话很时髦吗?走别人的路,让别人无路可走,哈哈哈哈……"樊进仁觉得自己智慧而幽默,既替魏晓东和周冠军解了围,也改变了桌上的尴尬气氛。

"还有一句更时髦的,走别人的路,让别人跟踪去吧。"周冠军跟着开了句玩笑。周冠军这句话跟得很快,像是不假思索,更像是完全没有弄懂宋博的意思,似乎是下意识的,因为受到了樊进仁的启发,就把话题一下岔得更远。除了宋博,桌上的人都哈哈笑了起来。

宋博一说困惑,樊进仁就把他的心思猜了个八九不离十,他知道宋博这是要诉苦了。

他可不想听宋博诉他的苦,宋博那叫什么苦啊?跟他樊进仁当初无职无权，一落到底的境遇比，宋博还有什么可抱怨的。不就是想当总编辑想疯了吗？就是当不上总编辑，谁还能把你的副总编辑撸掉，就是杨清阳上去了，你不还是堂堂《新华大时报》的第一副总编辑吗！

此时的樊进仁，对宋博充满了歧视，心想，你现在看得起我了？晚了！你这么精明的人，不知道什么是此一时彼一时？尤其是宋博居然悄悄跟他说，让他别忘了，当初他跟宋博拍胸脯要紧跟的事情。这让樊进仁忽然想起了遥远的三国时代，曹操和吕布那场关于城上城下的对话。吕布被曹操五花大绑，将死之际，吕布祈求曹操，让曹操践行当初让他当三军大元帅的承诺，曹操却对他说，那时，你在城上，我在城下……由于酒精的作用，樊进仁似乎出现了幻觉，一股子王者之气，立即充盈了他的脑袋，他差点要昂首挺胸，用曹操的身段，把曹操的那句"那时，你在城上，我在城下"，向着宋博喷出来。

樊进仁今天心情不错，他可不想被宋博破坏了好心情。

"你困惑啥？知足才能常乐嘛，你看我，我就很知足，知足！知足！"樊进仁一连说了几个知足，说最后一个知足时，他伸出右手，大拇指、食指和中指三个手指头凑到一起，冲着宋博搓摸了好几下，示意自己的知足，和钱有关。怕宋博不懂，又说："现在，咱人民有币。"

"你也堂堂一君子，翩翩一才子，你看你现在，一身铜臭！"宋博没好气地说。樊进仁脸上笑着，眼睛却公然翻了宋博一下，那神情，让宋博有些意外。

魏晓东坐一边，他自顾自地喝了口酒，也像是自顾自的，在一边自言自语："前两天，我看了一东西，说'神州'一词的意思，是神眷顾的地方。我琢磨这话很有意思，你们想想啊，为什么中国五千年的文化能连绵不绝，你看现代中国人，只要认识字，就能读懂孔子、孟子，甚至更以前的文字，懂了才谈得上传承是不是？你再看看印度、埃及，那也是文明古国，历史够悠久的吧，可它们一两千年以前的文字，就成了天书，这是为什么？因为文化有断层啊。我们没有！你们说神不神？几千年了，就是没断，这就是'神州'啊！"

"你这大师什么时候成半仙了？"樊进仁把筷子伸到魏晓东跟前的菜盘子里，扒拉了几下，没找到想吃的那口，就一边随便夹了口往嘴里放，一边说。

魏晓东像是没听见，继续做若有所思状，还自己跟自己点了点头，然后脖颈往前使劲一伸，往下咽了口吐沫，又接着说："孔子讲'仁'，其实我们中国人是很'仁'的，中国人信奉'己所不欲勿施于人'，而西方人则推崇'己所欲施于人'，分析分析啊，这有问题，你喝牛奶，你就让别人也喝牛奶，也许人家喝了牛奶拉肚子呢？这种做法其实是一种暴力。还是我们中国人'仁'，自己喝牛奶拉肚子，就不能给别人喝牛奶了……"

"大师说的没错哎，我就不能喝牛奶，一喝就拉肚子，周围围总说我一喝牛奶就拉，钙流失严重。"

"去去去……别胡扯了，大师喝多了，你也满嘴跑火车，什么牛奶了拉肚子了。上汤了上汤了，快快，喝汤喝汤……"樊进仁听得发晕，就冲周冠军摆摆手。服务生给每人跟前端上一个小碗，乳白色的汤水里，呼之欲出地卧着一根海参。樊进仁赶紧端起小碗，汤勺一拨拉，整个海参即刻入了口。



"你们说，乔社长到底是不是真想退休？要真想退还能退不了？我觉着乔社长根本就不想让位，就是还想多干几年……茅坑占那么久，也不怕腿蹲麻，不怕冻着屁股。"

宋博突然说起乔社长，还用词不雅，出言不逊，三个人一下子都噤了声。樊进仁更是支楞着脖子，一副受惊的样子，像是刚刚入口的那只海参，正好支在脖颈当中。

樊进仁知道现在宋博想当总编辑，并且想得心急火燎，也了解宋博说话刻薄，一向对人不客气，对乔社长更是多有不满。即便这样，樊进仁也没想到，宋博会当着魏晓东和周冠军的面这么说话，谁不知道，这两个人都是乔社长跟前的红人，就算周冠军不是，那魏晓东绝对是，周冠军的老婆周围围，绝对是啊。

魏晓东的确被宋博弄愣了，可发愣的同时，他知道自己必须说点什么，宋博这么直接的态度，要是一点不言语，好像自己没有一点立场似的。

他本来想说报社需要乔社长，乔社长到点了留任没退休，自然是上级的考虑。他还想说，自己是个干活的，谁当社长自己都干那些活，那是自己的饭碗……他刚想张嘴，看见对面的樊进仁，已经把几秒钟前受惊的表情，换成了似笑非笑的表情，魏晓东心里，突然出现了一丝警觉，就把话给咽了回去。

魏晓东没接话，一边的周冠军，更是咬紧了牙关不开口，那劲儿使的，两个腮帮子一直在起起伏伏地捣鼓。

“你们说，冷妍她到底施了什么魔法，让天下领导尽折腰？什么乔华邦，杨清阳，连我们德高望重的这老魏大师都算在内，那可是一网打尽啊。你看人家，呼风唤雨，如鱼得水，这到底怎么回事？”宋博又突然冒出一句，听上去说的是冷妍，可这回，一竿子打翻了一船人。

“嗨，有什么好奇怪的，大男人不就是为小女子折腰的嘛。”樊进仁也不知是故意，还是真没弄明白宋博的真正用意，在一边就话论话地嬉笑着。魏晓东这回，更不知道怎么开口了，一肚子的之乎者也，竟然找不到一句合适的抵挡。那边，宋博像是豁出去了，他继续说：“以我的经验，在权力的斗争中，女人最后的结局，基本上是边角料，别管她现在闹腾得有多欢……但是啊，我不得不良心地提醒你们啊，别看你们都是大老爷们，你们要是把冷妍当边角料，那你们就等着当佐料吧。”

“不管是边角料，还是佐料，我们都是辅料。来来，为辅料干一杯。”宋博的佐料之说，让魏晓东终于找到了稍事解脱的说辞，他赶紧又举起了酒杯，然后又先自喝了一口。

“还是老魏说的是啊，我们都是辅料，可是一想到我们这些辛辛苦苦的辅佐之料，最后都落得给别人入味的下场，我就心绞痛啊！”看魏晓东把自己的话接过去，并且接得那么顺畅，宋博心中不免生出一丝丝感激，觉得魏晓东，虽然经常表现得不解职场风情，但还是个聪明人。他就故意半认真半开玩笑地接着魏晓东的话茬，把尖锐的话题圆了圆。

宋博话音刚落，樊进仁突然兴奋起来，冒出一句：“我终于明白你为什么请我们吃饭了，原来你心绞痛，犯心病了！哈哈哈哈……”樊进仁说完这话，有点乐不可支，觉得自己这话说得很到位，并且很幽默。乐完，他又冲着宋博说，我们男人，应该拿得起放得下，这样，我们的心脏才能舒服。可是随后，他又接了句：“不过到了我们这个年纪，还能拿得起放得下的，就只有筷子了。”樊进仁这话，像是安慰宋博，更像是揶揄宋博，说到这，樊进仁颠了颠手里的筷子，径直伸进一盘菜里。

话题牵扯到了冷妍，魏晓东和周冠军都不多言语了，就是樊进仁，言语中也谨慎了许多，把更多的注意力，放在了扒拉远远近近的菜盘子上。宋博也就此打住。他认为，自己的目的已经达到。

突然说冷妍，他不过是进行了一场火力侦察，现在结果出来了。他算看出来了，他们三个人，都已经被冷妍拿住了，显然，樊进仁是被冷妍的金钱拿住了，周冠军是被给冷妍跑腿的老婆拿住了，那么魏晓东呢？宋博一时还没有准确答案，他很有意味地看了魏晓东一眼。

宋博斜对面的魏晓东，看上去醉眼迷离。

魏晓东喝酒一向比较自觉，总是人家不劝，他就先自喝了，虽然有些酒量，但架不住他太自觉，酒过几巡，魏晓东就两眼迷离了。周冠军一直很清醒，他不光是因为有些酒量，足以抵挡这种场面，更是由于今天的场合特别，他格外的克制，所以话也没多，眼也没迷离。但他假装有些微醉，还跑了几趟厕所，那是因为他看魏晓东喝得挺多，作为下属，他不想自己显得太正常，再说宋博在那一个劲儿地议论冷妍，他更不想掺和，于是也做迷离状，是做给宋博看的。



酒喝到混乱处时，宋博曾凑在樊进仁耳朵边，说，你那个“夜话”编得不错，有身临其境之感啊！“那——是！我是谁！我……”张嘴就接的樊进仁，突然闭了嘴，像是受到了惊吓，酒一下子有点醒，心里慌张起来，暗暗掐自己大腿，自知嘴快，后悔不小心掉进了宋博的圈套。

“哈哈，我是说，那个‘夜话’啊，编得颇有你的风格啊。”宋博有意把话从樊进仁身上引开了，刚才还是“你那个”，瞬间就成了“你的风格”。宋博把话引开了，可樊进仁的脑门上已经冒出些冷汗，心里恨恨地骂了句，这鬼是怎么知道的？

樊进仁心虚了。那段话的出笼，的确和他有关，可的确不是他写的，他只是跟旁人口头编派过，当作玩笑开，并没有写在纸上，更不是A4纸。

其实，宋博根本就不知道，“A4门”那段“夜话”是谁写的。

宋博那么问樊进仁，完全是突发奇想，也是看樊进仁太得意，话说得没分寸，那副忘形的样子，让他看着心里头不舒服，于是就想打击他一下，也弄个火力侦察，顺便证实一下自己的猜想。

宋博曾经直觉地判断，那个“夜话”，很有可能是樊进仁的杰作。樊进仁对报社男女私情的热情，总是非常的高涨，再加上那段时间，方晴雨说樊进仁总是和她怪里怪气地说话，她几次从宋博办公室出来，都碰见了樊进仁。她说怎么那么巧。

宋博觉得是樊进仁干的，同时也希望就是樊进仁干的，这样一来，至少自己不需要去提防其他人，樊进仁这个人虽然嘴巴很讨厌，但是不太会掩藏自己，这样的人比较好提防。不管樊进仁表现得如何忽左忽右，宋博还是认为，樊进仁就是他的人，这个人，即便偶而不懂事，像个墙头草，但他整天在他眼皮子底下晃，总比那些藏在暗处的剑好对付。

实际上，宋博心里很纠结，他希望是樊进仁干的，又不希望是他干的。自己把樊进仁当自己人，可这个自己人，却时不时背地里跟他捣乱，而自己还必须把他当自己人，只能把他当自己人。这种状况多少都令宋博不甘。他似乎只剩下了纠结。

让宋博没想到的是，樊进仁完全经不起诈。

可能是太得意，也可能是太放松，结果樊进仁完全忘了形，居然自己认了。尽管宋博反应及时，没有让局面变得剑拔弩张，但是，这结果还是叫宋博很意外。樊进仁被他弄出一身冷汗，他自己也被樊进仁弄出了冷汗。“果然是这只疯狗！”他在心里骂了一句。

樊进仁口不择言，让宋博会错了意，樊进仁洗不清了，他掉进了宋博的黄河。

一场蓄谋已久的酒，就这样喝得不伦不类。因为宋博最后的几段话，散场的时候，每个人都显得心事重重。

樊进仁站起身穿外衣的时候，宋博大声跟服务生喊，“买单”，服务生笑盈盈地跟他说，那位先生买过了。服务生的手指了指周冠军。

看周冠军把单买了，宋博有些阴沉的脸色略微好看了些，心里说了句：总算有个懂事的。樊进仁一边剔牙，一边跟众人说，改天我请大家吃饭。走在前面的宋博，转过脸追问他，哪天啊？樊进仁不客气地说，就是请你们的那天。“这就是传说中的忽悠吧！”魏晓东接了句。

很快，这场酒的每一句对话，就传到了大报一些人的耳朵，当中不乏一些演绎。当然，杨清阳和乔华邦也知道了。

"这个老宋啊，自视甚高，目空一切，喜欢玩弄权术，搞点小阴谋，还老虎屁股摸不得。"在一次社委会后，乔华邦把杨清阳叫住，皱着眉头说。说这话的时候，乔华邦的神情有些忧郁。

"我们有时候对这样的人啊，容易产生歧义，觉得他们还是很聪明很有能力的，他们的聪明和能力，还是可以有利于工作的，实际上啊，我倒觉得，爱搞阴谋的人，都是没有原则的人，他们的原则就是他们的个人利益，一切原则都围绕着私心在调整，这样的人要是当了领导，对工作对他人都是很危险的。"杨清阳话说得态度很鲜明。

"是啊！"乔华邦有些无奈。

冷妍问魏晓东那聚会是怎么回事，魏晓东有点答非所问，说人有些时候急不择言，说一两句不中听的话，不见得有多么居心叵测。冷妍反驳说，这哪是急不择言？这就是处心积虑嘛。魏晓东没有正面回答，又有点答非所问地说了一句："鲁迅的《捣鬼心传》里有一段话，说'捣鬼有术，也有效，然而有限，所以以此成大事者，古来无有'。"

冷妍瞥了魏晓东一眼，说他神神叨叨的。然后，像是受了传染，冷妍也自言自语地说了一句："这么拙劣？都不像他的风格了，看来是急了。"

## 43.

天气越来越闷热。树上的知了也叫得格外的响，成片成片的鸣响，此起彼伏的。

假日夏令营活动进行顺利。周围围跟冷妍说，幸亏有方晴雨，这个夏令营还真得有个当妈妈的人帮着把持，孩子们的事情，方晴雨想得还真周到，要是光靠她自己，很多事情还真想不到呢。冷妍也意味深长地说，我当初怎么说的？我说让你放心吧。

那晚，酒足饭饱后，大家和几个退休职工你拥我抱地散了，冷妍招呼方晴雨和周围围，去了银沙养生会馆。

原本想去给周围围和方晴雨醒醒酒，她自己最近一直颈椎疼，也想做个颈肩按摩，结果，进去先蒸了桑拿，然后泡了会儿温泉，到了休息室，周围围一倒下，就呼呼大睡起来。周围围这一倒，整整睡了几个小时，死活弄不醒人，后来好不容易把人叫醒，冷妍一看，快凌晨一点了，自己脚底下也软塌塌的了，就问方晴雨，今晚不回去了行不行，方晴雨痛快地说行，冷妍就示意方晴雨也躺下，然后一掀被子，自己也倒下了。

冷妍躺下不一会儿，就传来轻轻的鼾声。躺在她一边的方晴雨，却异常清醒。

方晴雨有点恍如梦境。

她和冷妍，她们在刚刚过去的几个小时，居然说了那么多话，准确地说，是说了那么多只有相互信任的女人才会说的话，那是些贴己的话，心里藏着的话，这叫她感觉难以置信。

泡温泉的时候，环境优雅，氛围适宜，药浴的池子里，就她们三个人，很自然的，她们聊起了天。

起初，她们只是说些有关健康美容的话题，说得轻松愉快的时候，就彼此夸奖起对方身体的某一部位。方晴雨说冷妍的乳房不像一个四十多岁的女人，怎么那么饱满。周围围调皮地接了句，说还很坚挺。冷妍向周围围撩了一把水，有点难为情地拿毛巾遮了遮胸部，嘴上也说，方晴雨的腿很好看，笔直的，很匀称。两个人都说周围围的皮肤像婴儿，好像一捅就能出水。

后来，周围围抗不住困乏，就先自去了休息室，池子里，就剩下冷妍和方晴雨两个人了。



两个人到中年的女人，赤裸着身体并肩而坐，氤氲的水汽，使彼此的神情，笼罩在一片温暖的朦胧之中，气氛渐渐变得暧昧和亲近起来。

安静了一会儿，方晴雨幽幽地跟冷妍说，谢谢你啊。

冷妍当然知道方晴雨是什么意思，就在水里用脚碰碰方晴雨的脚，说别谢我，是我们需要你。冷妍的小动作，虽然做得很自然，可实在是有点亲昵，方晴雨紧闭的心一下子被感动，她有些冲动。

想到《假日》周刊来，方晴雨最先是跟周围围提起的。假日之最的颁奖典礼那天，她被抽去给周围围帮忙，她和周围围就相熟起来。可周围围对她说，你直接和冷总说就行，我们冷总不喜欢把话传来传去的。于是她就去找了冷妍。

方晴雨知道，自己现在没有多少优势，能去其他单位的可能性简直是微乎其微，甚至比登天还要难，何况她也没有什么坚硬的关系可以帮忙。之所以选择《假日》，一来《假日》周刊的领导都算熟人，她张得开这个口，二来，假日的员工大都是后来招聘的年轻人，没人会对她的隐私感兴趣，听不到那些含沙射影的刻薄话，耳根子可以清净了。尽管周刊有个樊进仁，她也认了。她想，找个机会给樊进仁送点礼，人心都是肉长的，再说她对樊进仁一直很尊重，想他对她也不能太过分。

去找冷妍那天，她有点硬着头皮，但是，冷妍没让她的头皮硬太久。

最让她意外的是，冷妍不仅同意她去《假日》，冷妍还让她担任周刊综合协调部部长。周刊原本没有这个部门，是她来之后设置的，主要职能是协助社长的全盘工作，协调周刊编辑部、经营部、策划活动部等各部门，直接领导是社长助理，也就是周围围。

方晴雨不敢接，觉得天上掉馅饼。她说自己才是副处级，怎么能当部长，这部长应该是正处级别啊。冷妍听了哈哈一笑跟她说，如果让你当副部长，这个部原本就没有部长，还是你主持工作，对外也不好开展工作，人家寻思，你们的部长怎么不出来，还以为我们看不起人呢，何必多余麻烦。再说，我们周刊的机制体制是灵活的，没有那么多条条框框。

于是，方晴雨就成了方部长。

有些冲动的方晴雨，眼睛顿时湿润了。方晴雨没想掩饰自己的动情，她转过脸来，红着眼睛，说冷妍你可是救了我。冷妍在水底下拍拍方晴雨的胳膊，说我们不说这个。

冷妍跟她说起了报业的改革。

方晴雨知道，冷妍是有意转移话题，她也想多了解一些改革的事，就专注地听。

冷妍跟她说，一个新闻出版领域的高官，在就职时曾宣称，改革要多用智慧，少用权力。要用经济的方式做意识形态工作，这话说得多好，这正是很多媒体目前最缺乏的改革思想，不假思索的一声令下，不问青红皂白的一刀横切，瞻前顾后的作茧自缚，只会让问题变得更加复杂，就说转企改制吧，要是有改革智慧，就不应该再停留在边边角角的修补，而应该是一种脱胎换骨的转变才对。

冷妍说，谁想得到啊，我们新闻行业，这个极具政治色彩，一直被认为是喉舌与传声筒的行业，也会走向市场化的改革呢？这就是大势所趋。冷妍还说，产业是事业的基础，如果不发展企业，光强调事业，事业是发展不起来的。我们原本就应该分清公益性和经营性两种不同的属性，将经营性的新闻出版单位，由事业单位改为企业单位，这是将新闻出版单位推向市场的第一步，是进入国际文化竞争的必由之路。

方晴雨听明白了，冷妍一门心思发展《假日》的品牌，就是在做发展企业的事情。进入国际文化竞争？难道冷妍还想把《假日》周刊往国外做？一时间，方晴雨被冷妍的雄心折服了，不由得心生敬佩，觉得自己到《假日》周刊来，能跟着冷妍，真是做对了。

"人家国际著名的传媒集团，一个集团拥有上百种报刊都很正常，年产值都是几百亿美元，而我们全国有十二万多家报刊，主办单位就五千多，报业全行业的广告收入也就三四百亿元，期刊收入只占十分之一，也就三四十亿，你比较比较，我们的报刊业规模，实在不够大，要说大，那也是大在了众多的主办单位上。"

"这些心你都要操啊？"方晴雨忍不住问。

"我们的家业会越来越大，我们要操的心多着呢。"冷妍脸冲着方晴雨，微微晃着脑袋，有点睡眼迷离地说。



虽然说的话题挺大，但方晴雨却觉得，冷妍的声音和语气，却越来越像是聊家常，她边说边撩泼着手边的水，还时不时地变换着姿势和地方，神情轻松地在水里慢慢滑动着，轻柔的声音，沿着氤氲的水面，忽紧忽慢，顿挫地向她飘过来。

"从前，我们大报是有行政级别和行政待遇的，上级政府机关，也把我们当作安排人事的一个部门，后来脱钩，大家都不能接受，是啊！在体制内生活得多好啊，相安无事，尽管有竞争，但是各自有各自的领域，各自有各自的地盘，各自有各自的生财之道，这种体制谁也不希望打破，冲破它，难度可想而知……所以我说啊，改制不仅是体制的改革，还是利益的调整和管理机制的改革，同时还是观念的改变。看看你，你能下决心到周刊来，说明你观念改变了啊！"

这都是些平日里听来干巴巴，甚至是冷冰冰的事情，此时此刻，从冷妍那微微倦怠，却更显清晰的嘴里说出来，方晴雨听得格外入耳，甚至听出了几分凝重的意义来。

方晴雨听得入了神。

说实话，这样的话题，方晴雨并不是第一次听到，大报开大会的时候，领导们经常讲，可是她几乎没有听明白过。报纸上的有关报道，她从来都没有多大兴趣，一个行业的改革，和她一个小女子，一个弱女子，能有多大关系呢？别人能安稳地呆着，她就能安稳地呆着，别人有口饭吃，她就不会饿着。在大报，她从来不想发大财的事，别说一个报社没几个人发大财，就是有发财的机会，也不会落到她方晴雨身上，何况，她多少还有宋博罩着，无论如何，她都不至于落入被淘汰的厄运吧。即使现在，她这么有点灰溜溜地离开大报到《假日》来，也不是因为报社的改革，更不是担心自己的饭碗，她不过是为了逃避。

现在看来，自己算是歪打正着了，不仅逃开了那个让她窘迫的环境，还有了一个理想的职位，弄得好的话，可能还会发点小财呢。方晴雨不止一次地暗自庆幸。

冷妍说了很多话，有一句话，格外地触动方晴雨。冷妍说无论怎样转制，人员安置和资金来源是转企改制绕不过的坎儿。这“人员安置”四个字，再一次敲击了方晴雨的心。她不由得想，要不是冷妍收留了她，她将自己安置何方呢？宋博那人能指望得上吗？

耳边不时传来冷妍轻柔的声音，方晴雨的心情也越来越熨帖。

她很感激冷妍说她到周刊来是观念转变的结果，她很清楚，这是冷妍给她面子，冷妍没有点破她的不得已，没有让她亮出自己的苦衷，这多少保住了方晴雨所剩无几的脸面。如果说当初自己离开大报是不得已，那么现在，方晴雨已经觉得自己很有运气，甚至是很明智了。

心里堆满了感激，有几次，方晴雨差点忍不住要跟冷妍说说宋博，说说她的感情。有些话在她心里实在憋了太久了，她太需要倾诉一下了，她几乎就要把冷妍当成一个倾吐的出口了。但是，每每她话一起头，冷妍就把话拐到别处去了。

经过几番的吞吞吐吐，方晴雨终于忍住了。

后来，每每想起当时的情景，方晴雨对冷妍又多了份感激。她觉得冷妍太聪明，太善解人意了。在那样一种氛围下，假如换一个女人，是不会放过这样一个窥听别人隐私的机会的，就是当事人不主动说，都可能被拐弯抹角地追问，更何况她当时想主动曝料呢？如果她当时没有忍住，打开了她和宋博关系的话匣子，日后，很可能成为自己的一个心病和包袱，因为她和宋博的事情，是她心里一块沉重的石头，压了她整整十年，如今她和他是这样的结果，她觉得自己吃了大亏，这样吃亏的事情给人知道，只会加剧自己的沉重感。十年来她给谁都没说过，她准备烂在肚子里。

方晴雨很感激冷妍没让她说出来。

那一夜，方晴雨一直瞪着眼睛，一夜无眠。

# 44.

春节一过，情人节紧跟着就到了。《假日》周刊编辑部，笼罩在一片暧昧的气氛中。

“哎……家妮你说，女人喜欢什么花？”

“这还用说，当然是玫瑰花了！”

“你是女人吗？怎么这么不懂女人！女人喜欢有钱花，使劲花。”

“你这是污蔑我们伟大的女性！”

“你们女人伟大，怎么一到二月十四日就折腾我们男人？变着花样让男人为你们花钱。”

“你女朋友又给你出难题了吧？别拿我们撒气啊！”

编辑部的男人女人，为情人节打着嘴仗。

这个情人节，激动人心的事情的确发生了不少。从上午开始，广告客户及一些合作伙伴们，就纷纷给周刊的女士们献上了邮件、短信、红玫瑰、巧克力。中午不到，众女士就被各种约请弄得心情荡漾。一时间，女士们左一个右一个，每个人都收获颇丰。一地的缤纷玫瑰和夺目糖果，弄得空气都情意绵绵。

没想到，激动人心的事情还在继续。

“大家快来收礼物啦！这可是情人节社长给的哦！”午饭后，方晴雨抱着一个大纸袋进来。

方晴雨的大纸袋，像是魔法道具，编辑部的女士们，无论年纪大小，统统收到一盒精美巧克力。虽然是一盒巴掌大的巧克力，因为方晴雨说里面有玄机，大家就纷纷上前哄抢。“别拿错了，看清楚喽，有名字的哦。”方晴雨被挤到一边，她赶紧提醒大家。

大家都看到了，在那个小小的巧克力盒子边，在包装绳的捆扎处，大大方方地“隐藏”着一张纸条，那纸条混迹在彩带中间，若隐若现的。方晴雨说，那是社长给全体女士的情人节特别礼物。

巧克力不足为奇，可是那纸条，非常的意味深长。

编辑上级，无论是老成持重，还是风韵犹存，或是青春靓丽之女性，都被那纸条弄得晕晕乎乎。勤勤恳恳的老同志有“贤妻良母的你是我崇拜的人生偶像”；有点姿色的有“漂亮能干的你基本符合情人的标准”；年轻活泼的有“八小时之内属于我们”；有个偶尔吸点小烟的女孩，也被送上“时尚风情”的美誉……留言个个具有针对性，人人都被这“针对性”弄得感动不已。这些纸条，经高声诵读及广泛传阅，弄得编辑部一片欢腾景象。



“我这心里怎么热乎乎的啊？”曲家妮捧着巧克力，满脸通红，嘴里念念有词。

“这马屁拍得够直接啊！”男士们没有礼物，尤其是没有得到纸条的许飞，有点酸言酸语。

“你们想想啊，我们社长大人，面对一张白纸，脑海里浮现着尔等的身影，一段饱含情谊的文字，亲自从他笔端流出……那是相当令人感动啊！”戚洪波使劲起哄。

“这是社长干的？这果真是社长干的？这的确是大师干的？快掐我一下！我怎么不相信呢？”杜岩岩假装激动。

虽然都知道与情无关，虽然对此中阴谋心明眼亮，不过是一顿贿赂一番笼络。但被这么阴谋了，个个却心花怒放，感觉颇爽！

“也许我们敬爱的社长大人连自己老婆都没顾上，慷慨的广告商们连自家情人都撇一边，专门来重视你们呢？够你们得意一阵子的了……看来，情人节后这几天，必将出现一幕不用扬鞭自奋蹄的大好局面啊！”戚洪波继续起哄架秧子。

这个情人节，《假日》周刊的女士们，过得的确很意外很惊喜很开心。一个原本暧昧而隐私的节日，就这样给晾晒在众目睽睽之下，并且被一场痕迹明显的职场的情感贿赂，给弄得充满了喜气洋洋。

事后，冷妍笑侃魏晓东，说你可把女士们吓得不轻。说完这句话，冷妍还故作沉思地说，人都说，女人的惊喜会变成男人的惊吓，现在看来，领导的惊喜，尤其是一个古板的老朽的男领导的惊喜，会变成下属，尤其是女下属的惊吓啊！

“这还不都怪你！我平时那样……现在突然这样……可不就变成这样了……”魏晓东招架不住，有点语无伦次。

“所以说呢，可见你平时太那样了……如果你平时不那样……现在不就不这样了？”学着魏晓东急不择言的样子，冷妍有点乐不可支。

这场贿赂，的确是魏晓东干的，不过是冷妍撺掇的。

情人节前的一天，冷妍到魏晓东的办公室跟他说，你不是妒忌编辑部的人和我没大没小吗，给你个机会怎么样？啥机会？魏晓东问她。和群众打成一片啊！冷妍歪了歪脑袋说。你有什么好主意？魏晓东又问。这不快到情人节了嘛……冷妍话还没说完，魏晓东就后退着身子连连摆手，嘴里“别别别”的，还说那洋玩意他可消受不了，让冷妍别害他。

“美得你！谁让你消受了？是让你给别人消受！”

魏晓东的态度，完全在冷妍的意料之中。冷妍并不着急，说我不会害你，你只要点点头，表示你已知情，具体事宜让方晴雨去办，我会负责把关的，你放心，此举包你得到众人爱戴。

果然，尽管惊喜变成惊吓，但魏晓东的形象，还是大大得到改观。再见到他，周刊的人都敢跟他开玩笑了，尤其是编辑部的人，尤其是编辑部的女士们，都敢跟他拥抱了。

情人节后，《假日》周刊接到大报通知，说今年两会报道，大报那边人手紧张，需要他们选派几名记者，共同参加大报的两会报道工作。冷妍曾经有多次报道两会的经验，所以魏晓东就让她带队参加了。

入会前，魏晓东召集几个两会报道记者开会，主要是动员，还有交代注意事项。会正开着，李春红推门进来，她往魏晓东桌子上放了一张纸，说是工会文件，然后就站在地当间，一一打量起那几个记者来。“你看看你看看，这些女将们个个都像是打了鸡血，听说那个什么情人节，你们魏社长施了美男计？怪不得人家说，这次跑两会，你们派出的都是女将，看来美男计很管用嘛！哈哈哈哈！”

魏晓东脸一下子就涨得通红。李春红看都不看魏晓东一眼，嘴里发着“魏社长相中的都是大美女啊”的感叹，然后很努力地一扭身，再一仰头，走了。

这段时间，李春红心情很不好，她向报社申请困难补助，理由是自己和丈夫是报社的双职工，又都不在采编一线，工资低奖金少。杨清阳说不符合规定，宋博说没有先例，乔社长说研究研究。李春红很不高兴。

很不高兴的李春红，让魏晓东撞了个枪口。



“这这这……都什么啊？简直是……什么嘴里……吐不出什么牙来……”魏晓东好不容易憋出了一句话。可话一出口，他就意识到不该说，他想到了屋子里坐着的几个年轻女孩子。

怎么哪儿都有她啊！魏晓东郁闷地想。

这一想，魏晓东想起了一件事。

前不久，李春红拿来一篇稿子，说是自己学习写的，希望魏社长批评指正，还说，如果能在《假日》周刊发表，那就更好了，说明魏社长指正得好。魏晓东没仔细看，就把稿子给了杜岩岩，说看看能不能发了。

哪知，杜岩岩拿走稿子没一会儿，就一副无奈的表情找魏晓东来了。杜岩岩说那稿子一副文革腔调，话里话外不是一个正常的杂文，倒像是怀着满腔仇恨，要枪毙某个阶级异己分子。“这都什么时代了？二人转都能混搭 RAP 了，全球都开气候会议了，咱能不能也环保减排一下，别再放这些废气，生生浪费我们宝贵的版面了。”杜岩岩央求说。

“那你给改改再发行不行？”

“那种文革遗风，本人非但不熟悉，并且是极其不熟悉啊！你让我怎么改啊！要是把那种革命语言都删了，不就成我写的了嘛，社长开开恩吧。”杜岩岩学着冷妍抱了个拳，看魏晓东没反应，就抱着拳头给魏晓东作起揖来。

看杜岩岩实在为难，魏晓东说那先放放吧，就把这事搁下了。没想到，一搁就给搁忘了，没给李春红及时回音。

魏晓东估计，李春红心里很不满。

正尴尬着，没想到其中一个女孩子说话了："李大姐这是妒忌了！我们魏社长也成了师奶杀手了。"一阵哄笑中，李春红的妒忌，瞬间被遣散。

就在报道两会期间，冷妍在人民大会堂外遇见了一个人。

当时，她看见一个男子嘴里喊着冷记者向她跑来，那人气喘吁吁跑到她跟前，不由分说一把拉住她的胳膊，说没想到见到冷记者了，太好了……因为着急随代表回驻地继续采访，已经准备上大巴的冷妍，只好对这个陌生的男子说，有事去《假日》周刊找她。

大巴车徐徐启动的时候，冷妍看到，那个男子站在车窗下，样子有点眼巴巴的，她就挥起手臂向他招招手。她脑子里努力回忆，却实在想不起，自己在哪里见过这个男子。

# 45.

早晨的宋博还信心满满，下午的宋博已是灰心丧气。



上午报社召开两会报道总结大会。会上，宋博签发的几篇报道受到了上级表扬，据说，上级一主要领导说这几个问题抓得好！说完还特意问了句，听说这是宋博主抓的？领导的表扬，叫近日来倍感受挫的宋博，对未来又充满了信心。这个信息足以证明，他宋博抓新闻是有能力的，是在上面挂了号的。

可是，宋博脸上的得意还没退去，下午他就接到了一个电话。电话是上面办公厅打来的，说有关《假日》周刊的一条新闻，上了今天新华社的内参，说领导让他们注意一下，并尽快把有关详情给上级报一下。放下电话，宋博刚刚攀升的信心，突然就降了高度，甚至，还有点灰心丧气。并且很快，《假日》周刊带给他的不好预感，就挤走了所有受表扬的好感觉。

宋博很沮丧，他预感到，《假日》周刊上了新华社内参，一定又有了所谓的好消息了，也就意味着，乔华邦和魏晓东的脸上，又要被贴上金子了。这个预感让他沮丧，这个沮丧又让他急于看到那份内参。

宋博终于看到了那份内参。内参上说，北京有两家银行，将在五年内，为北京中小企业提供四百亿商标权质押融资授信额度。其中一家银行，还将针对文化企业的著作权、版权等无形资产，用版权质押的方式，提供资产抵押贷款。并且这家银行，已就《假日》周刊的署名商标权，准备和《假日》周刊签署一千万的商标权质押贷款合同……

粗粗看完，也就短短一个消息，已经把宋博的沮丧拱到了顶点。

一家报社，居然可以用自己的署名获得贷款，这明摆着是一件天大的好事，这样的好事简直闻所未闻。偏偏这样的好事，居然落到了《假日》周刊的身上，难道《假日》的无形资产，真的已经价值千万？宋博不敢相信。

宋博掐指一算，《假日》周刊成立，已经整整六年，似乎也就是恍惚之间。恍惚的六年，在他的印象中，《假日》这几年，除了换领导，就是搞活动，弄得动静都不小，但你动静再大，也不至于成了香饽饽，身价就上了数千万哪！看来，如今的《假日》，真的早已经不是当年的那个岌岌可危的《假日》了。宋博责怪自己的忽视，这个《假日》，居然在他的眼皮底下，不知不觉地，就完成了鸟枪换炮的过程。

宋博心里的复杂，难以言喻。

那可是一千万哪！《假日》周刊要一千万干什么？不光宋博这么问，大报很多人都想知道答案。一个报纸的署名就换来一千万，听上去就像是天方夜谭，听说过固定资产作抵押的，还没听说过署名可以做抵押的。别人融资到处磕头，到处求爷爷告奶奶，你《假日》真的就凭一个署名，就能融资一千万？

对很多局外人来说，这一千万来得太容易，更好像这一千万不是《假日》周刊的，而是魏晓东，抑或是冷妍的。

冷妍也没想到，人们的反应会如此强烈。她跟魏晓东说，《假日》这回真的给大家上了一课，说明无形资产是可以创造价值的，不仅可以创造价值，还可以在自己手上不断升值的。

不管人们如何意外，署名抵押贷款，《假日》周刊做到了，或者说冷妍做到了。

关于冷妍是怎么做到的，自然也在议论的议题里，这么神秘的问题，这么有价值的疑问，谁也不会放过。李春红问樊进仁，说什么时候银行成了你们《假日》的了？你们是不是给银行又施了美女计美男计啊？就是啊！大家谁不明白啊！银行的呆账死账多了去了，再多你们一个也不怕啊！哈哈哈哈……李春红说这话时，还很明显地暗示樊进仁，她的话可是代表了大报所有的人。

当然，樊进仁从来都不是软柿子，至少他自己一直是这样认为的。面对李春红的挑衅，他的集体荣誉感油然而生，他用了一种强硬的语气回敬说，你们以为人家银行是吃干饭的？人家要审核你的市场表现市场前景的，你有偿还能力，你有突出业绩，人家才会贷给你，知道不知道啊！要不，你们大报也施施美人计，看看人家给不给你们一千万？樊进仁特意用了“你们”，以示自己明白了李春红的暗示。

李春红和樊进仁的这番口舌，由于李春红要宣传自己一次极具代表性的代表行为，也由于樊进仁更要宣传自己一次极具集体意识的表现行动，即刻就传遍了大报和《假日》周刊。

宋博跟李春红说，你问得好！

魏晓东跟樊进仁说，你回答得好！



除此之外，人们似乎更加关心这么一笔巨款冷妍怎么花？这个问题，导致不少人都在暗自发挥想象，想象着一千万到手后，自己会怎么花，同时也不忘替冷妍想象一下，买办公楼？盖办公楼？租新办公楼？给职工发奖金？或者，给职工买住房？大家伙儿被自己的想象弄得很兴奋。有的人甚至开始活动，希望成为《假日》周刊的一员。

直到一千万终于被大家伙儿“花”完，一个新问题又出现了。既然是借的钱，你总得还吧，钱花完了，你拿什么还呢？这个问题出现的时候，又有很多好心人替冷妍捏了把汗。

这次，是魏晓东站出来答疑解惑。魏晓东到大报开会，有人就问，说你们怎么花那一千万，花完了怎么还？魏晓东的回答一反常态，有点不容置疑，还非常铿锵简短，他说，一千万当然是用于《假日》周刊的发展。他还说，《假日》周刊发展了，还愁挣不到更多的钱！

很快，冷妍就让人们看到了一千万的花法。

假日网、假日手机报相继开办，与此同时，假日广告公司也同时成立。《假日》周刊已经通过《假日》周刊、假日网、假日手机报，以及一系列营销活动，搭建了一个都市人休闲度假的服务平台。在这个具有媒体公信力的平台上，各种客户资源，比如酒店资源、旅游服务资源、景点资源等等，在这个平台上实现了相互转换，旅游客户可以转换成酒店客户，酒店客户可以转换成景点客户，平台在其中穿针引线。

冷妍对这一切似乎是早有打算。魏晓东看了心情高兴，忍不住幽默，并且还套用了一句网络时髦，他跟冷妍说："哥们儿玩的不是报纸，是信息平台。"

《假日》周刊现在的确如日中天，可《假日》周刊的如日中天，却和他宋博没有关系。这是宋博的一块心病，因为他很想和《假日》周刊有点关系，如果他当了《新华大时报》的总编辑，他就和《假日》周刊有关系了。

宋博这些日子，一直备受懊悔情绪的折磨，他无比懊悔自己忽视了一个人，而这个人，也许就是成就自己的关键人物。

这个人是周围围。

宋博听到了一个确切消息，周围围的舅舅升了，也就是说，现在，如果周围围的舅舅为哪个报人说一句话，那就能决定这个报人的升降。一个眼皮子底下的有力线索，一个就在身边的大好机会，却生生给他忽略了，这叫宋博非常懊悔。他想，周围围和周冠军那两个小人物，如果自己早出手，还不就是自己的股掌中人？还能让他们成了别人的左右手？这么一想，宋博非常不能原谅自己。

宋博还听到一个消息，这个消息加剧了他的紧迫感。宋博听说，当年周冠军的那篇文章，正是周围围的舅舅画的圈，人家当年一画圈，周冠军就上了红头文件，周冠军的命运从此改变，这绝对不是偶然。宋博想。

宋博坐不住了。

虽说可能晚了，但不试一试怎么知道结果？这两年周围围翅膀是硬了，可毕竟还是个小丫头，见了他还是怯声怯气的，她翅膀再硬能硬到哪去？周冠军倒是明事理，到了要闻部也没见他多张狂，那小子还算懂事，不至于敢驳我面子吧。

死马当活马医吧。宋博决定试一试。

## 46.



《假日》周刊的动作，显然强烈刺激了很多人的神经。可叫人神经受累的是，《假日》周刊这种刺激人神经的消息，依然还在继续。

《假日》周刊，提价了！

《假日》周刊这个新动作，让很多人，尤其是大报那边的人不解，《假日》这是怎么了？报业竞争这么激烈，人家都如履薄冰，它居然还敢涨价？不想活了？冷妍胆子也太大了！

"当然要活！不仅要活，我们还要活得更好！"人们的议论，冷妍自然是听到了，冷妍的回答，没有出乎人们的意料，有点斩钉截铁，还有点铿锵。冷妍的铿锵是要告诉大家，她冷妍提高报价，凭的自然不是胆量，而是冷静的分析。冷妍跟大家说，真正读我们报纸的人，对一元的涨幅不会太敏感，如果差了一块钱就不买我们的报纸，那一定不是我们《假日》周刊的目标读者。我们的价格，是和我们提供的服务相匹配的，俗话不是说，一分钱一分货嘛。

《假日》周刊提价了，在选题策划会上，冷妍又旧话重提，再次强调文章的真实要求。冷妍说，无论你怎么写，都不能背离真实，无论你用什么形式写，最后都是白纸黑字，这是我们这个行业的根本，无论何时何地，做媒体都不能丢掉这个行业根本……要真实的记录，客观的评价，不能掺水分，不能瞎忽悠，要给读者真实的信息，你报纸才有生命力。我们以什么安身立命？就是要通过我们的真实报道，满足我们目标读者的需求，帮助读者做出正确的决策，而正确的决策，是建立在真实有效的基础上的……怎么洞察真实？很简单，我的经验，把自己当成镜头，观察身边的一切……

事实很快就给了观望者答案。《假日》提价后，订阅量不仅没有减少，其中，旅行社、酒店、度假景区等订阅群体，都成了订阅大户。

《假日》周刊提价后，举办了一场大的活动，这次活动，是周围围策划的。

这个活动方案，在周围围脑子里酝酿已久。

当周围围把活动方案放在冷妍面前时，冷妍忍不住发出一声欢叫："我们不谋而合啊！"说完，冷妍干脆站起身，双手攥着拳头，上下挥动着胳膊，嘴里说着太好了太好了，居然像一个小姑娘，在地上转了一个圈。"我早就有这个想法了，前段时间一直忙一直忙，正想着找个时间好好琢磨琢磨呢……"一旁的周围围似乎受到感染，也跟着冷妍嘿嘿嘿地乐着，看冷妍像个小姑娘一样雀跃，忍不住捂着嘴，使劲憋着自己，才不至于笑得太现行。

《假日》周刊有一个绿色出行栏目，冷妍一直想把这个栏目做大做响，这个想法在她的脑子里，可以说盘旋已久，之所以始终没有落地，是因为《假日》的融资计划，以及《假日》的发展计划，诸多计划的落实，把冷妍的脑子塞满了，她完全无暇顾及一个栏目的事情。

无暇顾及的同时，冷妍的心里又很清楚，这不仅仅是一个栏目的事情，不单纯是一个栏目的成长问题，对《假日》周刊来说，这有可能成为一个方向，一个新的招牌。

冷妍和周围围想到一起的事，是一场绿色行动。

说干就干！既然周围围的计划已经出笼，冷妍仔细看过，这个策划已经非常成熟，除了一场规模宏大的活动，《假日》周刊还将提前预热，开设了"低碳达人"和"读者热线"几个栏目板块，读者可以在《假日》周刊分享自己生活中的减碳细节，《假日》还将举办"低碳达人"的评选。同时，为了积极鼓励读者购买碳排量，用于抵消自己产生的碳排放数值,《假日》周刊自己,已经到有关机构率先购买了一定数额的碳排量,并且决定,今后将每年进行购买,这笔资金,将作为捐赠,全部用于绿色出行项目……这份策划书,冷妍是越看越兴奋,兴奋之余,冷妍觉得事不宜迟,她对周围围说,你可以开始了。

连续一个月,在《假日》周刊的显要位置,大篇幅地刊登了一个绿色倡议,由《假日》周刊主办的“千辆单车环城行”体验活动,即将在全国十大城市同时举行。倡议说,主办方《假日》周刊,为此特别订制了一千辆外形时尚的单车,赠送给每个城市前一百名响应倡议的人。

活动当天,冷妍和《假日》周刊的全体员工,打着一条写着“千辆单车,活力全城”横幅,每个人都戴着一条绶带,那是《假日》专门定做的绿色绶带,然后披挂上路了。车队由运动专家带队,数百名白领和大学生成为了主角,炫彩的单车,一路扬长而行,似乎整个城市,都被绿色律动了。



这次波及全国的绿色活动,当天就上了各大网站的头条。

冬天迟迟不走,春天却着急露头。

《假日》制造头条的劲头,似乎还没打算消停。提价的刺激刚刚过去,绿色行动刚刚落幕,《假日》就又有了新动作。

冬春之交的一天,冷妍与著名的亿宏集团董事长进行了一场谈判。亿宏集团,是一家大型集团公司,旗下的经营范围,涉及金融、房地产、建筑等多个领域。

这场谈判仅仅十分钟,却有了诸多实质性的进展。亿宏的董事长只问了冷妍三个问题:双方要合资经营假日广告公司,他们能否控股?能不能办一张《假日》财经专刊?这张专刊能不能由原来的周刊改为周二刊?

这三个问题,恰巧与冷妍的合作思路完美地吻合了。就这样,亿宏集团拿出了一千万元的入门费,并协议分三次,共投资给假日广告公司五千万元。

在这场谈判前,冷妍和乔华邦也进行了一场谈判。与亿宏董事长的谈判不同,这场谈判,至少用了数个十分钟。

乔华邦也问了冷妍三个问题:《假日》的发展速度是不是过快?对方控股《假日》会不会最终失去控制?大笔资金介入,《假日》有没有明确的使用方向?

冷妍给出了三个答案:第一,我们《假日》有快速增长的基础,我们应该抓住机会。第二,我们和对方的资金合作仅限于广告公司,不会影响我们对整个《假日》周刊的掌控。第三,我们现在已经完成了做精做细,下一步就需要做大做强,做得更多,想得更远,用钱的地方很多。

简短回答完乔社长的问题,冷妍又进一步解释说,您也知道,《假日》在创建品牌价值方面,已经走在了同行的前面,一个品牌的价值,也不是永久不变的,现在对我们《假日》来说,怎么守住现有的品牌价值,最好的做法,就是进一步提升我们的品牌价值,建立定位更精准,纯度更高的这么一个信息服务平台。抓住时机加速发展,现在我们就是在做这样一件事……另外,经营广告公司,对方比我们有经验,这个广告公司放在我们手里,也许就是小打小闹,有了他们的加入,就可能很快做成一家有影响的大公司,投入越大收益也越多啊,我们不吃亏。广告公司虽然是《假日》的一个利益增长点,其实更主要的作用,它是《假日》的一个规模体现,我们需要这样一个大摆设,何况,人家出了大头嘛……另外,我们的鸡蛋不能放在一个篮子里,我们除了品牌产品《假日》周刊,还要有延伸的假日系列刊,要有假日系列子公司,假日广告公司,假日发行公司,假日印务公司……

冷妍一口气说了很多,乔华邦一直没有说话,冷妍稍有停顿时,乔华邦指了指茶几上的水杯,示意她喝一口再说。

端起杯子喝了一大口,冷妍把话题转回到乔社长的问题上,继续说,我们给对方开办专刊,不只是我们给对方的回报,那也是我们自己的产品。我们的专刊不过是《假日》的衍生品,即使出现不理想状况,也不会对整个《假日》周刊的品牌造成很大影响。《假日》现在是一口大锅,不能只炒一小口菜。我正准备把一些原有的内容拓展一下,除了《假日》综合刊,还要推出《假日美食》、《假日美色》、《假日美居》等系列刊,所以,对方提出的专刊要求,我们完全可以满足,理财也是我们的内容之一……

“鸡蛋放在一个篮子？”乔华邦突然插话问。

“鸡蛋放在一个篮子里是很危险的，我们的目标，就是实现多元经营，一旦出现危机，就会有自己的产业资金来支撑。”冷妍迅速接过了乔华邦的话。

这场谈话之后，还发生了另一场谈话。

那场谈话发生在宋博和冷妍之间，那场谈话有点火药味，气氛呛人。宋博给冷妍来了个电话，宋博居高临下地问冷妍，你能保证投资到位？你能保证天上掉馅饼？你这么做，就是拿我们千辛万苦培养出来的一张王牌去冒险！宋博用了“我们”，还用了“千辛万苦的培养”，这让冷妍想到了一个词，“厚颜”。

冷妍忍住了自己的情绪，她慢慢地反问宋博，说，谁能保证投资一定到位？谁能保证天上掉馅饼？宋博一听，觉得更加有必要居高临下。宋博以为，冷妍会跟他拍胸脯，会极力描画一个美好前景，会跟他信誓旦旦，没想到冷妍却反问了他一句，由此他断定，冷妍心里也没底。于是就问，你心里都没底，你还这么干？冷妍依然慢慢地说，事是干出来的，不是保证出来的。冷妍话音一落，宋博先挂了电话。



电话两头，都漫起了硝烟。

忙得几天都没有回家的周围围，快下班的时候，接到了周冠军的电话：“你今天得回趟家，宋副总编要到家里来……说拜访。”

“啊？”周围围显然很吃惊。她问周冠军，宋副总编怎么想起到咱家来了？周冠军说，人家说我们结婚没来看看，补上。周围围更讶异，说我们都结婚这么久了，喜糖吃下去拉出来，都该长出喜糖了。

周冠军没心思开玩笑，说你做好思想准备，他无事不登三宝殿，这次拜访，可能和你舅舅有关。

“啊？”

周围围这回急了，她可不想让报社的人和舅舅扯上关系，尤其是宋博。赶紧央求周冠军，说老公求求你了，我不回去了，你就说我出差了，求求你了老公。

“绝对不行，躲得过初一躲不过十五。你晚上早点回来吧。”周冠军不容周围围再哼唧，就把电话挂了。

那晚，两个人之前关于宋副总编此行目的的纠结，以及应对办法的商议，都没有派上用场。人家宋副总编辑，可以说什么都没说，人家就是来看新房的。宋博递上一个大兜子，说是一点贺礼，不容周冠军推辞，就转而说他俩年纪都不小了，问他们什么时候添人口。宋博还热情地说，你嫂子的妹妹在妇女专科医院，那可是一家著名的私立医院，你们将来生孩子的事情，你嫂子包了。

自始至终，宋博并没有提及周围围的舅舅，甚至没有寒暄几分钟，他只是四处转转，说房子不错，就是小了点，等有了孩子就不够了，还说如果想换一个大房子，他可以当参谋云云。最后，他拍拍周冠军肩膀，说有事就跟大哥说，还跟周围围说，魏晓东会关照她的，他跟魏晓东是哥们儿，魏晓东会给他面子的等等。说完这些，宋博就很大哥地走了。

送走宋博，一关上房门，周围围如释重负地长吐一口气，周冠军却一脸阴云，说这只是个开头。

不出周冠军所料，自宋博上门拜访以后，周冠军发现，周围围的应酬明显多了起来，起初周冠军以为，这都是《假日》周刊的应酬，他也就没多想，后来，有一次他多问了一句，才知道，周围围的很多饭局，其实都是宋博安排的。

宋博用这种不露更多痕迹的方式，加强跟周围围的接触，周冠军慢慢醒过味来了。他提醒周围围，让她还是做好思想准备，宋博迟早会开口，让她想好当面怎么应付。周围围说她已经想好了。

终于有一天，周围围回来跟周冠军说，老公，你料事如神，宋副总编终于提到舅舅了。他怎么说的？你怎么应付的？周冠军赶紧问。周围围笑了，我说我一定帮他说好话。

这回，轮到周冠军讶异了，说你怎么这么说啊，你这么说不是给自己找麻烦吗？周围围说，我必须这么说，也只能这么说，你想啊，他跟我拉关系，费了这么大心思，我要是一下子把话说绝了，说我管不了，我舅舅不会理我的，我舅舅还会狠狠骂我，那他不得当场变脸，我干吗让他给我变脸啊！我干吗找人脸色看啊！再说，我怎么会跟舅舅说呢，舅舅怎么会听我的呢，舅妈的耳旁风都不灵，更何况我呢。你还不知道舅舅,我要是跟舅舅说,舅舅不刮我鼻子,不给我黑脸才怪呢……就宋副总编那样,你让我怎么夸他啊!说他公道正派?说他有威信有能力?这不是笑话吗!所以啊,我那是哄他的,反正他也无法核实……周冠军被周围围说傻了,只好问,那……他没让你给引见?周围围说,他说了,我说行。

周冠军一听又急了,说你这啥意思,你这可是哄大了啊!周围围不理睬周冠军的紧张兮兮,嬉皮笑脸地说,你放心吧,我能应付,这种人,心很急,也很虚,他还能强迫我不成?他也知道,舅舅那么大的官,哪能他想见就见呢,我这是善意的谎言,又不害人,只不过哄哄人,咱和谐社会,要与人为善……

看周冠军一直瞪着眼睛看自己,周围围又说:"你别那么无辜地看着我行吗?"周冠军似乎还是没有反应过来,在一边有点发愣。



周围围像想起了什么,说:"老公,你还记得那个'某老头'?上级某部位的?""怎么了?"周冠军愣愣地问。"那个老头,就是咱舅舅。"周围围歪了歪头,神秘地说。

"啊?"周冠军更加发愣了。

"哈哈,有意思吧,那时候,我们还没有公开呢,舅舅根本不认识你,你说巧不巧?啊——猿人的大粪呢,缘分呢!"周围围故作感慨。

"你什么时候知道的?怎么才告诉我?"

"我早知道了,也是偶然知道的,不告诉你不是怕你多想嘛,你要是误以为是我暗中帮了你,你心里得多别扭啊,我还不知道你。"

"你也太狡猾了!"周冠军终于憋出了一句话,说完,周冠军又说了句:"你也成长为一头成熟的母狮子了!"

周冠军这回真的放心了。

老婆什么时候学会了职场太极,周冠军真没看出来。平日里,周围围一回家就跟他哼哼,像小鸟一样依着他,工作的事情很少谈及,要说也是轻描淡写。和很多男人的老婆不一样,喜欢把工作的烦恼跟男人说,周围围从来不这样,周冠军要是问,她就没心没肺的样子,没看出有这么多心眼,原来老婆跟他玩的是大智若愚。看明白这一点,周冠军不光放下心来,还不由得悄悄乐了,女人能大智若愚,这样的女人就是极品。这么想，再看周围围，就觉得自己老婆越发的可爱。

心情一放松，想起周围围揶揄他成熟雄狮子的事，就乘势逗起了周围围。

“你在这儿等着我呢？你这个坏人！我让你打击报复……”周围围的小拳头，冲着周冠军的肩膀一顿猛捶。

一切迹象都表明，《假日》周刊的一系列动作，不仅仅给《假日》周刊带来亮丽前景，也将给冷妍自己带来难以估量的美好前途。大家都这么认为。

冷妍的心里，却有一种不祥的预感正在慢慢堆积。

冷妍一向喜欢居安思危。每每遇到喜庆的事，她都要暗自告诫自己，千万别太得意，特别高兴的时候，她都会想起一句老话，乐极生悲。可是这回，她明明已经把各种困难都想足了，心里依然不踏实。也不知道因为什么，她总觉得，自己的前方，似乎有一片不祥的阴云，正从一个不知名的方向，悄悄地向她飘过来，那片阴云，有可能带来一场风暴，而这场风暴，自己明明已经有了预感，却不知道怎么躲避。

这叫她有些不安。

# 47.



这一年的春天，来得格外的迟。

尽管北京市把结束供暖的日期，历史性地延后了七天，整个北京城，依然在春寒中哆嗦了一个多月。气温忽升忽降，满大街的人缩紧了脖子，屋里比屋外还要冷。凤凰岭的梨花，潭柘寺的玉兰，京郊桃园的桃花，各大公园的樱花，都在料峭春寒中，捂紧了花苞，推迟了花枝招展的日子。

春寒之际，《假日》周刊来了两个人，他们说找冷妍。

冷妍一见来人，先是有点茫然。来人她看着有点眼熟，可一时却想不起来在哪里见过，隐约和模糊的印象让她不由得茫然。可是也就是瞬间的工夫，内心依然懵懂的冷妍，很快就丢下自己茫然的表情，换上一副热情的神情，把他们招呼进了办公室，拿出茶杯给来人把水倒上，一一端给他们，并一迭连声地叫他们快坐下，然后，她冲着他们微微屈下身子，问他们有什么事情。

看冷妍一副不相熟的样子，来人中的一个就说："冷记者，你不认识我了？我是陆家生啊！搞环保摄影的那个……前不久，我们在人民大会堂前面还见过？"

那个自称是陆家生的人，样子看上去和跟在他身后的那个自称村长的人几乎没有任何区别，要不是他身上背着个相机，人家一定会以为他和那个村长是一个村里出来的农民。他们衣衫素旧，并且不太整洁，头发里都夹杂着许多白发，杂乱无形地支楞着。冷妍几乎没有认出他来。

“陆家生？”冷妍刚自言自语地说出这个名字，马上就露出恍然的表情，“你是陆家生？”

陆家生是几年前冷妍采访过的一个自由摄影师。当时，为了追踪污染的来源，他一个人扛着机器，走遍了中国七大河流中的一半多，拍摄了大量第一手图片。在他拍摄的图片中，有濒死的人，有妇女在漂满污物的河里淘米，有喝了污染的水，长成了畸形的孩子。那些图片，在网上曾引起大范围关注。有一幅图片最为令人震颤，在一片暗色的水面上，一个巨大的出水口在汩汩的冒黄水，画面上，那个翻腾着黑黄色污水的水柱子，有几米高，看上去非常的触目惊心。

那些叫人震撼的图片，冷妍至今想起来心中还会簌簌地战栗。但是让冷妍内心战栗的，不仅仅是那些图片，还有那篇采访文章的命运。一篇普通的人物专访，几乎把冷妍推到了众人侧目的境地。文章遭到了枪毙，说内容过于敏感，人物不够主流。

其实，问题还不仅仅在于文章本身，或者被采访者是不是主流人物，而是在于，文章从冷妍手里脱稿之后，最先落到了宋博手里。

当时值班的终审总编辑宋博一看到那篇文章，就像被蜇着了，想冷妍这是想干什么？是想惹事啊？这不是给我惹麻烦吗？不是给报社惹麻烦吗？想让我被撤职啊！宋博甚至都懒得写意见，不由分说，他就把稿子退回了记者部。

一看宋博不同意发稿，当时冷妍没有跟他争辩，她知道宋博想什么，她把稿子拿回去，仔细做了一番修改，把一些敏感的字眼删除了，把一些地名也模糊了，甚至把几幅很具震撼力的图片也忍痛割爱。冷妍实在不情愿把稿子改成这样，但她又实在想把这个选题完成，想把这个关注民生大事的敏感问题通过自己的笔，再一次披露出来，以期引起有关方面的警醒。为此，她只好违心地做了一下变通。

冷妍想，这回“安全”了吧，就又一次把稿子送审。

这回的值班终审是魏晓东。魏晓东看完稿子，情绪很激动，当即就给冷妍打了个电话，说很震撼，还说人物专访力度轻了，让冷妍把它改写成一个深度报道，刊发时再加个编者按，发到头条。冷妍说，还深度报道呢，这都没通过呢，我已经报过一次，宋副总编说不能发，我已经作了修改，希望能通过，要不你给宋副总编通个气，让他再看看，别让他误会你。

魏晓东知道冷妍这是为他着想，嘴上说，发个深度报道他能误会什么，一只手还是拿起了电话，给宋博拨了过去。没想到宋博一听就急了，说冷妍这三番五次的是什么意思？别说文章里反映的事情太敏感，就是这个什么自由摄影师他干的事情也是有争议的，这种人这种事我们不能碰！我已经说了不能发，冷妍又把稿子给你，这不是钻空子吗？魏晓东一听，果然如冷妍所料，如果他这次真的签发了，看来真是有后果的。魏晓东就说，要不然让乔社长看看吧。



文章还在审签当中，报社就已经流传着一种说法，说冷妍就想自己出名，以关注民生沽名钓誉，把大家的饭碗不当回事，丝毫不顾及给报社带来什么不利影响。要是报道再有失实，那不是给报社惹官司吗？要不是宋副总编辑几番拦截，稿子一旦发出来，那招惹的人和地方就多了，就等着没完没了当被告上法庭吧，她倒是出名了，报社要劳命伤财了。

《新华大时报》对所谓的负面报道，一向慎之又慎。

那篇文章，最终流产了。

那是冷妍当记者以来，第一次稿子被枪毙。

看冷妍终于想起来了。陆家生就跟她说，这次来，还是想给她看些东西。陆家生一边跟冷妍说话，一边拿出一个光盘，示意冷妍需要电脑。冷妍点点头，招呼他坐在电脑前。

陆家生用手轻点着鼠标，一张张灰暗扭曲的脸孔快速闪过："这个人，还活着。这个，已经死了。这个，也死了。这个，前两次去拍的时候都活着，现在也死了……"陆家生跟冷妍说，一个六百口人的小村子，十四个月里死了三十六个人，百分之八十五都是癌症。

冷妍看到一张图片，那是一些手和名字，三十六个村民干枯青灰的手，在一张纸上，密密麻麻地写下了三十六个人的名字，这些人，都已经不在人世了，那是他们告别世界前，最后的签名。陆家生的镜头，真实地记录了那些时刻。

陆家生说，他一直想让这些照片发挥些作用，有的他提供给了环保部门，有的出现在群众写的抗议材料里，有的准备在媒体刊发。但是这些事情他刚开始做，压力就随之而来，媒体把照片撤了下来，当地政府也来收买，说是要资助他，实际上是极力阻挠。无奈之下，他只好另辟蹊径，以《中国的污染》为题，去参加了一个国际摄影展，结果荣获了大奖。照片震撼了外国人，也震撼了一些国人，他遭到了意料之中的诟病，说他靠揭丑取悦外国人。

“他们喝的都是有毒的水，空气非常呛人，风都是臭的，都是难以想象的事情。村民们都把拿着相机的外来者，当成来‘救’自己的人，很多人见了我们就下跪，举着诉状……”

陆家生讲述的时候，坐在他身边的那位村长，一直激动地点着头，嘴里不时地插几个字词，证明陆家生所说的真实。

听了陆家生的讲述，冷妍没有过多的思考，当即就答应，派一个《假日》周刊的记者，马上跟随陆家生和村长，到照片反映的地方实地探访，做一个《假日》周刊的独家报道。

陆家生展示了很多第一手照片，说都可以提供给他们，但冷妍没有答应他，冷妍这次不打算用陆家生的图片，她说不能给陆家生添麻烦，说你一个自由摄影师，都有勇气去调查那些严重的话题，没有任何官方和媒体的支持，我们身为媒体更加有责任了，这次我们做独家报道，要是有什么后果，《假日》周刊独家承担。

陆家生的眼眶有些发红。村长在一边千恩万谢，说终于让外边人知道了我们的情况。

《假日》周刊的独家报道沉重出笼。在四月二十二日，世界地球日。

报道用了很大的篇幅，以非常的强有力和非常的说服力，呈现了一种对污染的焦虑和环保的关注，并以一种让人难以抗拒的震撼，把一个严酷的事实呈现在世人面前。沿海地区的污水排放管、内地的采矿场、被烟尘和工业废料污染的农村、因为污染引起怪病的癌症村……每一幅图片,都有一个沉重的故事。文章中出现了十五个省份的名字,它就像一根根钢针,插在每个地方的人心里。文章把环保问题,提升到了道德的层面。

刊发前,魏晓东有些担心,他劝冷妍再好好想想。可冷妍态度很坚定。

"你可一直叫我大侠,要是大侠都放下了手中的剑,那只好等着被乱箭穿心了。"

不出魏晓东的意料,冷妍挥出的剑,很快就引发了一场关于环境保护的大讨论,尤其是经过《假日》网和《假日》手机报的传播,网民议论的架势,可以用铺天盖地来形容。

一个自由摄影师的个人关注,经过一家有影响的媒体推波助澜,成为了一场全民上下的大关注,这场关注,如果在民间引动了什么,在高层引发了什么,甚至在世界引来什么,这家媒体都有着不可推卸的责任,并且必将有所承担。这个推波助澜的有影响的媒体,是《假日》周刊!

《假日》周刊这回的风头,出得有点大。至少,宋博是这样认为的。

就在报道见报的同时,冷妍曾接到宋博的电话。听上去,宋博很不高兴,说这么大的事情为什么不通报。听宋博责问的口气,冷妍当时也很生气,不明白宋博为什么这么激动,环保问题一直是国家专注的重点问题,更是刚刚结束的两会关注的重点问题,《假日》周刊只不过在尽一个媒体的责任,完全是无可厚非。

生气归生气,冷妍深知宋博的心病在哪里,就尽量克制着自已,用平静的语气跟宋博说,环境保护的话题早已经不是一个敏感话题了,尤其是在我们国家,已经成为世界上地质灾难最严重的国家之一之后,我们在这个日子,做这样一件事情,是在向地球母亲忏悔,我觉得很有意义。

"忏悔什么忏悔?你是教徒啊?"宋博当时就没好气。

宋博的声音,显然有代表性。关于《假日》这次的特别报道,《新华大时报》上下议论纷纷,有一种声音,来得格外强烈。说两会这刚刚结束，有那么多后续报道可以做，有那么多可以关注的选题你不做，非要做这个，这不是抹黑是什么？不就是想出风头吗！你出你的风头，却让我们受牵连……你不把自己当主流媒体，可你别忘了，你的主管是《新华大时报》可是绝对的主流媒体，你想拖我们下水啊！

魏晓东耳根发麻，这个声音来自哪里，他很清楚，冷妍耳根不麻，但她也很清楚，他们不约而同都想到了宋博。义愤填膺，并且表现得这么激烈，口口声声主流媒体，这个思考模式只有宋博了。魏晓东很气愤，说宋博失去了媒体人的责任感，感叹说，“熊鱼自古无双得，鹄雀如何可共谋”啊。冷妍却在气愤之外，平添了许多感慨，甚至有些伤感，自己脚底下有个绊脚石，让你磕磕绊绊，总是绕不过去。她正这么担忧着，魏晓东说了一句：“一锅汤里，如果有粒老鼠屎，真没法喝了。”

魏晓东的话，让冷妍的心，微微抖了一下。

原以为，自己这回终于痛痛快快地做了一件自己想做的事，而这件事也是坚持了《假日》周刊一直秉承的绿色理念，更是一件关乎国计民生的事。这件事曾经被迫胎死腹中，让她对这个命运多舛的婴儿一直心怀愧疚，她一直都放不下。

现在她终于做了，可是她没有想到，等她终于畅快淋漓地做完这件事，听到的却是那样的指责，这种指责尽管不代表正义，但是却来自她的领导，她的上级，代表了一种来自上层的压力，这种压力，蕴含了很多内容，让你无法充耳不闻。更何况，这种指责，已经和谩骂没有什么区别了。

冷妍从来都不怕指责，只要是出于公心的批评，无论多么尖锐，她都可以坦然面对，但是，这样有失公心，甚至暗藏杀机的指责，深深地伤到了她的心。

宋博的声音，抑或是一些人的声音，还在振振有词地传播。冷妍突然萌生了一个念头。

# 48.

冷妍的那个念头一闪而过，她还没来得及仔细琢磨，而《假日》周刊的那篇特别关注引起的波澜也还没完全落下。另一场风波又向冷妍袭来。

准确地说，是向冷妍和魏晓东袭来。更准确地说，看上去，那完全不像是一场风波。

一则注明“重要通知”的通知，出现在《新华大时报》的宣传栏里。通知说，当晚，某某频道将直播一场颁奖盛典，请大家在某某时间，务必按时收看，将有一位报社重要人物出场。

到了晚上，看到通知的人，都按时坐在了电视机前，就是那些没有看到通知的人，也已经从那些看到通知的人那里得到了准确的信息。

那晚，大家在电视里看到了冷妍。

冷妍光彩照人。她光彩照人地上台领奖，就像人们在惯常的颁奖典礼上看到的那样，手捧鲜花和奖杯，像大明星一样，还说了几句获奖感言。

那是一个被冠以“绿色盛典”的颁奖典礼，冷妍获得了“十大绿色生活领袖之——卓越传播奖”。给冷妍的获奖词是这么说的：她以绿色概念，带领她的团队，致力打造最亲近自然，健康指数最高，最具人文情怀的刊物，她和她的团队，倡导绿色生活，倡导健康生活，把低碳概念绿色概念，植入每个读者心里，重磅推出绿色杂志，义无反顾地承担社会责任……

看到直播，《新华大时报》的人都很惊讶，似乎比《假日》的那篇有关环保的重磅报道还要令人惊讶。人们的心情也很复杂。第二天大家上班时，都装作不知道昨晚颁奖的事，有不知轻重的人欢喜地问，旁边的人也好像完全不知情，并没有人应和那个人的欢喜。大家也不约而同，故意不看那个通知。

但是，还是不缺有心人。终于有人忍不住，他们想确定一下，到底是报社哪个部门让大家关注这个颁奖典礼。他们再去看了一眼那个通知，结果发现，那通知没有落款。

那么通知是谁写的呢？

通知是李春红写的。但是很奇怪，李春红的字迹，前所未有的工整，像小学生一样，一笔一画，熟悉她字迹的人，也完全没有看出来。更重要的，她前所未有地没有写落款，就是在通知最后，没有写上“工会”两个字，这完全不是李春红的风格，不知道是忘了，还是有意不写，反正没写。李春红写的时候，她身边也没有旁人，所以也没有人提醒她。

李春红这一忘记落款，给所有人一个误导。这通知，有可能是《假日》周刊的人写的。因为严格地说，冷妍不是《新华大时报》的人，再严格地说，她是《假日》周刊的人。既然你都不是大报的人了，大报就没有必要张扬你的事情，大报重要人物？你冷妍都不是大报的人了，还能算大报的重要人物吗？再说，她拿奖也是因为《假日》周刊拿的，跟大报一点关系也没有，为什么这么大张旗鼓地通知我们看？

面对猜测，李春红只说了一句话。她说，通知内容有错误吗？别人都说没错误。李春红就不再说话了。

推断来推断去，大家一致认为，这通知不可能是大报发出的，只能是《假日》周刊的人写的。《假日》周刊的人这么做，无非是一个目的，显摆！

《新华大时报》的人，最鄙视显摆的事情，尤其是他们熟悉的人。

大家都是文化人，既然世人都说文人好相轻！就是说没事都要相轻，那就更别说有人得奖了，那更得轻一轻。当然，大报的文人们不这么认为自己。他们表现文人相轻，不是站出来对骂，而是使用一种不那么剑拔弩张的形式，比如，坚决不给你使劲抬轿子，或者说，坚决不给你锦上添把花。

这个荣誉，来得的确太不是时候。

说实话，冷妍倡导绿色概念的时候，并没有想到，有一天，会有一个这样的荣誉，落到她的头上。领奖那一刻，她喜忧参半，喜的是，《假日》这件事做对了，忧的是，《假日》获得的这个荣誉，也许会招来新一轮妒忌，这对《假日》不是一件好事。尤其是这个荣誉，是由她个人来承担。

对冷妍来说，那个看似荣耀的光环，实际上和雪上加霜差不多。

"这到底是抬轿子呢还是踩轿子？"魏晓东知道后很生气，跑到杨清阳那里发牢骚。"这回啊，我可体会林语堂的话了。"林语堂说什么了？让你这么激动？杨清阳问魏晓东。"人家林语堂早说了，文人好相轻，与女人互相评头品足相同，世上没有在女人目中十全的美人，一个美人出来，女性总是评她，不是鼻子太扁，就是嘴太宽，否则牙齿不齐……文人相轻就是此种女子入宫见妒的心理……"



杨清阳说他想多了，大报的人这么做，那是把冷妍当自己人了。魏晓东不服气，说那为什么没有人站出来，承认写了通知？不是社办，不是党办，也不是人事、不是工会，难道是冷妍自己写的？这是什么意思？分明是有人故意所为嘛。说得杨清阳都没了话。

冷妍让魏晓东别那么敏感，魏晓东这回比她还激动，说我这么笨都看出来了，谁还看不明白？这就是成心的！成心把好饭弄馊！

冷妍嘴上说魏晓东让他别那么敏感，其实她自己的心里头已经沉甸甸的了。

连续几天，冷妍走进周刊的大楼，都能感觉到一种异样，到底是什么，她一时难以判断，就是觉得怪怪的，大家的脸上都带着一种奇怪的表情，相互之间想热情，又似乎有所顾忌，想自顾自，装作平静，又好像碍于什么，不得不表现热情。于是，表现出来的热情，就显得有些勉强和堆集。

让冷妍异样的还不是表情的奇怪，而是这种奇怪的表情都是对着她的。

终于，魏晓东第一个跟她解开了疑惑。

“还是你说得对啊，真有这么险恶的人，居心不良啊！”魏晓东告诉冷妍，一个男人给报社各个部门都打了电话，几乎每个人都接到了这样的电话，那个男人自称是冷妍的前夫，说魏晓东破坏了他们的家庭……魏晓东说这些话的时候，开始还有些难为情，说得吞吞吐吐，但是很快，他的吞吞吐吐，就被自己激动的情绪，弄得无比流畅，他大声斥责这个男人太恶毒，无中生有，说背后一定有人指使，这个指示人是个小人。

“什么前夫？难道死人复活了？别人不知道我还不知道……”说到这，魏晓东自知失言，一下止住了声音。

冷妍终于恍然，难怪大家对她不知如何亲疏，这样的流言，你让他们怎么跟她证实，就算是跟她无话不说的周围围，也难以齿口啊！

冷妍的私生活，被迫浮出水面。大家知道了一个事实，冷妍没有前夫。既然前夫是冒充的，那么冒牌前夫说的话，也就不靠谱了。

电话风波，并没有因为内容不靠谱，从此落幕。虽然电话内容就几句话，并且与事实不符，可传言却远远不止这几句话。有一种说法更为险恶，说冷妍多次推辞，不当《假日》社长，不是她没野心，她是为了留住魏晓东，和魏晓东一起在《假日》开夫妻店。更有甚者，电话已经打到了上级纪委……

“到底是什么人？为什么？”魏晓东说，这让他想起了那个悬案“A4门”。冷妍说，真相原本就不重要，是谁不重要，重要的是，有这么一些人，千方百计不让人好好做事情！冷妍向魏晓东流露了离意，魏晓东这回急了，跟冷妍说，你怎么也怕了？我都不在乎了！事情总会过去，时间会证明一切。冷妍坚持自己的观点，说不在于这件事是否澄清，是不是过去了，问题在于，对于那些无耻的人，手段是不缺的，除了打电话，还可以组合照片，还可以组合录音，在这样一个环境下，我不能陪他们玩了，这么下去，人的精力总是会被分离的。

冷妍话未落音，魏晓东已经做出了怅然若失的样子：“凤凰自古栖大梧，良木由来做栋梁啊。”

魏晓东想起了一句话，那是冷妍离开《新华大时报》，刚到《假日》时跟他说的，那个关于政治生态的话，当时他还领悟不深，如今，他竟然有了切肤之痛的感受了。

"我知道，你又要以退为守，以退为进了。"知道拦不住，魏晓东无奈地说。

谣言，终究会不攻自破。

冷妍和魏晓东，两个所谓的当事人，看上去，依然是该干啥，还是干啥。但是，无法否认的是，这场风波虽然过去，却导致了一场信息混乱，究竟谁说的是真的？哪句话可能是真的？前夫是怎么回事？没有前夫又是怎么回事？冷妍和魏晓东怎么回事……混乱的信息，虽然不能阻挠一个人的脚步，但却像一瓢黑水，向你劈头盖脸地泼下来，干扰了你的视线，也让别人看不清你。

越来越浓的黑水，终于抹黑了一切，无法回到原来的颜色。

"用尽了招数，这是要赶尽杀绝了！"冷妍终于下了决心。

# 49.

冷妍要走了。

或许是宋博的振振有词让她萌生离意，也或许是那盆脏水，让她感到了窒息，冷妍也不能完全否认或者确定，但有一点冷妍心里很清楚，自己在《假日》周刊的价值已经得到了体现，自己在《假日》周刊的任务也已经完成。既然如此，冷妍无心跟一种势力宣战，更无意为流言浪费精力。留下，除了工作，她还不得不去捍卫，不是捍卫自己的角色，而是捍卫自己的尊严。冷妍只想做事，不想捍卫，人生中有了太多的捍卫，这人生就变成了战场，无论什么捍卫，实际上都在捍卫自己的存在。"我的存在，需要这样捍卫吗？"冷妍问自己。

冷妍觉得，自己该离开了。

那是一家实力雄厚的民营传媒集团，旗下有十几家杂志和报纸，北京地区就有五家，冷妍是集团北京地区的CEO，将管理四家杂志和一份报纸。

一个偶然，冷妍送一个外地来京的朋友，到位于建外SOHU的一家传媒集团办事，无意间的一场同行间的聊天，冷妍给在场的一个人，留下了极为深刻的印象。那个人，就是那家传媒集团的总裁。在那次聊天的最后，那位总裁语气肯定地跟冷妍说，我们还会见面的。总裁说这句话时，冷妍心里有一丝波动，觉得这句客气话，听上去，不像一句客气话。

时隔数月，冷妍接到了一个电话，冷妍很意外，电话是那位总裁先生打来的，总裁先生没有任何多余的寒暄，他的第一句话就说："冷总，你是否愿意加盟我们集团？"

那个电话，正逢冷妍遭遇夹击之时，无端批驳以及恶意流言，正在严峻考验着冷妍的忍耐极限。这个电话及时得不可思议。难道那位总裁先生数月来一直关注着自己？知道现在正是时机？冷妍疑问间，不觉有点感慨。

冷妍再次选择转身。冷妍的这次转身，看上去很华丽，高位和高薪，对一个人到中年的女人，一个人到中年的媒体人，实在是一件值得高兴的事情。可是，只有她自己知道，其中包含了多少无奈。



冷妍离开之后，大报的人们议论纷纷，冷妍的所谓背景，以及冷妍的婚姻，都再次被提上八卦的议事日程。与此同时，她的婚姻，终于打破神秘，浮出了水面。

据说，冷妍有两个儿子，但是这两个儿子不是一个父亲。冷妍的第一个丈夫是公务员，在一场车祸后，成了植物人，四年后去世，人说死的时候白白胖胖的，伺候得很好。至此，冷妍的前夫之说，算是得到了确认，有人说这算是有前夫，有人说前夫死了，就不算现在有前夫。这种说法，显然是针对那个匿名电话，很多人忘不了。

据说还说，后来，三十二岁的冷妍，带着儿子嫁给了第二个丈夫，她为他生了一个儿子。冷妍的第二个丈夫，是个出道很早的商人，比她小六岁。

消息来源非常曲折。之所以被挖掘出来，因为突然离开的冷妍，激发了人们的强烈好奇。消息来自一位报社以外的人士，她是冷妍第二位丈夫的母亲的友人。这位友人，又是报社一位女记者的婆婆的妹妹……消息的传播得益于很多偶然的"刚好"，因此，人们都说，消息十分准确。

就在关于冷妍的传说渐渐平息，人们终于几乎要把她忘记的时候，一部长篇小说，在市场上隆重上市。

长篇小说《大报小报》的宣传活动铺天盖地，作者冷热的大幅照片，出现在各大书店和书市，各种签售和推介活动，把一个女人推到了人们视线中。

女作家冷热，就是冷妍。

这一次，冷妍的亮相，似乎并没有在《新华大时报》和《假日》周刊引起更多好奇，或许人们已经习惯冷妍的转身和亮相，更或许，大家都不太情愿，或者不太习惯替别人喝彩。毫无疑问，冷妍是他们当中的弄潮儿，这一点，无论怀抱何种心态，都是无法质疑的事情。于是出现集体无言。

但是，无言中，一种强烈的撞击却用不同的角度和力度，在人们的内心深处，开始敲打大家的心扉，嘭——砰——哐——当——呛——

撞击无声，却持续不断。就在这一片无言的撞击声中，一场期待已久的聚会在冷妍家里开场。

大作面世，魏晓东、樊进仁、周围围等《假日》周刊一干人，跟冷妍吵吵着给她庆祝，冷妍说出去吃没新意，我给你们做我的家乡饭吧，一干人热烈欢呼。欢呼之后，就在一个艳阳高照的周六中午，云集到了冷妍家里。

魏晓东和樊进仁先到，随后，杜岩岩和戚洪波相跟着进门，最后，方晴雨携扶着挺着大肚子的周围围，也进了门。

厨房里，冷妍早已经忙乎了半天。樊进仁一进门就问，你家男人呢？让我们参观一下你的小哥哥啊！魏晓东挖苦樊进仁，说你是八卦系毕业的啊。冷妍一脸的不在乎，跟樊进仁说，老公和儿子都给打发出去了，满屋子的照片你敞开了参观。说着，还翻出一本相册，一个远距离投掷，扔到樊进仁怀里。

方晴雨和杜岩岩陪着周围围，樊进仁专注于相册，戚洪波翻看着冷妍的新书。魏晓东就踱到了厨房。

“竹影扫阶尘不动，月穿潭底水无痕。”魏晓东站在厨房一角，突然冒词。

“你这是无奈抱怨呢，还是自傲清高啊？”魏晓东的词，的确让冷妍没听懂，不知道他是把自己当竹影和月光了，还是当水当尘了。就一边和面，一边问了一句。

“你这是明知故问。”魏晓东说。

“抱怨有什么用，竹影奈何不了尘土，尘土也遮不住竹影，月光奈何不了水，水也挡不住月光，都很清高，都很无奈，我们都无处可逃。”冷妍显然不想和魏晓东争辩。

“有一首诗写树阴，说，树阴下，一只蜈蚣，悠然爬过……我真想当小虫子啊。”魏晓东发感慨。



“小虫子？随便一只脚，就能置它于死地，树阴多好，给人遮阴，还踩着也不疼。”

“你还记得，我们当初到假日来你说什么？你说让我给你当树阴，你现在倒好，丢下我跑了。”

“你不是当得挺好的嘛，大家那么支持你，《假日》也需要你，还是当你的树阴吧……当年曹操想不通，说刘备这厮，如此命好，有关云长、张飞，还有赵子龙，为什么？刘备仁义啊！所以说，你不用担心，你老人家这么仁义，不缺追随者啊……”冷妍玩笑着给魏晓东打气。

突然的，冷妍停下手，冲着魏晓东说：“哎——你今天怎么了？突然想起什么诗，酸上了？”

“悠然心会，妙处只与君说。”魏晓东不理会冷妍的问题，有点幽幽地说。

“恍然意动，暗香只与君闻。”冷妍随口一对。

刚一对完，冷妍忍不住又叫起来：“哎呀，太酸了，都是你招的……”魏晓东呵呵笑了，说：“就是才女啊，张嘴就来啊，倒了牙也值啊。”魏晓东幽幽的心情，被冷妍一句话消散，也有了玩笑的心情。

听着客厅里樊进仁和方晴雨的说笑声，魏晓东心里感觉别样，跟冷妍感慨："你厉害，居然把这两个人改造了。"

"不是我，是《假日》周刊，更准确地说，是体制，从体制内走出来，谁都必须顺应必须变啊！"冷妍知道魏晓东说的是樊进仁和方晴雨，她没有点明。

"君子和而不同，小人同而不和，和不一定非得同，同不见得有和啊！想想这几年，想想这些人，众说纷纭的，现在啊，终于能够发出一个声音了，这就是和啊。"魏晓东继续感慨。

"大师又来了！"冷妍揶揄他。

冷妍跟魏晓东说，你可不要盲目乐观，更不要盲目悲观，要不变应万变。魏晓东笑着说，你是大师。冷妍说，我是大侠。魏晓东又说，真是老了！我们什么时候都给弄成大字辈了。

"不是我吓唬你，你肩膀上的担子还很重呢。"

"是啊，报刊退出机制全面启动了，这就意味着，报刊管理体制改革，也将开始推进，《假日》的路，漫漫而崎岖啊。"魏晓东知道，冷妍这是提醒他，报刊出版单位的转制，已经迫在眼前了。

"你注意到没有，报刊退出的核心，是退出方式，要么调整定位，要么兼并、重组和托管，要么就是停办，《假日》目前之所以没有退出的压力，就是因为《假日》尽早考虑和解决了前两项。"

"美国电视主持人，约翰斯图尔特在脱口秀节目中曾经调侃，说什么东西是黑颜色加白颜色而且快要完蛋了呢？那就是报纸！你看看，报业整体的衰退，已经成为传媒业界的共识啊。还是你老人家雄才大略啊，《假日》能活到今天，还活的不错，你是大功臣。"魏晓东由衷的说。

"想夸夸自己就直接说嘛，这里又没别人。"冷妍故意打岔。然后又接着魏晓东的话说。

"不过，如果说《假日》做了一些事情的话，那《假日》可以贡献的观点，就是行业宏观的趋势，并不能完全掩盖微观企业的努力，当行业形势好的时候，也可能有笑不起来的企业；当行业形势欠佳的时候，也可能不乏操作的空间和机会。"

说着话，冷妍的面条已经擀好。架锅，点火，一会儿工夫，面条出锅。

“这是头一锅出锅的面条，你二位老人家先来。”冷妍把面条端出来，招呼魏晓东和樊进仁。

“哈哈，我有新发现！所谓头条，就是头一锅出锅的面条，简称，头条。”周围围像是发现了新大陆，开心地说。

“锅小，只好一锅一锅来，头一锅给大师和老樊，用围围的话说，就是头条给大师和樊总了，那第二锅就晴雨和围围，二头条就给女士们了，哈哈别着急，别抢啊，都是头条。”周围围的发现，惹得众人一片附和，冷妍也跟着附和，还有意发扬光大，刻意推波助澜。

“别别别，这二头条，怎么也得是你大侠的，你和围围先吃，我去煮面。”方晴雨受到感染，也跟着附和。



“我明白了，锅小，就一锅一头条，等锅大了，就一锅都是头条，你说是不是？这太有意思啦！”周围围还在那继续着自己的发现，跟杜岩岩热烈地探讨着。

“行啦行啦，知道你们都是干报纸的！真是三句话不离本行啊，吃面也吃出头条来了。”魏晓东看着满桌美味，使劲咽了两下唾液，样子有点着急。“这叫什么？这叫装专业人士！哈哈。”樊进仁也附和说。

魏晓东着急吃面，也不谦让了，端起眼前的一个大碗，顾不上搅拌，挑起一块就往嘴里塞。冷妍过来说，这面你得先拌一拌，让菜卤都入了面味。魏晓东红了脸，不知道是因为一大口面进去噎的，还是因为自己着急的吃相。冷妍赶紧盛了碗面汤，嗔笑着放在他面前。

几锅捞面条下肚，一干人酒足饭饱，兴致勃勃。尤其是魏晓东。

“我给你们讲个笑话。精神病院里两个人正在谈话，甲说，你觉得我的这部小说怎么样？乙说，不错，就是出场的人数有点多。这时，护士冲进来吼道：你们两个把电话号码簿给我送回去！”魏晓东说完，神色依然沉静，面色一本正经，周围围和方晴雨，已经在沙发上前仰后翻了。

“大师的这个太素，听我给你们讲一个。”樊进仁不甘落后，“有一个猎人正在打猎，他发现树上有两只鸟，他赶紧举枪瞄准，砰一声后，打下了一只鸟，猎人上前一看，发现是只没毛的鸟，正纳闷时，另一只鸟飞下来大骂：他妈的，老子刚哄她把衣服脱了，你就把她打下来了。"看魏晓东强作正襟危坐，三位女士虽然捂着嘴，可眼角已经笑纹毕现，那周围围，眼看着又要往沙发上倒。樊进仁似乎受到了鼓励。

"我再讲一个再讲一个……产房里，一个小孩出生后哈哈大笑，接生护士都非常奇怪，围过去仔细观察，她们发现小孩子的拳头攥得很紧，掰开后发现，里面是一粒堕胎药，只听得小孩说：想干掉我，没那么容易！"

"围围你当心！老樊你把围围弄得这么激动，笑岔了胎气你可负不了责！"方晴雨边笑边替围围着急。魏晓东坐一边，使劲地喝茶。

"老樊你这个也太……那个了，还是我来吧。"方晴雨示意樊进仁别讲了，"一个人，举着一张北京一卡通上了公交车，一上车，他看见了投币箱，就要往里面塞一卡通，司机看见了，说要读卡，那人就冲着投币箱说：北京一卡通。司机说要在读卡器读卡，那人就转身找到读卡器，冲着读卡器说：北京一卡通……"

一直没有放声大笑的魏晓东，一下子把刚入嘴的茶，喷向了樊进仁。樊进仁冲着方晴雨说，还是你厉害，你一开口，就把魏大师弄现形了，他这憋了半天了。冷妍插嘴说，老樊你不知道，大师的笑点高，你那些笑话，低级趣味，大师怎么也得憋着。

"我也给大家讲个笑话吧。"看大家都有笑话贡献，周围围就抓耳挠腮的说，"为什么不能在海边讲笑话？"不等大家回答，周围围接着说："因为会引发海啸！哈哈哈哈……"周围围自己大笑起来。不等众人反应，她又说："我再说一个，有一个好消息一个坏消息，你们先听哪个？"这回，周围围话音刚落，戚洪波就抢着说，我们先听好消息。"好消息就是没有坏消息！哈哈哈哈……"戚洪波的话音刚落，周围围就迫不及待地说出了结果，然后又自己大笑起来。

戚洪波和周围围的对话，进行得太快，樊进仁还完全没有反应过来，人家就结束了，弄得樊进仁在一边丈二和尚，抗议说这叫什么笑话啊！方晴雨笑着跟樊进仁说，这叫冷笑话。魏晓东对樊进仁说，你千万别告诉我,你不知道冷笑话。

樊进仁还真不知道什么是冷笑话,看魏晓东这么问自己,他不好意思正面接茬,就只好自嘲说,我现在傻的,就剩下智慧了。樊进仁想起了那次旁听,那次,编辑部男男女女说的那么热闹,人家都乐,他却没听懂几句。他们说的,可能就是冷笑话吧,樊进仁想。正想着,杜岩岩说话了。

"有一个人姓周,人家把他端走了。"杜岩岩一说完,周围围就跟她龇牙,冷妍笑了,魏晓东也笑了,然后魏晓东又接了句:"有一个人姓樊,也让人端走了。"众人憋不住都笑了,樊进仁没笑,翻着白眼说,有一个人姓魏,让医生给切了。魏晓东这回大笑,说,老樊,朽木也可雕啊!樊进仁得意地跟魏晓东哼哼了两声,然后冲戚洪波说,该你了。

"有一次,我跟人借钱,本来想说,等我取了钱就还你,结果说成了,等我有了钱就娶你。"戚洪波说的不是笑话,结果却招来更大的笑声。魏晓东说,自己制造的笑话更有意思。樊进仁问,你这钱不是跟曲家妮借的吧。说得周围围和杜岩岩,噢噢地拿戚洪波起哄。



樊进仁发现冷妍还没发言,就撺掇冷妍来一个,说他们拿冷笑话嘲笑我,你智慧,你也冷他们一个。

听樊进仁这么说,冷妍就放下手里的果盘,拿起一个苹果,坐在沙发扶手上,一边削苹果,一边慢悠悠地说:"三只壁虎比赛爬墙,一只壁虎不小心掉下去,另外两只也跟着掉下去,到底发生了什么呢?"冷妍不说了,等众人反应。

"被前面掉下去的那只砸着了。"樊进仁抢着说。

"墙太滑了。"方晴雨跟着说。

"自己下去的,去救伙伴。"杜岩岩说。

"因为,另外两只拍手叫好。"冷妍公布答案。

冷妍的笑话不太冷,可反应却有点冷,大家虽然都笑了,但笑得很收敛,好像都有点若有所思。

"太冷了!"樊进仁接了茬。"你进步真快啊!这么快就会听冷笑话了。"方晴雨说。周围围这回没笑,在一边专心吃手里的苹果。魏晓东吞了口唾沫，似乎想说什么，可顿了顿，又噤了声。

听者有意，可说者似乎无心。冷妍在一边“呵呵呵”独自乐了，说把大家都“冻”着了，看来我讲得太冷了。

冷妍掉下去的壁虎，把气氛弄得有点凝重。

突然，一阵敲门声。周围围跳起来，说，是我们家冠军，他来接我了！周围围过去开门。

大家听得她把门打开，大家还听到，门外传来周冠军的声音：

“一个好消息一个坏消息，你先听哪个？”

……